LES SORCIÈRES
DE PENDLE

STACEY HALLS

LES SORCIÈRES DE PENDLE

*Traduit de l'anglais
par Fabienne Gondrand*

Titre original :
THE FAMILIARS

L'éditeur de cet ouvrage s'engage dans une démarche
de certification FSC® qui contribue à la préservation
des forêts pour les générations futures.

Pour en savoir plus :
www.editis.com/engagement-rse/

Le Code de la propriété intellectuelle n'autorisant, aux termes de l'article L. 122-5, 2° et 3° a, d'une part, que les « copies ou reproductions strictement réservées à l'usage privé du copiste et non destinées à une utilisation collective » et, d'autre part, que les analyses et les courtes citations dans un but d'exemple et d'illustration, « toute représentation ou reproduction intégrale ou partielle faite sans le consentement de l'auteur ou de ses ayants droit ou ayants cause est illicite » (art. L. 122-4).
Cette représentation ou reproduction, par quelque procédé que ce soit, constituerait donc une contrefaçon, sanctionnée par les articles L. 335-2 et suivants du Code de la propriété intellectuelle.

Première publication en Grande-Bretagne en 2018 par Zaffre

Carte © Sally Taylor

Copyright © Stacey Halls, 2019

© Éditions Michel Lafon, 2020, pour la traduction française

ISBN : 978-2-266-31413-8
Dépôt légal : octobre 2021

À mon mari

PREMIÈRE PARTIE

Comté de Lancaster (aujourd'hui Lancashire),
début avril 1612

« Accoutumez-la au sang, sinon elle désobéira
à vos ordres et vous serez contraint de la suivre. »

Le Livre de la fauconnerie ou de la vénerie
George Turberville, 1543-1597

« Prudence et Justice »

Devise de la famille Shuttleworth

CHAPITRE 1

J'ai pris la lettre avec moi, faute de savoir qu'en faire. La matinée était déjà bien avancée, pourtant la rosée qui imprégnait encore l'herbe a mouillé mes mules de soie rose, mes préférées, car dans ma hâte je n'avais pas pensé à chausser des socques. J'ai néanmoins continué sans m'arrêter jusqu'aux arbres ombrageant les pelouses devant le manoir. J'ai ouvert une fois de plus la lettre, que j'avais gardée fébrilement serrée dans ma main, pour m'assurer que je ne l'avais pas imaginée, que je ne l'avais pas rêvée, assoupie dans mon fauteuil.

Il faisait un froid vif, le vent balayait Pendle Hill avec son cortège de brume et, malgré mon désarroi, j'avais pensé à prendre ma cape dans ma garde-robe. En caressant Puck, machinalement d'ailleurs, j'avais constaté avec soulagement que mes mains ne tremblaient pas. Je n'avais pas pleuré, je ne m'étais pas évanouie, j'avais juste replié le papier avec soin et descendu discrètement les marches. Personne ne m'avait remarquée et, pour ma part, je n'avais aperçu qu'un seul domestique, James, penché sur sa table de travail. Je m'étais fait la réflexion qu'il avait peut-être lu ce courrier, puisqu'il n'était pas rare qu'un intendant ouvre la correspondance privée de son maître, mais je m'étais empressée de chasser cette idée de mon esprit avant même de franchir la grand-porte.

Les nuages, couleur d'étain, annonçaient la pluie, alors j'ai allongé le pas pour aller me réfugier sous les arbres. De surcroît, je savais pertinemment qu'avec ma cape noire les domestiques, à l'affût derrière les fenêtres, ne verraient que moi, or j'avais besoin d'être seule pour réfléchir. Dans cette partie du Lancashire, la terre est verte et humide, le ciel immense et gris. À l'occasion, l'éclat de la robe rousse d'un chevreuil, ou du col bleu d'un faisan, attire le regard avant de disparaître en un éclair.

Je n'avais pas atteint le couvert des arbres que la nausée m'a saisie. J'ai relevé les basques de ma jupe pour la préserver, puis je me suis essuyé la bouche avec un mouchoir. Richard exigeait que les blanchisseuses humectent mes mouchoirs d'eau de rose. J'ai fermé les yeux, inspiré profondément à plusieurs reprises et, quand j'ai soulevé mes paupières, j'ai constaté que je me sentais mieux. Je me suis enfoncée dans la forêt, au milieu du frémissement des arbres et du pépiement des oiseaux et, très vite, j'ai totalement perdu de vue Gawthorpe. Dans ce cadre, le manoir était aussi visible que je l'étais, avec ses pierres d'un brun or, campé au centre d'une clairière. Mais si, à Gawthorpe, on ne pouvait échapper aux bois présents derrière chaque fenêtre, les bois, eux, vous dérobaient à Gawthorpe. On avait parfois l'impression qu'ils jouaient à un drôle de jeu.

J'ai ressorti la lettre, l'ai rouverte, en défroissant les plis qui s'étaient formés dans mon poing serré, puis j'ai relu le passage qui m'avait bouleversée :

> *Vous aurez aisément deviné la nature du danger qui menace votre épouse et je suis donc au regret de vous faire part solennellement de mon avis de praticien et de chirurgien-accoucheur : à l'issue de ma consultation de vendredi soir, j'en suis arrivé à la triste conclusion qu'elle ne peut, ni ne doit, enfanter. Il est de toute première importance que vous compreniez qu'elle ne survivra pas à une nouvelle grossesse, et que sa vie terrestre arrivera à son terme.*

Loin des regards curieux, j'ai enfin pu donner libre cours à mes émotions. Mon cœur battait à tout rompre et les joues me brûlaient. Un nouveau haut-le-cœur, dont l'acidité m'a brûlé la langue, a manqué de me suffoquer.

Les nausées se manifestaient matin, midi et soir, et me déchiraient les entrailles. Au pire, elles pouvaient survenir jusqu'à quarante fois par jour ; quand j'avais de la chance, deux fois seulement. Les veines de mon visage éclataient et dessinaient un fin lacis carmin autour de mes yeux, dont le blanc virait au rouge démoniaque. Une amertume atroce me lacérait la gorge des heures durant. Je n'arrivais plus à garder la nourriture. De toute façon, je n'avais plus d'appétit, au grand désespoir de la cuisinière. Même mes plaquettes de massepain, dont je raffolais tant, croupissaient intactes dans le garde-manger et les boîtes de sucre candi qu'on m'avait envoyées de Londres prenaient la poussière.

Les trois fois précédentes, j'avais été malade, mais pas à ce point. Cette fois, j'avais l'impression que l'enfant qui grandissait en moi cherchait à sortir par ma gorge, et non plus en passant entre mes jambes comme avant lui les autres, qui s'étaient annoncés prématurément dans des flots de sang le long de mes cuisses. Sous mes yeux, on avait enveloppé dans des linges leur petite forme flasque et monstrueuse, comme des miches de pain.

— Il en a plus pour bien longtemps, le pauvre petit, avait dit la dernière sage-femme en essuyant mon sang d'un revers de ses bras de bouchère.

Quatre années de mariage, trois enfantements et toujours pas d'héritier à placer dans le berceau en chêne que ma mère m'avait offert pour mes noces avec Richard. À la façon dont elle me regardait, je voyais bien que je trahissais leurs espoirs.

Malgré tout, je n'arrivais pas à m'imaginer que Richard m'avait laissée m'arrondir comme une dinde de Noël en dépit des mises en garde du médecin. J'avais trouvé la lettre au milieu d'une liasse de documents concernant mes trois précédentes couches, il était donc tout à fait possible que Richard ne l'ait pas vue. À moins qu'il ne l'ait cachée pour me protéger ? Soudain, j'ai eu l'impression que les mots sur le papier m'étranglaient, ces mots qui avaient été rédigés par un homme dont le nom ne me disait rien, tant je souffrais lors de sa visite, et dont je n'avais pas le moindre souvenir, incapable que j'étais de me rappeler ses mains, sa voix, ni même s'il était gentil.

Je ne m'étais pas arrêtée pour reprendre mon souffle, si bien que, à présent, maculées de boue verdâtre, mes mules étaient irrécupérables. Quand j'en ai perdu une et me suis retrouvée le pied dans la terre détrempée, j'ai senti mes nerfs craquer. J'ai froissé furieusement la lettre en boule et l'ai lancée au loin de toutes mes forces. C'est avec une certaine satisfaction que j'ai constaté qu'elle ricochait sur un arbre à plusieurs pas de là.

Si je n'avais pas eu cette réaction, je n'aurais peut-être pas vu la patte de lapin qui gisait sur le sol à quelques centimètres de l'endroit où la lettre avait atterri, pas plus que le lapin auquel elle appartenait – ou du moins ce qu'il en restait : un amas mutilé de fourrure ensanglantée –, ainsi qu'un autre, et encore un autre. Moi aussi, je chassais des lapins ; ce n'était certainement pas un oiseau de proie, qui les avait tués avant de retourner, en tournoyant, vers son maître. Puis j'ai remarqué d'autres choses : le bas d'une jupe marron qui frôlait le sol, des genoux fléchis, et au-dessus un buste, une tête, une coiffe blanche. À quelques mètres de moi, une jeune femme me dévisageait. Chaque fibre de son corps était tendue, comme un animal à l'affût. Misérablement vêtue d'un sarrau de laine grossière, sans tablier, elle se fondait dans cet écrin de végétation, ce qui expliquait que je ne l'avais pas remarquée tout de suite. Ses boucles blondes s'échappaient de sa coiffe. Elle avait un visage oblong et de grands yeux dont la couleur singulière me frappa malgré la distance qui nous séparait : ils étaient d'un ton chaud et doré, comme deux écus tout neufs. Son regard dégageait une intelligence redoutable, presque masculine et, alors qu'elle était accroupie et moi debout, l'espace d'un instant, c'est moi qui ai eu peur, comme si on m'avait prise sur le fait.

À ses mains pendait un autre lapin, qui me fixait de son œil éteint. Sa fourrure était maculée de sang.

Un sac de trame épaisse était ouvert sur le sol, aux pieds de la femme. Elle s'est levée. Un souffle d'air a fait bruisser les feuilles et les herbes alentour, pour autant son visage est resté d'une immobilité parfaite, avec une expression indéchiffrable. Seul l'animal mort bougeait, balancé au gré de la brise.

— Qui êtes-vous ? ai-je demandé. Que faites-vous ici ?

Elle s'est mise à entasser les petits corps sans vie dans son sac. Le halo pâle de ma lettre froissée en boule se découpait au milieu du carnage et, en l'apercevant, elle a interrompu son geste, ses longs doigts souillés de sang sont restés en suspens.

— Donnez-la-moi, ai-je ordonné d'un ton sec.

Campée sur ses pieds, elle a ramassé la lettre, qu'elle m'a tendue, et il m'a fallu quelques enjambées pour combler l'écart entre nous et la lui arracher des mains. Elle ne m'a pas quittée de ses yeux dorés et je me suis fait la réflexion que personne ne m'avait jamais dévisagée avec une telle intensité, et certainement pas une inconnue. Un bref instant, je me suis demandé quelle impression je pouvais bien donner, avec mon pied déchaussé et ma mule de soie abandonnée dans la boue. La violence du haut-le-cœur avait dû empourprer ma face et injecter de sang le blanc de mes yeux. L'acidité dans ma bouche m'a donné des accents acerbes.

— Quel est votre nom ?

Elle n'a pas répondu.

— Êtes-vous une mendiante ?

Elle a secoué la tête.

— Ce sont mes terres. Vous braconnez des lapins sur mes terres ?

— Vos terres ?

Le son de sa voix a troublé l'étrangeté de la scène, comme le caillou jeté dans l'eau ride la surface de la mare. Elle n'était qu'une vulgaire villageoise.

— Je m'appelle Fleetwood Shuttleworth, je suis la châtelaine de Gawthorpe Hall. Ce sont les terres de mon mari ; si vous habitez à Padiham, vous le savez bien.

— Je n'habite pas à Padiham.

— Connaissez-vous la peine encourue pour braconnage ?

Son regard s'est posé sur mon épaisse cape noire qui laissait dépasser le bas de ma robe en taffetas cuivré. J'avais le visage pâle, encadré d'une chevelure noire qui me donnait l'air blafard, et je ne tenais pas à ce qu'une parfaite inconnue me le fasse sentir. J'avais du mal à deviner son âge, mais je devais quand même être plus jeune qu'elle. Elle portait une robe crasseuse qui semblait n'avoir pas été lavée ni aérée depuis des mois, quant à sa coiffe, elle avait la couleur de la laine brute. Puis mes yeux sont tombés sur les siens, et son regard a croisé le mien, droit et fier. J'ai haussé le menton, les sourcils froncés. À cause de ma petite taille, à peine un mètre cinquante, j'avais l'habitude d'être en position d'infériorité, pour autant je me laissais rarement intimider.

— Mon mari vous traînerait, poings liés à son cheval, jusque chez le magistrat, ai-je affirmé d'un air crâne.

Comme elle ne prononçait toujours aucun mot qui viendrait entrecouper le frémissement des arbres, j'ai répété :

— Êtes-vous une mendiante ?

— Je ne suis personne.

Elle m'a tendu le sac :
— Tenez. Je ne savais pas que j'étais sur vos terres.
Sa réponse saugrenue m'a prise de court et je me suis demandé ce que j'allais raconter à Richard. Puis je me suis souvenue de la lettre dans mon poing. Je l'ai serrée entre mes doigts.
— Avec quoi les avez-vous tués ?
Elle a reniflé.
— Je ne les ai pas tués. Ils étaient déjà tués.
— Quelle étrange manière de parler. Quel est votre nom ?
À peine avais-je fini de poser ma question que, dans un éclair mordoré, elle avait déjà fait volte-face pour s'enfuir. Un bref instant, sa coiffe blanche a voleté en se coulant entre les troncs d'arbre, le sac a rebondi contre sa hanche. J'ai suivi le bruit sourd de ses pas qui traversaient le sous-bois avec l'agilité fulgurante de quelque animal sauvage, après quoi la forêt l'a engloutie.

CHAPITRE 2

La ceinture que Richard portait nouée à sa taille produisait un son qui le précédait partout où il allait. Je pense qu'il en retirait une sensation de pouvoir – on entendait son argent avant que de n'en voir le propriétaire. À l'approche du cliquetis caractéristique, assorti du bruit de ses bottes en cuir de chevreau sur les marches d'escalier, j'ai pris une profonde inspiration et, d'un geste machinal, j'ai épousseté mon vêtement. Je me suis levée au moment où il pénétrait dans la pièce, la mine enjouée, revigoré après un voyage d'affaires à Manchester. Sa boucle d'oreille en or a capté un rai de lumière ; ses yeux gris étincelaient.

— Fleetwood, m'a-t-il saluée, prenant mon visage dans ses mains.

Je me suis mordu la lèvre qui avait accueilli son baiser. Réussirais-je à prendre la parole sans que ma voix me trahisse ? Richard était monté directement à la garde-robe, certain de m'y trouver. Bien que personne n'ait vécu à Gawthorpe avant nous, cette pièce était la seule où je me sentais vraiment chez moi. Je trouvais très moderne l'idée de l'oncle de Richard, qui avait dessiné les plans du manoir, de consacrer une pièce entière aux habits. D'autant qu'il n'avait pas d'épouse. Bien évidemment, si la tâche d'aménager une maison était dévolue aux femmes, la garde-robe y tiendrait une place aussi importante que la cuisine. Moi qui avais grandi dans une demeure en pierre noire sous un ciel gris, je me sentais à Gawthorpe, avec ses couleurs riches et chaudes, comme perpétuellement sous le soleil levant, ses trois étages constellés de fenêtres lumineuses, scintillantes comme les joyaux de la couronne, et sa tour s'élançant en son milieu, plus comme une princesse qu'une simple maîtresse des lieux. Richard m'avait guidée dans le dédale de ses pièces, et la profusion de moulures neuves, de lambris reluisants et de coursives intérieures qui fourmillaient de peintres, de domestiques et de menuisiers, m'avait donné le tournis. Pour ne déranger personne, je restais cantonnée au dernier étage du manoir. Si j'avais eu un nouveau-né au bras ou s'il avait fallu accompagner un enfant à la table du déjeuner, je n'aurais peut-être pas ressenti la même chose, mais tant que ce n'était pas le cas, je m'en tenais à mes appartements et à ma garde-robe, avec sa jolie vue sur Pendle Hill et les flots vifs de la rivière Calder.

— Encore en grande conversation avec vos habits ? a demandé Richard.

— Ce sont mes fidèles compagnons.

Mon imposant mastiff français Puck s'est arraché du tapis turc sur lequel il somnolait et s'est étiré en ouvrant la gueule si grand que j'aurais pu y glisser la tête.

— Viens là, redoutable cerbère, s'est exclamé Richard en allant s'agenouiller près du chien. Dans pas longtemps, tu ne seras plus le seul et unique objet de notre affection. Il va falloir apprendre à partager.

Las d'un long voyage à cheval, il a poussé un soupir et s'est relevé.

— Comment vous sentez-vous ? Êtes-vous bien reposée ?

J'ai hoché la tête et glissé mes cheveux rebelles sous mon bonnet. Ces derniers temps, chaque fois que je les peignais, je perdais des mèches noires par poignées.

— Vous êtes préoccupée. Vous n'avez pas... vous n'êtes pas...

— Je vais bien.

La lettre. Demande-lui pour la lettre. J'ai senti les mots enfler dans ma gorge, une flèche en équilibre sur un arc bandé, mais au même instant, j'ai vu le soulagement sur son beau visage. J'ai soutenu son regard, un peu trop longuement sans doute, consciente que l'occasion de l'interroger était en train de m'échapper, de me filer entre les doigts comme des grains de sable.

— Ma foi, Manchester a été une franche réussite. James dit toujours qu'il ferait mieux de m'accompagner dans mes déplacements, mais je m'en acquitte aussi bien seul. Il est surtout agacé parce que j'oublie d'établir des quittances ; pourtant, je lui ai déjà expliqué qu'elles étaient aussi bien dans ma tête que dans ma poche.

Il a fait une pause, ignorant Puck qui le reniflait.

— Vous êtes d'humeur silencieuse.

— Richard, j'ai lu le courrier de la sage-femme, aujourd'hui. Et du docteur qui a accouché le dernier.

— Ça me fait penser.

Une expression enfantine sur le visage, il a plongé la main dans le velours émeraude de son pourpoint.

J'ai attendu puis, quand il a ressorti sa main, il a déposé un drôle d'objet dans la mienne. C'était une petite épée en argent, de la taille d'un coupe-papier, avec un manche en or brillant. Sa pointe était arrondie, et sa lame ornée de petites boules suspendues à des crochets miniatures. Elle a produit un joli tintement quand je l'ai retournée dans ma paume.

— C'est un hochet, m'a-t-il annoncé avec un grand sourire.

Il l'a agité à son tour, le faisant cliqueter comme des chevaux dont on aurait tiré les rênes.

— Regardez, ce sont des clochettes. C'est pour notre fils.

Il ne s'était pas donné la peine de dissimuler la nostalgie dans sa voix. J'ai pensé au tiroir que je gardais fermé à clé dans une des chambres. Il recelait une demi-douzaine d'objets que Richard m'avait rapportés de voyage – une bourse en soie frappée de nos initiales, un cheval en ivoire qui tenait dans le creux de la main. Dans la longue galerie était exposée une armure qu'il avait achetée pour célébrer la première fois que mon ventre s'était arrondi. Richard avait la conviction, forte et limpide comme un torrent, que nous aurions un enfant, et il ne s'en départait jamais, y compris quand il faisait le négoce de la laine à Preston et passait devant un marchand de sculptures d'animaux miniatures ou quand, en compagnie de notre tailleur, il découvrait un rouleau de soie de la teinte exacte d'une perle. Lui seul savait si notre dernier né avait été un fils ou une fille ; pour ma part, je n'avais pas cherché à savoir, car je ne me considérais toujours pas comme une mère. Ses présents étaient autant de preuves accablantes de mon échec ; j'aurais voulu les brûler jusqu'au dernier et avoir la satisfaction de regarder leur fumée s'échapper par la cheminée pour s'abîmer dans le ciel. Pourtant, dès que j'imaginais la vie sans mon mari, je sentais la tristesse me serrer le cœur et je songeais à quel point il me rendait heureuse, alors qu'en retour je n'avais réussi qu'à lui faire éprouver la perte de trois âmes emportées dans le néant.

J'ai fait une nouvelle tentative :

— Richard, souhaitez-vous me dire quelque chose ?

J'ai vu sa boucle d'oreille briller pendant qu'il m'enveloppait de son regard. Après un bâillement, Puck est retourné s'allonger sur le tapis. Au même moment, une voix grave appelant Richard est montée du rez-de-chaussée.

— Roger est en bas. Je ferais mieux de descendre, a-t-il dit.

J'ai posé le hochet sur le fauteuil, pressée que j'étais de m'en débarrasser, et Puck s'est mis à le renifler avec curiosité.

— Dans ce cas, je vais descendre, moi aussi.

— Je suis monté seulement pour me changer ; nous partons chasser.

— Mais vous avez passé la matinée à chevaucher !

Il a souri.

— Chasser et chevaucher ne sont pas la même chose.

— Alors, je viens avec vous.

— Vous vous en sentez capable ?

J'ai souri avant de me tourner vers mes habits.

★

— Fleetwood Shuttleworth ! Seigneur, vous êtes d'une pâleur ! s'est exclamé Roger de sa voix tonitruante dans la cour de l'écurie. Vous êtes plus blanche qu'un flocon de neige, mais deux fois aussi belle. Richard, ne donnez-vous donc point à manger à votre épouse ?

— Roger Nowell, vous savez parler à une femme, ai-je dit, le sourire aux lèvres, en approchant à cheval.

— Je vois que vous avez revêtu vos habits de chasse. Avez-vous accompli toutes les activités matinales qui siéent à une dame ?

Sa voix de stentor emplissait les moindres recoins de la cour de l'écurie, et il s'est redressé de sa fière carrure, juché sur sa monture, un sourcil grisonnant haussé en guise de question.

— Je suis venue passer du temps avec mon magistrat préféré.

D'un coup de talon, j'ai amené mon cheval entre les deux autres. Roger Nowell était d'une compagnie agréable, et j'avoue aujourd'hui que sa présence m'intimidait sans doute un peu. Après tout, j'avais grandi sans père et, pour Richard comme moi, Roger avait l'âge d'être le père – voire le grand-père – que nous avions perdu depuis fort longtemps, de sorte que quand Richard avait hérité de Gawthorpe, nous nous étions liés d'amitié. Le lendemain de notre arrivée, il s'était présenté à cheval, chargé de trois faisans, et il avait passé l'après-midi à nous dresser un portrait du pays et de ses gens. Cette partie du Lancashire, avec ses collines vallonnées, ses forêts épaisses et sa population singulière, nous était encore étrangère, et Roger se révéla être un puits de science. Relation du défunt oncle de Richard – qui, juge à la cour de Chester, incarnait le lien le plus étroit de la famille avec la Couronne –, Roger connaissait les Shuttleworth depuis des années et avait trouvé sa place au sein de notre demeure comme un meuble ancien reçu en héritage. Pour ma part, je l'ai apprécié dès notre première rencontre. À l'instar d'une flamme, il illuminait tout de sa présence, et son humeur vacillante apportait chaleur et lumière partout où il allait.

— Des nouvelles du palais : le roi aurait enfin trouvé un prétendant pour sa fille, a annoncé Roger.

La meute de chiens de chasse, excitée par le bruit de notre arrivée, a été sortie des chenils pour les laisser se rassembler, piaffant et haletant autour des jambes des chevaux.

— De qui s'agit-il ?

— De Frédéric V, comte palatin du Rhin. Il viendra en Angleterre plus tard dans l'année et, espérons-le, fera taire la cohorte de bouffons qui prétendent épouser la princesse.

— Assisterez-vous au mariage ? ai-je demandé.

— Je l'espère bien. Ce sera le plus grandiose que le royaume ait connu depuis des lustres.

— Je me demande à quoi ressemblera sa robe de mariée, ai-je songé à voix haute.

Mon interrogation s'est noyée dans les cris des chiens, quand Roger et Richard ont quitté la cour de l'écurie. En voyant les chiens en laisse, j'ai compris que nous allions traquer le cerf, ce dont j'aurais dû m'enquérir plus tôt. Un cerf aux abois offrait un spectacle bien déplaisant, avec ses ramures effilées et ses prunelles révulsées, et j'aurais plus volontiers chassé n'importe quel autre gibier. J'ai pensé à tourner bride, mais nous avions déjà atteint la forêt et j'ai choisi d'éperonner ma monture. Notre apprenti Edmund chevauchait à côté des chiens, tenant lieu de meneur de meute. Nous cheminions entre les arbres et je fermais la marche en silence, saisissant d'une oreille distraite des bribes de leur conversation lorsqu'une image de la veille m'est soudain revenue en mémoire : les taches de sang, les yeux sans vie et l'étrange femme aux boucles dorées.

— Richard, l'ai-je interrompu. Quelqu'un s'est introduit sur la propriété, hier.

— Comment ? Où ?

— Au sud de la maison, dans les bois.

— Pourquoi James ne m'a-t-il rien dit ?

— Parce qu'il n'est pas au courant.

— C'est *vous* qui avez surpris l'intrus ? Mais que faisiez-vous là-bas ?

— J'étais... je suis allée me promener.

— Je vous ai déjà dit de ne pas sortir seule ; vous auriez pu vous perdre ou faire une chute et... et vous faire mal.

Roger écoutait notre conversation.

— Il ne m'est rien arrivé, Richard. Et puis, ce n'était pas un homme, mais une femme.

— Mais que faisait-elle ? S'était-elle égarée ?

J'ai soudain compris que je ne pourrais pas lui parler des lapins morts, pour la bonne raison que je n'avais pas les mots pour décrire la scène.

— Oui, ai-je fini par répondre.

Roger s'en est amusé.

— Quelle imagination débridée, Fleetwood ! Vous avez réussi à nous faire croire qu'un sauvage vous avait attaquée dans les bois alors qu'il s'agissait tout bonnement d'une femme qui avait perdu son chemin ?

— Oui, ai-je acquiescé à mi-voix.

— Quoique cela ne soit pas sans conséquence non plus, peut-être avez-vous entendu parler de ce qui est arrivé au colporteur John Law à Colne ?

— Non.

— Roger, ce n'est pas la peine de l'effrayer avec des histoires de sorcellerie, elle fait déjà assez de cauchemars comme ça.

La réponse de Richard m'a laissée bouche bée, le visage écarlate. C'était la première fois qu'il évoquait Le Cauchemar devant quelqu'un, et je ne l'en aurais jamais cru capable. Mais il continua comme si de rien n'était, la plume de son chapeau tremblotant dans le vent.

— Contez-moi cette histoire, Roger, ai-je insisté.

— Une femme voyageant seule n'est pas forcément aussi innocente qu'elle en a l'air. John Law l'a appris à ses dépens et s'en souviendra pendant le restant de sa vie – qui risque de ne pas être très longue, Dieu ait pitié de nous.

Il a rectifié son assiette avant de poursuivre :

— Il y a deux jours, son fils Abraham est venu me voir à Read Hall.

— Suis-je censée le connaître ?

— Non, c'est un teinturier de Halifax. Ce garçon a bien réussi, compte tenu du métier de son père.

— Et il a vu une sorcière ?

— Non, *écoutez* un peu.

J'ai poussé un soupir. Je regrettais d'être venue ; j'aurais mieux fait de rester confortablement installée dans mon salon en compagnie de mon chien.

— Un jour, John se trouve sur la route de la laine à Colnefield quand il croise une jeune fille. Une mendiante, songe-t-il aussitôt. Elle lui demande des épingles et, alors qu'il refuse – Roger a ménagé une pause dramatique –, elle lui jette un sort. John tourne les talons et s'en va lorsque, tout à coup, il l'entend murmurer derrière lui, comme si elle s'entretenait avec quelqu'un. Un frisson lui parcourt l'échine. Au début, il se dit que c'est le vent mais, en se retournant, il voit ses yeux noirs rivés sur lui, et ses lèvres remuer. Il se met à courir, et à peine a-t-il parcouru quinze toises[1] qu'il entend des bruits de pas précipités derrière lui, puis soudain une chose immense, semblable à un chien au pelage noir, se jette sur lui, le mord de toutes parts et le projette au sol.

— Une chose *semblable* à un chien ? a répété Richard. Tout à l'heure, vous avez dit qu'il s'agissait bel et bien d'un chien noir.

Roger l'a ignoré.

— John s'enfouit le visage dans les mains en demandant grâce et, lorsqu'il rouvre les yeux, le chien a disparu. Volatilisé. Et l'étrange fille avec. Un passant le trouve sur le chemin et l'aide à gagner l'auberge la plus proche, mais c'est à peine s'il peut bouger. Ou parler. Son œil refuse à jamais de se rouvrir sur le monde et tout un pan de son visage s'est affaissé. Il passe la nuit à l'auberge mais, le lendemain, la jeune fille réapparaît effrontément et le supplie de lui pardonner. Elle affirme qu'elle ne maîtrisait pas son art et admet lui avoir effectivement jeté un sort.

— Elle a avoué ? ai-je demandé en repensant soudain à la fille de la veille. À quoi ressemblait-elle ?

— À une sorcière. Très maigre, les traits grossiers, la chevelure noire et l'air maussade. Ma mère dit toujours qu'il faut se méfier des gens qui ont les cheveux noirs, parce que, en règle générale, leur âme est tout aussi ténébreuse.

---

[1]. Soit trente mètres environ. *(Toutes les notes sont de la traductrice.)*

— J'ai les cheveux noirs, ai-je fait remarquer.
— Voulez-vous ou non entendre mon récit ?
Quand j'étais petite, ma mère me menaçait de me coudre les lèvres pour me faire taire. La mère de Roger et elle auraient sans doute beaucoup de choses à se raconter.
— Je suis désolée. Comment va cet homme, aujourd'hui ?
— Mal et il ne se rétablira sans doute jamais, a répondu Roger d'un air solennel. Ce qui en soi est préoccupant, mais une autre chose l'est encore plus : le chien. Tant qu'il erre dans Pendle en parfaite liberté, personne n'est à l'abri.

Richard m'a lancé un regard mi-sceptique, mi-amusé, avant de forcer l'allure pour rattraper la meute. Je n'étais pas effrayée par l'idée de cet animal – après tout, mon mastiff faisait la taille d'une mule –, mais avant que j'aie le temps de le faire valoir, Roger poursuivait son récit.

— À l'auberge, quelques nuits après l'incident, John Law est réveillé par le bruit d'une respiration au-dessus de son visage. L'imposante bête, de la taille d'un loup, était campée sur son lit, les babines retroussées, les yeux enflammés. Il sait aussitôt qu'il est face à un esprit ; une telle créature ne peut pas être de ce monde. Vous comprendrez aisément la terreur qui le saisit, alors qu'il est incapable de se mouvoir et qu'il peut tout au plus pousser des grognements. Mais alors qui voit-il, un instant plus tard, sur son lit, à la place de la bête ? La sorcière.

À ces mots, j'ai eu la sensation qu'une plume effleurait la surface de mon épiderme.

— La bête avait pris les traits de la femme ?

— Non, Fleetwood. Avez-vous entendu parler des esprits familiers ?

J'ai secoué la tête et il a repris :

— Dans ce cas, je vous renvoie au livre du Lévitique. Pour résumer, un esprit familier est le diable en personne. Un instrument, si vous préférez, pour agrandir son royaume. Celui de cette fille est un chien, mais ces esprits peuvent apparaître sous n'importe quelle forme : un animal, un enfant. Le sien surgit quand elle a besoin qu'il exécute ses ordres, comme la semaine dernière, quand elle lui a demandé d'écloper John Law. Un esprit familier est la manifestation incontestable d'une sorcière.

— Et vous l'avez vu ?

— Bien sûr que non. Il y a peu de chance qu'une créature du Malin se présente à un homme pieux. Seuls les individus dont la foi laisse à désirer peuvent sentir sa présence. Leurs mœurs légères sont un terrain fertile.

— John Law l'a vu ; or vous dites qu'il est un honnête homme.

D'un geste impatient, Roger a mis fin à la discussion.

— Nous avons perdu Richard ; il ne sera guère content de me voir cancaner avec son épouse. Voilà ce qui arrive quand on laisse participer les femmes à la chasse.

Je me suis gardée de lui dire que je l'avais écouté pour lui faire plaisir – quand Roger avait une histoire à raconter, rien ne pouvait l'arrêter. Nous sommes partis au petit galop, pour ralentir quelques instants plus tard lorsque la meute nous est de nouveau apparue. Nous étions désormais très loin de Gawthorpe et la perspective de passer une après-midi entière à cheval avait perdu tout son attrait.

— Où se trouve la fille, à présent ? ai-je demandé tandis que les chiens nous distançaient une fois encore.

Roger a raffermi sa prise sur ses rênes.

— Elle s'appelle Alizon Device. Elle est sous ma garde à Read Hall.

— Chez vous ? Pourquoi ne pas l'avoir enfermée dans la prison de Lancaster ?

— Là où elle est, elle ne représente aucun danger. Elle ne peut rien faire, elle n'oserait pas. De surcroît, elle contribue à d'autres de mes enquêtes.

— Quelles sortes d'enquêtes ?

— Bonté divine, vous en avez, des questions, dame Shuttleworth. Faut-il donc noyer le gibier sous un flot de paroles ? Alizon Device vient d'une famille de sorcières ; c'est elle-même qui me l'a dit. Sa mère, sa grand-mère, même son frère pratiquent la magie et la sorcellerie, à quelques lieues d'ici à peine. Elles accusent en outre leurs voisines, dont une qui vit sur le domaine Shuttleworth, de meurtre par sorcellerie. Ce qui explique que j'aie jugé bon d'en informer votre époux.

Sur ce, il a incliné la tête pour désigner la coulée de verdure qui s'étendait devant nous. Une fois encore, Edmund, Richard et les chiens avaient disparu.

— Mais comment pouvez-vous être sûr qu'elle raconte la vérité ? Pourquoi trahirait-elle sa famille ? Elle doit bien connaître le sort réservé aux sorcières, c'est une mort certaine.

— Je n'en sais pas plus que vous.

La simplicité de sa réponse m'a semblé cacher autre chose. Quand il le voulait, Roger pouvait se montrer agressif et brutal ; je l'avais vu à l'œuvre avec son épouse, Katherine, une femme des plus accommodantes.

— Les meurtres qu'elle impute à sa famille ont bel et bien eu lieu.

— Ces gens ont tué ?

— Et pas qu'une fois. Mieux vaut ne pas contrarier les Device. Mais n'ayez crainte, mon enfant. Alizon Device est sous bonne garde et je m'en vais interroger sa famille demain ou après-demain. Il me faudra en informer le roi, bien entendu, a-t-il dit en soupirant comme s'il s'agissait d'une corvée. Il sera satisfait de l'apprendre, à n'en point douter.

— Et si elle s'enfuit, comment ferez-vous pour la retrouver ?

— Cela ne risque pas. J'ai des yeux partout à Pendle. Vous le savez fort bien. Peu de choses échappent à un haut sheriff.

— Ancien haut sheriff, l'ai-je taquiné. Quel âge a-t-elle ? La fille avec le chien ?

— Elle l'ignore, mais je dirais environ dix-sept ans.

— Comme moi.

Après un silence, perdue dans mes pensées, j'ai repris la parole :

— Roger, faites-vous confiance à Richard ?

Il a haussé un sourcil broussailleux.

— Je lui confierais ma vie, ou ce qu'il en reste – je suis un vieil homme, à présent, mes enfants sont grands et mes meilleures années de travail sont derrière moi, hélas. Pourquoi cette question ?

J'avais glissé la lettre du médecin dans ma poche, sous ma tenue d'équitation, et je l'ai sentie battre contre mes côtes comme un deuxième cœur.

— Pour rien.

CHAPITRE 3

Le Carême n'était pas encore terminé et, si je manquais encore d'appétit, je me serais néanmoins attablée avec joie devant un morceau de bœuf en ragoût ou une lanière de poulet tendre et salé. Roger, qui était resté pour le repas, s'est frotté les mains en voyant arriver les domestiques avec des plateaux en argent chargés de brochet et d'esturgeon. Je savais que je n'y toucherais pas, quand bien même j'avais faim après la chasse, dont nous étions rentrés bredouilles alors qu'un brouillard glacial descendait sur la campagne. Il se massait à présent contre les carreaux des fenêtres et la salle à manger était froide. J'ai émietté mon morceau de pain et bu une petite gorgée de vin, me demandant à quel moment je pourrais de nouveau terminer mon assiette. J'avais caché mon état à tous les domestiques, y compris Sarah, qui m'aidait à m'habiller, mais la cuisinière est toujours la première à comprendre ce genre de choses. Les autres m'avaient déjà vu glaner des morceaux de nourriture dans mon assiette pour les passer à Puck sous la table, mais je le faisais depuis qu'il était petit. Mon chien grossissait tandis que je donnais l'impression de rétrécir à vue d'œil. Un jour, Richard avait observé que Puck était mieux nourri que la plupart des habitants du Lancashire.

Lorsque la vue des têtes de poisson m'est devenue insupportable, je suis allée m'allonger dans ma chambre. Tout en haut de la maison, loin du bruit de la vaisselle remuée, le calme régnait et la cheminée était allumée. Normalement, j'aurais fermé les rideaux pour soulager ma migraine, mais je me sentais trop mal en point et fatiguée, aussi j'ai simplement retiré mes mules et me suis allongée face à la fenêtre, les mains posées sur mon ventre. J'avais eu trop à penser ce matin, mais le souvenir de la lettre du médecin est revenu embrumer mon esprit. Au fond, je suppose qu'il s'agissait de savoir qui en sortirait vivant : serait-ce moi, l'enfant, les deux, aucun de nous ? À en croire le médecin – et assurément, il fallait se fier à lui – le bébé grossissait tel un marron à l'intérieur d'une coquille verte hérissée de pointes qui finirait par me fendre en deux. Plus que tout, Richard désirait un héritier et peut-être n'allais-je pas échouer cette fois encore... mais au prix de ma propre existence ? Les femmes qui concevaient un enfant portaient en elles la vie et la mort ; telle était la réalité de notre destin. Me mettre à espérer et prier pour ne pas succomber en couches était à peu près aussi utile que de croire aux fables et légendes.

— Vas-tu rester et me tuer ? ai-je demandé en posant les yeux sur mon ventre. Ou me laisseras-tu la vie sauve ? Pouvons-nous tâcher de vivre ensemble ?

J'ai dû finir par m'endormir. En rouvrant les paupières, j'ai trouvé une cruche de lait à côté de mon lit. J'ai tendu la main et trempé le petit doigt dans le liquide, que j'ai léché. Ma mère répétait sans cesse que les filles les plus belles avaient la peau semblable à du lait frais, potelée et onctueuse. En comparaison, la mienne faisait penser à du vieux parchemin. À ce propos, je me suis souvenue que ma mère avait fait grand cas de la première visite de Richard à Barton, en compagnie de son oncle Lawrence : incapable de rester en place, elle s'était agitée dans tous les sens comme un papillon de nuit.

— Fais-lui voir tes mains. Garde-les croisées devant toi.

Elle n'avait pas besoin de préciser que mon visage n'était pas à mon avantage – je le savais déjà. Pourtant, rien de tout cela n'avait d'importance, car nous savions l'une comme l'autre que mon principal atout était mon nom et l'argent qui allait avec. Ma mère racontait toujours que mon père était avare, mais lorsque je lui demandais pourquoi nous habitions une maison pleine de courants d'air, dans laquelle nous partagions une chambre, elle pinçait les lèvres et répondait qu'une maison ancienne valait mieux qu'une neuve.

La nuit qui a suivi la visite de Richard, après que nous nous étions glissées sous les couvertures, ma mère m'a demandé si je l'appréciais.

— Qu'est-ce que cela peut faire ? ai-je répondu d'un ton acerbe.

— Cela peut faire ton bonheur. Tu vas passer chaque jour de ta vie avec lui.

Il va me sauver de ma misérable existence, ai-je pensé. *Rien ne pourrait le rendre plus appréciable à mes yeux.*

J'ai pensé à la beauté de son visage lisse et à ses yeux d'un gris clair ; aux magnifiques anneaux qu'il portait aux oreilles et aux doigts, dont celui que je prendrais afin qu'il m'emmène vers ma nouvelle vie.

— Aimez-vous le théâtre ? m'avait-il demandé alors que nous étions passés dans le petit salon.

Son oncle et ma mère se tenaient à la fenêtre et devisaient en jetant des regards vers nous. Je savais que ma mère avait aplani le terrain en vue de ce mariage mais que, si Richard venait à refuser, personne n'y pourrait rien.

— Oui, avais-je menti étant donné que je n'y avais jamais mis les pieds.

— Parfait. Nous irons chaque année à Londres. C'est là que se trouvent les meilleurs théâtres. Et même deux fois l'an, si vous le souhaitez.

Comment ne pas être charmée et ravie par ce jeune homme qui, contrairement à tout le monde, ne me traitait pas comme une enfant ? Je pensais à son visage à chaque heure du jour, et chaque heure de la nuit aussi. Une fois la date du mariage à l'église paroissiale arrêtée, je me suis surprise à attendre impatiemment de voir poindre les matins, puis tomber les nuits qui me rapprochaient du grand jour. Je songeais à l'épouse que j'allais être : agréable et raisonnable, à défaut d'être belle. Un jour, je serais une mère, adorée de ses enfants et de son mari. Je donnerais à Richard tout ce qu'il pouvait désirer. Son bien-être serait ma seule préoccupation, son bonheur le travail de toute ma vie. Car il m'avait fait le plus beau des cadeaux : il m'avait acceptée comme épouse, ce dont je lui saurais gré pendant le restant de mes jours. J'ai entendu ma mère s'agiter dans son lit.

— Fleetwood. Tu m'écoutes ? Je te demande si tu as apprécié Richard.

— Il fera l'affaire, j'imagine, ai-je répondu avant d'éteindre ma bougie en souriant.

★

Au matin, je me suis réveillée péniblement, les membres ankylosés, et je suis allée jusqu'à l'avant de la maison pour délasser mes jambes en arpentant la galerie longue. À ma grande surprise, Roger se tenait là, les mains jointes dans le dos, et examinait les armoiries royales qui paraient le manteau de la cheminée. J'ai récité le motif d'ornement que je connaissais par cœur.

— « Crains Dieu, honore ton roi, rejette le mal et fais le bien. Instaure la paix. »

— Très bien, Fleetwood. Voyez en ces mots le serment de votre juge de paix.

— C'est Lawrence, l'oncle de Richard, qui les a fait graver. Je pense qu'il nourrissait l'espoir que le roi James en entendrait parler et n'estimerait pas nécessaire de séjourner ici.

— Les Shuttleworth sont fidèles à la Couronne, bien entendu, souligna Roger avec une pointe de réprobation.

— Fidèles comme des chiens.

Roger a réfléchi :

— Pourtant, la région devrait davantage manifester cette fidélité. Mais comment faire plus ?

— Il ne s'agit pas tant d'un manque de fidélité que de confiance. De plus, le roi s'épargnera certainement les environs et l'étrange manière qu'ont les habitants de vivre leur foi.

— Ce coin du royaume est la cause d'une grande anxiété pour Sa Majesté. Il y aurait encore fort à faire pour « honorer ton roi et rejeter le mal ».

Roger s'est penché en avant, les sourcils froncés :

— Je n'avais pas remarqué l'inscription autour des bras du roi. Que dit-elle ?

— « Honni soit qui mal y pense[1]. »

Roger a eu une moue sceptique.

— Certes. Mais qui pense du mal de quoi, Lawrence ne saura jamais nous le dire. Peut-être demanderai-je directement au roi.

— Vous serez bientôt à la cour ?

Roger acquiesça d'un mouvement de la tête.

— Sa Majesté exige de tous les juges de paix du Lancashire qu'ils dressent un registre des individus qui ne reçoivent pas la communion eucharistique.

— Dans quel but ?

— Oh, Fleetwood, inutile de vous préoccuper des affaires de la cour, elles n'ont aucune incidence sur la vie d'une jeune dame. Faites votre devoir en donnant à votre mari tout plein de petits Shuttleworth, et je me ferai fort d'assurer la sécurité à Pendle.

Je devais avoir l'air contrariée, car il m'a regardée avec bonté avant de continuer d'un ton plus avenant :

— Ma foi, si vous tenez à le savoir, Sa Majesté est encore très... embarrassée à la suite des événements au Parlement il y a sept ans. Et peut-être avez-vous entendu les rumeurs concernant la fuite de certains traîtres dans le Lancashire. Il faut faire le nécessaire pour prouver la loyauté du comté envers la Couronne car, pour l'heure, le roi nourrit une profonde méfiance

---

1. En français dans le texte.

à l'égard de notre petit territoire du Nord et de ses habitants sans foi ni loi. Comparé aux *lords* et *ladies* distingués du Sud, il nous voit comme une meute d'animaux. Nous sommes très éloignés de la bonne société, et je crois qu'il a peur. Mais savez-vous de quoi d'autre il se méfie ?

J'ai secoué la tête.

— Des sorcières.

Une lueur de triomphe a embrasé son regard et il m'a fallu un moment pour comprendre.

— Vous voulez parler d'Alizon Device ?

Roger opina du chef.

— Si je parviens à convaincre le roi que la population du Lancashire est menacée par la chose même qu'il hait par-dessus tout, il se pourrait qu'il nous exprime sa sympathie et vienne à bout de sa méfiance. Si l'on me voit ôter les *mauvaises graines*, pour ainsi dire, le comté pourrait croître et prospérer, et nous pourrions rallier le royaume, forts d'un nouveau rayonnement.

— Mais les catholiques et les sorcières sont deux choses différentes. Les premiers se comptent ici en grand nombre, contrairement à ces dernières.

— Elles sont plus nombreuses que vous ne le pensez, a-t-il rétorqué sur le ton de l'évidence. Et en outre, le roi ne fait pas la différence entre les deux.

— Je doute fort que le roi ait à s'inquiéter qu'on stocke de la poudre à canon par ici. Le temps est bien trop humide.

Roger a ri. Je me suis demandé si le moment n'était pas bien choisi pour lui parler de la lettre, pliée au fond de ma poche. Était-il déjà au courant ?

— Où est Richard ? ai-je sondé à la place.

— Il a quelques affaires à régler avec son intendant, après quoi il va me montrer son nouveau faucon avant de me raccompagner à Read. Vous joindrez-vous à nous ?

— Il passe davantage de temps avec cette créature qu'avec moi. Non, merci. Mais vous pourriez lui dire de demander au tailleur de nous rendre visite. Il me faut des habits neufs.

Roger eut un petit rire alors que nous passions la porte de mes appartements et arrivions en haut de l'escalier.

— Vous êtes aussi redoutable que ma Katherine. Mais aucune de vous deux n'est au niveau de Richard. En dehors du roi, c'est lui qui possède le plus grand choix de vêtements.

Roger s'est arrêté en haut de l'escalier avant de conclure :

— Rendrez-vous bientôt visite à Katherine ? Elle s'enquiert souvent de vous et de vos dernières tendances vestimentaires. Elle est fascinée de voir ce que portent les jeunes gens.

J'ai souri et me suis inclinée tandis qu'il descendait l'escalier qui s'enroulait sur la tour, mais avant qu'il ne disparaisse, je l'ai rappelé, prise d'un élan soudain, désireuse qu'il me serre dans ses bras comme le ferait un père. Roger dégageait un arôme que j'associais volontiers à celui d'un père : un mélange de fumée de bois, de crin de cheval et de tabac. Il a attendu sous le portrait de ma mère et moi enfant – celui que je refusais d'accrocher dans la galerie longue ou nulle part ailleurs. La raison était que personne ne s'arrêtait suffisamment longtemps dans l'escalier pour le remarquer, et que les invités qui passaient devant l'avaient le plus souvent oublié avant d'atteindre l'étage suivant. Sur cette peinture, qui faisait à peu près ma taille, ma mère dominait avec son large col et sa robe d'étoffe pourpre. J'occupais le coin du tableau, en bas à gauche, et ma mère avait un bras tendu vers moi, comme pour me chasser hors du cadre. Une petite merlette noire nichait dans ma main, le peintre ayant immortalisé le menu animal domestique que je gardais en cage dans ma chambre. Je me souvenais encore du silence désagréable qui avait régné pendant la séance de peinture dans la grande salle de Barton, et de l'artiste, avec son visage en biseau, ses doigts tachés d'huiles colorées et sa bouche d'où dardait le bout noir de sa langue comme un serpent.

— Roger... (Ma voix s'est étranglée dans ma gorge.) John Law vivra-t-il ?

— N'ayez crainte. Son fils prend soin de lui.

Je m'en suis retournée dans ma chambre, en me demandant comment Roger Nowell faisait pour trouver le sommeil avec une sorcière sous son toit. Avant de décréter qu'il devait tout bonnement dormir du sommeil du juste.

★

J'avais caché l'écuelle sous le lit, pour l'avoir à portée de main en cas de besoin, et j'avais pris soin de la recouvrir d'un tissu, malgré tout Richard a eu un mouvement de recul en arrivant dans la chambre. J'étais allongée en chemise de nuit, affaiblie et vidée, et le peu de brochet que j'avais avalé au dîner gisait au fond du récipient. Richard a poussé un soupir avant de s'agenouiller à mon côté.

— Vous ne vous sentez toujours pas mieux ? Vous n'avez rien mangé. J'aimerais tant que vous repreniez des forces.

J'ai tiré sur ma chemise de nuit, dévoilant le petit arrondi de mon ventre. Richard l'a regardé fixement, puis il a posé la main dessus d'un geste délicat. J'ai fait tourner la bague en or autour de son doigt, celle que son père lui avait offerte et qu'il ne quittait jamais. Je ne savais pas ce qui était pire : de me sentir à ce point souffrante ou de me demander si mon mari n'était pas en train de me cacher une grande vérité. À un moment de la soirée, alors que j'étais dans ma chambre avec pour seule compagnie le joyeux crépitement des bougies, cette évidence s'était soudain imposée à moi : Richard attachait plus d'importance à la vie de cet enfant qu'à la mienne. N'était-ce pas légitime, pour un homme à la tête d'un tel patrimoine ?

— Richard ? Qu'adviendra-t-il si je ne parviens pas à vous donner un héritier ?

J'ai songé aux épouses des rois, autrefois, la tête sur le billot. Quel sort était le plus enviable : partir après une agonie sordide, en se débattant dans des draps souillés de sang, ou bien présentable et résignée, parée de ses plus beaux atours ? Le divorce existait depuis plusieurs décennies, mais ce seul mot inspirait autant d'effroi que la mort.

— Ne pensez pas à ces choses-là. Cela ne se reproduira pas, le Seigneur accédera à nos prières. Nous emploierons la meilleure sage-femme.

— Nous avions déjà une sage-femme la dernière fois ; cela ne l'a pas empêché d'être mort-né.

Richard s'est relevé pour se dévêtir, et la lueur des bougies a détouré l'ombre des boutons sur ses habits avant de toucher sa peau nue. Je l'ai regardé mettre sa chemise de nuit, puis il s'est assis à côté de moi et a serré ma main froide dans la sienne, rose sur fond gris. Sa voix avait beau être calme, je voyais bien à son expression qu'il était préoccupé.

— Jusqu'à ce que vous soyez rétablie, je dormirai à côté dans la garde-robe.

J'ai senti mon estomac se nouer.

— Non ! Richard, je vous en prie, je ne peux m'y résoudre. Je ne serai plus malade. Je vais demander à une femme de chambre de retirer l'écuelle.

J'ai tenté de descendre du lit, mais Richard m'en a empêchée.

— Je dormirai à côté jusqu'à ce que vous soyez de nouveau sur pied, ce qui ne saurait tarder...

— Richard, ne faites pas ça. Pitié. Je n'aime pas dormir seule, vous le savez bien... Le Cauchemar.

Quand je me réveillais, trempée de sueur et aveuglée par la terreur, Richard me tenait serrée dans ses bras jusqu'à ce que les tremblements s'estompent. De tels épisodes ne se produisaient que quelques fois l'an, mais il savait parfaitement qu'en son absence je ne pourrais pas surmonter ma détresse.

— Je vous en prie, n'allez pas dormir à côté. Restez avec moi, par pitié. J'ai peur.

Malgré mes supplications, Richard m'a embrassée sur le front, avant de sortir de la chambre d'un air chagrin en tenant l'écuelle à bout de bras. Je me suis laissée glisser le long de la tête de lit et j'ai senti les larmes me monter aux yeux. Richard n'aurait jamais réagi de la sorte aux tout débuts de notre mariage. Après nos noces, dans la demeure que nous occupions sur le Strand, le tumulte de la ville qui s'immisçait par la fenêtre m'empêchait de dormir. Je n'étais pas habituée à l'agitation de Londres – jamais je n'avais vu une telle concentration de calèches, pas plus que je n'avais entendu les cris des bateliers débarquant à quai, le tintamarre des innombrables cloches ou le brouhaha de la foule. La nuit, Richard s'asseyait dans le lit à côté de moi et s'employait à me faire la lecture, à dessiner, ou à me caresser les cheveux en silence. Avec l'arrivée du froid, lorsque nous sommes partis rejoindre la campagne et les vastes ciels d'Islington, je lui ai avoué que je m'étais habituée aux bruits du Strand, et que je ne pourrais désormais plus trouver le sommeil au milieu d'un tel silence. Richard a ri en me disant que j'étais capricieuse et qu'il ne lui restait plus qu'à faire lui-même du raffut à mon intention. C'est ainsi que soir après soir, dès l'instant où je sombrais dans le sommeil, Richard se mettait à pousser des hennissements, à imiter l'appel du rémouleur ou à jongler comme un marchand de charbon pour ne pas se brûler les mains. Jamais je n'avais autant ri de ma vie. Un jour, alors qu'il neigeait et que le feu était bas dans la cheminée, je lui ai demandé de me montrer ce qu'il dessinait dans mon carnet à croquis. Il m'a invitée à patienter jusqu'à ce qu'il ait terminé. Je l'ai observé à l'ouvrage, les traits tendus par la concentration, les menus déplacements de ses mains comme un bruissement sur le papier. Puis il a retourné la feuille, et je me suis vue. Je portais un magnifique chapeau à bordure, une fraise et une collerette raffinées, ainsi qu'une élégante paire de chaussons espagnols. Une cape, retenue par des boutons de Paris, me recouvrait les épaules et semblait flotter hors de la page. Je pouvais presque sentir l'épaisseur de l'étoffe.

— Quelle est cette teinte ? ai-je murmuré en caressant ses contours du bout des doigts.

— La cape est en satin à motifs et laine orange, a-t-il répondu fièrement. Je la ferai tailler demain. Vous la porterez pour rentrer à la maison. À Gawthorpe.

Personne n'avait jamais eu de telles attentions à mon égard. À la fin de l'hiver, nous sommes arrivés dans cette maison flambant neuve, que personne n'avait encore habitée, exactement telle qu'il l'avait annoncé. Le voyage a duré neuf jours, pendant lesquels j'ai entretenu une idée fixe, celle d'arriver dans le Lancashire en tant que châtelaine de Shuttleworth, vêtue d'un ensemble comme personne n'en avait jamais vu dans les environs. Richard, lui aussi, avait belle prestance dans la tenue qu'il avait dessinée, rehaussée d'un poignard et d'une épée à la taille. Tandis que nous approchions de notre nouvelle demeure, les villageois sont sortis au bord des rues pour nous saluer de la main, le sourire aux lèvres. Mais avec le temps, le souvenir de cette journée s'est altéré et, en y repensant aujourd'hui, je ne voyais désormais plus que deux enfants affublés d'un déguisement.

J'ai mouché la bougie et tendu l'oreille pour tâcher d'entendre les bruits de la pièce voisine. Pour la première fois de notre mariage, je dormais seule alors que nous étions tous deux à la maison.

★

Le matin suivant, Richard n'est pas venu dans ma chambre, préférant descendre pour le déjeuner sans me réveiller. Je l'ai rejoint à table tandis qu'il prenait connaissance de son courrier, et je me suis forcée à avaler un morceau de pain au miel. J'ai observé ses traits, tantôt se crisper, tantôt s'éclairer pendant qu'il lisait, mais je n'ai pas demandé qui lui avait écrit. Devant le ballet incessant des domestiques, je me suis demandé lesquels savaient qu'on avait installé un lit d'appoint avec des draps propres dans la garde-robe jouxtant notre chambre. En guise de réponse, une des filles de cuisine a croisé mon regard et aussitôt détourné les yeux, le haut de ses oreilles virant au cramoisi. J'avais froid et, comme je ne pouvais pas me sustenter ni dire ce que j'avais sur le cœur, j'ai lâchement quitté la salle à manger pour aller arpenter la galerie longue et prier, espérant un signe de Dieu. Par la fenêtre, j'ai regardé les arbres et le ciel, et j'ai ressenti l'envie dévorante d'être dehors, débarrassée de mes pensées, plutôt qu'à l'intérieur en leur compagnie.

Bien plus tard, j'ai trouvé Richard assis dans la grande salle avec James, l'intendant, le livre de comptes ouvert entre eux. À Gawthorpe, ce registre avait autant d'importance que la bible du roi Jacques ; le moindre achat, chaque facture réglée, chaque denrée qui entrait ou sortait du manoir, en chariot, à cheval ou roulant dans un tonneau, était répertorié dans ses épais feuillets de l'écriture soignée de James. Les armures, tapisseries et autres frivolités pour lesquelles Richard aimait dépenser son argent était consignées à l'encre, au même titre que les articles du quotidien : les bas des domestiques, les bouchons pour le vin. Mais Richard était comme moi, il trouvait cet exercice fastidieux et préférait que nos employés s'en acquittent à sa place. Dès lors, quand je l'ai retrouvé, j'ai su qu'il serait d'humeur impatiente ; les questions de taxes et de bénéfices l'ennuyaient au plus haut point. Comme pour lui rappeler de ne pas prendre à la légère les affaires du domaine, le portrait austère de son oncle, le révérend Lawrence, surplombait les deux hommes, accompagné d'une devise peinte à son épaule : « La mort est le chemin qui mène à la vie. »

J'ai avalé ma salive.

— Richard ?

Il a relevé la tête vivement, comme s'il accueillait la distraction avec joie. Après quoi, deux choses se sont déroulées simultanément : James a tourné une page du registre vers des feuillets vierges, alors que le précédent n'était couvert qu'à moitié, et j'ai remarqué que Richard portait ses vêtements de voyage.

— Vous partez ?

— Pour Lancaster. Je prends la route ce soir.

— Oh. Quelqu'un vous a écrit ce matin ?

— Seulement mes sœurs, qui m'ont envoyé des nouvelles de Londres. Elles m'écrivent toujours une lettre chacune, mais ce pourrait aussi bien en être une seule : elles évoquent les mêmes personnes, les mêmes représentations théâtrales et le dernier scandale en date. Au moins, les sources de divertissement sont plus nombreuses là-bas qu'à Forcett chez ma mère ; après ça, elles ne voudront jamais rentrer dans le Yorkshire. Aviez-vous besoin de moi ?

Oui, j'ai besoin de vous.

Un silence assourdissant s'est fait dans la pièce. Dans la main de James, la plume a tremblé, sa pointe encrée impatiente de gratter la surface du papier.

J'aurais voulu lui répondre « Ne partez pas », au lieu de quoi j'ai répliqué :

— Comment se portent mesdemoiselles Shuttleworth ?

— Eleanor laisse présager une annonce palpitante, mais Anne n'en fait aucune mention.

— Peut-être est-elle fiancée.

— Eleanor n'est pas connue pour sa subtilité.

— Peut-être espère-t-elle des fiançailles, dans ce cas.

James s'est éclairci la gorge ostensiblement.

— Je vais me rendre à Padiham, ce matin, pour retirer du linge de maison chez Mme Kendall. Vous fallait-il quelque chose ? ai-je demandé.

— Pourquoi ne pas envoyer un domestique ?

— Ils risquent de se tromper.

— Êtes-vous fraîche et dispose pour voyager ?

J'ai senti les yeux gris de Lawrence me dévisager de son promontoire. *La mort est le chemin qui mène à la vie.*

— Oui.

Je ne voulais pas que Richard s'en aille ; il était toujours par monts et par vaux, alors que je n'allais jamais nulle part.

— Quand rentrerez-vous ? ai-je demandé.

— Dans quelques jours. Souhaitez-vous que je fasse une halte à Barton sur le chemin ?

— Pour quoi faire ? Ma mère n'y habite plus ; vous n'y trouverez que des pièces vides et des souris.

— Je devrais y passer de temps à autre pour m'assurer que tout est en ordre.

James a reniflé avant de remuer sur sa chaise. Je lui faisais perdre un temps précieux avec son maître. Au même moment, Richard a dû déceler quelque chose dans mon expression, car il est venu à moi et, du bout du doigt, il m'a soulevé le menton pour tendre mon visage vers le sien.

— Et si nous trouvions le temps pour un voyage à Londres, bientôt ? Eleanor et Anne m'ont donné envie d'y retourner. Nous emploierons une des meilleures sages-femmes, et je vous emmènerai au théâtre ; Dieu sait à quel point nous sommes privés de divertissements dans nos contrées. Ce morne manoir aurait bien besoin d'un peu d'enchantement. James, renseignez-vous pour savoir si quelque troupe de comédiens de passage dans les environs pourrait donner une représentation ici. Sinon, faites-en venir une.

Sur ce, il a passé un bras autour de ma taille et il a pris ma main dans la sienne comme pour m'inviter à danser. Puck s'est approché de nous en traînant des pattes et en grognant d'un air intrigué.

— Sans quoi, je vais devoir dresser Puck à faire l'ours dansant. Mesdames et messieurs, regardez !

D'un geste, il m'a écartée et a tiré le chien jusqu'à lui, de sorte que les énormes pattes de Puck reposaient sur ses épaules et que sa tête monstrueuse était à la hauteur de la sienne. Je n'ai pu m'empêcher de sourire en les voyant se lancer dans des pas de danse maladroits. La langue pendante, Puck a titubé un instant sur les dalles de pierre, juché sur ses pattes arrière, avant de s'étaler de tout son long. D'un bond, il s'est redressé pour venir me quémander une caresse de récompense.

— Quelle créature frivole. Notre numéro est calamiteux, a commenté Richard.

Là-dessus, il m'a laissée face à James, et James face à leur tâche inachevée. Je savais bien que je n'étais pas la seule au manoir que l'humeur changeante de mon mari désarmait. Je l'ai regardé partir, la sensation légère comme une plume de son baiser sur ma joue, et le reste aussi pesant qu'une cape humide sur mes épaules.

CHAPITRE 4

Je connaissais l'existence des guérisseuses, dont les concoctions déclenchaient des saignements qui faisaient dégonfler le ventre. Et puisque certaines plantes et potions aidaient l'enfant à s'en aller, ne pouvait-il pas y en avoir d'autres qui l'aidaient à rester dans le ventre, et à vivre ? Je n'avais à ce propos saisi que des bribes de conversations de domestiques, lorsqu'ils ne me savaient pas assise en silence dans la pièce voisine, ou à travers les lèvres pincées de convives à la table de quelque manoir de la région, avant que la discussion ne s'oriente promptement vers des sujets de bon ton. Si seulement j'avais eu une amie à qui poser la question ; je pouvais difficilement m'adresser directement à l'apothicaire.

De Gawthorpe à Padiham, le trajet à cheval cheminait agréablement au milieu d'arbres largement espacés, jusqu'au moment où le paysage s'ouvrait sur la route. La journée était froide et lumineuse, et mon épaisse cape de laine n'était pas superflue. Arrivée à destination, j'ai attaché devant l'échoppe de la drapière la bride de ma monture, j'ai flatté sa crinière noire comme du charbon et me suis éloignée.

L'un après l'autre, les villageois qui croisaient mon chemin m'ont saluée d'un « Bonjour, madame ».

Je leur ai rendu leurs salutations, consciente qu'ils examinaient d'un œil avide chaque pouce de ma personne, de ma coiffe au bout de mes gants. Impossible de passer inaperçue.

Je me suis arrêtée devant la porte de l'apothicaire et, l'espace d'un instant, je me suis représentée en train de pénétrer dans l'étroite échoppe sombre, avec ses senteurs, ses dizaines de flacons miniatures et les bouquets d'herbes officinales qui drapaient ses murs. Il était fort probable que certaines plantes préviennent la nausée et les fausses couches. Voire la mort. Mais c'était là une langue qui m'était inconnue.

En passant ma commande de linge chez Mme Kendall, j'ai cru voir ses petits yeux brillants se poser furtivement sur ma taille. Avec les villageois, difficile de savoir s'ils vous soupçonnaient d'être en couches ou s'ils admiraient les boutons de vos habits.

Je me suis imaginée en train d'interroger à mi-voix la drapière, qui se serait penchée en avant, son gros ventre pressé sur le comptoir, avec des airs de confidence.

— Madame Kendall, connaissez-vous une guérisseuse ?

Ce à quoi elle m'aurait répondu avec étonnement :

— Mais pour quoi faire, madame ?

— Pour m'aider à avoir un enfant.

— Pour ça, il vous suffit d'avoir un mari !

Sur ce, elle aurait fait claquer ses mains rougeaudes sur son tablier, le visage baigné de larmes à force de rire. Puis la nouvelle aurait fait le tour de la ville et serait arrivée aux oreilles de mes domestiques, qui à leur tour auraient rapporté comment le maître avait déserté ma chambre à coucher, après cinq petites années de mariage. Non, ce n'était pas envisageable.

En repartant de Padiham, j'ai guidé mon cheval à travers un raccourci sous bois. La forêt m'était plus propice à la réflexion, surtout en l'absence de Richard, quand un calme pesant régnait dans la maison. Les premiers temps, j'avais trouvé l'ampleur et le silence de Gawthorpe des plus effrayants. J'avais pris pour habitude de suivre Richard partout où il allait dans le manoir, à tel point qu'il avait commencé à me surnommer le petit fantôme.

Si j'avais eu plus d'assurance, je suppose que Miss Fawnbrake ne serait jamais arrivée dans nos vies. Un matin de printemps, Richard m'avait fait appeler dans la grande salle de Gawthorpe et elle m'était apparue pour la première fois, debout devant la cheminée, faisant pivoter son dos large pour me dévisager de ses yeux vitreux et vides, trop écartés comme ceux d'un poisson. Âgée d'une dizaine d'années de plus que moi, elle était piètrement attifée : sa collerette mal amidonnée tombait de guingois et sa robe la serrait aux entournures. Elle portait tout mal, jusqu'à son nom : « Miss Fawnbrake[1] » faisait penser à une magnifique jeune femme à l'humeur enjouée – aux antipodes de ce qu'elle était. Mais c'était surtout sa façon de se poster constamment derrière l'épaule de Richard qui me répugnait le plus, comme si elle avait vécu toute sa vie à Gawthorpe. Richard m'a alors annoncé qu'il m'avait

---

1. *Fawn* en français signifie « faon ».

trouvé une femme de chambre pour me tenir compagnie au manoir. Une vague d'effroi a déferlé en moi tandis qu'il m'expliquait que je serais pareille à une dame de la cour, à qui une suivante faisait la conversation et la lecture, ou la divertissait en jouant de la musique et à des jeux. D'une timidité maladive, je suis restée à contempler ses mains, roses et sèches comme du jambon fumé, qu'elle tenait patiemment repliées malgré ses manches trop courtes qui dévoilaient ses poignets. Richard ne savait-il pas que je ne jouais d'aucun instrument et que je ne pratiquais jamais mon vocabulaire latin, pour la bonne raison que je préférais chasser et être au grand air avec mon chien ?

À ce moment-là, j'avais déjà perdu un enfant, mais cette perspective était encore pire. Les larmes aux yeux, je m'étais retirée dans la salle à manger, où Richard m'avait rejointe, laissant Miss Fawnbrake tordre les articulations gonflées de ses doigts.

— Je ne veux pas d'une nourrice, Richard, l'avais-je imploré d'une voix tremblante.

— Préférez-vous être seule ? Fleetwood, de votre propre aveu, les armures de la maison vous effraient.

— Plus maintenant.

De grosses larmes brûlantes avaient roulé sur mes joues et je m'étais mise à sangloter comme la petite fille que j'étais encore. Mon époux ne me considérait pas comme la maîtresse de cette demeure.

— Je ne suis pas une enfant, Richard, avais-je dit entre deux hoquets.

Si, aujourd'hui, je pouvais m'adresser à cette fillette effrayée, je m'agenouillerais à côté d'elle sur le tapis et je prendrais ses petites mains froides dans la mienne. Si seulement j'avais pu lui dire, des années plus tôt, que les choses ont tendance à s'aggraver avant de s'améliorer, mais qu'elles finissent toujours par s'améliorer. L'aurais-je crue ?

Au seul souvenir de Miss Fawnbrake, avec ses mains roses et rêches et son visage bouffi à la peau grêlée, je sentais monter la nausée. Elle était restée chez nous pendant huit mois, au cours desquels j'avais perdu deux bébés, coup sur coup. Quand j'avais commencé à saigner et que je l'avais suppliée de ne rien dire à Richard, elle s'était empressée de sortir de la pièce pour en informer son maître séance tenante. Richard, qui s'était précipité à l'étage, m'avait trouvée au bord du lit, le corps plié en deux sous les assauts ininterrompus de la douleur. J'aurais préféré lui épargner la vue de mon incapacité, et du rejet féroce de cet enfant qui ne voulait pas de moi comme mère. Lors de ma première fausse couche, avant que Miss Fawnbrake ne soit parmi nous, nous étions dans la galerie longue, à envisager de commander nos portraits, lorsque j'avais ressenti un serrement étrange dans le bas-ventre, comme si mon intestin se vidait. J'ignorais ce qui m'arrivait, je n'étais pas même au courant qu'il y eût un enfant, et Richard, qui m'avait mise au lit, m'avait lavée à l'aide d'un linge chaud avant de me donner à manger du bouillon et du massepain. Malgré sa tristesse, il était heureux que nous ayons réussi à concevoir.

— Nous aurons un bébé avant les fêtes de Noël ! s'était-il exclamé avec un grand sourire, et je lui avais souri faiblement en retour, car alors je le croyais.

Cette fois-là, l'amour avait éclipsé la souffrance et le chagrin. Mais la deuxième fois, avec l'arrivée de Miss Fawnbrake, la souffrance avait été insupportable, le chagrin décuplé, entremêlé de culpabilité et d'un chaos d'émotions.

La troisième fois avait été la pire. Richard était absent et, ce jour-là, j'avais joué avec Puck sur la pelouse devant la maison, le tirant par un bout de bois qu'il tenait serré entre ses crocs. Mon ventre était déjà imposant, comme si j'avais avalé un globe. Un trait s'était dessiné sur ma peau et, naïve que j'étais, j'avais cru qu'il délimitait l'ouverture par laquelle on sortirait le bébé une fois qu'il serait prêt à venir au monde. Cette après-midi-là, à force de tomber dans l'herbe, je m'étais retrouvée toute crottée, et Puck en avait joyeusement profité pour me sauter dessus et me lécher le visage, ce qui m'avait beaucoup amusée. Mais en apercevant Miss Fawnbrake qui m'observait de la fenêtre de la salle à manger, j'avais senti la joie m'abandonner. Et la joie ne reviendrait pas de sitôt, car ce soir-là, tandis que je me préparais pour la nuit, la douleur m'avait de nouveau assaillie, pour ne pas me lâcher trois jours durant. On avait fait appeler le médecin, Richard était arrivé du Yorkshire, et dans un brouillard de douleur et d'obscurité, je me souviens de la sensation que quelque chose avait quitté mon corps et de la sage-femme qui tenait par les pieds une forme qui ressemblait à un lapin. Pendant deux semaines, j'étais restée alitée et Miss Fawnbrake, une ombre malveillante dans un coin de ma chambre. Un jour, elle avait disparu pour revenir en compagnie de Richard qui, pour la première fois de notre mariage, avait haussé la voix.

— Qu'est-ce que j'entends ? Vous vous rouliez dans l'herbe comme un animal ? Vous laissiez le chien vous piétiner ? Fleetwood, c'est à croire que vous faites exprès de vous comporter comme une enfant et que vous n'avez aucunement le désir de devenir mère.

Il aurait tout aussi bien pu me traiter de meurtrière. Si j'avais trouvé un couteau à côté du pain que je n'avais pas touché, ou un tisonnier incandescent dans la cheminée, je l'aurais enfoncé dans la poitrine pâle de Miss Fawnbrake pour lui en apporter la preuve. Quand enfin Richard s'était rendu compte de l'aversion qu'elle déchaînait en moi, et à quel point chacune de ses apparitions me faisait grincer des dents, il avait daigné se défaire d'elle, car il avait fini par former l'idée que mes fausses couches étaient déclenchées par sa présence. S'il n'avait pas tout à fait raison, je dois avouer qu'il n'avait pas non plus entièrement tort. Comme je redoutais de voir surgir son visage à la porte, tous les matins, quand elle venait m'habiller, et comme je haïssais les conciliabules qu'elle tenait à voix basse avec mon mari, avec les domestiques ! Avant même que je n'aie eu le temps de raconter ma journée à Richard, elle s'en était chargée à ma place ; avant même que je ne sois arrivée à la grand-porte pour l'accueillir, elle lui avait retiré sa cape. Si elle avait pu porter son enfant à ma place, elle ne s'en serait pas privée. Quand Richard lui avait signifié son congé, j'avais retrouvé le soir même, sous mon oreiller, un étron de Puck, qu'elle avait déterré de ses grosses mains gercées avant de le transporter quatre étages durant. Plus jamais je n'accepterais de dame de compagnie ; c'était comme d'avoir une sœur qui me haïssait.

À mi-parcours de Padiham, mon cheval a brusquement interrompu son pas régulier dans un soubresaut et, avant que j'aie pris la mesure de la situation, il s'est mis à reculer en se cabrant, ses yeux roulant dans leurs orbites, ses naseaux dilatés. De toutes parts cernée par les arbres et le bruissement des feuilles, je n'ai d'abord pas compris ce qui l'avait alarmé. Je connaissais sa peur des cerfs, voire des daims, lui qui n'avait pas été dressé pour la chasse à courre. Soudain, un mouvement a attiré mon regard. Un renard roux, gros comme une jeune biche et au pelage tout aussi brillant, se tenait figé à cinq toises de là. Je n'ai eu qu'une seconde pour discerner son museau pointu et son échine droite, au bout de laquelle sa queue soyeuse s'étirait selon une ligne parfaite. Avant ma chute, j'ai eu le temps de penser qu'il semblait indifférent à notre présence, comme si nous l'avions surpris en pleine méditation.

J'ai croisé le regard de l'animal, mordoré et lourd de reproches. Puis, en heurtant le sol, mon poignet a émis un craquement, et j'ai senti déferler en moi plusieurs sensations : la douleur qui se propageait dans mon bras, l'humidité du sol qui avait amorti ma chute et la certitude croissante que j'allais finir piétinée sous les sabots de mon cheval. Car il continuait à s'affoler, avec force ruades, dans la clairière où je gisais. J'ai posé une main à plat sur mon ventre et me suis employée à lui parler calmement, mais il n'a cessé de piaffer, les flancs trempés de sueur. Un instant, j'ai cru que l'élancement dans mon poignet allait me donner un haut-le-cœur. J'ai tenté de me redresser, mais la douleur m'a arraché un cri. Un arbre se dressait à trois mètres environ de moi, et je me suis arc-boutée sur les coudes pour me traîner jusqu'à sa souche.

— Satané renard, ai-je marmonné. Satanée mule.
— Ne bougez pas.

Une femme est apparue entre deux arbres. Je l'ai instantanément reconnue : c'était l'étrange fille que j'avais surprise dans les bois quelque temps plus tôt. À pas prudents, les mains tendues, elle s'est avancée sans un mot ni claquement de la langue, pourtant sa présence, avec son regard limpide et sa poigne solide, a eu le même effet sur l'animal. Les soubresauts de la jument se sont estompés, et elle a fini par s'immobiliser docilement, même si ses yeux sombres continuaient à rouler en tous sens. La robe ruisselante, elle s'est apaisée au contact de la jeune femme, dont j'ai pu contempler les boucles dorées qui tombaient de sous sa coiffe encadrant son long visage concentré. Quant à ses mains, elles étaient fines, mais trop osseuses pour être jugées élégantes.

Une nouvelle fois, j'ai essayé de me relever, mais la douleur qui irradiait mon poignet m'a fait grimacer.

— Ne bougez pas.

Elle avait répété son injonction de sa voix grave et mélodieuse, qui semblait danser comme une flammèche dans ce cadre verdoyant. Elle portait la même vieille robe que la fois précédente, la même coiffe en laine. Quand elle s'est agenouillée à côté de moi, j'ai senti, malgré la saleté de ses nippes, un effluve de lavande. Elle a délicatement soulevé mon poignet dans ses longues mains d'albâtre, alors que je serrais les mâchoires en silence. Elle l'a relâché, puis, après un coup d'œil alentour, elle s'est levée pour arracher un court rameau aux branches basses d'un arbre. Autour de nous, le murmure frémissant des bois a enflé et, l'espace d'un instant, j'ai cru qu'elle allait s'en servir pour me frapper. Mais elle s'est de nouveau agenouillée à mon côté, a déchiré un morceau de son tablier crasseux et s'est appliquée à fixer le morceau de bois à mon poignet, en nouant solidement le tissu autour en trois endroits.

— C'est seulement une entorse, m'a-t-elle annoncé. Rien de cassé.

En guise de réponse, je l'ai interrogée machinalement :

— Que faites-vous ici ?

Elle a posé sur moi son étrange regard ambré.

— Pourquoi êtes-vous seule dans la forêt ? ai-je insisté.

— Et vous, alors ? a-t-elle rétorqué.

J'ai posé ma main valide sur mon ventre, pour m'assurer que tout allait bien. Ses yeux ont suivi mon geste jusqu'à l'épaisseur de velours et de brocart qui cachait ma rondeur, avant de remonter vers mon visage, jusqu'à mes lèvres sèches, mes yeux injectés de sang et mon teint blafard.

Comme devinant la nausée qui m'étreignait, elle a affirmé :

— Vous êtes enceinte.

Ma vision s'est troublée, autour de moi la forêt s'est mise à tanguer et, comme si elle l'avait invoqué, je me suis penchée pour vomir au pied d'un arbre. La sueur a baigné mon visage que j'ai essuyé d'une main tremblante maculée de boue.

— Vous habitez la grande demeure au bord de la rivière ?

— Comment le savez-vous ?

— Vous me l'avez dit, la dernière fois. Je vais vous aider à rentrer, madame…

— Shuttleworth. Ce ne sera pas nécessaire.

— Vous ne pourrez pas faire la route seule, vous manquez de forces. Je vais guider le cheval.
— Je refuse de monter sur cette stupide mule.
— Il le faut. Venez.

Elle a approché le cheval à ma hauteur, puis elle a placé ses mains en coupe pour me faire la courte échelle et j'ai réussi, non sans difficulté, à me hisser en selle, crottant la paume de ses mains ; mais elle n'a pas semblé s'en préoccuper. Avec réticence, j'ai enfoncé mes talons dans les flancs de ma monture en émettant un claquement de la langue, et nous sommes parties au pas.

Avec l'arrivée du printemps, les arbres n'allaient pas tarder à déployer fièrement leurs parures verdoyantes, mais pour l'heure, les derniers souffles de la bise mordaient encore leurs troncs et chahutaient leurs branchages. L'idée m'a soudainement traversé l'esprit qu'au moment où leurs bourgeons allaient éclore, au temps de leur court passage sur terre, avant de virer au roux et de tomber pour recouvrir le sol d'un épais tapis, je ne serais vraisemblablement plus de ce monde pour le voir. J'ai fermé les yeux et nous avons cheminé en silence.

— Merci pour votre secours, ai-je dit au bout d'un moment. Le temps que mon mari me retrouve, j'aurais été réduite en charpie.
— Votre mari ?
— Richard Shuttleworth. Où habitez-vous ?

Après un silence, elle m'a donné le nom d'un village au nord-est, à quelques lieues d'ici.

— Colne n'est pas tout près. Qu'est-ce qui vous amène une fois encore sur mes terres ?

Mon irritabilité n'était qu'à moitié feinte. Je n'avais pas oublié le spectacle du massacre dans la forêt et du corps sans vie du lapin pendillant dans sa main ensanglantée.

— Ce sont vos terres, ici aussi ? Je ne savais pas.

— Et si je ne vous y avais pas croisée, je ne serais peut-être plus là pour en parler.

Après cet échange, nous avons poursuivi dans un silence amène, moi à cheval, elle à pied. Ce n'est que plus tard que je me suis demandé comment elle avait fait pour trouver le chemin, au cœur de cette forêt dense où le terrain accidenté dérobait le moindre sentier aux regards. Sur le moment, pourtant, je l'ai laissée me guider, car j'étais tout aussi soulagée que ma monture de pouvoir confier les rênes à quelqu'un d'autre. Mon poignet palpitait de douleur, et un goût acide m'envahissait la bouche.

— La grossesse vous rend malade ? m'a-t-elle demandé.

— Tout le temps.

— Je peux vous donner quelque chose.

— C'est vrai ? Êtes-vous guérisseuse ?

— Je suis sage-femme.

J'ai senti les battements de mon cœur s'accélérer. Instinctivement, je me suis redressée.

— Vous mettez au monde des bébés qui vivent ? Et les femmes, elles vivent, elles aussi ?

— Je fais tout mon possible.

Ce n'était pas la réponse que j'escomptais. Aussi me suis-je tassée sur ma selle, un nuage obscurcissant mon infime lueur d'espoir. Nous sommes restées silencieuses pendant une longue minute, après quoi je lui ai demandé si elle avait des enfants, elle aussi. Ma question était simple, pourtant sa réaction m'a prise de court. J'ai cru déceler un tressaillement sur son visage

– un signe d'impatience ? – et elle a gardé les yeux rivés au sol. Les jointures de sa main qui tenait les rênes ont blanchi tant elle a crispé le poing. Je l'avais contrariée ; comme à mon habitude, j'avais dit ce qu'il ne fallait pas et j'ai senti le remords m'accabler.

Après un silence qui m'a semblé interminable, elle m'a répondu d'une voix ténue, à peine audible.

— Non.

J'ai soupiré intérieurement. Je ne savais pas comment m'adresser aux femmes de mon âge, étant donné que je n'avais ni amies ni sœurs. Eleanor et Anne Shuttleworth étaient ce qui s'en rapprochait le plus, or je supportais difficilement plus d'une journée leur compagnie, que je trouvais frivole et minaudière. Cette étrangère faisait preuve d'une grande civilité à mon égard, comme on pouvait l'attendre d'une petite villageoise pauvre face à une dame. Mais, pour une fois dans ma vie, j'aurais aimé avoir une conversation normale avec une jeune fille de mon âge, sur un pied d'égalité, assises face à face autour d'une table de jeux ou côte à côte à dos de cheval. J'ai tenté d'alléger l'atmosphère, en reprenant d'un ton enjoué :

— Je me rends compte à l'instant que je ne connais pas le nom de ma sauveuse.

— Alice Gray, a-t-elle répondu à mi-voix, avant d'ajouter : les femmes qui ne survivent pas... c'est uniquement quand on ne peut plus rien pour elles. Cela se voit tout de suite.

J'ai avalé ma salive.

— Comment ?

Après un temps de réflexion, Alice Gray a répondu :

— Dans leur regard. Il s'abîme... dans l'au-delà. Vous voyez l'heure entre chien et loup ?

J'ai hoché la tête en signe d'acquiescement, même si je me demandais quel pouvait bien être le rapport entre le crépuscule et l'accouchement.

— La lumière et l'obscurité sont des forces égales – des partenaires, si vous préférez – et il y a un instant, furtif et silencieux, où on voit le jour céder à la nuit. C'est à ce moment-là que je sais. C'est ainsi.

À l'entendre, on aurait dit une sorcière, mais je me suis gardée de le lui dire.

— Vous devez me trouver bien fantaisiste, a-t-elle dit, se méprenant sur mon silence.

— Non, je comprends. La mort est inévitable, comme l'obscurité.

— C'est cela.

Je m'étais déjà demandé quelle sensation pouvait bien procurer cette obscurité quand on se tenait encore à demi dans la lumière. Je m'en étais vraisemblablement approchée par le passé, mais alors la douleur m'avait maintenue fermement ancrée à la terre. J'ai regardé la coiffe terne d'Alice Gray monter et descendre en mouvement par-dessus le garrot de mon cheval et, un bref instant, je me suis imaginée en train de lui parler de la lettre du docteur. Mais comme face à Richard, les mots m'ont fait défaut.

— Vous êtes jeune pour une sage-femme, ai-je observé à la place.

— J'ai appris de ma mère. Elle était sage-femme. La meilleure.

J'ai à nouveau senti les mots du docteur m'étrangler et, de ma main valide, je me suis empressée d'écarter mon col moucheté de boue.

— Quand vous dites qu'il vous suffit de regarder

une femme enceinte pour savoir. Vous arrive-t-il de vous tromper ?

— Parfois, a répondu Alice.

J'ai eu le sentiment qu'elle mentait. Tantôt si éloquente, elle donnait à présent l'impression qu'une chape de plomb avait recouvert son humeur. Sans tourner la tête, je l'ai observée du coin de l'œil. Elle n'était pas belle à proprement parler, mais elle dégageait une qualité essentielle qui la rendait intéressante, avec son long nez, ses yeux intelligents qui sondaient toute chose, ses mains qui avaient le pouvoir de donner la vie. Elle était de loin la personne la plus captivante qu'il m'eût été donné de rencontrer.

J'ai ravalé ma salive et replié les doigts autour des rênes, comme si elles avaient le don de me rattacher à la vie.

— Quand vous me regardez, vous savez ?

Alice Gray a levé sur moi son regard d'ambre, avant de river les yeux au sol.

*

À mon arrivée à Gawthorpe, les domestiques ont fait toute une histoire pour me faire descendre de selle et traverser le vestibule. Tandis qu'ils me déposaient au sol, j'ai cherché le visage de Richard parmi les quatre ou cinq personnes rassemblées sur les marches et les autres agglutinées aux fenêtres. Mais évidemment, ai-je songé tandis qu'on m'aidait à gravir l'escalier comme une vieille duchesse, il était en déplacement. Au cœur de cette effervescence, je me suis souvenue d'Alice, et j'ai administré une grande claque sur la main de la bonne qui s'était mis en tête de retirer mon attelle de fortune.

— Je vais la garder, Sarah.

Comme à mon habitude, j'avais parlé d'une voix vindicative plutôt qu'affable. Les domestiques devaient me trouver bien étrange. Au cours des douze premiers mois de ma vie au manoir, je n'avais pas osé leur donner d'ordres : parmi eux, certains avaient quarante, voire cinquante ans de plus que moi. Un jour – je devais avoir quatorze ans –, alors que j'étais occupée à brosser mon cheval à l'écurie, j'avais entendu un garçon de ferme me surnommer l'épouse-enfant. J'étais restée comme tétanisée, jusqu'à la tombée de la nuit, frémissante de honte et de peur à l'idée de croiser un domestique. Lorsque Richard m'avait demandé où diantre j'étais passée, je lui avais raconté l'incident, les larmes aux yeux. Le garçon avait été renvoyé sur-le-champ.

Sarah m'a lâché le poignet sans discuter, mais j'ai eu le temps de voir s'échafauder dans son esprit l'histoire qu'elle ne manquerait pas de relater à l'office. Au même moment, j'ai remarqué Alice, presque hors de vue, qui redescendait les marches du perron. Quand je l'ai interpellée, elle s'est immobilisée dans le rectangle de lumière qui se découpait autour du vestibule et de son dédale sombre de couloirs. Instantanément, le silence s'est abattu sur les domestiques qui se sont mis à la dévisager avec curiosité.

— Si vous entriez pour vous restaurer ?

J'ai senti mes oreilles virer au cramoisi et, malgré moi, je me suis éclairci la gorge en voyant tous les regards converger vers moi.

Alice a semblé hésiter, comme si elle ne savait trop si je l'avais invitée ou convoquée. C'est Sarah qui a pris la décision à sa place, la poussant à l'intérieur avec un petit tss-tss d'impatience et refermant la lourde porte derrière elle pour empêcher le froid d'entrer. À l'intérieur, la flamme des lanternes a brièvement vacillé puis s'est redressée, et Alice s'est tordu les mains. Malgré ma gêne évidente, je me suis tournée vers une des filles de cuisine, qui se tenait sur le côté, les bras ballants.

— Margery, faites porter du pain, du fromage et des rafraîchissements au salon, où vous emmènerez Miss Gray. Je l'y rejoindrai après avoir changé de tenue.

Alice examinait avec intérêt les plafonds hauts, les recoins sombres, les chandeliers. Je me suis efforcée de lui adresser un sourire avant de m'engager dans l'escalier, espérant qu'il n'était pas trop évident à ses yeux qu'elle était ma toute première invitée sous mon toit.

★

Personne, parmi les domestiques, ne m'a proposé son concours pour retirer mes vêtements d'équitation, ce qui, étant donné leur piteux état, n'était pas simple avec deux mains valides, mais quasi impossible avec une seule. Puck m'a reniflée d'un air intrigué. Mon poignet me faisait mal. Une fois dévêtue, j'ai passé une main entre mes jambes, par réflexe, pour m'assurer que je ne saignais pas. Près de trente minutes plus tard, ayant réussi à enfiler une jupe et une veste propres, j'ai pu sortir de ma chambre. Puck a trotté dans mon sillage. En descendant les marches, j'ai entendu des voix enfler de l'arrière-salon. J'ai poussé la porte et suis tombée nez à nez avec deux visages.

— Richard !

Il s'est porté à ma rencontre et m'a embrassée sur la joue distraitement, avant de saisir mon poignet.

— Je m'apprêtais à monter dans votre chambre... qu'est-ce que cette histoire de chute de cheval, petit fantôme ? Et quel est donc cet expédient ? Une invention astucieuse, je dois dire. Miss Gray, est-ce votre œuvre ? Fleetwood, êtes-vous blessée ? J'espère que personne d'autre ne s'est fait mal ?

Comme chaque fois, l'avalanche de questions de Richard m'a donné le tournis et je n'ai pas su par où commencer pour lui répondre. La main posée dans la sienne, j'ai tourné la tête vers Alice, dont l'air impassible ne laissait rien transpirer des quelques mots qu'ils avaient dû échanger. Le salon n'avait rien de grandiose, pourtant, dans cet écrin de tapis turcs et de lambris couleur de miel, l'aspect indigent d'Alice, avec sa robe élimée, sautait plus que jamais aux yeux. Dans un logis, elle paraissait différente – presque ordinaire – et plus jeune : peut-être vingt-deux ou vingt-trois ans.

— Vous semblez bien surprise de me voir. Avez-vous oublié que je ne pars que ce soir ?

Avec le peu de forces qui me restaient et l'aide de Richard, je me suis assise dans un des fauteuils en chêne ciré disposés devant la cheminée. Le feu était bas dans l'âtre, mais fort heureusement, il crépitait joyeusement. Je n'ai pas eu le temps de reprendre la parole que Margery est arrivée, chargée d'une miche de pain accompagnée de fromage, de fruits et d'un pichet de bière, et s'en est retournée, non sans un coup d'œil rapide à Alice et ses doigts pleins de boue.

— Vos mains, je peux faire porter de l'eau ?

Je me suis tournée vers Richard, qui versait la bière dans deux timbales.

— Alice m'a aidée à remonter en selle.

— Un ange de la forêt, a-t-il déclaré en tendant son godet à l'intéressée.

Avant de le lui prendre, Alice s'est essuyé les mains sur son tablier, puis elle a bu avidement. J'ai senti le regard gris de Richard se poser sur moi pour tenter de lire mon état.

— Tout va bien ?

Comme à son habitude, il était de bonne humeur, léger de cœur et d'esprit. Parfois, Richard me donnait l'impression que j'étais harnachée dans une cape de morosité dont il m'était impossible de me défaire et qu'à ma place il parviendrait sans peine à retirer de ses épaules en s'ébrouant comme un chien.

— Tout va bien, ai-je répondu avec un sourire qui se voulait rassurant.

Pour l'heure, ai-je songé.

Penché vers moi, il a pris ma main libre dans la sienne et y a déposé un baiser avant d'y loger la timbale de bière.

— Je vous laisse entre femmes parler vertugadins pendant que je vais me changer. Je songe à retarder mon départ d'une journée. De toute façon, Pâques arrive bientôt et les affaires seront au ralenti.

Cette bonne nouvelle a réjoui mon cœur, mais avant que j'aie eu le temps de l'en remercier, il avait disparu en attrapant une poignée de raisins au passage. J'ai scruté l'expression d'Alice, car je me demandais quelle impression mon mari lui avait faite, mais son visage, avec sa bouche tombant aux commissures, ne laissait paraître rien d'autre qu'une grande fatigue. Une nouvelle fois, j'ai senti flotter un effluve de lavande. Les flammes qui crépitaient en mèches rougeoyantes emplissaient le reste de la petite pièce de l'odeur réconfortante du feu de bois.

Alice m'interrogeait déjà :

— Que sont les vertugadins ?

Je me suis retenue de rire, bien aise d'avoir pour une fois la réponse à sa question.

— C'est une armature en forme de roue que l'on porte à la taille pour faire bouffer sa jupe. N'en avez-vous jamais entendu parler ?

Elle a secoué la tête.

— Comment va votre entorse ? Il vous faudra la maintenir solidement en place avec des morceaux de tissu.

J'ai palpé mon poignet.

— Fort bien. Ce n'est pas la première fois que ma monture me désarçonne. Mon ami Roger affirme qu'il faut tomber sept fois pour être un bon cavalier, et que la huitième porte chance. J'imagine que vous devez souvent chuter, vous aussi, quand vous vous précipitez au chevet des femmes en couches ?

— Je n'ai pas de cheval.

— Vous n'avez pas de cheval ? ai-je répété, sidérée. Mais comment vous déplacez-vous ?

L'esquisse d'un sourire a étiré la commissure de ses lèvres.

— À pied. Si un propriétaire terrien m'envoie un garçon de ferme, parfois il amène un cheval.

Je devais avoir l'air ahuri, car elle s'est empressée d'ajouter :

— Les bébés mettent souvent longtemps à venir au monde.

— Je ne saurais pas dire.

Je l'ai sentie me scruter de l'autre bout de la pièce, ses prunelles comme des chandelles de veille.

— Je vous en prie, asseyez-vous. Mangez donc.

Elle a obtempéré.

— En revanche, je ne pourrai pas rester longtemps. Je dois bientôt… je dois me remettre en route.

J'ai hoché la tête, puis je l'ai regardée découper délicatement un morceau de fromage de ses longs doigts.

— C'est votre premier enfant ? m'a-t-elle interrogée.

— Oui.

Je me suis rendu compte que ma voix était aussi ténue que la sienne quand elle m'avait confié ne pas avoir d'enfant. Tandis qu'elle mangeait en silence, j'ai réfléchi à la situation, en faisant tourner mon alliance d'un geste machinal. Pourquoi l'avais-je fait venir dans mon salon, si ce n'était pour lui faire part de ma gratitude ? J'ai songé à l'inquiétude de Richard. *Tout va bien.* Mais pendant combien de temps encore ? Or quelque chose, chez Alice, invitait à la confidence : cette façon qu'elle avait eue de maîtriser mon cheval, dans la clairière, sans prononcer un seul mot.

— J'ai perdu trois enfants, ai-je dit précipitamment.

Elle a reposé le couteau et s'est adossée à son fauteuil en s'essuyant les doigts sur le revers de son tablier. Comme je ne me sentais pas capable d'affronter son regard, j'ai baissé les yeux sur le tapis, constellé des poils orangés de Puck qui semblaient se confondre subtilement dans l'étoffe.

— Je suis désolée.

Sa voix était pleine de bienveillance. D'un geste nerveux, j'ai frotté un des lions sculptés sur l'accoudoir de mon fauteuil.

— Ma mère est persuadée que je suis incapable d'avoir des enfants. Elle se plaît à me répéter que je manque à mes obligations en tant qu'épouse.

Un silence réfléchi et patient a émané du fauteuil face au mien.

— Quel âge avaient-ils ?
— Tous sont morts avant la naissance.

J'ai tiré sur un fil doré de ma jupe, puis j'ai essayé de le remettre à sa place.

— La première fois a beaucoup inquiété Richard, de sorte qu'il a engagé une femme pour me surveiller.
— Que voulez-vous dire ?
— Pour vérifier que je m'alimentais correctement, ce genre de choses. Il s'inquiétait, ai-je répété.
— De vous ou de l'enfant ?
— De nous deux. De quoi avez-vous parlé, tantôt ?
— De choses et d'autres. Du travail.

Un pincement de jalousie m'a arraché un sourire méprisant.

— Il vous a parlé de ses affaires ?
— Non. Je travaille à l'auberge du Hand and Shuttle à Padiham. Je ne savais pas que vous et votre mari en étiez les propriétaires.
— C'est le cas ? me suis-je exclamée, réalisant trop tard que je passais pour une ignorante. Je croyais que vous… ainsi, vous êtes employée en deux endroits ?
— Il ne se produit pas un accouchement chaque jour. Pas à Colne.
— Quand vous a-t-on engagée là-bas ?
— Récemment.
— À combien s'élèvent vos gages ?

Elle a avalé une longue gorgée de bière, puis s'est essuyé la bouche. La voir profiter de nourriture et de boisson me rendait envieuse. D'un gargouillis, mon ventre s'est fait l'écho de mes sentiments.

— Deux livres, a-t-elle répondu.
— Par semaine ?
Alice m'a dévisagée.
— Par an.

J'ai senti mon visage s'empourprer, mais j'ai soutenu son regard. En douze mois, elle gagnait ce que je déboursais pour une demi-toise de velours. Je me suis tortillée sur mon fauteuil et j'ai arrangé à mon poignet les morceaux de tissu arrachés à son tablier. Le bandage commençait à me causer des démangeaisons. Mais le bois de chêne lisse était frais sur ma peau.

J'avais la bouche sèche. Je brûlais de lui raconter que Richard avait délaissé notre chambre à coucher, et qu'en février j'avais été malade quarante fois en une seule journée.

— Pouvez-vous m'aider à avoir un bébé ? Un bébé bien portant ?
— Je...
— Je vous paierai cinq shillings par semaine.

Une somme qui à n'en point douter ferait bondir les sourcils de James sur son front lorsqu'il la consignerait dans son grand livre d'intendance, mais mon appréhension des questions d'argent était un sujet de mortification, et je savais seulement qu'il convenait de faire une offre à la fois juste et généreuse. Richard avait dit un jour qu'il était impossible de parler argent avec les pauvres gens. De toute évidence, non seulement Alice était pauvre mais elle n'était pas mariée – elle ne portait pas d'alliance. À cet instant, j'ai compris ce qu'il voulait dire par là.

— C'est cinq fois ce que je gagne en ce moment, a-t-elle murmuré.

Elle a glissé un doigt sous sa coiffe pour se gratter les cheveux, puis elle a reposé sa bière avec lenteur. Mon ventre a émis un nouveau gargouillis clairement audible pour nous deux ; je n'avais toujours pas mangé.

— En plus de cela, vous aurez un cheval à disposition, afin de pouvoir venir ici et aller à l'auberge à Padiham. Colne est trop éloigné pour faire le chemin à pied.

Elle a humecté ses lèvres d'un air absorbé, les yeux plongés dans le feu de cheminée, puis brusquement, elle m'a interrogée :

— Êtes-vous à un stade plus avancé que les fois précédentes ? Celui-ci est pour quand ?

— Le début de l'automne, je pense. La dernière fois… j'étais presque à terme.

— J'aurai besoin de vous ausculter. Quand avez-vous saigné pour la dernière fois ?

— À la période de Noël. Mais il y a autre chose.

J'ai reposé ma timbale et plongé la main dans ma doublure pour en ressortir la lettre du docteur que j'avais minutieusement glissée dans ma veste en m'habillant. Jusqu'alors, je l'avais gardée dissimulée derrière un panneau de ma commode, dont je cachais la clé entre les cordes et le matelas de mon lit. J'ai déplié la feuille, l'ai défroissée du plat de la main. Elle avait conservé la chaleur de mon corps, comme une confidence. Alice est restée immobile, le front barré d'un profond sillon.

— Je ne sais pas lire, a-t-elle prononcé d'une voix sourde.

Soudain, un grattement de l'autre côté de la porte nous a fait nous redresser. J'ai fourré la lettre dans la fente entre le siège et l'accoudoir du fauteuil, mais personne n'est entré.

— Oui ? ai-je répondu.

N'obtenant aucune réponse, je me suis levée pour ouvrir la porte. En découvrant Puck qui haletait sur le seuil, je me suis mise à genoux.

— Oh, c'est toi ! Bon chien.

Il m'a suivie jusqu'à mon fauteuil, et j'ai vu Alice écarquiller les yeux en découvrant sa taille.

— C'est un doux géant, l'ai-je rassurée tandis qu'il s'allongeait à mes pieds. Je passe mon temps à ôter des poils de mes habits, mais cela m'est bien égal. Finissez donc votre fromage, sinon il le mangera à votre place.

— Il est impressionnant, a commenté Alice.

Au son de sa voix, Puck a levé sa tête d'un brun roux et lancé un aboiement sonore.

— Ça suffit, l'ai-je réprimandé.

— C'est quelle race ?

— Un mastiff français.

— Un présent de votre mari ?

Instinctivement, j'ai tendu la main pour gratter les oreilles de Puck.

— Non. Je l'ai sauvé d'une fosse aux ours à Londres. Il était décharné et affamé, attaché dans la rue, à côté du gardien qui vendait les billets. Je me suis approchée pour le caresser, quand le gardien lui a donné un coup de pied, me disant que les chiens ne servaient plus à rien si on était gentils avec eux. Je lui ai demandé combien il voulait en échange du chiot et il m'a répondu qu'il ne valait pas la laisse qu'il avait autour du cou. Alors j'ai pris l'animal dans mes bras en lui annonçant que je partais avec. À ce moment-là, il a changé de discours, prétextant que je le privais d'un combattant. Je lui ai tendu un shilling, et nous sommes partis sans nous retourner. Je l'ai appelé Puck, d'après le personnage d'une pièce de théâtre que Richard et moi avions vue quelques jours plus tôt – celui d'un farfadet. Même s'il n'a vraiment rien d'un elfe.

Alice scrutait attentivement Puck, qui trônait comme coq en pâte sur le tapis de Turquie. Sa langue, qui pendillait joyeusement de sa gueule, faisait la taille d'un saumon.

— Il a eu beaucoup de chance, a-t-elle remarqué. J'ai entendu parler des fosses aux ours, mais je n'ai jamais assisté à un combat.

— Je trouve ces spectacles atroces. Il y a vraiment des gens cruels, à Londres ; peut-être parce qu'ils n'ont pas la possibilité de chasser.

Un silence moins pesant s'est installé entre nous, puis Alice, d'un mouvement du menton, a désigné la lettre que je tenais entre les mains.

— Que dit-elle ?

— Que je ne survivrai pas à ma prochaine grossesse.

C'était la première fois que je prononçais cette sentence à voix haute, et j'ai senti le nœud coulant se desserrer autour de mon cou.

— Comme vous pouvez le constater, il va me falloir un miracle. Dieu m'a comblée de maintes choses. Devenir mère ne semble pas en faire partie, pourtant, aujourd'hui, j'ai prié pour qu'une guérisseuse croise mon chemin, et vous êtes apparue. J'aspire à donner un fils à mon mari, son cœur le désire si ardemment.

— Et le vôtre ?

— Je suis sa femme et j'espère être mère. Je ne souhaite pas en faire un veuf.

J'ai essayé d'avaler la boule qui s'était formée dans ma gorge. Alice me scrutait ostensiblement avec une pitié abjecte et, l'espace d'un instant, je me suis offusquée de son impertinence ; elle qui était sans le sou, sans époux, et devait travailler à deux endroits alors qu'elle ne possédait même pas de monture pour se déplacer. Peut-être n'était-elle guère impressionnée par la belle demeure, le beau mari et les habits coûteux, car elle se rendait compte qu'ils m'étaient de peu d'utilité, puisque j'avais les moyens de tout acheter, sauf ce que je désirais le plus : remplir mon rôle d'épouse, et payer Richard en retour pour sa bonté, lui qui m'avait soustraite à un avenir sombre. Pour lui, je voulais emplir la maisonnée de petites mains collantes et de genoux poussiéreux. Tant que nous n'avions pas d'enfants, nous n'étions pas à proprement parler une famille ; ni notre maison un véritable foyer. Même la perspective d'une vie entière enfermée à Barton, à être le sujet de réprobation de ma mère, de la première heure du matin à la dernière heure du soir, était préférable à cette alternative. Sans Richard, je savais très bien à quoi ressemblerait ma vie.

— Madame ?

Alice me dévisageait d'un air inquiet. Le feu crépitait, et le couteau dépassait du morceau de fromage comme un poignard fiché dans un tronc d'arbre.

Je me suis penchée vers elle et, pour la première fois, mon ton s'est fait plus pressant. Le sentiment de désespoir qui m'étreignait depuis que je l'avais rencontrée, et qui n'avait cessé de croître depuis des mois, s'est brusquement épanché en supplications sincères.

— Je vous en prie. Dites-moi que vous allez m'aider.

Sans m'en rendre compte, j'avais agrippé les accoudoirs de mon fauteuil.

— Il faut que vous me sauviez la vie, et avec elle une autre vie. Aidez-moi à survivre, Alice. Je vous en supplie, aidez-moi à être mère et à avoir un enfant.

Elle m'a scrutée de façon étrange, comme si elle cherchait à m'estimer à ma juste valeur. Lorsque, enfin, elle a fini par acquiescer de la tête, j'ai eu l'impression qu'elle m'avait prise par la main.

CHAPITRE 5

Cette nuit-là, alors que j'étais seule dans ma chambre, Le Cauchemar est venu tourmenter mon sommeil. J'étais plongée dans l'obscurité et le froid de la forêt et, au moindre mouvement, mes pieds faisaient crisser les feuilles mortes. Je restais donc immobile, incapable de seulement discerner mes mains devant moi. Mon cœur était secoué de battements affolés, et je tendais l'oreille, à l'affût. C'est alors que les sangliers sont arrivés ; j'ai entendu leurs sabots racler le sol et leurs grognements se rapprocher tandis qu'ils exhalaient impatiemment leur haleine chaude et pénétrante. J'ai fermé les yeux pour tenter de percevoir leurs déplacements, lorsque j'ai senti quelque chose effleurer mes jupes. Tout s'est figé. Une goutte de sueur a perlé le long de mon visage, puis le silence s'est rompu et l'horreur s'est déchaînée. Les bêtes se sont mises à faire des bruits affreux, dans un chaos de cris stridents, de hurlements surexcités et d'aboiements. En pleurs, je me suis élancée à l'aveuglette dans le noir, les mains tendues devant moi. Les sangliers me talonnaient, je les entendais grommeler et grincer des dents, armés de leurs défenses acérées comme des couteaux taillés à même l'os. J'ai trébuché, je me suis retrouvée par terre, et j'ai aussitôt plaqué mes mains sur ma tête en gémissant. En un éclair, ils m'ont débusquée et encerclée comme une proie blessée. Ils s'apprêtaient à se jeter sur moi pour assouvir leur faim en me transperçant de part en part avec leurs défenses. Une douleur fulgurante m'a déchirée en deux et j'ai tâché de me recroqueviller, mais mes jupes entravaient mes jambes et j'ai poussé un cri.

Je me suis réveillée dans ma chambre, il faisait jour et j'étais trempée de sueur. Mon cœur cognait dans ma poitrine, mon visage était baigné de larmes, mais une vague de soulagement m'a submergée quand j'ai compris que je n'étais pas dans la forêt et qu'aucune meute de sangliers ne me pourchassait. Lentement, j'ai repris mon souffle. Au cours de la nuit, les linges dont Alice m'avait recommandé de couvrir ma blessure s'étaient dénoués et ils traînaient sous les draps. La douleur m'élançait dans le poignet. J'ai bâillé, les rayons du soleil m'ont fait cligner des yeux et, après m'être étirée, je me suis retournée dans le lit.

Ma mère était assise à mon chevet et me suivait des yeux comme un oiseau de proie.

Sans un mot, elle m'a toisée tandis que je me redressais péniblement. J'ai soigneusement évité son regard, car je savais qu'en avisant mon air échevelé et mon teint aussi gris que les cendres dans la cheminée, elle avait déjà serré ses lèvres en une ligne fine. Mary Barton voyait d'un mauvais œil la moindre manifestation de maladie, de faiblesse ou de déficience ; en réalité, elle trouvait leur éventualité parfaitement outrageante. Avant qu'aucune de nous n'ait le temps de prendre la parole, le claquement des bottes de Richard a résonné dans le couloir, au milieu du cliquetis des pièces d'argent dans sa ceinture.

— Tu as de la visite ! s'est-il exclamé en entrant dans la chambre.

Il est venu poser une main sur l'épaule raidie de ma mère, qui a rivé ses yeux noirs dans les miens. Elle était tête nue et le col de son vêtement, amidonné à la perfection, se déployait largement autour de son cou. Ses mains blanches étaient jointes sur ses genoux dans une pose sereine, quant à son expression, elle était d'une grande retenue. Elle n'avait pas ôté sa cape de voyage, donnant ainsi l'impression qu'elle venait tout juste de descendre de cheval ou qu'au contraire elle était sur le départ. Elle souffrait constamment du froid, ce qui explique qu'après notre mariage, elle avait déménagé de Barton – manoir qu'elle jugeait trop imposant – pour s'installer, sur les conseils de Richard, dans une demeure plus modeste située au nord du comté.

Pas assez loin à mon goût.

— Bonjour, Mère.

— Tu n'étais pas au déjeuner, a-t-elle observé.

J'ai passé la langue sur mes dents. J'avais l'haleine chargée.

— Je vais faire monter de quoi manger, a annoncé Richard.

Il a aussitôt quitté la chambre, refermant la porte derrière lui.

J'ai repoussé l'épaisse courtepointe et me suis levée pour me frotter les dents avec un chiffon. Ma mère ne me quittait pas des yeux.

— Cette chambre à coucher est une véritable porcherie. Tes domestiques feraient bien d'être plus soucieux de sa tenue. Ont-ils donc tant à faire ?

Comme je l'ignorais, elle a poursuivi :

— Vas-tu t'habiller, aujourd'hui ?

— Peut-être.

Sur le manteau de la cheminée, de part et d'autre des armoiries des Shuttleworth, deux figurines en plâtre, qui devaient faire la moitié de ma taille, montaient la garde : Prudence et Justice. Parfois, j'imaginais qu'elles étaient mes amies. Le dos droit et la raideur de ma mère devant l'âtre la plaçaient exactement entre les deux. Elle aurait parfaitement pu passer pour la troisième sœur : Calamité.

— Pourquoi cet air amusé, Fleetwood ? Tu es la châtelaine en cette demeure. Habille-toi immédiatement.

De l'autre côté de la porte, Puck a poussé un gémissement, et je l'ai laissé entrer. Il s'est approché de ma mère en caracolant, puis a reniflé ses jupes avant de l'ignorer.

— Je ne comprends pas que tu fasses rentrer cette bête. Les chiens servent à chasser et à monter la garde, ce ne sont pas des enfants. Qu'est-ce que tu as au poignet ?

J'ai rassemblé les lambeaux de tissu que je me suis appliquée à nouer fermement.

— Je suis tombée de cheval, hier. Je me suis foulé le poignet, ce n'est rien.

— Fleetwood, a-t-elle soufflé.

Aussitôt, elle a jeté un œil par-dessus son épaule pour vérifier que la porte de la chambre était bien fermée. Je sentais jusqu'ici l'odeur douceâtre du baume dont elle se parfumait l'intérieur des poignets.

— Richard m'a annoncé que tu étais de nouveau enceinte. Si je ne m'abuse, tu as déjà perdu trois enfants avant qu'ils ne viennent au monde.

— Je n'ai rien *perdu* du tout.

— Dans ce cas, permets-moi de te dire les choses sans ambages. Tu as échoué par trois fois à porter un enfant. Penses-tu sincèrement que c'est une bonne idée de te jeter de cheval ? C'est trop d'imprudence. As-tu une sage-femme ?

— Oui.

— D'où vient-elle ?

— Elle est de la région. De Colne.

— N'aurait-il pas été plus sage d'employer une femme recommandée par une famille de notre connaissance ? Richard ou toi avez-vous parlé à Jane Towneley ? Ou Margaret Starkie ?

J'ai braqué les yeux sur le visage de plâtre de Prudence. Son regard stoïque a éludé le mien. J'avais beau être une femme mariée et la châtelaine de l'une des plus belles demeures à des lieues à la ronde, j'étais présentement en chemise de nuit en train de me faire vertement réprimander par ma mère. Était-elle venue sur l'invitation de Richard ? Pourtant, il savait à quel point je la haïssais. J'ai serré les poings, une fois, deux fois, trois fois.

— C'est moi qui décide du personnel dans cette maison, *Mère.*

J'ai prononcé le dernier mot d'un ton mielleux et son visage, d'ordinaire impassible, a trahi un frémissement de colère.

— Je porterai le sujet à l'attention de Richard, a-t-elle conclu. En attendant, je te demande de promettre que tu feras tout ton possible pour mener cet enfant à la vie. Pour l'heure, je n'en suis pas convaincue. Il te faut davantage de repos, et... d'occupations d'intérieur. Tu pourrais apprendre à jouer d'un instrument au lieu de galoper partout comme un écuyer. Tu as un mari admirable et, si tu te comportes enfin en femme et en mère, tu recevras le don de Dieu. Je n'ai pas uni nos deux familles pour que tu joues à la princesse dans ta tour d'ivoire. À présent, je compte sur ta présence au souper. Tu auras donc l'amabilité de t'habiller et de me retrouver en bas.

En entendant ses pas s'éloigner dans l'escalier, j'ai prié pour que son portrait se décroche du mur et l'écrase dans sa chute.

★

Richard a versé un verre de vin rouge sous mon nez avant de le tendre à ma mère. Le liquide possédait une robe d'un rubis profond ; la même teinte qui s'était épanchée de mon corps à trois reprises – une couleur d'une intensité étonnamment belle qui avait saturé les draps et le matelas, qu'il avait fallu brûler sur un grand bûcher.

Pour m'épargner le parfum entêtant du breuvage, j'ai levé le visage vers le plafond. Les plâtres de la salle à manger étaient ouvragés de dizaines de grappes de raisin, dont les rameaux sinuaient jusqu'aux encoignures et s'entremêlaient telles des mains d'amoureux.

— Pas de vin pour vous, Fleetwood ?
— Non, merci.

Richard a rempli un autre verre pour son ami Thomas Lister, qui avait fait une halte chez nous sur la route du Yorkshire. Nous étions assis devant la cheminée, dont le feu était bas, et j'ai senti le sommeil me gagner dans l'atmosphère confinée de la pièce. Ma somnolence ne m'a malheureusement pas empêchée de remarquer le regard de Thomas glisser avidement sur les anneaux que Richard portait aux doigts, lorsque ce dernier lui a tendu son verre. Comme par réflexe, sa main nue s'est crispée et il a promptement détourné les yeux après avoir croisé mon regard.

En âge, Thomas se situait quelque part entre Richard et moi, quant à sa richesse, elle oscillait quelque part entre celle d'un gentilhomme de province et la nôtre. Il aurait volontiers reconnu la première proposition, jamais la deuxième. Richard et lui avaient d'autres points communs : ils s'étaient mariés la même année ; ils avaient perdu leur père ; ils avaient hérité de grandes propriétés ainsi que d'une mère et de sœurs à entretenir. Quatre années plus tôt, M. Lister père avait eu un malaise au mariage de son fils ; il s'était effondré pendant l'échange des vœux et devait mourir quelques jours plus tard. Depuis, la mère de Thomas ne s'en était toujours pas véritablement remise ; elle n'avait jamais plus quitté la demeure familiale.

Thomas Lister m'est apparu comme un homme singulier et plutôt intéressant — il ne se prêtait pas volontiers à l'exercice de la conversation, préférant rester en retrait. Il avait de grands yeux légèrement globuleux et une petite silhouette mince, comme une femme. Richard affirmait que sa carrure, qui lui permettait de se tenir droit comme une flèche, faisait de son ami un excellent cavalier.

Comme à son habitude, ma mère éprouvait une grande difficulté à se mêler à la compagnie de jeunes gens, auxquels elle s'adressait toujours sur un ton infantilisant. Au demeurant, Thomas a balbutié une réponse polie lorsqu'elle s'est enquise de sa mère. C'est l'arrivée d'Edmund dans la pièce qui l'a sauvé de ce mauvais pas. L'apprenti a annoncé à Richard qu'une fermière des environs était venue l'informer qu'un chien s'en était pris à une brebis. À cette époque, nous avions des centaines de moutons dans les champs ; le sol était trop détrempé pour autre chose.

Il y a eu un silence, pendant lequel Richard a posé son verre.

— À qui appartient ce chien ?

Edmund a secoué la tête.

— Elle l'ignore, Monsieur. Elle l'a surpris en train de courir partout et de harceler le troupeau. Elle vous demande de venir sans tarder.

Richard s'est précipité hors de la pièce. Les gens du pays venaient toujours frapper chez nous pour nous faire part de leurs désagréments. Richard savait se montrer généreux : il leur donnait des graines quand les récoltes étaient médiocres et du bois pour réparer leurs masures. On comptait deux cents familles à Padiham et autant de sujets de doléance dont nous étions les dépositaires depuis notre arrivée à Gawthorpe.

— Qu'est-ce qui vous attend dans le Yorkshire ? a demandé ma mère à Thomas.

Elle mettait un point d'honneur à se comporter en bonne maîtresse de maison et prenait ainsi un malin plaisir à souligner mon incapacité à assurer cette fonction.

— Je me rends à un procès aux assises du Carême, a répondu Thomas.

— Un procès ?

Dans l'âtre, les bûches se sont embrasées en crépitant. Je me suis demandé quand Richard allait revenir ;

le crépuscule tombait et l'obscurité n'allait pas tarder à se presser contre les carreaux.

Thomas a remué sur son fauteuil.

— Un procès pour meurtre, a-t-il précisé à mi-voix. L'accusée est une femme du nom de Jennet Preston.

Je me suis redressée imperceptiblement.

— La connaissez-vous ?

— Très bien, malheureusement.

Un tremblement a agité sa joue. Il a poursuivi :

— Elle a travaillé pour ma famille pendant de nombreuses années, mais depuis le décès de mon père, elle refuse de nous laisser en paix. Nous l'avons comblée de bontés et de faveurs, pourtant elle est ingrate, et ne cesse d'en demander davantage.

— Qui l'accuse-t-on d'avoir tué ?

— Un enfant.

Ma mère et moi avons étouffé le même cri de stupeur. Thomas regardait le feu de cheminée d'un air grave.

— Clamez-vous son innocence ?

— Son innocence ? a-t-il répété en tournant brusquement la tête vers moi. Sa culpabilité, vous voulez dire. Elle a assassiné le fils d'un autre domestique – un nourrisson d'à peine un an – avec une cruauté sans pareille.

Avant que j'aie pu l'occulter, une image est venue hanter ma mémoire : un petit corps froid, deux minuscules rangées de cils sur des paupières qui ne se soulèveraient jamais. J'ai fermé les yeux pour faire taire ce souvenir.

— Comment explique-t-on son geste ? ai-je demandé.

— C'est une femme envieuse, a répondu Thomas sèchement. N'ayant pas réussi à séduire Edward, elle lui a arraché ce que lui et sa femme avaient de plus précieux. C'est une sorcière.

Ma mère s'est penchée en avant.

— Une autre sorcière ? N'êtes-vous pas informé de qui séjourne en ce moment à Read Hall ? a-t-elle insisté en voyant l'air perplexe de Thomas.

— Comment se fait-il que vous soyez au courant ? me suis-je exclamée.

Ma mère a eu un haussement d'épaules dédaigneux.

— Richard me l'a dit.

Elle m'avait répondu sur le ton de l'évidence, comme si mon mari informait nécessairement sa belle-mère de toutes les affaires dont il avait connaissance. Mais le fait était que ma mère avait l'art de soutirer des confidences et de tirer parti, chez ses interlocuteurs, d'un moment d'hésitation ou d'un simple bavardage, avec le même acharnement que le chien harcelant la brebis. Jamais Richard n'aurait ébruité la situation de son ami aux quatre coins du comté ; ma mère avait dû avoir vent de la chose par quelqu'un d'autre et s'en enquérir auprès de lui dans un moment de distraction. Le regard de Thomas a glissé de ma mère jusqu'à moi.

— Qui séjourne à Read Hall ? a-t-il demandé.

Ainsi ma mère a-t-elle entrepris de narrer à Thomas l'histoire de Roger – à qui il était, au demeurant, étroitement lié –, du colporteur John Law et de la sorcière Alizon Device. Et il l'a écoutée avec beaucoup d'intérêt.

Sa version des événements était moins éclairée et plus approximative que celle de Roger. J'ai néanmoins éprouvé une grande satisfaction à daigner ne pas rectifier ses propos et, pour dissimuler l'air suffisant qui s'esquissait sur mon visage, je me suis tournée vers la frise qui courait le long de l'arête du plafond de la salle à manger. De là-haut, sirènes, dauphins, griffons et toutes sortes de créatures mi-humaines mi-animales fixaient leur attention sur le centre de la salle, comme si nous siégions à quelque fastueuse cour mythologique. Dès mon arrivée à Gawthorpe, cette frise m'avait captivée, et je ne me lassais pas de déambuler dans le salon, en m'amusant à attribuer à chacun de ses personnages un nom et une petite histoire. Ici se tenaient des sœurs orphelines, princesses des mers, qui régnaient sur les flots ; là se détachait une armée de lions bardés de boucliers, prêts à bondir. J'ai regardé leur silhouette se draper d'obscurité et de mystère avec la tombée de la nuit, tandis que ma mère et Thomas Lister continuaient à bavarder comme deux blanchisseuses. J'ai senti mes paupières s'alourdir ; j'avais mal au dos, la bouche sèche. J'étais coincée ici jusqu'au retour de Richard, qui semblait ne pas vouloir revenir.

Dans ma torpeur, cette évidence m'a traversé l'esprit : tant que ma mère était sous notre toit, Richard dormirait dans le lit conjugal, afin de ne pas éveiller les soupçons, car décidément rien n'échappait à la vigilance de cette femme. Pour l'heure, rien ne laissait présager qu'elle avait vu le lit d'appoint. Peut-être Richard avait-il pris soin de fermer la porte de la garde-robe.

J'ai tiré sur les rouleaux qui agrémentaient ma coiffure, me demandant combien de temps encore j'allais devoir attendre avant de pouvoir les enlever.

— La fille se trouve présentement sous le toit de Roger Nowell, expliquait ma mère, la prunelle brillante. Il la garde chez lui afin qu'elle ne fasse de mal à personne.

— A-t-elle avoué ?

— À ce qu'on dit.

— Et Roger pense qu'il y en a d'autres ?
Ma mère a opiné du chef.
— Dans la même famille.
— Bonté divine, Mère. Les gens vont finir par croire que vous vous teniez à côté de John Law quand on lui a jeté un sort.

Thomas, son verre de vin serré contre sa poitrine, avait l'air absorbé dans ses pensées.

— Venez donc admirer nos sirènes, Thomas, l'ai-je invité. Regardez attentivement ces moulures. C'est un travail tout à fait remarquable, entièrement conçu par deux frères artisans ici même à Gawthorpe.

Thomas s'est levé obligeamment, et j'en ai profité pour me tourner vers ma mère et lui glisser à voix basse :

— Roger Nowell est notre ami. Dans cette maison, on ne parle pas de ses affaires comme des commères. À présent, Thomas va emporter vos révélations jusqu'au Yorkshire, et une telle publicité est parfaitement importune.

Ma mère a pris un air pincé.

— Je me contente d'informer ton voisin de ce qui se passe sous son nez. Les gens apprendront bien assez vite qu'il y a des sorcières dans les environs. Ils ont le droit de savoir. Ne dit-on pas que les femmes sont sauvages, par ici ?

— J'ignore ce qu'on dit et peu m'en chaut. Et j'aurais tendance à penser que sauvage et maléfique sont deux choses différentes.

Derrière nous, Thomas faisait des commentaires à voix haute sur le ton de la politesse :

— C'est un ouvrage de qualité, en effet. D'une grande complexité. Tout à fait fantasmagorique.

Il semblait très animé et, loin de se rasseoir, il a annoncé :

— Je vais reprendre la route pour le Yorkshire avant la nuit ; peut-être ferai-je halte d'abord à Read Hall.

— Mais Read Hall est à deux lieues dans la direction opposée, ai-je objecté.

— Mes salutations à Richard, a-t-il conclu en se saisissant de sa cape.

Sur ce, il s'en est allé promptement. Le claquement de ses bottes a résonné dans le couloir, puis le silence est retombé, après quoi je me suis excusée sous prétexte de monter me coucher.

À la lueur des bougies qui avaient été allumées dans ma chambre, je me suis installée devant le miroir pour retirer les rouleaux de ma coiffure. De longues mèches de mes cheveux, fins et fatigués, sont tombées par terre lorsque je les ai peignés. Ma toilette terminée, je me suis approchée de la fenêtre pour tirer les tentures, quand j'ai vu la silhouette de Richard, découpée dans l'embrasure de la porte, se refléter dans le carreau.

— Comptez-vous dormir ici, ce soir ? ai-je demandé.

— Je suppose que oui.

Je me suis tournée vers lui, et mon cœur a cessé de battre.

Il avait les mains écarlates ; son pourpoint était couvert de sang ; jusqu'à son visage et ses avant-bras qui en étaient mouchetés.

— Que s'est-il passé ?

— J'ai demandé qu'on me fasse monter de l'eau.

Il s'est essuyé les mains sur le revers de ses manches, mais le sang avait séché. Autour de ses ongles, la peau virait déjà au marron.

— Quel chaos ! Si je n'avais vu le chien, de mes propres yeux, j'aurais juré que c'était l'œuvre d'un loup.

Je suis allée m'asseoir au bord du lit pour retirer mes mules.

— C'est impossible. Cela fait un siècle qu'il n'y a plus de loups dans la région.

J'ai songé au contact de nos corps cette nuit, à la chaleur de sa peau contre la mienne. Je pourrais laisser courir mes doigts le long de sa colonne vertébrale, comme avant. Il pourrait alors se tourner vers moi, me prendre la bouche et m'emplir de son membre. Même si nous n'étions plus jamais appelés à partager la même couche, je n'oublierais jamais la douce chaleur de sa peau sous mes doigts. Soudain, j'ai pensé à la missive secrète, et l'image s'est évanouie.

— La brebis était morte ? ai-je demandé en tournant le dos à Richard pour qu'il dénoue les lacets de ma robe.

— Non. J'ai dû l'achever.

— Et le chien ? À quoi ressemblait-il ?

— Un bâtard au pelage brun. Il s'est enfui avant que j'aie pu l'attraper. Je me renseignerai pour savoir à qui il appartient.

— J'ai pris à mon service la fille qui m'a secourue hier, afin qu'elle soit ma sage-femme.

— Ah oui ? Comment s'appelle-t-elle ? Elle est sage-femme ?

— Alice. Elle a une très grande expérience, ai-je souligné en évitant soigneusement son regard. J'espère que vous ne m'en voudrez pas – je lui ai prêté un cheval de l'écurie, le temps de son service.

— Pas un des miens ?

— Non, la jument de trait grise. Elle est bien vieille, à présent. Richard… ai-je murmuré avant d'avaler ma salive. Comptez-vous rester ici à partir de ce soir ?

— Bon nombre de couples dorment dans des chambres séparées, la pratique est courante, a-t-il répliqué sans une once de méchanceté.

— Elle ne devrait pas l'être.

— Ne dites pas de sottises. En outre, vous êtes déjà enceinte. Nous ne pouvons concevoir de nouveau.

Mais sa voix me semblait déjà lointaine. En soulevant mon corsage par-dessus ma tête, j'avais remarqué un mince filet rouge couler le long de ma cuisse. En posant le doigt dessus pour l'endiguer, j'ai senti un vent de panique se lever en moi. Les paupières closes, je me suis mise à prier.

CHAPITRE 6

Allongée dans mon lit, le corps perclus de courbatures, je ne parvenais pas à trouver le sommeil tandis qu'à côté de moi Richard ronflait doucement. J'ai fini par me lever pour faire quelques pas dans la galerie longue, à la lueur des rayons de lune. La maison était silencieuse et le plancher ciré scintillait comme un manteau de neige. Les lattes ont craqué sous mon pas feutré tandis que j'arpentais le couloir. Je suis retournée me coucher avant l'aube. Plus d'une fois, je me suis penchée pour examiner la traînée de sang séché qui s'estompait à la surface de ma peau, comme le signe évident de ce qui était survenu – ou plutôt ce qui avait menacé de survenir – avant de s'interrompre. Je m'étais empressée de rabattre ma chemise de nuit, si bien que Richard, occupé à faire partir les traces de sang de la brebis, n'avait rien remarqué. L'odeur m'avait assaillie de l'autre bout de la chambre et la répulsion, mêlée de peur, m'avait tordu les entrailles, comme si la seule odeur du sang risquait de faire couler le mien.

Alice m'avait demandé de lui laisser quelques jours pour cueillir des herbes fortifiantes, mais l'attente me paraissait durer une éternité. J'ai décidé de prendre mon mal en patience en sortant Puck pendant que tout le monde prenait son déjeuner. De toute façon, je ne pouvais rien avaler, tant l'inquiétude me nouait l'estomac. En sortant de la maison, nous avons aussitôt bifurqué pour longer la pelouse, puis nous avons dépassé la grande grange et les dépendances en suivant les méandres de la rivière. De leurs niches, les chiens qui avaient senti Puck ont aboyé frénétiquement. Il s'est contenté de renifler coins et recoins sans leur prêter la moindre attention. Parfois, je me demandais si Puck avait conscience d'être un chien. Et s'il se souvenait de sa vie d'avant, en priant pour qu'il ait tout oublié.

— Bonjour, Madame, m'ont salué les fermiers et les apprentis, chargés de toutes sortes d'outils, de cordes et d'attirails dont j'ignorais l'usage.

— Bonjour, ai-je répondu et j'ai poursuivi mon chemin.

Bien vite, le manoir et ses annexes ont été engloutis par la forêt, qui s'est refermée comme un voile de verdure. Les arbres nous ont enveloppés de leur bruissement tandis que je m'engageais sur l'étroite route qui s'éloignait de Gawthorpe et que Puck tournoyait entre les troncs d'arbre, la truffe au ras du sol.

À environ un quart de lieue de la maison, j'ai aperçu deux silhouettes qui approchaient à cheval. Je me suis rangée sur le bas-côté et j'ai attendu ; j'ai reconnu la silhouette la plus imposante comme étant celle de Roger. Il n'était plus qu'à quelques mètres de moi lorsqu'il s'est adressé à la personne à sa droite, une femme vêtue d'une simple robe en laine. Ma vue avait beau être mauvaise, j'étais convaincue qu'il ne s'agissait pas de son épouse Katherine. Roger a mis le pied à terre et s'est avancé, en tenant les rênes de sa monture, attachées par une corde à celles de sa compagne de voyage. Les mains frêles de cette dernière étaient liées par des menottes, fixées elles aussi aux rênes. Une prisonnière, donc. En tant que magistrat, Roger transportait souvent des criminels dans le comté et les accompagnait parfois jusqu'à la geôle de Lancaster. Je me suis attardée trop longuement sur ses poignets entravés et quand j'ai levé la tête, j'ai découvert une jeune femme au regard sagace, aux yeux sombres et aux lèvres fines, qui me dévisageait avec une fierté emprunte d'inimitié.

— Chère madame, je suis bien aise de vous voir prendre l'air en cette belle journée. Vous me semblez avoir l'esprit revigoré, m'a saluée Roger.

— Vous nous rendez visite ? ai-je demandé en lui tendant la main pour qu'il la baise.

— Ce n'est pas tout à fait une visite, mais davantage une invitation pour Richard. Est-il au manoir ?

— Oui.

— A-t-il du temps libre, ce matin ?

— Il part pour Manchester dans une heure, ai-je menti.

Il était hors de question que Richard prenne le large en compagnie de Roger et me laisse seule avec ma mère.

— On prépare ses bagages. Est-ce que tout va bien ?

De nouveau, il a hoché la tête. Cela ne ressemblait pas à Roger de ne pas me présenter.

— Quel dommage ! Je me rends de ce pas à Ashlar House.

— Chez James Walmsley ?

— Tout à fait. Je comptais proposer à Richard de m'accompagner – je vais mener deux interrogatoires et j'aurais aimé son concours –, a-t-il précisé avant de se pencher en avant. Un jour viendra, où votre époux fera de grandes choses. Croyez-moi, quand il aura mon âge, il occupera un poste haut placé au gouvernement, et j'ai fermement l'intention de lui prêter main-forte. Il a l'avantage, que je n'avais pas, d'être bien né, puisque son oncle est très réputé à la cour. Le moment venu, je le présenterai au roi et je lui souhaite de tout cœur d'être impliqué dans l'évolution en cours de Pendle. Cela pourrait fort bien le mettre en bonne posture aux yeux de la Couronne. J'ai confiance en ses opinions, tout comme M. Walmsley, mais nous devrons donc nous passer de lui, aujourd'hui.

Il tourna de nouveau son attention vers la femme qui l'accompagnait, et dont la présence silencieuse était pour le moins déconcertante.

— J'ai entendu dire que vous aviez employé une sage-femme, a annoncé Roger de but en blanc.

De surprise, je n'ai su que battre des paupières.

— En effet, ai-je acquiescé.

Comment pouvait-il le savoir ? Richard ne l'avait pas revu depuis leur partie de chasse.

Le visage de Roger s'est illuminé.

— Merveilleux. Gawthorpe aura un héritier avant la fin de l'année. Est-ce la même femme que la dernière fois ? Celle de Wigan ?

L'éclat malveillant qui émanait de la prisonnière m'empêchait de me concentrer pleinement sur notre conversation.

— Non. Une femme de la région.

— Jennifer Barley ? C'était celle de Katherine.

— Non. C'est une fille de Colne qui s'appelle Alice.

Il s'est aussitôt passé un phénomène étrange. En entendant le nom d'Alice, la femme a eu un mouvement brusque qui a fait tressaillir son cheval. J'ai levé le regard vers elle, puis l'ai instantanément détourné quand j'ai compris qu'elle n'avait pas détaché les yeux de mon visage, comme si elle y lisait quelque révélation captivante.

— Il nous faudra prévoir un présent en vue de l'heureux événement, continuait Roger.

Comment pouvait-il prolonger notre conversation comme si de rien n'était ?

— Mais qu'acheter à une femme qui a déjà tout ? a-t-il renchéri d'un air satisfait.

— Qui est votre amie, Roger ? l'ai-je interrompu. Vous ne me présentez donc pas ?

— C'est Alizon Device.

Un frisson a parcouru ma peau, et les battements de mon cœur se sont accélérés. Ainsi Roger exhibait-il la sorcière dans Pendle, pour l'amener aujourd'hui à Gawthorpe. Quelque chose, dans la fierté du regard d'Alizon, me laissait penser qu'elle en avait conscience, et j'ai ressenti un élan de sympathie vers elle.

— Ne vous laissez pas duper par la robe – c'est celle de Katherine. Alizon a logé sous mon toit ces derniers jours. Nous allons à Ashlar House pour y rencontrer certains membres de sa famille, a-t-il annoncé sur un ton jovial en se retournant vers sa captive.

La fille, le regard brillant d'animosité, ne disait mot. Dans le silence qui s'est ensuivi, un corbeau freux a poussé son croassement tandis qu'une rafale de vent agitait la forêt autour de nous.

— Mes salutations à Richard. Et vendredi, viendrez-vous dîner à Read ? Katherine se fait une telle joie de vous voir.

— Vous nous faites honneur.

J'ai fait la révérence et, malgré moi, mes yeux ont glissé jusqu'à Alizon Device – immobile comme une statue, les yeux rivés au loin. Roger a soulevé son chapeau et est remonté à cheval. Je les ai regardés partir, jusqu'au moment où Roger a agité sa main couverte de bagues en guise d'adieu. J'ai appelé Puck et me suis remise en route pour le manoir.

★

Comme nous étions au dernier jour du Carême et que ma mère n'aimait pas le poisson – ce que n'oubliait jamais la cuisinière –, nous avons pris place devant un copieux repas de tartes au fromage accompagnées de fruits, de pain et de bière. J'ai avalé quelques miettes du bout des lèvres, mais à force de ne plus manger, je ne ressentais presque plus la faim.

À l'exception de la cuisinière, ma mère voyait tous nos domestiques d'un mauvais œil. Elle avait décrété qu'ils étaient désagréables et ingrats et qu'il n'était qu'une question de temps avant que l'argenterie et la soie ne viennent à disparaître. Parfois, je me demandais si j'habitais chez moi ou chez elle. À l'évidence, elle était nostalgique de l'époque où elle tenait Barton ; avec son personnel nombreux, la demeure avait quelque chose de grandiose comparée au modeste manoir qu'elle occupait aujourd'hui. Quand elle avait commencé à nous rendre visite après notre mariage, et qu'elle essayait de nous commander comme si nous étions ses enfants, Richard et moi avions pris l'habitude de la surnommer la Gloriana du Manoir. Jusqu'alors, je n'avais jamais eu de camarade de plaisanteries. Pour étouffer nos rires, nous avalions de grandes bouchées de nourriture quand, en plein repas, elle lançait des phrases telles que « Sérieusement, Richard, je n'ai jamais vu un homme porter une telle quantité de bijoux », et « Vous devriez armorier vos cruchons de vin, c'est très à la mode, vous savez. Même dans le Yorkshire, ça se fait. »

Cette après-midi-là, elle avait décidé de s'offusquer des lambris qui paraient le manteau de la cheminée.

— Richard, je constate que vous n'avez toujours pas fait graver le nom de ma fille sur le trumeau de la cheminée.

Elle faisait référence aux cinq carrés de bois épais sur lesquels avaient été inscrits les noms des différents membres de la famille Shuttleworth.

Les initiales de Richard avaient été ajoutées sur le quatrième, avant notre mariage. Un buriniste était censé venir apposer mes initiales aux siennes, mais Richard n'avait pas trouvé le temps de s'en occuper, de sorte que le R et le S flottaient seuls attendant leurs compagnons. C'était pour ma mère un sujet constant d'irritation, à croire que ce lambris, loin d'être un simple élément de décoration, apportait l'unique preuve de mon existence.

— Cela n'a vraiment aucun caractère d'urgence, Mère, ai-je observé.

— Quatre années ne suffisent-elles donc pas ?

— Je ne manquerai pas d'ajouter cette tâche à la liste sans cesse croissante de celles qui m'incombent, a répondu Richard sur le ton de la cordialité.

Comme ma mère repartirait le lendemain, dimanche de Pâques, nous sommes allés ensemble à l'église.

À moins que mon imagination ne me jouât des tours, il m'a semblé en chemin que ma taille s'était épaissie pendant la nuit. Tout au long de l'office, j'ai contemplé mes mains, délicatement jointes sur mes genoux, en me demandant où se trouvait Alice Gray et ce à quoi elle pouvait bien s'employer. Ce qui ne m'a pas empêchée de remarquer que les villageois me dévisageaient un peu plus longuement qu'à l'accoutumée – effectivement, j'avais mauvaise mine. Pourtant, je prenais grand soin de ne porter que du noir : les couleurs ne faisaient que souligner la lividité de mon teint, aussi blafard qu'un nuage de pluie. Pour couronner le tout, la présence de ma mère attirait les regards. Elle gardait un masque d'indifférence, mais je savais qu'en son for intérieur, elle ronronnait d'aise.

Pendant le sermon du vicaire, j'ai balayé des yeux l'assemblée de chapeaux et de coiffes, dans l'espoir d'apercevoir une boucle de cheveux dorés, mais en vain. De l'autre côté de la travée, une jeune femme élégamment vêtue, dont le ventre arrondi dépassait de son manteau d'hiver, m'a regardée de cette manière franche et amicale qu'ont les femmes de la campagne, comme pour signifier « nous sommes pareilles, vous et moi ». Mais c'était faux, et j'ai promptement détourné le regard.

J'avais les mains froides comme la glace, et je les ai glissées sous mes cuisses jusqu'à ce qu'elles soient engourdies. Au cours de la matinée, la nausée avait fait son retour en force avec une ténacité importune. Colne, situé à plusieurs lieues d'ici, avait sa propre paroisse, c'est pourquoi il y avait fort peu de chances qu'Alice fréquente St Leonard's. Néanmoins, elle travaillait à l'auberge du Hand and Shuttle, à une demi-lieue de distance ; oserais-je manifester mon impatience en passant la voir ? Je l'avais invitée pour le Vendredi saint, mais elle avait décliné, répondant qu'elle me rendrait visite après Pâques.

Quelques bancs plus loin, j'ai vu l'apothicaire, assis en compagnie de sa famille, le visage tourné placidement vers la chaire telle une fleur en quête de lumière. Alice faisait-elle pousser elle-même les herbes médicinales, ou se fournissait-elle auprès de lui ? Si tel était le cas, saurait-elle faire preuve de discrétion ?

Le vicaire, John Baxter, s'exprimait comme à son habitude de sa voix haute et limpide qui, en résonnant jusqu'aux corniches de l'église, chassait l'obscurité de ses moindres recoins.

— « À la vue de Jésus, Hérode se réjouit fort, récitait-il. Car depuis longtemps il désirait le voir, à cause de ce qu'il entendait dire de lui, et il espérait lui voir faire quelque miracle. »

À sa chaire, il puisait ces mots dans la nouvelle bible du roi Jacques que nous lui avions achetée à Londres. Pour la première fois de ma vie, j'étais entrée chez un imprimeur, dans un grand bâtiment de la capitale qui m'avait semblé aussi étroit qu'une garde-robe. Dans les rues alentour, des enfants portaient sur la tête des paniers chargés de miches de pain, comme si nous étions en Galilée. À l'intérieur de l'échoppe de l'imprimeur, j'avais découvert un monde à part, à mi-chemin entre un lieu d'érudition, baignant dans l'odeur d'encre et de papier, et une salle de torture, équipée d'immenses machines dont le bois grinçait sous l'effort.

— « Les principaux sacrificateurs et les scribes étaient là, l'accusant avec violence. Hérode, avec ses gardes, le traita avec mépris ; et, après s'être moqué de lui et l'avoir revêtu d'un habit éclatant, il le renvoya à Pilate. »

Quand la nouvelle bible était sortie de presse l'année précédente, nous avions fait l'acquisition de trois exemplaires : un pour la maison, un pour l'église et un pour la mère de Richard. Tous étaient des objets d'une grande beauté, lisérés d'or, garnis d'un papier aussi fin que des pétales.

— « Et ils crièrent : Crucifie, crucifie-le ! Pilate leur dit pour la troisième fois : Quel mal a-t-il fait ? Je n'ai rien trouvé en lui qui mérite la mort. Je le relâcherai donc, après l'avoir fait battre de verges. Mais ils insistèrent à grands cris, demandant qu'il fût crucifié. »

John Baxter était un homme âgé, dont la carnation avait la couleur des feuillets de la bible, pourtant sa voix, comme si elle appartenait à un homme nettement plus jeune, portait haut par-dessus les toussotements, l'agitation et le babil des plus petits. J'éprouvais une sensation de vertige, comme si j'étais un sablier qu'il fallût renverser.

— « Car voici, des jours viendront où l'on dira : heureuses les stériles, heureuses les entrailles qui n'ont point enfanté, et les mamelles qui n'ont point allaité ! Alors ils se mettront à dire aux montagnes : Tombez sur nous ! Et aux collines : couvrez-nous ! »

À côté de moi, j'ai senti ma mère bouger, sa robe se froisser contre la mienne. Mon corset me serrait et faisait battre le sang dans mon cou. J'ai senti ma tête se vider, à tel point que je n'aurais pas été surprise de la voir se détacher de ma nuque pour s'en aller flotter comme une plume jusqu'aux chevrons de l'église.

John Baxter nous a invités à nous lever, et l'assemblée s'est redressée, m'emportant dans son élan, après quoi la salle s'est mise à se déformer et à flotter devant mes yeux. Puis tout a sombré dans le noir.

★

Le lendemain matin, au lieu de guetter l'arrivée d'Alice des fenêtres, j'ai décidé de rejoindre Richard sur la pelouse, où je l'avais vu occupé à dresser son nouveau faucon. Depuis le départ de ma mère, je me sentais débarrassée d'un poids, bientôt remplacé par une mélancolie familière. J'ai traversé l'étendue d'herbe mouillée jusqu'aux marches où se tenait Richard, et me suis arrêtée derrière lui sans faire de bruit pour ne pas effrayer le rapace attaché à son poignet par une longue ficelle. Aveuglé par son chaperon, il battait des ailes de façon désordonnée, dérouté par l'odeur des petits morceaux de poulet placés dans un pochon contre la cuisse de Richard.

Richard était passé maître dans l'art de la fauconnerie. Il a émis un bruit semblable à un cliquètement, puis a tiré sur la filière pour faire redescendre le faucon, qui s'est posé non sans quelque difficulté sur son poing ganté. Il lui a jeté un peu de viande.

— Je ne comprendrai jamais pourquoi vous vous donnez tout ce mal et laissez le fauconnier oisif, ai-je observé. Je m'étonne de vous voir encore vos deux yeux.

— C'est bien plus satisfaisant, a-t-il répondu sur le ton de l'évidence. En outre, c'est le seul moyen d'assurer un dressage réussi. Il faut mériter la loyauté de son faucon.

Le rapace a repris son envol, mais une fois sa filière tendue jusqu'au bout, elle l'a retenu en arrière et il a poussé un cri perçant.

— Cette femelle vient de Turquie. Elle n'aura pas besoin de grelots si elle continue à faire ce chahut.

— Elle vous maudit, l'ai-je taquiné.

— J'ignorais que vous parliez turc.

— Vous avez tant à découvrir sur moi.

Nous avons échangé un sourire, mais mes inquiétudes ont aussitôt reflué à la surface. J'ai tenté de les écarter.

— Quelque chose vous préoccupe ? m'a demandé Richard.

J'aurais pu aisément m'emparer de sa question et aller chercher la lettre cachée au fond de ma commode. J'aurais pu la lui tendre et l'interroger : « Expliquez-moi plutôt pourquoi vous m'avez caché ceci ? Dites-moi que ce n'est pas vrai. »

À la place, je me suis contentée de secouer la tête, les yeux rivés sur le rapace, et d'annoncer :

— Roger nous invite à dîner vendredi.

— Oui, il m'a dit qu'il vous avait vue. Il était accompagné de sa sorcière, n'est-ce pas ?

— Quelle étrange créature ! Je ne sais pas ce qui m'a le plus glacé le sang : sa présence ou l'indifférence de Roger. Elle doit être dangereuse pour qu'il ait pris la peine de la menotter. Pourquoi voulait-il l'amener chez nous ?

— Il en a fait son ombre. Tant qu'elle reste à portée de vue, lui-même se fera bien voir du roi. Je suis certain qu'il s'en débarrassera dès qu'elle aura perdu son utilité.

— Vous avez une opinion bien impitoyable de votre ami.

Richard m'a coulé un regard en biais.

— Vous avez une opinion bien innocente du vôtre.

Du bout du pouce, il a effleuré l'ecchymose qui meurtrissait ma tempe.

— Vous allez avoir une jolie contusion.

— C'est déjà plus coloré que ma robe. C'est surtout mon orgueil qui est blessé... tous ces gens qui m'ont vue perdre connaissance.

— Nous n'aurons bientôt d'autre choix que de vous enfermer au manoir. D'abord, vous chutez de cheval, puis vous défaillez à l'église. Qu'allons-nous faire de vous ?

Derrière nous, le roulement des barriques de vin que l'on faisait dévaler dans le passage pavé menant à la cave a interrompu notre conversation. Richard a retourné son attention vers le rapace, et j'ai suivi son regard, admirant à mon tour ses mains habiles et les ailes légères qui luttaient contre l'emprise des jets. Dans quelques mois, Richard utiliserait comme proie une poule fourrée dans la carcasse d'un lièvre, puis un lièvre avec une patte cassée. Où serais-je lors de sa première prise en liberté ? Enterrée au cimetière ?

Au-dessus de nos têtes, le faucon a poussé un cri, et Richard l'a fait revenir sur son poing, quand soudainement je l'ai senti : le premier mouvement du bébé dans mon ventre. Je ne pouvais pas m'être trompée et pourtant, avant même que j'aie pleinement compris ce qui me traversait, la sensation s'est interrompue si brusquement que j'ai cru l'avoir imaginée. Toutefois, je me souvenais de l'avoir déjà éprouvée une fois par le passé : comme si j'étais une barrique remplie d'eau dans laquelle un poisson faisait une pirouette. Le corps frémissant, j'ai agrippé le bras de Richard.

— Fleetwood, est-ce que tout va bien ?

— Oui, ai-je menti. Le bébé... je l'ai senti bouger.

— Mais c'est merveilleux !

Son visage s'est éclairé d'un immense sourire et je n'ai pu m'empêcher de l'imiter.

Son faucon s'est mis à battre des ailes avec impatience et je me suis soigneusement écartée avant qu'il ne me blesse.

— Alice doit être en chemin. Je vais aller la rejoindre sur la route de Colne.

— Votre poignet ne vous gênera pas pour monter à cheval ?

J'ai soulevé mon bras pansé.

— Il est comme neuf.

★

Dans l'air pur, flanquée de la rivière d'un côté et de la forêt de l'autre, j'ai senti mes pensées, ballottées au rythme du cheval, se détourner de mon propre sort pour se porter vers celui d'Alice. J'ignorais tant de choses à son sujet. Quand je l'avais raccompagnée à la grand-porte, le jour où elle m'avait secourue, je l'avais interrogée sur son père ; elle m'avait répondu qu'il était malade et dans l'incapacité de travailler. Je me demandais si elle était proche de lui ou si au contraire elle rêvait de se marier pour pouvoir le quitter. À la différence des filles riches, qui n'avaient qu'à attendre à l'abri de leur demeure que leur futur mari se présente à elles, comme on laisse s'arrondir une dinde de Noël, les filles pauvres avaient la possibilité de choisir leur époux, et pourquoi pas sur un pied d'égalité : tel voisin attirait peut-être leur attention, à moins que ce ne soit le commis du négociant où elles faisaient leurs emplettes hebdomadaires. J'ai essayé de me représenter

Alice avec un homme – ses longs doigts d'albâtre caressant son visage, écartant une boucle de ses cheveux –, sans vraiment y parvenir.

La forêt s'est clairsemée, cédant le pas, sous le plein ciel, aux collines verdoyantes qui ondoyaient comme des draps lavés de frais que l'on déploie pour faire un lit. Droit devant, la rivière méandrait et j'ai dû couper à travers Hagg Wood en m'enfonçant une fois encore sous le couvert des arbres. Les sabots de mon cheval foulaient sans bruit le tapis forestier et, au bout de quelques instants, j'ai vu deux silhouettes se détacher dans une clairière – deux femmes, habillées de vêtements ternes et d'une coiffe blanche. Elles ne m'avaient pas remarquée et j'ai tiré sur les rênes pour ralentir le pas. Soudain, je me suis aperçue que l'une d'elles était Alice, dont la voix animée par la colère transperçait les frondaisons. Je me suis laissée glisser à terre et, d'un pas silencieux, j'ai parcouru le parterre de mousse qui me séparait d'elles. Dissimulée derrière un arbre, j'ai eu tout le loisir de contempler l'autre femme.

Jamais de ma vie je n'avais posé les yeux sur une personne d'une telle laideur : elle était à faire peur. Son indigence sautait aux yeux. Sa robe trop ample, qu'elle semblait avoir confectionnée en rapiéçant des lambeaux de toile, enveloppait grossièrement sa silhouette et lui donnait une apparence décharnée et difforme. Cependant, son trait le plus frappant demeurait ses yeux : en plus d'être excentrés, ils étaient logés de guingois sur son visage. Un œil dardait vers le haut comme pour scruter le feuillage des arbres, tandis que l'autre, affaissé sur sa joue, contemplait leurs racines. De la sorte, voyait-elle plus ou moins que le commun des mortels ? Bouche bée, elle a passé la langue sur ses lèvres tandis qu'Alice continuait de l'admonester d'une voix grave et tranchante à la fois.

Je tendais l'oreille pour saisir ses paroles lorsqu'un mouvement tout proche m'a fait sursauter. Un chien marron efflanqué, au pelage râpé, m'a contournée en trottant, avant de mettre le cap sur les deux femmes, qui ne lui ont d'ailleurs prêté aucune attention. Il s'est faufilé entre leurs jambes, puis a poursuivi son chemin au travers des arbres. Ce devait être le chien de la femme laide. Je m'apprêtais à rebrousser chemin, de peur d'être démasquée, lorsqu'Alice s'est soudainement avancée vers l'arbre qui me cachait à leur vue. Je me suis figée. L'autre femme s'est alors mise à lui faire des réprimandes d'une voix rauque.

Au loin, le chien a aboyé, et sa maîtresse a brièvement jeté un œil par-dessus son épaule avant de tourner son regard capricieux dans ma direction, pour mon plus grand effroi. Ma peau a été parcourue de picotements, et j'ai prié pour que le vert foncé de ma robe me rende invisible à ses yeux. La femme a adressé une ultime remontrance à Alice, avant de partir d'un pas lourd dans le sillage de son chien, avec force grommellements.

Alice est restée un instant dans la clairière. Je l'ai surprise à serrer et desserrer les poings, puis elle s'est frotté le haut des bras comme si elle avait froid. Ce geste, qui trahissait sa vulnérabilité, m'a donné mauvaise conscience de l'avoir observée à la dérobée. Puis elle m'a tourné le dos et s'est mise à marcher en direction de la rivière.

Je n'ai vu son cheval nulle part, pas plus que je n'ai entendu le bruit des sabots sur le sol de la forêt. Je suis restée un moment indécise, à la regarder s'éloigner, puis je suis remontée en selle pour rentrer à la maison au petit galop. Le souffle court, j'ai mis pied à terre une fois arrivée au bas des marches et me suis retournée en direction de la forêt. Quelques instants plus tard, j'ai aperçu sa silhouette courbée qui sortait d'un pas vif de la rangée d'arbres à l'est du parc. Sa démarche décidée dégageait une force tranquille et elle a traversé la pelouse à la vitesse d'un lièvre, arc-boutée contre le vent, sans cape pour la protéger du froid mordant. L'expression taciturne de son visage trahissait son trouble. À son arrivée devant la maison, je l'ai accueillie avec une question :

— Où est votre cheval ?

Un chien s'est mis à aboyer au loin et Alice s'est retournée d'un air préoccupé vers la portion du bois d'où nous étions venues.

— Alice ?

Sur ces entrefaites, la grand-porte s'est ouverte et Richard s'est avancé sur le perron.

— Ah, les deux farfadets sont rentrés de la forêt. Bonjour, Miss Gray.

Alice a hoché la tête, les yeux rivés sur ses pieds.

— Bonjour, Monsieur.

— Prenez-vous bien soin de ma femme ?

Une fois encore, Alice a répondu d'un hochement de la tête.

— Fleetwood, votre jument compte-t-elle rentrer seule à l'écurie ? s'est enquis Richard.

Je me suis ressaisie et j'ai empoigné les rênes, prête à faire parcourir les derniers mètres à ma monture, mais Richard m'a coupée dans mon élan.

— Votre sage-femme peut s'en charger.

J'ai jeté un regard inquiet à Alice qui semblait encore plus préoccupée et pâle qu'à l'accoutumée.

— À moins qu'elle n'y voie un inconvénient ? a insisté Richard.

La mine rembrunie, Alice m'a pris les rênes des mains. Je l'ai regardée s'éloigner, sa silhouette voûtée contre celle de l'animal, puis j'ai rassemblé mes jupes et suis rentrée.

— Elle semble bien jeune pour une sage-femme, a remarqué Richard tandis que je le précédais dans le couloir obscur.

Le courant d'air de la grand-porte qui se refermait dans mon sillage a fait vaciller la flamme des lanternes suspendues aux murs.

— Elle a sensiblement votre âge.

— Je persiste à penser que nous ferions mieux d'aller à Londres. Il y a là-bas des centaines de sages-femmes qui mettent au monde des enfants tous les jours.

— Ne m'obligez pas à aller à Londres, Richard. Je veux que notre fils naisse à la maison, c'est là qu'est sa place.

L'argument a eu l'air de faire mouche, et il a pris mes mains pour les serrer dans les siennes.

— Alice va m'examiner. Nous serons dans ma chambre.

Dix minutes plus tard, comme Alice se faisait toujours attendre, je me suis levée du tapis où je m'étais installée pour caresser Puck et j'ai rebroussé chemin jusqu'à l'escalier. Alice se tenait devant mon portrait, qu'elle dévorait des yeux. Elle n'avait pas remarqué ma présence, et j'ai vu la commissure de ses lèvres s'arquer, comme si elle souriait, perdue dans quelque doux souvenir.

— Que pensez-vous de ma mère ?

Ma question l'a fait sursauter.

— Elle est très... pointue.

J'ai senti mon visage se fendre d'un large sourire.

— C'est vous ? a-t-elle demandé en montrant l'enfant sur le tableau d'un mouvement du menton.

— Qu'est-ce qui vous faisait sourire ?

— Vous avez l'air bien sérieux pour une si petite fille. Vous me rappelez...

Sa voix est restée en suspens.

— Qui donc ?

Mais Alice n'a plus rien dit et, d'un geste machinal, comme si on l'avait interrompue dans ses rêveries, elle a rassemblé ses jupes et m'a rejointe au sommet de l'escalier. Nous passions devant la garde-robe avec son lit d'appoint parfaitement visible, lorsque j'ai remarqué qu'elle avait les mains vides et semblait ne transporter aucun effet personnel.

— Mon mari se demande quel âge vous avez, ai-je dit en refermant la porte derrière nous.

Elle a ouvert la bouche, mais aucun son n'en est sorti et ses épaules se sont affaissées imperceptiblement.

— Je ne sais pas.

Je l'ai dévisagée.

— Vous ne connaissez pas votre âge ? Eh bien, par exemple, quelle est la date de votre anniversaire ?

Elle a haussé les épaules.

— J'ai un peu plus de vingt ans, je crois.

— Vous ne connaissez pas votre date d'anniversaire ?

Elle a fait non de la tête.

— Je dois vous avouer quelque chose. J'ai perdu le cheval que vous m'avez donné.

— Vous l'avez *perdu* ?

— Un soir, je l'ai attaché par la bride devant chez moi et, le lendemain, il avait disparu, a-t-elle avoué d'un air mortifié.

Je me suis maudite en silence d'avoir été à ce point stupide. Je n'avais pas pensé à lui demander si elle pouvait disposer d'une écurie. Or il était évident que non. J'aurais dû payer pour qu'elle le mette à l'écurie d'une auberge ou d'une ferme voisine. Alice a dû prendre ma réaction pour de la contrariété, car elle s'est empressée d'ajouter :

— Je vous rembourserai ; je travaillerai sans solde. Combien coûte un cheval ?

— Je ne sais pas... plusieurs livres ?

En voyant son visage se décomposer, j'ai voulu la rassurer.

— Ne vous inquiétez pas, c'est ainsi maintenant, et je vous paierai malgré tout.

J'avais articulé ces mots sans grande conviction, sachant que la colère de Richard ne connaîtrait aucune limite.

Comment allais-je lui annoncer la nouvelle ? Peu importe. Alice était là, et mieux valait se consacrer à l'instant présent.

Quand je lui ai demandé ce qu'elle avait apporté, elle s'est approchée de la commode, a entrepris de soulever ses jupes et a sorti de sa poche des petits paquets en lin qu'elle a alignés sur la surface polie du meuble. Elle les a dépliés : ils contenaient des herbes, de diverses nuances de vert. Avec le feu chaleureux qui crépitait dans l'âtre et le chien qui sommeillait majestueusement sur le tapis, l'atmosphère de ma chambre ressemblait à celle d'une cuisine et, ne sachant comment me rendre utile, je suis allée m'asseoir au bord du lit.

— Vous êtes une véritable herboriste ambulante. Richard serait fort impressionné.

Elle a énuméré les plantes, de gauche à droite, en les montrant du doigt :

— Aneth, souci, lavande, camomille.

Elle a saisi le premier bouquet qui déployait son éventail filiforme d'ombelles ondulantes.

— Dites à votre cuisinière de la hacher finement et de l'ajouter à son beurre, dont vous pourrez assaisonner la viande, le poisson, tout ce que vous voulez.

— Quelles sont ses vertus ?

— Elles sont multiples. Ses pétales, a-t-elle expliqué en soulevant les délicates fleurs dorées à la lumière, peuvent être, une fois séchés, mélangés dans du lait chaud, ou servir à parfumer le fromage. Demandez en cuisine que l'on vous en prépare une tasse bien chaude le soir et le matin, et ajoutez-en une pincée, c'est efficace contre les nausées.

J'ai opiné du chef, en consignant dans ma mémoire la liste des mets qu'elle avait cités : beurre, laid chaud, fromage.

— La lavande, a poursuivi Alice. Infusée dans de l'eau de pluie, elle donne une teinture, dont vous pouvez asperger votre oreiller pour mieux dormir et éloigner les mauvais rêves.

Elle m'a regardée d'un air entendu et, l'espace d'un instant, je me suis demandé si je lui avais parlé du Cauchemar. Comment pouvait-elle s'en douter ? D'un geste rapide, elle a une fois encore soulevé son tablier, et a sorti d'entre ses jupes un minuscule flacon de verre qu'elle a tenu serré entre le pouce et l'index.

— Je vous en ai préparé un extrait – voici le seul flacon que j'avais.

Elle s'est approchée de mon lit, a posé le doigt sur l'embouchure du flacon pour la boucher à demi, puis en a versé quelques gouttes sur les oreillers et le couvre-pied. Soudain, son geste est resté en suspens, et elle s'est penchée en avant.

— Vous perdez vos cheveux ?

D'un mouvement gêné, j'ai posé les doigts sur mes mèches, qui peinaient par endroits à recouvrir les rouleaux de ma coiffure.

— Oui.

Je ne voyais pas bien son visage, mais son attitude m'a semblé songeuse tandis que, du plat de la main, elle lissait les draps et les couvertures qu'elle venait d'humecter d'eau de lavande. Un instant plus tard, elle s'est redressée et m'a fourré le flacon dans la main, avant de soulever une poignée de fleurs qui ressemblaient à des pâquerettes.

— « Car bien que la camomille pousse d'autant plus vite qu'elle est plus foulée aux pieds », ai-je récité. Connaissez-vous cette citation ?

— Non, a-t-elle répondu sèchement. À infuser également dans du lait chaud, puis laisser égoutter avant de boire. Et pour finir.

Ses longs doigts se sont saisis d'une bandelette qui ressemblait à l'écorce d'un arbre.

— Écorce de saule, a-t-elle énoncé. À mâcher en cas de douleur, c'est efficace.

— D'où viennent toutes ces plantes ? De chez l'apothicaire de Padiham ?

— De chez plusieurs femmes que je connais.

— Des sages-femmes ?

— La plupart des femmes sont pleines de sagesse. Je n'aurais su dire si elle cherchait à plaisanter.

— Peut-on leur faire confiance ? ai-je insisté.

Alice m'a lancé un regard éloquent.

— Selon le roi ? Non. Il les voue à l'obscurité. Pendant ce temps, les gens continuent à tomber malade, à mourir, à avoir des enfants, alors que tout le monde ne bénéficie pas des services du chirurgien royal. Le roi confond guérisseuses et sorcellerie.

— Vous n'avez pas l'air de défendre la cause du roi.

Sur l'instant, Alice n'a pas relevé, préférant replier les petits carrés de lin en silence. Dans la région, où les avis tranchés ne manquaient pas sur le monarque, les gens évitaient néanmoins de trop les faire connaître, à juste titre. La franchise d'Alice me décontenançait. Peut-être son extraction modeste lui conférait-elle une plus grande audace.

— Le roi ne défend pas la cause des femmes qui cherchent à s'en sortir tant bien que mal en ce bas monde ; que ce soit en venant en aide à leurs semblables, en repoussant la maladie ou en tentant d'assurer la survie de leurs enfants. Tant qu'il aura cette position, j'aurai la mienne.

Elle a frotté l'une contre l'autre la paume de ses mains et repris son ton tout professionnel :

— Vous vous souviendrez des conseils d'utilisation ?

— Je pense, oui.

Quel soulagement que ni Richard ni les domestiques n'aient surpris notre conversation. Alice a sorti sa poche de sous ses jupes, glissé les morceaux de lin à l'intérieur, puis demandé à voir mon poignet.

— J'allais oublier... ai-je murmuré tandis qu'elle l'examinait ici et là en pliant la paume de ma main vers le haut puis vers le bas sans pour autant causer la moindre douleur. J'ai saigné, l'autre soir.

Alice a posé sur moi son regard d'ambre et j'ai une fois encore senti un effluve de lavande. D'où pouvait-ce bien venir ? Alice ne possédait évidemment pas de parfum ; elle devait presser des fleurs sur ses poignets et dans son cou. Je l'ai imaginée en train de revêtir sa robe en laine grossière et de glisser ses cheveux sous sa coiffe avant de s'adonner à cette menue expression de féminité.

— Avez-vous ressenti des douleurs ?

J'ai secoué la tête. Elle a plissé les yeux.

— Il y a peut-être trop de sang dans votre corps, ce qui n'est pas bon pour vous ni pour le bébé. La prochaine fois, j'apporterai le nécessaire.

— Quand reviendrez-vous ?

— Dans quelques jours. D'ici là, prenez ces herbes comme je vous l'ai indiqué, vous devriez voir une amélioration.

J'ai marché jusqu'à la commode, qui contenait la lettre du docteur, et j'ai sorti d'un tiroir une petite bourse en tissu, que je lui ai tendue.

— Qu'est-ce ?

— Le premier mois, payé d'avance. Je vous dois combien pour les herbes médicinales ?

— Rien.

Elle a soupesé le sac, les pièces de monnaie ont roulé dans sa paume. Le cliquetis m'a fait penser à Richard et d'instinct j'ai tourné la tête en direction de la porte. Je ne lui avais pas dit – pas plus qu'à James – combien je payais Alice. L'annonce pouvait attendre, le temps que mon ventre s'arrondisse et que Richard soit bien forcé de constater que les teintures faisaient effet. Après quoi, il pourrait difficilement s'en offusquer.

J'ai raccompagné Alice, dont j'ai pris congé du sommet de l'escalier avant de retourner me reposer dans ma chambre. Le plus souvent, je ramassais une telle quantité de cheveux sur mon oreiller que je m'en débarrassais en les jetant dans la cheminée, saisie d'angoisse à l'idée qu'à force je ne devienne un jour chauve comme un œuf. Cet enfant ne m'épargnerait donc rien ? Certes, de nos jours, on confectionnait des perruques de qualité, mais il n'en restait pas moins que la chevelure d'une femme était un atout, au même titre que ses habits et bijoux, dont elle pouvait difficilement se départir. Si Richard me trouvait déjà peu désirable avec mon ventre de plus en plus rond et mon teint hâve, qu'en serait-il le jour où j'aurais perdu mon opulente chevelure autrefois d'un noir de jais chatoyant ? Quand j'avais fait la connaissance de ses sœurs, je leur avais envié leur fine chevelure blonde. Pourtant, le noir était une couleur onéreuse, qui demandait d'importants moyens, tant pour la teinture que pour les soins. Le noir était synonyme de richesse et de pouvoir.

Assise au bord du lit, j'ai passé la main sur mon oreiller, mais je n'ai pas vu un seul cheveu noir sur le tissu blanc. Alice avait dû les retirer. Je me suis allongée, les paupières closes, et j'ai laissé le soin à l'eau de lavande de m'emporter dans le sommeil.

CHAPITRE 7

Dès le début de notre mariage, Richard s'était montré fier de m'afficher à ses côtés. Lorsque nous étions conviés à des réceptions, je faisais flamboyer la prunelle de ses compagnons de tablée, tel un joyau à la lueur d'une bougie, et quand du regard je cherchais son approbation, qu'au demeurant je ne manquais jamais de trouver, je me sentais véritablement resplendir.

Je me faisais une joie de ce dîner chez Roger, où j'avais la ferme intention de briller de tout mon éclat grâce à l'action conjuguée des teintures d'Alice. J'étais néanmoins contente qu'elle ne m'ait pas vue faire les cent pas dans ma chambre, avant de prendre mon courage à deux mains, pour descendre dans la cuisine et transmettre ses instructions aux domestiques. Ma mère disait toujours que je me préoccupais beaucoup trop de ce que pensaient les gens mais, en réalité, je me préoccupais beaucoup trop de ce qu'ils disaient, dès que j'avais le dos tourné notamment. Si les pensées restaient d'ordre privé, les rumeurs ne l'étaient pas, et en qualité de châtelaine de Gawthorpe, j'étais tout à fait consciente d'être la cible des deux.

Quand je lui ai montré l'aneth et que j'ai étalé les feuilles de camomille sur le bois du plan de travail, la cuisinière m'a écoutée en haussant un sourcil. Néanmoins, elle a bel et bien pris mes consignes en considération, puisque, le soir même, elle a fait monter dans ma chambre une tasse de lait chaud infusé à la camomille et qu'au dîner du lendemain, elle m'a fait servir un plat assaisonné de beurre à l'aneth. Pour la première fois, j'ai apprécié le personnel du manoir. Richard continuait à faire chambre à part et j'espérais qu'en me distinguant chez Roger je ferais du lit d'appoint un lointain souvenir.

Vendredi est arrivé et à onze heures nous étions prêts à faire la route à cheval jusqu'à Read Hall. Les journées s'allongeaient et même si nous restions chez les Nowell toute l'après-midi, il ferait encore jour à l'heure d'en repartir. Je n'aimais pas monter à cheval la nuit tombée, quand l'orée de la forêt qui se dérobait aux regards laissait entendre le frémissement de ses racines tendues, telle une meute de chiens en laisse. J'avais été souffrante pendant si longtemps que je ne me souvenais pas de notre dernière sortie en société avec Richard. Pour l'occasion, j'ai jeté mon dévolu sur une de mes robes favorites – d'un bleu sombre et ornée de broderies exotiques figurant des oiseaux et des scarabées –, rehaussée d'un haut chapeau de soie, par-dessus laquelle j'ai passé mes habits d'équitation. J'ai décidé de repousser à une date ultérieure l'annonce de la disparition du cheval. J'étais fermement résolue à ce que rien de fâcheux ne vienne gâcher cette occasion.

★

— Ah, les deux tourtereaux !

À notre arrivée dans la grande salle, Roger nous a accueillis avec deux verres de vin blanc d'Espagne. Élégamment vêtu d'un complet de velours noir et d'une paire de bottes en cuir souple, il avait des airs de gentilhomme de campagne. Sa femme Katherine, dans sa robe de dentelle noire finement brodée d'or, s'est précipitée à ma rencontre. Elle était tête nue et j'ai aussitôt remarqué que la coupe de sa robe était très basse. J'avais beau être plus jeune que sa fille, je partageais avec Katherine un engouement pour la mode et pour Londres, ainsi que pour les meilleurs drapiers de Manchester, Halifax et Lancaster.

— Quelles sont les nouvelles à Gawthorpe ? Je ne vous ai pas vue depuis si longtemps. Richard m'a dit que vous étiez fort souffrante. J'espère que vous êtes tout à fait rétablie ? m'a interrogée Katherine après que nous eûmes échangé les compliments d'usage sur nos toilettes respectives.

Ses pendants d'oreilles en émeraude scintillaient à la lueur des bougies.

— Oh, me suis-je exclamée. Oui, j'ai été alitée pendant un long moment, mais je vais mieux, merci.

— Roger m'a raconté que vous étiez sortie chasser en leur compagnie ? Quelle n'a pas été ma surprise : toute cette boue a dû gâter vos habits !

— En effet, même si Richard m'a reproché de faire fuir le gibier à force de parler – la chasse n'est peut-être pas l'occasion rêvée pour bavarder avec ses amis, ai-je convenu en souriant.

— Vous êtes toujours la bienvenue à Read, bien qu'en ce moment une de nos chambres soit déjà occupée.

— Ah bon ?
— Roger vous expliquera la situation au cours du dîner.

Au même instant, un des convives s'est retourné vers nous et j'ai aussitôt reconnu Thomas Lister. Nos regards se sont croisés et il a esquissé un hochement poli de la tête.

— Monsieur Lister était à Gawthorpe récemment, en route pour le Yorkshire, ai-je observé.

À côté de Roger, Thomas et Richard, un vieux bonhomme tout ratatiné serrait un verre de vin contre sa poitrine. Nick Bannister était l'ancien magistrat de Pendle.

— Et Roger a réussi à persuader Nick de venir en lui faisant miroiter la promesse de quelques bonnes volailles et autres tonneaux de vin blanc d'Espagne, a complété Katherine d'un ton chaleureux en nous invitant à prendre place à table.

Je me suis assise entre Thomas Lister à ma gauche et Nick Bannister à ma droite, face à Katherine et Richard.

— Il va falloir séparer les deux tourtereaux, sinon ils vont roucouler toute la soirée, a plaisanté Roger en nous gratifiant d'une œillade complice.

J'ai souri, en imaginant l'effet qu'aurait la nouvelle que ces « deux tourtereaux » ne partageaient pas le même lit.

Sur ces entrefaites, le hors-d'œuvre est arrivé : un festin de tourtes au mouton, de pâtés de daim, de jambon et de potage aux petits pois. Roger a attendu que tous les plats soient disposés et les convives servis avant de prendre la parole.

— Et maintenant, a-t-il commencé tandis que nous saisissions nos couverts, comme vous le savez, j'enquête sur une série de crimes qui se sont déroulés dans les environs de Pendle. En revanche, certains d'entre vous ignorent peut-être qu'à la suite d'interrogatoires de nature très inquiétante, de nouvelles arrestations ont eu lieu.

Il s'est interrompu pour remuer un peu sur sa chaise et faire signe au domestique de remplir les verres de vin.

— Peut-être vous souvenez-vous que je vous ai parlé d'Alizon Device, la fille qui a usé de sorcellerie envers John Law, le colporteur ? J'ai aujourd'hui le plaisir de vous annoncer qu'elle est à l'abri derrière les barreaux, ainsi que sa famille, si bien que les braves gens de Pendle ne sont plus, pour l'heure, à la merci du diable.

— Sa famille aussi est en prison ? ai-je demandé.

Roger a opiné du chef avec lenteur.

— Sa mère, sa grand-mère et son frère, tous ont avoué s'être livrés à la sorcellerie et au papisme. La famille Device a coûté la vie à plusieurs personnes. Cela fait trop longtemps qu'elle se dérobe à la loi.

Pour la première fois de la soirée, Nick Bannister s'est exprimé, de sa voix sifflante et éraillée par le nombre des années.

— Quelle drôle de coïncidence, ne trouvez-vous pas, que le nom de Device rime avec « vice » ?

La tablée a partagé un éclat de rire et j'ai attendu qu'il s'estompe pour poursuivre la discussion.

— Qu'ont-ils fait ?

— Oh... a lancé Roger en balayant la question de la main. Tout un éventail de choses horribles : des poupées en argile, et autres sorts et malédictions. Chacun d'eux possède son propre esprit familier, ce qui est preuve suffisante.

— Vous avez vu leurs familiers ? ai-je demandé, en me souvenant que lui-même n'avait jamais posé les yeux sur Alizon.

— Je n'en ai point eu besoin. Je sais qu'ils existent. John Law a décrit celui d'Alizon : le fameux chien. Sa mère Elizabeth a un chien, elle aussi, du nom de Ball, et sa grand-mère en a un depuis près de vingt ans. Voilà deux décennies qu'elle a passé un pacte avec le diable et qu'elle exécute ses basses œuvres à travers tout le comté.

— Mais, si vous ne pouvez les voir, comment êtes-vous sûr de ce que vous avancez ?

Un silence gêné a plané sur la table, autour de laquelle chaque convive s'est appliqué à mastiquer et déglutir. Roger m'a fixée du regard.

— Le diable apparaît uniquement à celles et ceux en qui il reconnaît ses serviteurs. Ces suppôts laissent leur animal leur sucer le sang. Croyez-vous qu'il s'agisse de paisibles animaux de compagnie ? Laisseriez-vous votre chien vous infliger cela, Fleetwood ?

— Roger, est intervenu Richard d'une voix égale. Je laisserai mon faucon fondre sur *vous* et, ce jour-là, il vous sucera jusqu'à la dernière goutte de sang.

Tout le monde, sauf moi, est parti d'un grand rire.

De la pointe de mon couteau, j'ai poussé la nourriture dans mon assiette. La seule vue de la viande de mouton bien grasse me retournait l'estomac.

— Quelles sont les nouvelles de l'autre femme, Preston ? a demandé Katherine en se tournant vers Thomas Lister, qu'il fallait comme toujours solliciter à prendre part à la conversation.

À l'évocation de sa domestique, l'intéressé s'est redressé imperceptiblement, puis s'est éclairci la voix.

— Son acquittement a porté un coup dur, a-t-il répondu doucement avant de boire avidement une gorgée de vin. Mais je suis sûr qu'on la reverra plus vite qu'elle ne le pense.

Un instant, j'ai cru mal interpréter sa réponse.

— Où la reverrez-vous ? Vous n'allez tout de même pas la reprendre à Westby si vous la croyez coupable d'infanticide ?

Thomas Lister a reposé son verre de vin, puis, d'un coin de serviette, il a tapoté ses lèvres étriquées.

— Aux prochaines assises de York.

J'ai jeté un œil interloqué aux autres convives.

— Pardonnez-moi, mais je ne comprends pas.

— Eh bien, a-t-il soupiré, Jennet Preston a assassiné mon père.

Tout le monde s'est tu. Le vent soufflait aux fenêtres et les flammes ronflaient dans l'imposante cheminée. Les autres convives avaient l'air tout aussi désorientés que moi. Roger s'est calé confortablement dans sa chaise avant de gratifier Thomas d'un hochement de tête tout paternel, comme s'il venait de dévoiler quelque vérité profonde.

Richard a brisé le silence en premier.

— Votre père est mort il y a maintenant quatre ans.

Thomas, le corps raide, se tenait prostré devant son assiette.

— Je n'ai répété à personne les mots qu'il a prononcés à sa mort, a-t-il répondu à mi-voix. Ma mère et moi les avons entendus. Mon père était en proie à une peur indicible.

— De quoi avait-il peur ?

— De Preston. Sur son lit de mort, mon père s'est écrié : « Jennet m'accable de tout son poids ! La femme de Preston m'accable de tout son poids ; à l'aide, à l'aide ! »

Il avait répété les cris de son père d'une voix suraiguë qui a résonné sous les hauts plafonds de la grande salle. À table, personne n'a dit mot. Thomas a poursuivi son récit :

— Il nous a ordonné de fermer les portes, toutes les portes de la maison, pour qu'elle ne puisse pas s'échapper.

— Elle était là ?

— Son *esprit* était là. Et lui le voyait, j'en suis persuadé. Après la mort de mon père, on l'a amenée devant sa dépouille ; à son contact, le cadavre s'est mis à saigner.

— La preuve irréfutable qu'il s'agit d'une sorcière, a affirmé Roger avec autorité.

— Mais, ai-je protesté, si ces événements ont eu lieu il y a quatre ans, pourquoi ne comparait-elle aux assises que maintenant ? N'était-elle pas accusée d'autre chose, le mois dernier ?

Thomas s'est tourné vers Roger, qui a pris la parole d'une voix lente, aux accents irrévocables.

— La semaine dernière, le Vendredi saint, alors que nous tous, honnêtes citoyens, étions en pleine prière, un groupe s'est rassemblé. Tandis que nous jeûnions, selon le souhait du Seigneur, ces individus festoyaient de viande de mouton volée. La scène avait lieu à la tour de Malkin, le misérable logis qu'occupe la vieille Demdike, qui n'est autre que la grand-mère d'Alizon Device. Et parmi ces individus se trouvait Jennet Preston.

— Preston connaît donc la famille Device ? s'est enquis Richard.

Roger a hoché la tête sèchement.

— C'est une sorcière, voilà pourquoi. Et de quoi a-t-il été question, lors de leur réunion, outre le fait de comparer leurs familiers et de blasphémer le Seigneur, pour qui ils auraient dû observer le jeûne ? Ma foi, il a été question du jeune Thomas Lister, ici présent.

— Pourquoi ?

— Preston complotait de le tuer, a énoncé Roger posément.

À côté de moi, Thomas Lister s'était mis à trembler. D'un geste fébrile, il s'est attelé à réorganiser méticuleusement ses couverts et sa vaisselle.

Roger a poursuivi sur sa lancée.

— Et ce n'est pas tout. Ces sinistres individus se sont rassemblés pour échafauder une intrigue qui n'est pas sans rappeler celle qui a manqué de renverser le roi de son trône il n'y a pas si longtemps.

Il s'est penché vers son auditoire et ses dents ont étincelé à la lueur des bougies.

— Ils avaient pour projet de faire exploser le château de Lancaster, où leurs proches sont retenus prisonniers. Afin de les libérer.

— Comment le savez-vous ?

Roger s'est essuyé délicatement le nez, puis il a remis son mouchoir à sa place après l'avoir soigneusement replié, après quoi il a repoussé sa chaise pour se lever.

— Permettez-moi de vous présenter mon témoin le plus précieux.

Sur ces mots, il a quitté la pièce. En le voyant revenir, sa grosse main semblable à une patte d'ours serrant la frêle épaule d'une fillette, les invités ont étouffé un cri de surprise.

Il l'a fait avancer à grandes enjambées jusqu'à la table. Elle devait avoir neuf ou dix ans et sur son visage pâle et anguleux brillaient deux immenses yeux clairs. Ses cheveux châtains tombaient de manière désordonnée de sous sa coiffe, qui venait à l'évidence d'être amidonnée, et si son tablier était bien ajusté, sa robe en laine donnait l'impression de l'engloutir. Elle nous a fixés tour à tour droit dans les yeux, et quand son regard effronté s'est posé sur moi, je n'ai pas pu m'en détacher. Pour mon plus grand malaise, elle n'avait pas l'air apeurée et encore moins impressionnée ; son expression restait imperturbable, à croire que nous contemplions un portrait peint.

— Mesdames et messieurs, a lancé Roger. Voici Jennet Device.

— Ma foi, ce prénom est prisé chez ces gens-là, a sifflé M. Bannister.

— Monsieur et madame Shuttleworth, monsieur Lister, permettez-moi de vous présenter la source de toutes mes informations. Jennet concourt à l'enquête que nous menons, M. Bannister et moi-même. Elle est la sœur d'Alizon.

Katherine a jeté un coup d'œil furtif à la nouvelle venue, dans un mélange de méfiance et de peur. Si elle avait pu, elle aurait interposé quelqu'un entre elle et la fillette.

Je me suis tournée vers M. Bannister et j'ai murmuré à son attention :

— Loge-t-elle ici, à Read Hall ?

— Tout à fait, a-t-il répondu dans un souffle. Dans l'ancienne chambre d'un des enfants.

Je me suis demandé ce que lesdits enfants, aujourd'hui adultes, pouvaient bien penser de la situation – moi-même je n'aurais su qu'en dire. La fillette était la propre sœur d'Alizon ? Autour de la table, personne n'a rien dit, mais les regards qui la détaillaient de la tête aux pieds m'ont donné la chair de poule. Alors j'ai brisé le silence.

— Bonjour, Jennet. Comment se passe votre séjour à Read Hall ?

— Il s'passe très bien.

Sa voix était rauque, son accent à couper au couteau.

— Allez-vous y séjourner longtemps ?

— Elle restera jusqu'à ce que la date du procès soit arrêtée aux assises de cet été.

Katherine a émis une sorte de couinement.

— En août ? Roger, va-t-elle réellement habiter chez nous tout ce temps ?

— Et où voudriez-vous qu'elle aille, Katherine ? Les membres de sa famille sont dans la prison de Lancaster, et ce jusqu'à ce qu'ils soient appelés à comparaître devant les juges de Sa Majesté.

Ses paroles n'avaient pas l'air de contrarier Jennet le moins du monde ; après les invités, elle s'était mise à scruter la salle, son regard papillonnant sur les portraits, les lambris et les boucliers qui paraient les murs. Il y avait fort à parier qu'elle n'avait jamais posé les yeux sur un tel faste, ni sur une cheminée aussi imposante, et encore moins sur des mets en telle abondance.

— Voulez-vous goûter à notre deuxième plat, Jennet ? a demandé Roger. Nous avons du poulet rôti et du bœuf, avec du pain et du beurre frais de ce matin.

Jennet a hoché la tête avec enthousiasme. On l'a aussitôt assise en bout de table, à côté de Katherine, dont le malaise ne cessait de croître. Si un infime sourire de maîtresse de maison étirait encore ses lèvres, son regard était de glace. Un bref instant, ses boucles d'oreilles ont scintillé.

— Jennet se trouvait à la tour de Malkin le Vendredi saint et m'a rapporté tout ce qui s'y est dit – y compris le complot contre le maître de Preston, ici présent, a déclaré Roger en retournant à sa place. Un grand nombre de personnes ont assisté à cette réunion, dont son frère James m'a parlé, et Jennet a confirmé tous leurs noms sur la liste. Nous faisons du bon travail ensemble, n'est-ce pas, Jennet ?

La fillette contemplait avidement les reliefs du hors-d'œuvre. Intriguée, je lui jetais sans cesse des petits coups d'œil. Sa tête était si menue que j'imaginais Roger la broyer aisément dans le creux de sa main. Elle semblait accueillir le sort de sa famille, dont tous les membres croupissaient en prison, avec une insensibilité dont je ne savais pas trop si elle me glaçait le sang ou m'emplissait de pitié.

Avec l'arrivée du deuxième plat, Roger et Richard ont orienté la conversation sur d'autres de leurs sujets de prédilection : le cours du sel ; le prix de vente de leur bétail au marché. Jennet, le visage et les mains badigeonnés de graisse, dévorait son assiette comme un animal sauvage. J'étais encore absorbée dans son observation lorsque j'ai entendu Richard confier à Roger qu'il venait de passer commande d'un fusil. J'ai aussitôt tourné la tête vers lui :

— Un fusil ? Richard, vous ne m'avez rien dit.

Richard a lancé un regard à Roger.

— Fleetwood, je ne crois pas avoir à vous consulter à ce propos. À moins que votre expertise en matière de fusils à silex ne m'ait échappé jusqu'ici ?

Un petit gloussement a traversé la table, et j'ai senti mon visage s'empourprer.

— Ne risque-t-il pas de se décharger dans la maison ?

— Pas si on le manipule correctement, ce qui sera le cas, a répondu Richard avec morgue.

Il a tourné son attention vers Roger, indiquant ce faisant que le débat était clos.

J'ai tenté d'engager la conversation avec Thomas à ma gauche, mais il se comportait de manière fort étrange et évitait soigneusement de croiser mon regard : je crois que la présence de cette enfant l'effrayait. À côté de Jennet, Katherine se tortillait sur sa chaise. Elle n'a pas une seule fois adressé la parole à la fillette.

Bien vite, la conversation est revenue sur la chasse aux sorcières de Roger.

— Parlons-en plutôt en l'absence de l'enfant, évitons-lui des cauchemars, a proposé ce dernier. Jennet, montez dans votre chambre, nous viendrons vous chercher demain matin.

L'intéressée est sortie de table en se laissant glisser de sa chaise, sans même la déplacer tant elle était fluette. Elle s'est éclipsée en silence, et à peine eut-elle disparu qu'on aurait pu croire qu'elle n'avait jamais été là.

Roger s'est tourné vers nous pour reprendre son récit sur le ton de la confidence.

— Sa mère était hors d'elle, quand elle a appris que sa fille les avait dénoncés. J'ai cru qu'elle perdait la raison sous mes yeux.

À côté de moi, M. Bannister a laissé échapper un rot et s'en est excusé en portant à sa bouche sa main mouchetée de taches de vieillesse.

— C'est quelque chose à voir, cette Elizabeth Device, a-t-il déclaré. Elle offre un spectacle effrayant, avec un œil tout en haut de son front, et l'autre qui lorgne vers le sol.

J'ai senti une vague glacée se déverser dans mes veines. Sans un mot, j'ai dévisagé M. Bannister, qui a pris ma stupéfaction pour de la fascination.

— À m'entendre, on la croirait tout droit sortie d'une comédie, pourtant ma description n'a rien de fantaisiste. Comment croire qu'elle a eu trois enfants de deux hommes différents ?

J'avais la bouche sèche comme du sable.

— Où vivent les Device ?

— À l'extérieur de Colne. La tour de Malkin est une horrible masure gorgée d'humidité. J'ai du mal à m'imaginer que l'on puisse vivre dans de telles conditions.

CHAPITRE 8

— C'est un mauvais moment à passer. J'espère que vous avez l'estomac bien accroché.

Alice a pris entre ses mains un des objets qu'elle avait disposés sur la commode de ma chambre : un couteau dont la petite lame emmanchée de corne se repliait sur elle-même. L'espace d'un horrible instant, je me suis imaginé qu'elle allait pratiquer une opération sur mon ventre, mais elle a vu mon expression et son air renfrogné s'est adouci.

— Ce que je m'apprête à faire va soulager vos veines, m'a-t-elle expliqué. C'est la seule solution, quand il y a trop de sang.

Elle a déplié de son écrin la lame à pointe mousse dont elle m'a montré l'extrémité, plate et non effilée, surmontée à angle droit d'une saillie triangulaire. L'objet avait une apparence des plus étranges. Alice m'a annoncé qu'il s'agissait d'une lancette. Il me semblait que j'avais suffisamment souffert pour ne pas m'en effrayer.

Ce jour-là, Alice était apparue de manière plus énigmatique que jamais. Dans son éternelle posture voûtée, elle avait traversé d'un pas décidé la pelouse devant le manoir. À son arrivée, elle s'était dispensée de bavardages inutiles et je l'avais imitée. Malgré tout, nous étions plus à l'aise qu'avant – du moins pour deux femmes que tout séparait. La douceur de sa voix m'était agréable et je m'étais brièvement demandé si elle faisait la lecture à son père au coin du feu, avant de me souvenir qu'elle ne savait pas lire. Au demeurant, je me suis rapidement fait la réflexion que sa voix était bien la seule manifestation de douceur que l'on pouvait trouver chez elle, tandis qu'elle se déplaçait dans la chambre de sa démarche brusque, le dos droit et le cou allongé comme celui d'une jument. Dans une autre vie, elle aurait fait une excellente châtelaine dans un manoir tel que Gawthorpe. Sûrement meilleure que moi-même. Après tout, travailler dans une taverne devait tremper le caractère. Autant qu'une vie de pauvreté. Quoi qu'il advienne, Alice quitterait mon service plus riche qu'elle ne l'était à son arrivée.

Elle m'a demandé de retirer ma veste et mes souscouches de vêtements de sorte à dénuder mes bras, puis elle a tiré une chaise à côté de la fenêtre et m'a invitée à prendre place. Elle a étroitement noué un ruban en haut de mon bras, puis a tapoté du doigt la peau blanche à la pliure de mon coude.

— Alice, l'ai-je interrogée. Croyez-vous qu'il a déjà des cils ?

— Pardon ?

— Pensez-vous que le bébé a déjà des cils ?

— Quelle drôle de question ! Je ne saurais vous dire.

J'ai hoché la tête, et mes yeux se sont posés sur les objets qu'elle m'avait demandé de préparer en vue de sa visite : une grande coupelle, des linges propres, de l'eau, une aiguille et du fil transparent. D'instinct, j'avais fermé la chambre à double tour derrière nous, sachant que Richard et James étaient réunis autour du grand livre au rez-de-chaussée. Quand de nouveau j'ai tourné les yeux vers Alice, elle se tenait devant la cheminée et observait les statuettes en plâtre de part et d'autre du manteau.

— Ce sont des membres de votre famille ?
— Non. *Prudentia* et *Justitia,* ai-je déclaré en les montrant du doigt.
— Qu'est-ce que cela signifie ?
— « Prudence et Justice » est la devise familiale des Shuttleworth.

D'un mouvement du menton, j'ai désigné la lancette.

— D'où provient cet instrument ?

Elle s'est appliquée pendant plusieurs secondes à en essuyer la lame sur son tablier, avant de me répondre, sans méchanceté aucune :

— Vous demandez tout le temps d'où viennent mes effets.
— Ma foi, je suis bien contente que vous ne m'ayez pas demandé de me procurer cet objet. Tout d'abord, je n'aurais pas su où chercher. Ensuite, j'imagine à peine la tête de James si je l'avais informé d'une telle commande.
— Qui est James ?
— Notre intendant.
— Pourquoi l'en auriez-vous informé ?
— Tous nos achats sont consignés dans le grand livre qu'il tient scrupuleusement, mais aussi tout ce qui sort de Gawthorpe, qu'il s'agisse d'un fût de la

brasserie, de poules de la ferme ou de sages-femmes pour la châtelaine.
— Même moi ?
— Oui, même vous.
L'afflux de sang a fait palpiter ma main. Alice m'a demandé de lui passer la coupelle – un bel objet en cuivre, aux motifs floraux, que la mère de Richard nous avait offert. Elle l'a posé sur la commode, puis a appuyé mon bras par-dessus.
— Êtes-vous prête ?
Sans attendre ma réponse, elle a enfoncé la lame de la lancette dans le creux de mon bras, puis l'a promptement retirée, m'arrachant un glapissement de chiot. Du sang chaud d'un rouge carmin a aussitôt jailli de l'incision. J'ai plaqué mon autre main sur ma bouche, sans réussir à détacher mes yeux de cette vision incongrue.
— Pourquoi Prudence ? a demandé Alice en exerçant une pression sur mon bras.
J'ai senti une douleur diffuse irradier dans tout mon corps.
— Ah... Prudence. Prudence veut dire... Il y en a pour longtemps ?
— Jusqu'à ce que la coupelle soit à moitié pleine.
— À ce point ?
Le sang s'écoulait à une vitesse vertigineuse.
— Pourquoi Prudence ? a répété Alice.
— Ça signifie circonspection. Qu'il faut faire attention.
— Et Justice veut dire liberté ?
— Non.
Je me suis efforcée de détourner le regard du récipient qui se remplissait de mon sang comme si on y

déversait une outre de vin. J'ai senti ma tête se vider, comme quand j'avais perdu connaissance à l'église.

— Justice veut dire impartialité. Absence de préjugés.

Puis, avec les mêmes gestes vifs, Alice a pincé la peau de part et d'autre de l'incision avant d'y glisser une aiguille. J'ai pris soin de détourner le regard, le temps qu'elle la recouse, et chaque point de l'aiguille m'a arraché une petite grimace de douleur.

— Je vais ressembler à un coussin, ai-je plaisanté en sentant le souffle d'Alice sur mon bras. L'opération a réussi, vous croyez ?

— En dehors des menstruations, la saignée est le meilleur moyen d'évacuer le sang. Les saignements, du bon endroit, sont salutaires.

Elle a essuyé les traces de sang sur mon bras, avant de comprimer la plaie à l'aide d'une boule de tissu et de m'inviter à la tenir d'un doigt. Puck, intrigué, s'est avancé de son pas lourd. J'ai retiré la compresse de mon bras ; aussitôt le sang a suinté des points de suture cousus à la va-vite. Puck a reniflé le creux de mon bras, puis a léché la plaie plusieurs fois avant de se raviser, comme si le goût n'était pas à la hauteur de ses espérances.

Aussitôt, les mots de Roger me sont revenus à l'esprit : « Laisseriez-vous votre chien vous infliger cela, Fleetwood ? » L'absurdité de la situation m'a donné envie de rire.

Alice a bandé la plaie d'un morceau de tissu, puis m'a guidée jusqu'à mon lit en m'ordonnant de m'allonger pendant qu'elle rangerait. Elle avait opéré le bras qui souffrait déjà d'une entorse – force était de constater que depuis ma rencontre avec elle, j'accumulais les blessures. Je lui en ai fait la remarque, et elle a souri avant de fermer les rideaux.

— Je ne sens pas de changement, ai-je observé au bout d'un moment.

Sa voix m'est parvenue par-dessus le tintement d'un verre.

— Il faut attendre un ou deux jours. Si vous ne sentez pas d'amélioration, nous pourrons faire la même chose sur l'autre bras, avec une saignée plus longue. Avez-vous encore l'écorce de saule que je vous ai donnée ?

— Oui.

Quand elle s'est détachée des pans du rideau, elle tenait un morceau de tissu à peine plus grand que ma main, dont elle a sorti une feuille verte. Elle en a arraché une minuscule bandelette et me l'a tendue.

— Mettez sous la langue. Ça freinera l'épanchement du sang. Mais n'en prenez pas plus que ça et, à la fin, recrachez la feuille : il ne faut pas l'avaler.

Allongée les mains sur le ventre, je me suis appliquée à sucer la feuille, dans la posture d'un apprenti de ferme en train de se prélasser par une belle après-midi d'été. J'ai senti la texture se dissoudre sous ma langue et une sensation de quiétude s'emparer de mon corps. Je ne connaissais Alice que depuis une quinzaine, pourtant en sa présence mes inquiétudes semblaient s'estomper, comme s'éteignent les braises, pour reprendre de plus belle la nuit venue. Elle ne pouvait pas me promettre de me sauver la vie. D'ailleurs, elle ne m'avait fait aucune promesse. Mais le simple fait de savoir qu'elle faisait son possible pour m'aider m'emplissait d'un sentiment de sécurité que je n'avais vraisemblablement pas connu depuis que j'avais épousé Richard.

— Alice, est-il dangereux de monter à cheval quand on est enceinte ?

Il y a eu un silence, pendant lequel Alice a réfléchi.

— Je n'ai pas encore travaillé avec beaucoup de femmes qui possèdent un cheval, mais ma mère disait toujours que ce n'était pas contre-indiqué. Vous montez souvent ?

— Tous les jours.

— Si vous en avez l'habitude, vous n'avez aucune raison d'arrêter, du moment que vous veillez à ne pas tomber une nouvelle fois. J'imagine que pour une cavalière expérimentée, c'est aussi anodin que la marche à pied.

— Richard a l'air de penser que la dernière fois que... que c'était ma faute parce que je n'ai pas fait attention, à monter à cheval et courir partout avec Puck. Il pense que c'est mauvais pour une femme. À vrai dire, si je devais rester enfermée tout le temps, assise sur des fauteuils incommodes à broder des coussins, j'en mourrais, même s'il prétend que c'est l'endroit le plus sûr au monde.

— Il veut peut-être que vous restiez à portée de vue, comme tous les maris. Jusqu'au jour où ils ne veulent plus vous voir, évidemment.

L'amertume avec laquelle elle avait prononcé ces mots m'a étonnée.

— Je croyais que vous n'étiez pas mariée.

— Je ne le suis pas, a-t-elle répondu précipitamment avant d'ajouter, comme si elle en avait trop dit : Oh, j'ai retrouvé votre cheval, celui qui s'était enfui. Il est de retour dans votre écurie.

Je suis restée sans voix, le regard rivé sur les rideaux tirés qui dérobaient Alice à ma vue.

— Vous avez entendu ? m'a-t-elle demandé.
— Oui. Où était-il ?
— Un voisin l'a ramené après l'avoir trouvé en train de brouter dans un champ.
— Êtes-vous sûre qu'il s'agit du même ?
— Avec le triangle blanc sur le nez ? Et la pointe noire sur l'oreille ? Je suis désolée, mais la sellerie avait disparu ; il a dû la jeter à bas.

Ou quelqu'un avait dû la voler plutôt, étant donné que je n'avais jamais vu un cheval se défaire seul de sa selle, sa bride, son licou et ses rênes. Mais avant que j'aie le temps de répondre, un bruit à la porte m'a fait sursauter. Puis la voix de Richard s'est élevée dans le couloir.

— Fleetwood ? Pourquoi la porte est-elle fermée à clé ?

D'un geste précipité, j'ai rouvert les rideaux. Alice se dirigeait déjà vers moi en me tendant ma veste, que j'ai rapidement enfilée pour cacher mon bras.

— Fleetwood ?

Les coups frappés à la porte ont redoublé d'impatience. À peine ai-je tiré le verrou que Richard a fait irruption dans la chambre.

— Pourquoi la porte était-elle fermée à clé ? a-t-il répété, cette fois en adressant sa question à Alice.

Elle s'est tournée vers moi d'un air impuissant, tandis que dans mon affolement, je jetais un coup d'œil à la commode où elle avait entreposé ses instruments. Comme par enchantement, le meuble en était débarrassé et luisait de propreté comme à l'ordinaire.

— Richard, vous devez comprendre que nous ne souhaitons pas être dérangées quand Alice fait son travail.

J'avais adopté le ton le plus conciliant possible, pourtant Richard continuait à lui lancer des regards furieux.

— De quelle sorte de travail s'agit-il ?

Je me suis raccrochée comme j'ai pu :

— Des exercices féminins.

Un silence insoutenable de cinq longues secondes a suivi. Alice avait les yeux baissés. Où étaient passées ses affaires ? Du coin de l'œil, j'ai scruté l'angle de la chambre et la cheminée, mais il n'y avait aucune trace de la coupelle de sang.

— Très bien, a fini par concéder Richard. Roger est en bas, il souhaite vous voir. Il a... il est venu accompagné.

— Qui est avec lui ?

Depuis le dîner chez Roger, je ressentais une certaine froideur entre Richard et moi, pourtant je n'aurais pas su l'expliquer. Je me demandais si je ne l'avais pas agacé à force de poser des questions.

— Vous verrez bien une fois en bas.

Il avait pivoté sur ses talons et s'apprêtait à partir, lorsqu'il s'est arrêté pour fouiller la chambre du regard.

— Il y a une drôle d'odeur ici, vous ne trouvez pas ?

Ses yeux se sont longuement posés sur Alice, puis il s'en est allé, en prenant le soin de refermer vigoureusement la porte derrière lui.

— Il voulait parler de la saignée. Moi aussi, je la sens, ai-je murmuré.

Alice est restée imperturbable. Décidément, ses humeurs étaient aussi imprévisibles que la course des nuages devant le soleil. En ce sens, Richard et elle se ressemblaient.

— Voulez-vous rester dans la chambre le temps que j'aille voir de qui il s'agit ? ai-je proposé.

En descendant l'escalier, j'ai songé à l'échange étonnant dont je venais d'être témoin. Tout, dans l'attitude de Richard, laissait à croire qu'il trouvait la présence d'Alice dérangeante, voire intolérable. Je me suis souvenue de leur première rencontre, quand il n'avait cessé de rire et plaisanter avec elle. Richard aimait qu'on use de séduction et de marques de déférence à son égard et il ne faisait aucun doute que le silence réprobateur d'Alice, lorsqu'il lui avait intimé l'ordre de mettre mon cheval à l'écurie, l'avait blessé. À la maison, nos servantes rougissaient d'embarras dès qu'il leur adressait la parole, ce qui était loin d'être le cas d'Alice. Soit ! il m'avait choisi une dame de compagnie une fois, c'était mon tour à présent. Sur ces entrefaites, passé le dernier virage de l'escalier, mes réflexions concernant mon mari et ma sage-femme se sont instantanément évaporées. Deux silhouettes se détachaient dans le vestibule : l'exubérant Roger Nowell et la petite Device, mince comme une feuille de parchemin. J'ai fait mon possible pour que ma voix ne trahisse pas mon désarroi.

— Roger. Jennet. Quelle agréable surprise !

Jennet, absorbée dans la contemplation éberluée de tout ce qui l'entourait – la balustrade en chêne, les portraits qui ornaient la cage d'escalier sombre –, n'a pas eu un regard pour moi. Elle portait la même vieille robe avec sa coiffe blanche amidonnée qui soulignait plus que jamais la pâleur de ses traits. Sans un mot, elle s'est approchée de la baie à l'arrière de la maison. J'ai regardé Roger en clignant des yeux.

— Souhaitez-vous vous entretenir avec Richard ?

— Oui, il m'attend dans la grande salle. Ne serait-ce pas trop vous importuner que de vous demander de faire visiter Gawthorpe à Jennet pendant que Richard et moi parlons travail ? Elle n'a encore jamais vu un tel palace et serait très heureuse de faire le tour du propriétaire.

J'ai effleuré l'endroit où la lancette avait perforé ma peau ; le frottement du pansement me causait des démangeaisons. J'ai songé à Alice, tout là-haut dans ma chambre, avant de contempler la petite silhouette de Jennet à la fenêtre. Sans attendre ma réponse, Roger m'a gratifiée d'une œillade paternelle avant de s'en aller au son de ses bottes cirées qui claquaient sur les dalles de pierre. J'ai avalé ma salive, puis je me suis approchée de l'enfant.

— Là-bas, c'est Pendle Hill, ai-je annoncé en montrant l'imposante forme de la colline qui se découpait à l'horizon. Et là, c'est la rivière Calder. Parfois, on aperçoit les saumons qui remontent le courant.

Jennet avait un visage plutôt délicat dont les traits étaient loin d'être déplaisants. Son petit nez retroussé était parsemé de taches de rousseur et ses cils étaient longs et gris.

— Quelles pièces du manoir souhaiteriez-vous visiter ?

Elle a haussé les épaules et m'a répondu avec son accent prononcé :

— Combien y en a ?

— À vrai dire, je ne me suis jamais posé la question. Je l'ignore. Nous devrions les compter ! Même s'il y en a beaucoup pour les domestiques, et qu'il ne vaut mieux pas les déranger. Combien de pièces y a-t-il chez vous ?

Elle m'a regardée fixement.

— Une.
— Oh. Eh bien, allons-y.

Je lui ai fait visiter le rez-de-chaussée, la salle à manger, l'office, les salles de travail des domestiques, l'emplacement du bureau. Dans la grande salle, je lui ai montré la galerie en surplomb et lui ai expliqué qu'elle servait parfois aux représentations des ménestrels et des comédiens, auxquelles nous assistions d'en bas. Elle arpentait l'espace en silence, m'interrogeant de temps à autre sur un portrait. Les sirènes et les personnages mystiques qui peuplaient la salle à manger n'ont pas manqué de la captiver, tout comme les épées et armures étincelantes, qu'elle s'est appliquée à examiner d'un air absorbé, les mains dans le dos, comme une version miniature de Roger. Nous sommes ensuite sorties pour explorer les dépendances : la grange principale – dont je lui ai révélé qu'elle était l'une des plus vastes du pays –, les écuries et les bureaux de la ferme. Sans surprise, alors que nous traversions la cour, les palefreniers et apprentis nous saluant au passage, j'ai aperçu la jument grise, avec son petit triangle blanc sur le nez, en train de mâchonner du foin dans sa stalle.

— Votre séjour à Read Hall est-il agréable ? l'ai-je questionnée tandis que nous retournions à l'intérieur du manoir.

Jennet a voulu monter à l'étage et, après un moment d'hésitation, j'ai accédé à sa demande.

Une fois encore, elle s'est contentée d'un haussement d'épaules.

— C'est pas aussi grand qu'ici.

— Mais Roger et Katherine ont une très belle demeure. Je suis sûre qu'ils s'occupent très bien de vous.

Je me demandais comment Roger faisait pour dissocier l'enfant de sa famille, prenant l'une sous son aile tout en bannissant les autres.

Jennet s'est arrêtée au milieu de l'escalier pour me dévisager :

— Je peux venir habiter ici, à la place ?

La main sur la balustrade, elle ressemblait à une petite dame de la cour. Un bref instant, sa spontanéité m'a désarmée.

— Je crains que cela ne soit pas possible. Vous êtes l'hôte de Roger.

Le regard qu'elle a alors posé sur moi n'avait plus rien d'enfantin et m'a donné l'étrange sensation que je venais de faire un faux pas que je regretterais plus tard. Sans un mot, elle a tourné les talons et recommencé à monter. J'étais bien embarrassée d'avoir accepté de lui montrer nos chambres alors qu'elles étaient vides, toujours prêtes à recevoir des invités qui ne restaient jamais dormir.

— Ma mère nous rend souvent visite, ai-je menti. Tout comme la famille de Richard, originaire du Yorkshire. Il a deux frères et sœurs, alors que je n'en ai pas.

Après avoir fait le tour des chambres, nous étions de retour sur le palier.

— C'est qui ? a-t-elle demandé en pointant le portrait de la famille Barton.

— C'est moi avec ma mère.

— Pourquoi vous avez un oiseau dans la main ?

— C'était Samuel, mon animal de compagnie. Il n'a pas vécu très longtemps. Je le gardais dans une cage dans ma chambre.

— Pourquoi votre mère, elle n'a pas d'oiseau, elle ?

— Elle n'avait pas d'animal de compagnie.
— Ma mère, elle a un chien.
J'ai soudain pensé à la femme laide, Elizabeth Device, que j'avais vue à Hagg Wood avec Alice, et au bâtard marron qui s'était glissé à côté de moi dans les bois, ainsi qu'à ce que Roger avait dit à propos de l'esprit familier d'Elizabeth. Ce n'étaient qu'inepties, assurément – après tout, j'avais vu, de mes yeux vu, la créature en question, qui n'avait rien de diabolique. Pourtant, je me souviens que la femme s'était retournée vers moi au moment où l'animal l'avait effleurée... Au souvenir de ses yeux, j'ai eu la chair de poule.
— Comment s'appelle-t-il ? ai-je demandé.
— Ball.
— C'est un drôle de nom pour un chien. En avez-vous un, vous aussi ?
— Non, le mien ne s'est pas encore manifesté.
Quelle étrange enfant !
— J'ai un gros chien, il s'appelle Puck. Il doit être quelque part dans la maison.
— Est-ce qu'il vous parle ?
— Non, mais on se comprend.
Jennet a opiné du chef.
— Ma sœur aussi a un chien. Et ma grand-maman a un garçon.
— Un garçon ? Vous voulez dire un fils ?
— Non, un garçon. Il s'appelle Fancie. Il porte une fourrure marron et noir, et parfois il nous rend visite à la maison et ils sortent se promener.
— Oh, vous voulez dire un chien.
— Non. C'est un garçon. Elle le connaît depuis vingt ans, et il n'a jamais grandi.
Malgré moi, je l'ai regardée avec insistance.

— Avez-vous raconté tout ceci à Roger ?
— Oh, oui. Il s'intéresse beaucoup à ma famille.

Nous sommes restées un instant dans un silence gêné, le nez levé sur mon portrait, puis Jennet a gravi la dernière volée de marches et je lui ai fait visiter la galerie longue. Le temps était ensoleillé et le sol venait tout juste d'être ciré, si bien que le rectangle de lumière des fenêtres se reflétait sur les lattes du parquet comme le bleu du ciel sur un lac. J'avais le sentiment que Jennet commençait à s'ennuyer, même si elle ne perdait pas une miette du mobilier, et me faisait l'effet d'une négociante en train d'évaluer des marchandises. De retour dans la cage d'escalier de la tour, elle a pointé son doigt devant elle.

— C'est quoi cette pièce ?
— C'est ma chambre.
— On peut la voir ?

J'ai laissé échapper un petit rire nerveux.

— Pas aujourd'hui.
— Il y a quelqu'un dedans ?
— Non.

Après un silence, elle a hoché la tête, puis elle a commencé à descendre l'escalier à sa manière distinguée. J'avais les mains moites, et mon cœur battait à se rompre. Si Alice connaissait sa mère, était-ce à dire que Jennet connaissait Alice ? Je me suis rendu compte qu'au fond je ne voulais pas le savoir, parce que j'avais l'étrange intuition, sans savoir dire pourquoi, que Jennet Device était dangereuse. Mais quelle affirmation ridicule ! Jennet n'était qu'une enfant.

Je l'ai ramenée au salon. En apercevant Roger, elle s'est élancée vers lui en trottinant comme une petite fille retrouvant son grand-père. Richard et lui étaient assis de part et d'autre de la table, jonchée de documents épars, et Roger était occupé à verser les dernières gouttes d'un pichet de vin dans son verre.

— La visite vous a plu, mon petit ? s'est-il enquis.

Jennet a dodeliné de la tête.

— Fleetwood, vous êtes chaque jour plus rayonnante, s'est-il empressé d'ajouter.

J'ai souri en inclinant la tête poliment.

— Richard, a-t-il poursuivi, auriez-vous l'obligeance de me faire préparer une petite collation avant que je ne prenne la route pour le comté de Lancaster ? Resterait-il à votre cuisinière une ou deux parts de sa tourte au poulet ? On ne refuserait pas d'en grignoter un bout, n'est-ce pas ?

Il a appuyé sa requête d'un clin d'œil à l'intention de Jennet, qui se tenait à côté de sa chaise comme une domestique sur le qui-vive.

— Fleetwood, vous voulez bien poser la question en cuisine ? a demandé Richard.

— Mais certainement.

Après une brève révérence, j'ai de nouveau traversé la maison sur toute sa longueur. Malgré le feu qui crépitait dans toutes les cheminées, j'avais froid. Au demeurant, je me rendais rarement dans la cuisine. Contre le mur du fond, une table basse était couverte de farine et de faitouts. Des paniers de légumes étaient posés par terre. Dans l'âtre, les braises rougeoyantes réchauffaient agréablement la pièce. Au-dessus, la devise de mon oncle Lawrence « QUI ÉPARGNE GAGNE » était gravée en grosses lettres de pierre de la taille de mon avant-bras. Un lapin pendu par les pattes arrière balançait lentement dans l'encadrement de la fenêtre. Le personnel de cuisine m'a accueillie d'un bref regard. Depuis le temps, j'étais habituée. Sans perdre contenance, j'ai interpellé la cheffe de cuisine, une femme corpulente, occupée à badigeonner au pinceau des tourtes de jaune d'œuf.

— Barbara ?

Elle ne m'avait pas vue entrer, et ma voix était si faible au milieu du tintamarre de la cuisine qu'une jeune domestique a dû la prévenir de ma présence. Je lui ai transmis la demande de Roger et elle est allée piocher de quoi préparer un ballot de nourriture dans le garde-manger. Comme de coutume, la cuisine était en pleine effervescence, les commis maniant qui un rouleau à pâtisserie, qui un hachoir, qui une cuve de brassage. Barbara m'a tendu un tissu tiède enveloppant des parts de tourte et de la charcuterie. Après un instant d'hésitation, j'ai repris la parole :

— Merci d'avoir si bien appliqué mes instructions concernant les herbes aromatiques. Le beurre est délicieux et le lait chaud à la camomille m'aide à trouver le sommeil en un clin d'œil.

Un sourire a éclairé son visage rougeaud.

— Je vous en prie, Madame. Je suis contente de voir que vous reprenez des joues. J'ai presque terminé les réserves de plantes que vous m'avez apportées, dans ce cas je demande à James d'en commander d'autres ?

— Non, ai-je répondu précipitamment. Je m'adresserai à ma sage-femme.

Une nouvelle fois, je l'ai remerciée, puis j'ai tourné les talons, mais elle m'a retenue :

— Madame, c'est vrai que l'enfant sorcière est à Gawthorpe aujourd'hui ?

— Si vous voulez parler de Jennet Device, sachez qu'elle est l'hôte de Roger Nowell.

Autour de nous, plusieurs domestiques tendaient l'oreille.

— J'aimerais autant pas la croiser, a poursuivi Barbara. On dit que c'est la fille du diable.

— Il n'y a rien de vrai dans cette affirmation, j'en suis sûre.

— Et moi, je suis sûre que Madame sait ce qu'elle fait en ouvrant sa porte à des gens comme ça, mais j'espère que l'enfant ne va pas attirer la malédiction sur cette maison. Ce matin, le lait a tourné. Alors qu'il arrivait tout frais de la ferme.

Désireuse de mettre un terme à la conversation, j'ai hoché la tête et je m'apprêtais à franchir la porte lorsque Barbara m'a lancé d'une voix forte :

— Votre sage-femme, elle vient d'où ?

— De Colne, ai-je répondu impatiemment.

Barbara a fait la moue.

— Je l'ai encore jamais vue, alors que ma sœur est sage-femme. Vous auriez pu nous demander, à nous autres en bas, si on avait pas quelqu'un à vous recommander.

— Certes, mais c'est Alice qui a eu l'idée d'introduire les plantes dans mon alimentation, et ça se passe très bien.

J'avais le haut des oreilles brûlant et je sentais la rougeur m'envahir le cou. Les employés étaient-ils censés remettre en question les décisions d'embauche de la maîtresse de maison ? Y allaient-ils de leur avis sur les personnes à convier sous son toit ? J'ai emporté le balluchon.

— Merci.

En sortant de la pièce, j'ai trébuché, déclenchant une onde de rires étouffés à travers toute la cuisine.

Arrivée dans le salon, j'étais dans tous mes états, et ma bienveillance à l'égard du personnel de maison avait tourné à l'aigre. Roger et Richard s'étaient levés pour débarrasser les documents qui encombraient la table. Jennet, accroupie devant la cheminée, se tordait le cou à tenter d'en inspecter le conduit. Elle aurait aisément pu tenir debout dans l'âtre, comme moi à son âge dans la grande cheminée de Barton.

— Voici la liste pour Nick Bannister, a annoncé Roger en extrayant de la liasse posée devant lui un document scellé, qu'il a jeté négligemment sur la table. J'en ai un exemplaire à Read, mais comme je serai absent, il passera ici pour la récupérer.

Richard a hoché la tête en signe d'acquiescement, puis il a fait glisser le feuillet jusqu'à lui et l'a rangé dans le revers de son gilet.

— Je la laisserai auprès de James.

— Jennet, ne vous approchez pas trop de cette cheminée, l'a avertie Roger. Les flammes sont réservées aux faitouts et aux hérétiques, pas aux enfants.

— Et aux sorcières ? a demandé l'intéressée.

— Sur la terre natale de Sa Majesté, on les jette au bûcher. Je suis personnellement d'avis que l'Angleterre suive l'exemple de l'Écosse, mais malheureusement la peine encourue ici est la pendaison. Peut-être Sa Majesté acceptera-t-elle de se raviser. À présent, nous devons nous mettre en route pour Lancaster.

Jennet s'est redressée d'un bond.

— Pour voir maman ?

Roger m'a lancé un coup d'œil pour m'inviter à lui remettre le ballot de nourriture. J'ai aussitôt traversé la pièce.

— Votre mère est encore à l'auberge, où les enfants ne sont pas autorisés. Merci, Fleetwood.
— Et Alizon ? Et grand-maman ?
— Elles sont à l'auberge, elles aussi. Vous les verrez sous peu, dans la grande salle d'un château où seront rassemblées beaucoup de personnes très importantes qui vous poseront des questions à leur sujet. Et vous vous souvenez quoi leur dire, n'est-ce pas ? Tout ce dont nous avons parlé ?

Elle a fait oui de la tête, puis elle lui a pris le balluchon des mains, l'a déplié et a engouffré une poignée de tourte.

— Cette enfant a les yeux plus gros que le ventre ! Ma foi, nous voilà sur le départ.

Richard l'a reconduit jusqu'à la grand-porte et j'ai vu Jennet leur emboîter le pas le long du couloir, aussi vive et silencieuse qu'une ombre.

De retour dans ma chambre, j'ai trouvé Alice assise devant la fenêtre, absorbée sereinement dans la contemplation des collines.

— Je suis navrée de vous avoir fait attendre si longtemps, me suis-je excusée en refermant la porte derrière moi. J'espère ne pas vous avoir mise en retard pour votre service à la taverne ?

Elle a secoué la tête.

— Je commence plus tard. J'ai cru entendre une voix d'enfant ?

J'ai passé la langue sur mes lèvres, indécise.

— Mon ami Roger Nowell a amené avec lui une enfant du nom de Jennet Device. Sa famille, accusée de sorcellerie, attend de comparaître aux assises à Lancaster.

Je m'attendais à déceler une lueur de reconnaissance sur son visage, mais son expression est restée impénétrable.

J'ai attendu quelques secondes, avant d'ajouter :

— Les connaissez-vous ?

Alice s'est levée, a déplissé ses jupes du plat de la main, puis a rangé la chaise contre le mur.

— Non. Je ne les connais pas.

★

J'avais cessé de compter le nombre de nuits que Richard avait passées dans la chambre d'à côté, à tel point que j'en étais arrivée à trouver normal de me réveiller seule. Grâce aux effets de la teinture de lavande dont j'humectais mon oreiller, Le Cauchemar n'était pas revenu et mes cheveux avaient cessé de tomber de façon alarmante. En arrivant dans la salle à manger, j'ai trouvé Richard attablé devant le déjeuner. Je me suis assise à ma place en face de lui et j'ai bien voulu prendre un petit pain, que j'ai coupé en morceaux, et une goutte de miel. J'ai attendu que les domestiques soient repartis pour lui adresser la parole.

— Richard, je me sens beaucoup mieux, ces derniers temps. Pourriez-vous envisager de revenir dormir dans notre chambre ?

Pendant quelques secondes, il est resté absorbé dans la lecture de son courrier, puis il a relevé la tête.

— Vous disiez ?

— Je disais que je me sens beaucoup mieux, et que j'aimerais que vous reveniez dormir dans notre chambre. Voici près de deux semaines que je n'ai pas été malade.

— Quelle merveilleuse nouvelle !

Comme il reprenait le fil de sa lecture et de son repas et qu'il apparaissait évident qu'il ne répondrait pas à ma question, j'ai détourné la conversation sur un incident qui m'avait troublée le matin même.

— Je ne trouve plus mon collier de rubis, celui que vous m'avez offert pour notre première année de mariage.

Richard a replié la lettre qu'il était en train de lire et l'a glissée sous son assiette : j'avais désormais toute son attention.

— Ah ? Où le rangez-vous en temps normal ?

— Dans le placard de la garde-robe. Je l'ai cherché hier soir et une fois encore ce matin. Je dois l'avoir égaré. Mais je ne me rappelle pas quand je l'ai porté pour la dernière fois.

Il m'a fixée de ses yeux gris avec un air songeur.

— Votre sage-femme passe un temps considérable à l'étage, n'est-ce pas ?

— En effet, mais elle ne l'aurait pas pris.

— Et pourquoi pas ? m'a-t-il interrogée d'un ton qui se voulait léger. Possède-t-elle quantité de colliers ?

J'ai porté un petit bout de pain à ma bouche.

— Elle ne ferait pas une chose pareille. J'ai confiance en elle.

— Vous semblez lui accorder plus volontiers votre confiance qu'à Miss Fawnbrake.

— Je vais continuer à chercher.

J'ai repoussé mon assiette et me suis levée avant qu'il ne puisse protester, m'efforçant d'écarter le doute lancinant qui me taraudait comme la pointe d'une aiguille. Ce matin-là, j'avais retourné ma chambre, puis j'avais regardé dans toutes les autres pièces et les placards dont j'avais les clés. Si mes bijoux les plus précieux étaient conservés en lieu sûr, j'en gardais les clés dans un vase posé sur la cheminée de la garde-robe – autrement dit, ce n'était pas la cachette la plus discrète. Les autres bijoux, au demeurant, étaient à leur place : mes bagues d'opale préférées, mon ras-de-cou de velours et perles, les boucles d'oreilles d'émeraude que ma mère m'avait offertes pour mes treize ans.

Très contrariée par cette disparition, j'étais en train de redescendre pour aller interroger les femmes de chambre, lorsque j'ai entendu une grande agitation. Arrivée à la dernière volée de marches, j'ai manqué de percuter Richard, qui remontait l'escalier en courant.

— L'avez-vous retrouvé ? a-t-il lancé d'une voix tonitruante.

— Non, je...

— Ce collier appartenait à la sœur de mon père. À la mort de ma tante, mon père me l'a légué. Sa disparition est une insulte à sa mémoire ; la place de ce bijou est dans la famille.

— Je suis désolée, ai-je bafouillé, mais Richard a coupé court à mes excuses en secouant la tête.

Au même moment, les domestiques ont commencé à affluer de toutes parts vers la grande salle. Ils jetaient des regards nerveux dans notre direction.

— Suivez-moi. Nous allons mettre un terme à cette sombre affaire.

Il m'a saisie par la main et m'a tirée dans le même sens. Pour mon plus profond désarroi, tous les domestiques s'étaient rassemblés sous le haut plafond : près de vingt personnes en tout, dont une à laquelle je ne m'attendais pas.

— Alice !

Elle a jeté un œil vers moi et j'ai aussitôt vu que son visage trahissait l'inquiétude. Elle tenait à la main un petit sachet noué avec des ficelles : les herbes qu'elle avait promis de m'apporter quand mes réserves viendraient à manquer. Ses joues étaient cramoisies et ses cheveux d'or tombaient de manière encore plus désordonnée que d'habitude autour de son visage, comme si elle avait couru jusqu'ici.

Richard m'avait laissée gravir seule l'étroit escalier qui menait à la galerie des troubadours. De ce promontoire, il pourrait adresser sa déclaration à tout l'auditoire.

— Ma femme vient de m'informer qu'un précieux collier de rubis a disparu. C'est la première fois qu'une telle chose se produit à Gawthorpe et je répugne à penser que l'un ou l'une, ou plusieurs d'entre vous, puissiez savoir où il se trouve, car vous êtes des employés d'une extrême loyauté.

Pendant que j'observais Richard et que la sueur me picotait les aisselles, j'ai senti plusieurs paires d'yeux se poser sur moi.

— Il n'est pas impossible que le collier ait été simplement égaré, mais Mme Shuttleworth m'assure avoir regardé partout.

Il a ménagé une pause et le ton de sa voix, jusqu'alors sévère, s'est fait plus implorant pour attendrir les domestiques.

— Ce bijou a été légué à mon père. J'y suis très attaché et je souhaite vivement que nous le retrouvions. Je vais demander aux femmes de chambre de procéder à une fouille minutieuse des chambres et aux autres de chercher dans les espaces communs. J'attends que le collier me soit remis demain, à la même heure. Je ne poserai aucune question.

Plusieurs domestiques se sont redressés en bombant le torse. En jetant un œil à l'assemblée, je me suis aperçue qu'il avait même convoqué les palefreniers et les charretiers. Et pourquoi pas les apprentis de la ferme, pendant qu'on y était ? ai-je songé avec exaspération. À cet instant, quelqu'un a levé la main. Ce n'était autre que Sarah, une des femmes de chambre les plus effrontées, qui ne manquait jamais une occasion de s'arroger les bonnes grâces de Richard. À n'en point douter, elle se réjouissait de ce qu'il faisait chambre à part, et s'imaginait sans doute le rejoindre la nuit sur la pointe des pieds.

— Sarah ? a lancé Richard en inclinant la tête pour lui donner la parole.

— Je suis sûre que vous savez bien que tout le personnel qui travaille ici depuis longtemps vous ramène toujours ce qu'il trouve, à vous et à Madame. Alors vous devriez peut-être chercher du côté du personnel qui ne travaille pas ici depuis très longtemps.

Une rumeur intriguée a parcouru la salle, mi-étonnée, mi-amusée par la concision de sa démonstration.

— Qu'est-ce qui vous fait dire cela, Sarah ? Avez-vous quelque information à partager avec nous ?

Le ton de Richard se voulait engageant. Je les ai imaginés ensemble, mais j'ai aussitôt repoussé l'idée. Mon mari était un homme d'affaires avisé qui savait arriver à ses fins. Rien de plus.

J'ai jeté un œil à Alice, qui balançait le poids de son corps d'un pied à l'autre. Elle évitait de regarder Richard, en revanche elle fixait Sarah droit dans les yeux, d'un regard dur qui lui faisait monter le rouge aux joues.

Sarah s'est mise à jacasser de plus belle, avec sa voix de petite fille mâtinée de son accent à couper au couteau.

— Tout ce que je veux dire, c'est que ce n'est peut-être pas un hasard si une nouvelle commence à travailler ici et que deux minutes plus tard, les bijoux de Madame disparaissent.

Les jeunes filles autour de Sarah avaient du mal à cacher leur jubilation.

— Petite peste ! a lancé derrière moi une voix plus âgée.

— Merci, Sarah, ce sera tout. Inutile de lancer des accusations à tort et à travers, je fais confiance, dans l'ensemble, au personnel de cette maison. Même si certains feraient bien de manifester plus nettement leur dévouement.

En prononçant ces mots, Richard avait-il regardé Alice ostensiblement ? Il s'engageait déjà vers l'escalier.

— Je vous laisse juge. N'oubliez pas, demain midi, Fleetwood sera de nouveau en possession de ce collier. Ceci est un ordre.

Tandis que la salle s'emplissait de bavardages et que les domestiques vidaient les lieux, je me suis empressée de saisir Alice par le bras.

— Vous voulez bien me suivre à l'étage ?

Elle s'est dégagée brusquement.

— Je ne pense pas, non.

Elle m'a fourré les sachets entre les mains. La senteur des plantes aromatiques a flotté jusqu'à mes narines avec une intensité qui m'a soulevé le cœur.

— Pourquoi pas ? ai-je insisté.

— J'ai apporté ce que vous aviez demandé. Je ne vois pas à quoi d'autre je peux vous être utile.

— Allons dans le petit salon, dans ce cas. Je vais demander en cuisine qu'on envoie…

— Non, merci. On m'attend à la taverne, a-t-elle tranché d'une voix sans appel.

Dans le couloir, les derniers grincements de pas des domestiques se sont estompés et la grande salle est retombée dans le silence. Des murs, les ancêtres de Richard ne nous quittaient pas des yeux.

— Vous ne pensez tout de même pas que je vous accuse de vol ?

J'ai tenté de jeter sur mon propos un vernis de dérision, mais malgré moi ma voix était suppliante.

— Vous possédez de beaux bijoux, mais je doute qu'aucun me convienne. J'en conclus que vous n'avez plus besoin de mes services ?

— Comment ? Alice, non, vous ne pouvez pas partir. Je sais que vous ne l'avez pas volé.

Le savais-je vraiment ?

Je me souvenais qu'elle avait tiré les tentures autour du lit une fois la saignée terminée. Qu'une heure plus tard, je l'avais retrouvée, assise le dos droit à la fenêtre de ma chambre, avec ses traits fins et anguleux, comme si elle posait pour un portrait. Et qu'en mon for intérieur sommeillait une interrogation : qu'a-t-elle fait de mon sang ? Il y en avait pourtant une coupelle entière et quand Richard avait demandé à entrer dans la chambre, le récipient avait disparu. Avait-elle jeté son contenu dans la cheminée ? Si ça avait été le cas, j'aurais entendu le grésillement du liquide dans les flammes, j'aurais perçu la puanteur du sang brûlé. Mais l'heure n'était pas à la tergiversation : Alice me dévisageait, et mon visage lui renvoyait mes doutes.

— Je dois y aller, a-t-elle annoncé froidement. Je ne peux pas travailler si l'on ne me fait pas confiance.

Avant que j'aie pu réagir, elle s'était déjà éclipsée dans le couloir. Le temps que je me précipite dans son sillage, elle avait atteint l'entrée, où elle avait tiré la porte en grand avant de dévaler les marches, manquant de peu de percuter un cavalier qui descendait de selle devant le perron.

— Madame Shuttleworth ! s'est exclamé Nick Bannister en se tournant pour regarder la silhouette d'Alice disparaître au loin.

— Monsieur Bannister, ai-je répondu en reprenant mon souffle.

J'ai eu l'impression que tout en moi se fissurait ; il venait de se passer une chose terrible et je ne savais comment m'y prendre pour y remédier. Tout cela à propos d'un misérable collier qui n'avait aucune valeur à mes yeux !

— Vous avez l'air effrayée. Qui était cette femme ?

Le magistrat s'est approché d'un pas hésitant, puis a posé une main ridée sur mon bras, à l'endroit où la lancette était entrée dans ma chair. Au bout de quelques jours, une belle cicatrice en croissant de lune avait presque fini de se former. Mais à son contact, la plaie m'a brûlée et j'ai écarté le bras en balbutiant des excuses.

J'étais obnubilée par le départ d'Alice, dont je ne voyais plus que le mouvement de la coiffe blanche à l'orée de la forêt. Comme à son habitude, elle ne ralliait pas la route en passant par les dépendances, mais en coupant à travers bois.

— Madame, est-ce que tout va bien ?

J'ai poussé un soupir, sentant le vent froid glisser ses longs doigts glacés sous ma robe. Mon ventre pressait contre mon corset ; bientôt, je ne pourrais plus le porter.

— Oui, très bien, je vous remercie, monsieur Bannister. Vous désirez voir Richard ?

— S'il est disponible. Je viens récupérer un message que Roger m'a laissé chez vous lors de son dernier passage.

— Oui, je suis au courant. Je vais vous trouver le pli.

J'avais entendu Richard dire qu'il le laisserait auprès de James, mais il était hors de question pour moi de solliciter mon mari ; je n'avais aucune envie de le voir. Nick Bannister m'a suivie à l'intérieur et j'ai donné ordre à un domestique de s'occuper de son cheval. Le bureau d'intendance n'était qu'à quelques pas de la grand-porte et James était actuellement en rendez-vous au-dehors en compagnie du baillif. Comme s'il sentait mon désarroi, Puck est venu appuyer son museau humide dans le creux de ma main.

— Pardonnez-moi, monsieur Bannister, pouvez-vous me dire ce que je cherche ?

— M. Shuttleworth sait sans doute où trouver...

— Non, je vais m'en occuper, l'ai-je interrompu plus sèchement que je ne l'aurais souhaité. Richard en a suffisamment fait pour aujourd'hui.

J'ai ouvert la porte et me suis approchée du bureau qui trônait au milieu de la pièce, et que James gardait toujours bien ordonné, avec son pot de plumes, son unique flacon d'encre et sa pile de parchemins bien droite. Derrière le siège en cuir, une étagère contenait plusieurs registres reliés, qui remontaient à vingt ans en arrière à l'époque où le père de Richard avait commencé à tenir les archives de la famille. J'ai fouillé dans les piles de lettres rangées selon une méthode qui m'était inconnue et qui m'ont aussitôt rappelé le paquet de courriers que James m'avait remis au sujet de mes fausses couches. Une autre rage sourde me consumait : non content de ne pas juger utile de m'informer de ma mort imminente, Richard venait de chasser de chez nous la seule personne à qui j'étais prête à confier ma vie. Je me suis rendu compte que je tremblais et que des larmes brûlantes me brouillaient les yeux. J'ai reniflé et Nick Bannister s'est éclairci la gorge avant de déclarer :

— Quelle belle bête vous avez là, Madame !

Je me suis essuyé les yeux du revers de la main et après avoir une nouvelle fois passé en revue le contenu de l'étagère, j'ai trouvé ce que je cherchais : le fameux document avec son cachet de cire figurant l'emblème des Nowell. En retournant le pli, j'ai découvert le nom de Nick Bannister rédigé de l'écriture cursive de Roger. Je l'ai tendu au vieillard à l'aspect misérable qui patientait en flattant mon chien.

— Merci.

Il a hoché la tête à mon intention. Je savais que je le mettais mal à l'aise. Il a cherché à meubler la conversation.

— Quelle fâcheuse affaire !
— Quoi donc ?
— Les sorcières de Pendle. Mais vous pouvez faire confiance à Roger pour les éradiquer. Je doute qu'il se retire un jour du service du roi. Je lui ai dit : « Roger, après ce dernier tour de piste, vous pourrez vivre confortablement. Laissez la place à du sang neuf, comme votre Richard. » Il compte sur votre mari, vous

savez. Il espère le voir reprendre le flambeau, un jour, en tant que juge de paix.

— Oui, ai-je répondu d'une voix sourde.

— Roger ne fait pas les choses à moitié, il ne va pas se satisfaire d'envoyer toute la famille au tribunal, ah ça non. Il veut un retour du passé glorieux ; il veut son nom dans les pamphlets de Londres. Ma main à couper qu'il vise le titre de chevalier. Il est déjà connu à la cour, mais il ne s'arrêtera pas en si bon chemin. Vous le connaissez aussi bien que moi.

Je me suis demandé où Alice pouvait se trouver, à présent. Était-elle déjà arrivée à la taverne ? Aurais-je dû me lancer à sa poursuite ?

— « Autant faire les choses en grand », comme disait Roger, ai-je lancé.

— Ça ne fera pas de mal de leur poser quelques questions, a poursuivi Nick.

— Mais de qui parlez-vous ?

Je me montrais terriblement impolie, mais j'avais envie que Nick mette un terme à son soliloque et s'en aille, pour que j'aie le temps de réfléchir à la suite. Peut-être que d'ici l'accouchement, Alice aurait le temps de décolérer et se laisser persuader de revenir.

— Le rassemblement des sorcières à la tour de Malkin. Il a trouvé un vrai nid de serpents, là-bas. Pas seulement les Device, mais des proches des Device, qui parlaient de tuer Thomas Lister et de faire sauter la prison. Il y a plusieurs noms du coin sur cette liste ; il faut s'attendre à ce que ça fasse scandale au sein de la communauté. Qui eût cru, l'œuvre du diable dans ce petit coin humide du pays ? Et le Vendredi saint, avec ça. Ah ! Ils ne seront pas à la fête, après ça.

— La liste est là ? ai-je demandé.

J'ai incliné la tête en direction du papier qu'il tenait entre ses mains. Ses sous-entendus attisaient ma curiosité.

— Que dit ce document ? ai-je insisté.

Satisfait par mon regain d'intérêt, Nick a sollicité un coupe-papier. J'en ai trouvé un dans le tiroir du haut du bureau de James. Il a décacheté la lettre, l'a dépliée et a tendu les bras pour en entamer la lecture à voix haute.

— « Jennet et James Device affirment être repartis à dos de poulains blancs et Jennet Preston les a invités dans sa maison à Gisburn pour le rassemblement de l'année prochaine. Preston a amené son familier à la réunion : un poulain blanc avec une tache marron sur le visage. »

J'ai senti mon cœur tambouriner dans ma poitrine.

— Les autres personnes qui se sont rassemblées le Vendredi saint, de qui s'agit-il ?

Il a fallu une éternité au vieux magistrat aux yeux vitreux pour trouver les noms.

— Voyons voir… ah oui, nous y voilà : « La femme de Hugh Hargreaves de Barley ; la femme de Christopher Bulcock de Moss End, ainsi que son fils John ; la mère de Myles Nutter ; une certaine Mould-heels, de Colne ; et Alice Gray, également de Colne. »

CHAPITRE 9

La taverne du Hand and Shuttle était située à quelques pas de la rivière, avant l'embranchement des routes vers le nord et l'ouest. J'étais maintes fois passée devant cet établissement sans vraiment y prêter attention. Tandis que j'attachais ma monture dans la cour, je me suis soudain rendu compte que l'enseigne tenait bien évidemment son nom des armoiries de la famille Shuttleworth : un bouclier paré de trois navettes de tisserand, au sommet duquel une main en brandissait une quatrième. Le même symbole était gravé sur la pancarte en bois qui ornait l'angle de la construction basse.

Le silence s'est abattu à l'intérieur dès que j'ai franchi la porte et j'ai eu la sensation qu'une centaine de paires d'yeux venait se poser sur moi. Pourtant j'avais pris garde de choisir ma tenue la plus simple : une cape de laine noire et un chapeau discret de même couleur, orné d'un fin liseré doré. La salle était petite et basse de plafond. Des hommes aux visages durs et impassibles étaient assis par grappes autour de petits tabourets chargés de pichets. Un autre homme, debout derrière un battant semblable à une porte d'écurie, s'est figé en attendant de voir ce que j'allais faire, pensant sans doute que je m'étais aventurée dans la taverne par erreur. J'ai avancé vers lui.

— Il faut que je parle à Alice.

L'homme avait un visage rougeaud et sa bouche, légèrement entrouverte, laissait voir une rangée de chicots.

— Alice...

— Alice Gray, ai-je murmuré. Elle est ici ?

Il a hoché la tête en silence.

— Je vais la chercher, Madame. Ou vous préférez peut-être lui parler au calme ?

— Merci.

Je lui ai emboîté le pas ; il a écarté une tenture avant de s'engager le long d'un étroit couloir mal éclairé menant à une salle à manger vide. Il y régnait un froid pénétrant – aucune cheminée n'était allumée – et une puanteur qui rappelait la brasserie de Gawthorpe. J'ai resserré ma cape autour de moi et me suis approchée de la fenêtre qui surplombait la cour, où l'on faisait rouler les fûts de bière pour les stocker en réserve. J'ai reconnu les tonneaux estampillés de l'emblème des Shuttleworth. Soudain, le claquement d'une porte et le bruit précipité de pas dans le couloir m'ont fait sursauter.

— Ne viens plus jamais ici, ai-je entendu.

Il m'a fallu un temps pour reconnaître la voix d'Alice. D'un geste protecteur, j'ai posé une main sur mon ventre avant de jeter un œil par l'embrasure de la porte. Tout au bout du couloir se tenait un jeune homme, dont la chemise crasseuse et le pantalon élimé n'enlevaient rien à la beauté. Avec ses cheveux noirs, sa peau hâlée et ses beaux yeux sombres, il avait quelque chose d'étranger, comme un pirate ou un prince. Alice se tenait face à lui, dos à moi, les mains sur les hanches.

— Tu crois que tu peux me quitter comme ça ? a-t-il lancé.

— Quitter un ivrogne comme toi ? Mais quelle drôle d'idée ! Allez, rentre chez toi.

— Il n'y a plus rien là-bas pour moi.

Son visage s'est décomposé comme s'il allait se mettre à pleurer.

Son émotion a eu raison de la colère d'Alice ; elle a relâché ses épaules et entouré le haut de ses bras de ses mains comme je l'avais vue faire dans la forêt. J'ai légèrement reculé dans l'encadrement de la porte, de peur qu'ils ne me surprennent à les épier. Alice a repris la parole d'une voix accablée.

— Il faut oublier le passé.

— C'est facile à dire. Toi, tu as un travail et un tout nouveau *poste*.

— Va-t'en, maintenant.

Il a placé son visage face au sien et l'a fixée de ses yeux brillants.

— Je peux détruire tout ça, si ça me chante. Je pourrais leur dire des choses… les gens s'interrogent.

— Laisse-moi tranquille ! Et ne remets jamais les pieds ici.

Le cri perçant d'Alice m'a hérissé la nuque. L'homme lui a lancé un dernier regard méprisant avant de s'éloigner en titubant, et de passer devant moi pour ressortir dans la cour. Une odeur de bière a plané un instant dans son sillage. D'un pas hésitant, je me suis approchée d'Alice, qui était restée prostrée, les bras serrés sur sa poitrine.

— Alice ?

Elle a fait volte-face et son visage m'est apparu encore plus pâle qu'à l'accoutumée. Elle a posé sur moi ses yeux écarquillés par la peur – une peur plus forte encore que lorsqu'elle s'était retrouvée au milieu de la grande salle bondée de domestiques.

— Fleetwood. Que faites-vous ici ?

Je l'ai prise par la main pour la guider à l'abri dans la pièce.

— Est-ce que quelqu'un risque de nous entendre ici ? ai-je demandé.

— Qui ?

— N'importe qui.

Elle a eu un signe de dénégation, et j'ai fermé la porte.

— Qui était-ce ? ai-je murmuré d'une voix tremblante.

Elle a secoué la tête.

— Personne. Si c'est à cause du collier...

— Non, ce n'est pas ça, oubliez cette histoire. Alice, après votre départ, j'ai lu un courrier que Roger Nowell a adressé à Nick Bannister. Ces noms vous disent quelque chose ?

Alice a secoué la tête énergiquement en me regardant avec une telle candeur que je n'ai pas douté un instant de sa bonne foi.

— Eh bien, Roger sait qui vous êtes, ou ça ne saurait tarder. Alice, comment connaissez-vous les Device ?

Alice a vacillé comme un arbre coupé, à tel point qu'elle a dû s'agripper au dossier d'une chaise.

— D'où les connaissez-vous, Alice ? D'où ?

— Je ne les connais pas.

— Que faisiez-vous chez eux le Vendredi saint ? Elles sont accusées de sorcellerie, Alice. La grand-mère, la mère, Alizon… La plus jeune fille, Jennet, loge en ce moment chez Roger, elle lui raconte tout.

Ses yeux ont fusé à travers toute la pièce.

— Je…

— Alice, comprenez ceci : votre nom figure sur une liste – une liste qui est entre les mains d'un homme, un homme très puissant qui fait la loi dans ces contrées. Vous serez arrêtée, et très certainement assignée à comparaître pour sorcellerie.

Son visage s'était vidé de toute couleur. Un instant, j'ai cru qu'elle allait défaillir. Je me suis précipitée pour la retenir et l'asseoir lentement dans un fauteuil.

— C'est vrai ?… On va m'arrêter ? Et m'assigner à comparaître… Mais qu'est-ce que cela veut dire ?

J'ai avalé ma salive.

— Cela veut dire que vous irez au tribunal, aux assises. Celles du Carême sont passées, donc peut-être aux assises de cet été.

— Au tribunal, a-t-elle répété dans un murmure. Mais les sorcières sont condamnées à la pendaison.

— La plupart, pas toutes.

Je me suis agenouillée devant elle et j'ai pris ses mains dans les miennes.

— Mais pour l'heure, vous êtes en liberté et Roger peut encore changer d'avis. Alice, vous devez absolument me dire ce que vous faisiez chez les Device à la tour de Malkin. Je peux vous aider ; Richard pourra vous aider.

Sidérée par cette révélation, Alice a tout juste réussi à secouer la tête d'un air incrédule. Puis elle s'est prostrée, en boule, les poings serrés, repliés sous les aisselles.

— Qui lui a donné mon nom ? Elizabeth Device ?

— Sa fille Jennet, je crois. Que faisiez-vous là-bas, Alice ? Vous devez me le dire pour que je puisse expliquer à Roger qu'il se trompe.

Des pas ont résonné dans le couloir. Les battements affolés de mon cœur les ont accompagnés jusqu'à ce qu'ils disparaissent. D'effroi, Alice a relevé la tête.

— Il s'est trompé, n'est-ce pas ? ai-je insisté.

Au bout de ce qui m'a semblé une éternité, Alice a déplié son buste et rangé ses cheveux sous sa coiffe. Sa bouche avait une expression solennelle.

— Je ne sais pas qui sont ces gens.

— Alice, vous devez comprendre qu'ils vont penser le contraire si vous étiez là-bas. Ils vous verront comme une sorcière.

Elle s'est profondément mordu la lèvre et une gouttelette de sang a perlé sous sa dent. Elle a pointé le bout rose de sa langue, comme un serpent, pour la lécher.

— Racontez-moi. Je transmettrai à Richard, et lui et moi irons voir Roger pour lui expliquer son erreur.

Les yeux fixés sur un point lointain, elle ne me regardait déjà plus.

Puis elle a affirmé :

— Non. Je ne lui fais pas confiance. Et vous ne devriez pas non plus.

— Faire confiance à qui ? À Roger ?

Elle a fermé les paupières et les a frottées comme soudain prise d'une grande fatigue.

— Richard ? ai-je hasardé.

Mais ses lèvres restaient scellées.

— Je ne dois pas faire confiance à Richard ? Mon mari ?

Je me suis levée pour lui faire face, mais avec ma petite taille, je la dépassais à peine d'une tête.

— Est-ce à cause de ce qu'il a dit à propos du collier ? Il sait que vous ne l'avez pas volé – j'en suis persuadée. Il a parlé sous le coup de la colère.

Mon corps s'était mis à trembler et je me suis rendu compte que c'était sous l'effet de la peur. J'aurais voulu arracher les mains du visage d'Alice et la forcer à me regarder.

— Vous ne prenez pas la mesure du danger, ai-je plaidé d'une voix tremblante d'émotion. Roger a lancé une véritable chasse aux sorcières. Il manipule les femmes comme des pions sur un échiquier. Je suis venue vous mettre en garde et vous offrir mon aide. Si vous le souhaitez, ce qui est le cas, je crois. Et je commencerais par vous recommander de rester loin de Colne pour le moment.

— Mais c'est là que j'habite.

— C'est donc là qu'ils vous chercheront. Vous devriez aller chez une amie, ou un parent. Roger et Richard connaissent votre prénom. Il ne leur faudra pas longtemps pour comprendre que vous êtes la fameuse Alice de leur liste.

— Dans ce cas, pourquoi ne sont-ils pas venus ici m'arrêter ?

— Parce qu'ils ne savent pas encore et que je ne les mènerai pas à vous.

À ces mots, elle a émis un petit son dédaigneux. J'ai posé la main sur la poignée de porte.

— Je vais rentrer à la maison tout expliquer à Richard. Et lui ira voir Roger.

— Vous adorez votre époux.

Sa voix avait résonné avec clarté dans la grande pièce vide et froide.

— Évidemment. Que voulez-vous dire par là ?

— N'allez pas le voir.
— Pourquoi ?

De nouveau, j'ai senti une colère noire s'emparer de moi.

— Ne comprenez-vous donc pas à quel point mon mari est influent ? Êtes-vous en train de me dire que vous n'avez pas besoin de notre aide ? Que vous allez, on ne sait comment, vous en sortir toute seule ? Alice, votre vie est en jeu. Roger ne va pas se ridiculiser devant les juges de Londres, ou alors, vraiment, je ne le connais pas. Il a dressé une liste d'individus à mettre en prison et j'insiste : votre nom est sur cette liste. Qu'est-ce qui vous échappe dans ce que je viens de dire ?

Une fois encore, elle a enfoui son visage dans ses mains. Elle avait vieilli de dix années en une après-midi.

— Alice, m'écoutez-vous ? Ne me faites-vous donc pas confiance ?

— Si, je vous fais confiance.

C'était une petite victoire et, malgré ma colère, ses mots m'ont réchauffé le cœur. Personne ne me les avait encore adressés et, jusqu'ici, je n'avais encore jamais vraiment ressenti le besoin de les entendre.

— Mais vous ne faites pas confiance à Richard. Pourquoi ?

Lentement, elle a tourné son visage vers moi.

— Le grand livre, a-t-elle dit.

— Quoi ?

— Le grand livre que votre intendant tient à jour. D'après vous, tout ce que vous achetez et tout ce qui sort de Gawthorpe y est consigné. Est-ce vrai ?

J'ai hoché la tête, perplexe.

— Allez regarder dedans.

— Mais... Comment savez-vous ce qui s'y trouve ? Vous ne savez pas lire.

De ses yeux ambre émanait une compassion énigmatique.

— Je n'ai pas besoin de lire les choses pour les voir.

★

Je me suis rendue directement dans le bureau de James. Malgré le feu dans la cheminée, j'étais transie de froid et mes dents se sont mises à claquer tandis que je tirais de son étagère l'épais livre relié en vélin. Une liste, tenue de l'écriture régulière de James, énumérait les achats et les factures acquittées :

Mars : deux chargements de malt ; un fût de vin blanc d'Espagne ; trois grandes lottes salées livrées à Thomas Yate à Londres...

Qu'étais-je censée chercher ?

Avril : Michael Thorpe à Colne avec du bacon ; moitié du bail annuel d'Ightenhill Park ; transport d'un fusil de Londres.

Était-ce ce fameux fusil ? Pourtant, j'étais au courant de cette acquisition.

M. William Anderton doit apporter la licence de mariage de York.

Je suis restée en suspens, l'index posé sous la ligne. Pourquoi avait-on besoin d'une licence de mariage à Gawthorpe ? Pour autant que je le sache, personne n'était fiancé.

C'est alors que j'ai remarqué un mot qui m'était si familier que j'étais tout bonnement passée à côté.

Savon doux pour Barton.
Charbon de la mine de Padiham pour Barton.

Poulets achetés à Clitheroe pour Barton.
Barton.
Barton.
Barton qui avait été mon nom de jeune fille et celui de ma maison. Or plus personne n'y habitait ; la demeure était vide depuis que ma mère et moi l'avions quittée quatre années plus tôt.
— Madame, vous voilà.
James se tenait dans l'encadrement de la porte, son visage habituellement impassible trahissait l'inquiétude. J'ai refermé le grand livre.
— Vous fallait-il quelque chose ?
— Non, James, je vous remercie.
D'un geste brusque, j'ai fait claquer la couverture et contourné le bureau. La mine contrite, j'ai regagné le couloir en frôlant James, soudain animée d'une rage décuplée : pourquoi me sentais-je coupable de consulter le grand livre de Gawthorpe ? Pourquoi n'aurais-je pas le droit de m'intéresser au suivi des biens que j'avais apportés dans cette famille ? Mais quelque chose me soufflait que je devais faire preuve de prudence. Quand j'avais quitté la petite pièce humide de la taverne, j'avais prodigué le même conseil à Alice. « Où irez-vous ? » lui avais-je demandé. Elle avait haussé les épaules, le regard perdu dans l'âtre vide. J'étais trop rongée par l'inquiétude pour lui apporter mon soutien et, dans le brouillard de mon agitation, j'avais parcouru au galop les quelques lieues qui me séparaient du manoir.
— Monsieur vous cherche, m'a annoncé James à mon arrivée.
À mon grand désarroi, James n'était plus seulement inquiet : il avait la mine pâle et grave.

— Que se passe-t-il ?
— Une des domestiques est tombée malade : Sarah, la femme de chambre. Richard m'a demandé de faire venir le docteur.
— Fort bien. Quel est le problème ?
— Elle a commencé par se plaindre de maux de tête, à présent elle a de la fièvre. Elle est en proie au délire et réclame sa mère.
— Dans ce cas, faites venir sa mère. Ou ne peut-elle être renvoyée chez elle ?
— Ce serait peut-être mieux, en effet, une fois que le docteur l'aura auscultée. Si jamais c'est contagieux.

J'ai froncé les sourcils. Trop de pensées se bousculaient dans ma tête, entre les fournitures livrées à Barton, les domestiques frappées par la maladie, le lien entre Alice et les Device et la disparition du collier de rubis. Il s'était passé plus de choses aujourd'hui qu'en une année entière.

— Pourtant, Sarah avait l'air de bien se porter, ai-je songé à voix haute en repensant à son intervention lors de la réunion du personnel convoquée par Richard.

Puis je me suis souvenue des joues empourprées d'Alice et de la dureté de son regard, et mon estomac s'est noué. J'ai prié en silence pour que la suette ou quelque autre maladie mortelle n'ait pas frappé la maison.

Après avoir quitté l'atmosphère chaleureuse du bureau de James, le couloir m'a semblé lugubre. Je n'avais aucune envie de quitter la maison pour me lancer dans une chevauchée de dix lieues, mais je n'avais pas le choix.

— James, je vais vous demander deux choses : faites seller mon cheval et transmettez un message à Richard.

— Monsieur sera là d'un instant à l'autre...

— Le message est le suivant : je vais à Colne, où je descendrai à l'auberge pour une nuit ou deux, le temps de persuader Alice de reprendre son service de sage-femme auprès de moi.

James m'a regardée avec étonnement.

— Mais, Madame...

— J'ai le sentiment que Richard s'est chargé piètrement de cette affaire de collier disparu. Il a humilié notre loyal personnel. Vous l'avez bien vu. Mais bien évidemment, vous ne lui rapporterez pas mes propos. Je crains que cela ne m'ait coûté une sage-femme compétente, en qui j'avais confiance et que j'appréciais beaucoup, et je refuse qu'une autre mette mon enfant au monde. Dites-lui ce que vous voulez. La vraie raison, James, c'est que je ne peux souffrir la vue de mon mari après la façon qu'il a eue de traiter les domestiques. Vous m'êtes toutes et tous loyaux et précieux, et j'espère que vous ne penserez pas de mal de lui après cet épisode. Telle est la raison pour laquelle je m'éloigne de Gawthorpe : je suis contrariée. Veuillez lui dire de ne pas me suivre et que je reviendrai au matin.

Après un instant d'hésitation, il s'est incliné promptement.

— Bien, Madame.

J'ai fait mine de partir et de me raviser comme si je venais de me souvenir de quelque chose, et je me suis retournée à moitié, priant pour que mon visage soit dans la pénombre et ne me trahisse pas.

— Oh, James ! quelles sont les nouvelles de Barton ? Est-ce que tout est en bon ordre ?

Son visage s'est instantanément décomposé et a viré au gris. Il ne m'en fallait pas plus. Tandis que j'attendais calmement sa réponse, James a ouvert et refermé la bouche plusieurs fois de suite comme un poisson à l'agonie.

— Auriez-vous besoin de quelque chose là-bas, Madame ? Le manoir est fermé depuis...
— Quatre ans, c'est bien cela ?

Sa pomme d'Adam a tremblé tandis qu'il ravalait ses mots.

— C'est exact.
— Très bien. Je vais chercher ma cape.

★

Je suis arrivée peu après la tombée de la nuit. Une nuit sans lune, cachée par les nuages, de sorte que tout était plongé dans le noir. J'ai néanmoins réussi à discerner la forme imposante du manoir qui se détachait devant moi, et la lueur de la cheminée qui rougeoyait dans une pièce du rez-de-chaussée. Je m'étais juré de ne jamais revenir en ces lieux. Je ne voulais pas revoir la chambre que je partageais avec ma mère. Je ne voulais pas revoir le salon dans lequel mon enfance avait pris fin le temps d'une brève absence de ma mère. Je ne voulais pas revoir la cage d'escalier qui craque, les hauts plafonds froids ou la cage vide dans laquelle j'avais retrouvé le cadavre de Samuel un matin d'hiver, après qu'on l'avait laissé trop près de la cheminée.

J'ai mis pied à terre devant la maison, lorsque soudain un bruit – ou plutôt une présence – m'a fait tourner la tête. Sur ma droite, j'ai distingué une silhouette allongée qui traversait la pelouse près du sol. À peine une ombre soyeuse, mais soudain elle s'est immobilisée, sa queue semblable à un pinceau dressée dans son sillage : un renard. Il s'est figé, immobile comme une statue, nous sommes restés à nous regarder, et j'ai senti ma peau parcourue de picotements. Quand brusquement, il a déguerpi pour s'évanouir dans le noir, j'ai poursuivi mon chemin seule et tâtonné jusqu'au perron en maudissant les socques encombrantes qui protégeaient mes mules. Je les ai retirées en vitesse ; elles ont atterri par terre dans un grand bruit.

La porte d'entrée ne m'a opposé aucune résistance et j'ai pénétré dans le vestibule plongé dans la pénombre. Pas une torche n'était allumée. Un froid familier m'a accueillie sur le seuil.

— Il y a quelqu'un ? ai-je lancé.

Je ne voyais vraiment pas – et n'osais d'ailleurs pas me l'imaginer – ce qui pouvait m'attendre dans cette pièce éclairée, qui n'était autre que la grande salle. Au pire, il s'agissait d'un vagabond – à moins que ce ne soit au mieux ?

Mes pieds foulaient le sol en silence. Aucun bruit ne me parvenait, en dehors de ma respiration saccadée dans ma poitrine et du sang qui battait dans mes oreilles. J'ai avancé à tâtons dans le noir, les mains tendues devant mon visage, jusqu'à la porte de la grande salle, en suivant le tracé des murs. J'ai tenté d'écarter la pensée, insidieuse, que mes mains allaient toucher le visage d'une personne tapie dans l'ombre. Après avoir fouillé la surface de la cloison de haut en bas, j'ai fini par trouver la poignée de la porte et j'ai tiré.

De l'autre côté, la pièce brillait de mille feux. Les candélabres illuminaient les murs, et le miroir qui parait le manteau de la cheminée renvoyait leur lueur à travers tout l'espace, qui se reflétait à son tour sur le lustre. Devant l'immense cheminée qui mesurait six pieds de long – dans l'âtre de laquelle je m'aventurais enfant, ce qui me valait des réprimandes et des mules pleines de cendres –, une femme était assise. Je me suis avancée, avec la sensation que je flottais dans un songe, car mes pas peinaient à me rapprocher d'elle. Elle a remarqué ma présence et s'est levée. Elle avait quelques années de plus que moi, et sa chevelure sombre était nue. Elle avait l'air apeurée et après un instant d'incompréhension, quand tout s'est éclairé, mon cœur s'est mis à battre la chamade avant de s'arrêter.

Le bruit derrière moi dans le couloir aurait dû me faire sursauter, mais je n'ai pas cillé, de sorte que quand James est apparu dans un halo de vapeur froide, à bout de souffle après avoir galopé depuis Gawthorpe, j'ai à peine réagi. J'avais les yeux rivés sur la femme qui se tenait devant moi, parce que sa cape s'était ouverte quand elle s'était levée. Son ventre était arrondi comme le mien.

J'ai senti le sol basculer. Les dalles de pierre se sont précipitées à ma rencontre, comme pour saluer leur ancienne maîtresse, et j'ai accueilli leur étreinte avec reconnaissance, tandis qu'autour de moi le monde s'effondrait, et mon corps avec.

DEUXIÈME PARTIE

Westmoreland (aujourd'hui comté de Cumbria),
mai 1612

« Les lois sont comme des toiles d'araignées ; les petites mouches s'y prennent, les grosses passent au travers. »

Sir Francis Bacon

CHAPITRE 10

James m'avait escortée jusqu'à Gawthorpe, dans le vent et la pluie, et aussitôt arrivée dans ma chambre, je me suis enfermée à double tour. J'y suis restée toute une journée et une nuit, et j'ai fini par ne plus entendre Richard qui tambourinait à la porte, tant mon inanition m'empêchait de m'émouvoir de quoi que ce soit. Prudence, Justice et moi-même attendions, quoi précisément, nous n'aurions su le dire, mais au terme du deuxième jour, quand j'ai commencé à sérieusement envisager de faire allumer la cheminée et monter de quoi manger, une femme de chambre m'a avertie à travers la porte qu'un messager venait d'arriver de la part de ma mère.

À travers le trou de la serrure, je lui ai ordonné de lui faire savoir que je ne souhaitais pas être dérangée. Quand elle est revenue, c'est d'une voix pétrie d'angoisse qu'elle a cédé la parole à une voix masculine qui m'était inconnue.

— Mme Barton souhaite vous informer qu'une calèche vous attend devant Gawthorpe.

J'ai attendu en silence. La voix a repris :
— Elle tient à faire savoir que la calèche ne partira pas tant que vous ne serez pas montée à bord.
— Dans ce cas, elle va pourrir sur pied, ai-je répondu.
L'homme s'est éclairci la gorge. Je me demandais qui d'autre se tenait à côté de lui sans dire un mot.
— Mme Barton vous invite à loger chez elle à Kirkby Lonsdale. Elle a pensé que vous pourriez avoir envie de changer de décor.
Il a ménagé une pause respectueuse, avant de conclure :
— J'ai pour ordre de patienter jusqu'à ce que vous soyez prête.
Je suis retournée m'affaler dans le lit, où j'ai passé un temps considérable à m'agiter sous les couvertures.
Au bout d'un long moment, la gorge serrée, j'ai demandé :
— Êtes-vous là, Richard ?
Après un silence, le messager m'a répondu :
— Je suis tout seul, Madame.
Au prix d'un effort surhumain, je me suis traînée jusqu'à la porte. À travers le trou de la serrure, je distinguais tout juste le haut d'une jambe et le fourreau d'une épée. Toute une journée et toute une nuit s'étaient écoulées, pourtant je ne parvenais toujours pas à appréhender l'ampleur de la trahison. Elle puisait ses racines dans mon lit, s'enfonçait jusqu'à la brasserie qui lui envoyait de la bière, puis traversait le bureau, où notre loyal intendant James consignait chaque nouvelle estocade sur la page. Elle avait transité entre les murs du Hand and Shuttle, où Alice en avait vraisemblablement entendu parler. Et elle s'infiltrait dans mon passé, en étalant sa souillure jusqu'à

mon enfance, pourtant déjà dénuée de tendresse. C'était peut-être le pire, au fond : que Richard loge cette femme dans la maison qui m'avait vue grandir, qui lui avait été offerte sur un plateau le jour de notre mariage, parce qu'il savait pertinemment que je n'y remettrais jamais les pieds.

C'est alors que cette réflexion m'est venue : ma mère était-elle au courant de l'existence de la femme aux cheveux sombres et au ventre arrondi ? L'après-midi s'écoulait et la question me taraudait comme le bourdonnement incessant d'une mouche. Quand j'ai entendu Puck aboyer, gratter et gémir de l'autre côté de la porte, je me suis rendu compte que je n'avais pas pensé à lui un seul instant, obnubilée que j'étais par mon sort. Je me suis agenouillée à côté du battant.

— Puck, ai-je murmuré d'une petite voix. Puck, arrête. Je suis là. Je suis là.

Ses jérémiades se sont muées en hurlements et j'ai senti les larmes inonder mes joues. Sa détresse me fendait le cœur, d'autant plus que mes paroles ne parvenaient pas à l'apaiser. Bouleversée par le besoin de le serrer tout contre moi, j'ai tourné la clé dans la serrure et Puck est tombé dans la pièce, me renversant dans son élan. Il m'a léché le visage de sa grosse langue et je n'ai pu réprimer un rire lorsqu'il m'est monté dessus à grand renfort de gémissements et d'halètements de joie pure. Son effusion passée, je me suis rassise. Le messager se tenait à quelques pas de la porte et attendait d'un air mal assuré.

— Je viendrai, mais à certaines conditions, ai-je annoncé.

Il s'est incliné poliment puis s'est redressé, le regard plein d'espoir.

— Mon chien m'accompagne. Et nous ferons une halte en chemin.
— Dois-je envoyer un domestique faire vos bagages ?
— Je m'en charge.

★

Au cours du trajet qui nous menait vers le nord, Alice et moi avons conçu un plan. Pour que Roger ne puisse pas remonter jusqu'à elle, Alice avait quitté son poste au Hand and Shuttle, prétextant que son père était malade et requérait des soins. Au même moment, pour ne pas être vue, j'attendais dans la calèche, quelques rues plus loin. Un sentiment d'urgence nous habitait toutes deux, car Alice se lançait ni plus ni moins dans une fuite qui ne disait pas son nom. Quand je lui avais demandé si elle avait besoin de quoi que ce soit, elle s'était contentée de secouer la tête. Tandis que le ruban de la route s'évanouissait dans notre sillage, nous avons décidé de la présenter à ma mère comme ma compagne de voyage. Elle répondrait au prénom de Jill, qui était celui de sa propre mère.

— Voulez-vous manger quelque chose ? ai-je demandé.

Nous attendions dans la cour d'une autre auberge, le temps que le cocher change les chevaux, et les effluves de viande rôtie préparée pour le dîner flottaient jusqu'à nous. Par cette soirée tranquille de mai, il faisait doux, et nous avons tendu l'oreille à la rumeur de la cour, au claquement des sabots, au bavardage des passants qui vaquaient à leurs occupations, et dont le murmure nous parvenait derrière le rideau de la calèche qui nous dérobait aux regards.

Alice a répondu à ma question en secouant la tête.
— Votre mère était sage-femme. Est-elle...
— Elle est morte.
— Je suis navrée.
— Ça remonte à des années.

J'ai remarqué qu'Alice avait une excellente posture assise, le dos bien droit, sans même porter de corset.
— De quoi est-elle morte ?

Alice a répondu après un long silence.
— Elle avait de la fièvre. Elle était malade depuis longtemps, mais c'est ça qui l'a emmenée vers l'autre vie. Je n'ai rien pu faire.
— C'est elle qui vous a appris à reconnaître les plantes ?

Alice a hoché la tête.
— Elle avait un jardin potager... elle l'appelait sa cuisine, parce que nous n'en avions pas. Elle faisait pousser des plantes comestibles, aromatiques... Je continue à l'entretenir parce que je sais à quel point elle y tenait. Elle m'a appris tous les noms. Nous sortions marcher et elle me montrait les espèces en m'expliquant leurs propriétés. Elle disait qu'une femme avait tout intérêt à les connaître, qu'une épouse et mère pouvait en faire bon usage pour prendre soin de sa famille en ce bas monde. Elle adorait m'imaginer avec une famille, a-t-elle conclu dans un souffle.
— Où avait-elle appris son métier ?
— Par la pratique, comme toutes les femmes, non ? Elle et son amie Katherine travaillaient ensemble, elles se déplaçaient en fonction des besoins. Katherine avait un surnom, « Mould-heels[1] », parce qu'elle exécutait

---

1. *Mould-heels* signifie littéralement « talons moisis ».

ses tâches avec une infinie méticulosité, comme si elle allait prendre racine. Même quand la mère hurlait comme une forcenée, Katherine sortait son nécessaire avec une lenteur précautionneuse.

Un souvenir lui a arraché un sourire.

— Quand elle faisait un feu, on avait toujours l'impression qu'elle avait tout le temps du monde.

— Vous les accompagniez dans leurs tournées ?

Alice a hoché la tête.

— Combien d'enfants avez-vous mis au monde ?

— Je ne sais pas… Vingt ? Peut-être plus ?

Sa réponse m'a étonnée : je l'aurais crue plus expérimentée, mais à vrai dire, je n'avais jamais songé à poser la question. Après un silence, je lui ai demandé si elle allait manquer à son père pendant son absence. Elle a réfléchi quelques secondes avant de secouer la tête en signe de dénégation.

— Non. Ce que je fais, peut-être, mais pas moi.

— Que voulez-vous dire ?

— La cuisine. L'alimentation des poules. L'entretien de la maison. L'argent du ménage, a-t-elle énuméré d'une voix monocorde.

— Vous n'avez jamais songé à vous marier et avoir votre propre maison ?

Son visage s'est assombri si furtivement que je me suis demandé si je ne lui avais pas prêté ce changement d'expression. Elle a semblé réfléchir à ma question, puis m'a répondu :

— Il n'y a pas vraiment de différence entre être fille ou épouse. La seule chose qui change, c'est l'homme qui donne les ordres.

— Vous avez sans doute raison. Mais vous auriez des enfants. C'est ce que toute femme désire, c'est notre dessein dans la vie.

Elle a baissé les yeux.

— Les enfants ne valent pas toute la peine que l'on se donne.

Quelle étrange réponse, qui plus est dans la bouche d'une sage-femme. Au même moment, le conducteur est remonté sur le toit, nos sièges ont tressauté et nous avons repris la route.

Comme Alice ne disait plus rien, je me suis dit que j'avais dû la blesser et ce n'est que des lieues plus tard, alors que je commençais à m'assoupir, que je l'ai entendue murmurer, comme pour elle-même :

— C'est la première fois que je monte dans une calèche.

À notre arrivée, la nuit était tombée. Le manoir était perché à flanc de colline, au cœur d'un épais boqueteau enrubanné de brumes, et le chemin qui nous y menait était si pentu que j'ai dû appuyer les pieds sur la banquette d'en face pour éviter de glisser sur le plancher. Le parc du domaine s'étirait jusqu'au sommet de la vallée, où pierriers et bruyères touchaient le ciel. Puck dormait, tout comme Alice. Dans son sommeil, elle conservait une attitude étrange, comme si, malgré son visage impassible, elle restait aux aguets, le cou tendu et les yeux à peine clos.

La calèche s'est immobilisée et j'en suis descendue fourbue après ce deuxième voyage en deux jours. Puck a sauté à terre derrière moi et poussé un bâillement avant de s'étirer, puis Alice l'a suivi. Henry a déchargé ma malle, et en haut du perron, l'imposante porte d'entrée s'est ouverte, déversant un flot de lumière sur notre étrange équipée et laissant apparaître la silhouette caractéristique de ma mère. Le filet de sa voix a traversé la nuit.

— Fleetwood. J'ai cru que tu ne viendrais jamais.

J'ai jeté un regard à Alice et, ensemble, nous avons gravi les marches.

La maison qu'habitait ma mère était la propriété des Shuttleworth ; l'oncle de Richard en avait fait l'acquisition vingt ans plus tôt, en vue de disposer d'une halte d'étape ou de chasse sur la route de l'Écosse. Je n'y étais allée qu'une fois, quand ma mère souffrait d'une angine de poitrine et que Richard m'avait persuadée de lui rendre visite.

J'ai décidé d'aller droit au but. Avant même que la malle refermant mes affaires n'ait été déposée sur les dalles de pierre du vestibule, j'ai fait face à ma mère :

— Étiez-vous au courant que Richard avait une autre femme ?

— Évidemment, j'étais au courant, Fleetwood. Allons, rentre vite avant de tomber de sommeil.

Elle venait de confirmer mes soupçons, pourtant son aveu m'a donné l'impression qu'elle m'avait transpercé le corps d'une épée, dont elle avait promptement retiré la lame.

Alice m'a saisie par le bras et m'a soutenue le long du couloir jusqu'à une chambre confortable, bien que meublée sommairement. Il n'y avait ni livres, ni vases ni pichets, seulement des surfaces nues, comme si ces dernières attendaient le retour de leurs occupants après une séance de dépoussiérage. Certes, Mary Barton avait toujours adopté une approche calviniste de l'ameublement, mais en l'occurrence, le remplacement des tapis, le balayage de l'âtre et le lavage des carreaux n'auraient pas été de trop. Ma mère s'est assise près de la cheminée et d'un geste m'a invitée à prendre place face à elle – même les fauteuils étaient fatigués. Je me suis demandé si le mobilier avait été remis au goût du jour depuis l'achat du manoir par l'oncle de Richard, quelque vingt ans plus tôt. S'il faisait chaud – grâce au feu de charbon qui rougeoyait dans le foyer –, il régnait néanmoins une odeur légèrement désagréable de graisse, écœurante, et il m'a fallu un moment pour réaliser que les bougies étaient de suif et non de cire.

— Il faut un fauteuil pour ma sage-femme, ai-je déclaré.

Ma mère m'a dévisagée, puis a furtivement scruté Alice de la tête aux pieds, avant de se lever pour sortir à grands pas de la pièce. Alice se désintéressait totalement de ce nouveau cadre et fixait d'un regard absent le tapis râpé à ses pieds. Ma mère est revenue, suivie d'un domestique chargé d'une chaise robuste, qu'il a déposée contre le mur avant de s'incliner sans bruit et de refermer la porte derrière lui.

Un silence complet a régné sur la pièce tandis que chacune attendait de l'autre qu'elle prenne la parole. Il ne m'a pas fallu longtemps pour m'emporter.

— Vous me conviez à parcourir vingt-cinq lieues et vous n'avez rien à me dire ?

J'avais beau être impertinente, ma mère restait de marbre. Son visage avait la blancheur de la craie et je me suis aperçue que les rides s'étaient creusées autour de ses yeux et ses lèvres depuis notre dernière rencontre.

Les paupières closes, elle a poussé un profond soupir.

— J'espérais ne jamais voir ce jour, a-t-elle concédé.

— Pensiez-vous que je ne le découvrirais jamais ?

— Oui.

— Pourquoi ? Pourquoi ne rien me dire si vous étiez au courant ? Richard m'a trahie, il m'a *brisée*, moi et notre mariage, et vous saviez. Ma propre mère !

— J'essayais de te protéger.

Elle avait articulé sa réponse avec lenteur. Son regard était sombre.

— Comment vous faire confiance ? Je ne peux plus faire confiance à personne. Pas une seule personne.

À part Alice, a ajouté une voix dans ma tête.

J'ai commencé à pleurer et ma mère est restée à me fixer avec une expression implacable. J'ai enfoui ma tête entre mes mains.

— Je vous hais !

En se répercutant sur les boiseries, mon cri a déchiré l'atmosphère du petit salon.

— Je vous hais tous les deux. Vous m'avez trahie, l'un comme l'autre.

Ma mère s'est tue, le temps que je recouvre mes esprits. Je me suis laissée retomber dans mon fauteuil, comme l'enfant maussade que j'avais été. Ma respiration s'est apaisée, et j'ai essuyé les larmes de mon visage. Ma mère a fini par parler :

— Tu vas rester ici.

— Jusqu'à quand ? Jusqu'à ce qu'elle, elle ait son enfant ?

— Quel enfant ?

Soudain, le choc s'est peint sur son visage. De sa main blafarde, elle a agrippé l'accoudoir tandis que son visage pâlissait.

— Elle...

— Elle porte son enfant.

Elle a fermé les yeux et, dans un soupir, a soufflé :
— L'imbécile.
J'ignorais si elle parlait de lui ou de moi.
— Et vous savez qu'elle est à Barton ?
Ma mère a hoché la tête. D'un geste machinal, elle a plié le doigt qui portait sa sobre alliance en or. Les rouages de son esprit étaient à l'œuvre. Du coin de l'œil, j'ai scruté Alice, qui restait parfaitement immobile. Jusqu'ici, ma mère avait ignoré sa présence au point de ne pas même lui demander son nom.
— Connaissez-vous le nom de cette femme ?
— Judith Thorpe, a répondu ma mère.
— Comment avez-vous appris son existence ?
— Cela n'a pas d'importance.
— Pour moi, si.
— Ce qui importe, c'est que tu mènes à bien ta grossesse, contrairement aux fois précédentes.
J'ai senti mon estomac se nouer.
— Pourquoi ?
Elle a passé la langue sur ses dents.
— Fleetwood, écoute-moi. Si tu ne produis pas d'héritier, elle le fera à ta place.
Sa voix a résonné dans la pièce, nous sommes restées à nous regarder fixement et, sans doute pour la première fois de notre vie, nous nous sommes comprises. Une sensation de froid a subitement envahi mon corps.
— Mais ce n'est pas sa femme.
L'affirmation d'Alice nous a prises au dépourvu.
— Un enfant illégitime fait un héritier tout à fait valable, a rétorqué ma mère d'un air sombre. Il ne pourra peut-être pas hériter directement, mais son père pourra lui léguer toutes sortes de choses ; des biens, des terres, des propriétés. Surtout s'il n'en a qu'un.

Le seul autre moyen de légaliser la situation d'un bâtard est par le mariage de ses parents, a-t-elle conclu d'un ton méprisant.

L'écriture régulière de James s'est mise à flotter devant mes yeux : *M. William Anderton doit apporter la licence de mariage de York.*

J'ai plaqué une main sur ma bouche.

— Il a l'intention de l'épouser. Il sait que je vais mourir.

— Qu'est-ce que tu racontes ?

J'ai tout révélé à ma mère : la lettre du Dr Jensen ; la commande de licence de mariage que j'avais découverte dans le grand livre. Au terme de mon récit, mon corps s'est mis à trembler violemment.

— Fleetwood !

De grands frissons convulsifs m'agitaient. Ma mère était effarée. Alice se trouva soudain près de moi.

— Avez-vous de la *rosa solis* ? a-t-elle interrogé ma mère.

— Qu'est-ce donc ?

— Qu'on lui en apporte de l'eau de vie à la cannelle ; ça lui fera du bien.

Ma mère est sortie précipitamment de la pièce tandis qu'Alice serrait ma main dans les siennes : rose sur fond gris. Ma mère est revenue sur-le-champ, suivie d'une domestique portant une tasse en étain sur un plateau. Alice s'en est saisie et me l'a tendue. Malgré mes dents qui claquaient contre le métal, je me suis forcée à avaler le breuvage. Instantanément, la décoction a embrasé ma gorge et réchauffé mes entrailles. Petit à petit, les soubresauts qui agitaient mon corps se sont atténués. Ma mère a reposé la tasse sur le plateau et ordonné qu'on m'apporte du pain et du vin.

— Madame, a murmuré la domestique. Nous n'avons plus de pain blanc, il ne reste que du bis.

— Peu importe, l'a rabrouée ma mère.

Intriguée, elle a enfin posé les yeux sur Alice.

— Comment vous appelez-vous ?

— Jill, Madame.

Ma mère a incliné la tête, lui exprimant à la fois son approbation et son rejet, avant de retourner s'asseoir devant moi.

Les pensées se bousculaient dans ma tête. Mon enfant s'agitait dans mon ventre, comme pour se rappeler à mon bon souvenir. J'avais la même sensation, pas tout à fait désagréable, que lorsqu'une calèche franchit une cuvette sur la route. J'ai posé les deux mains sur mon ventre et me suis appliquée à le masser, comme pour le réchauffer, tout en me remémorant l'écriture en pattes de mouche du docteur et de cette lettre qui m'était désormais aussi familière que mon propre nom. *Sa vie terrestre arrivera à son terme.*

CHAPITRE 11

Alice et moi partagions une chambre au dernier étage de la maison, car la température y était meilleure – l'été n'était pas encore arrivé dans nos contrées septentrionales – et nous avions fait installer un lit d'appoint à côté du mien. Alice dormait dans une étrange posture, pelotonnée sur le matelas, sans toucher son oreiller. Peinant à trouver le sommeil, j'avais tout le loisir de l'observer. Pour éviter en me tournant et retournant de faire craquer mon lit, j'ai fini par me lever et m'asseoir à la fenêtre.

Je n'arrêtais pas de penser à la maîtresse de Richard. Plus j'essayais de me la représenter, plus son visage s'estompait, pourtant je restais persuadée que je ne l'avais jamais vue avant cet instant et que nos routes ne s'étaient jamais croisées. Je me demandais si elle dormait dans mon ancien lit à Barton et si Richard l'y rejoignait. Je repensais à toutes ces fois où il m'avait embrassée sur le front avant de partir, où je l'avais regardé par la fenêtre tandis qu'il enfourchait sa monture pour prendre la route d'Halifax, de Manchester, de Lancaster et au-delà : Coventry, Londres,

Édimbourg. Alors qu'en réalité il se rendait à Barton, Barton, Barton.

Les larmes coulaient toutes seules mais je faisais de mon mieux pour ne pas réveiller Alice avec mes reniflements intempestifs. Je ne pouvais me résoudre à retourner à Gawthorpe, pourtant, je ne pouvais pas non plus rester entre ces murs, hôte du manoir de ma mère *ad vitam aeternam*. J'étais enlisée et ne cessais de m'enfoncer. Mais pour l'heure, assise à la fenêtre à contempler l'obscurité dehors, je me refusais de penser au lendemain, ou au jour d'après. J'étais encore de ce monde, mon enfant aussi, qui me rappelait constamment sa présence en se tortillant comme un chaton qui vient de naître : je n'étais plus véritablement seule. Soudain, je me suis rendu compte que si je survivais à sa naissance, si je devenais sa mère, je ne serais plus jamais seule. Cette pensée est venue me réchauffer tel un rayon de soleil sur mon visage. J'avais peut-être perdu Richard – ou une partie de lui – et mon mariage, tel que je le concevais, n'existait plus, mais j'aurais un compagnon pour la vie.

Je me suis retournée pour contempler la silhouette endormie de la seule personne au monde à pouvoir m'aider à atteindre ce but. Sa chevelure dorée drapait l'oreiller et le sommet de ses épaules, et sa respiration paisible soulevait sa poitrine. J'ai repensé à l'homme qui l'avait harcelée au Hand and Shuttle, puis à son commentaire sur les enfants, qui ne valent pas toute la peine que l'on se donne. J'ai eu le sentiment qu'elle était la toute première personne que je pouvais considérer comme une amie, mais au fond, que savais-je véritablement d'elle ?

Comme si elle avait pressenti qu'on l'épiait, Alice a bougé sur son étroit matelas, en poussant un gémissement. Je l'ai regardée s'installer dans sa nouvelle posture, quand soudain elle s'est raidie, les mains agrippées aux couvertures.

— Laissez-la, a-t-elle gémi à mi-voix. Laissez-la.

Avant que j'aie pu décider si je devais ou non la réveiller, elle s'est apaisée subitement, le corps relâché, le visage serein, et elle a de nouveau glissé dans les bras de Morphée.

Les mains posées à plat sur le ventre, j'ai contemplé le ciel d'encre s'assombrir juste avant de s'éclaircir ; ce n'est qu'au premier sifflet des oiseaux saluant l'aube que j'ai senti mes paupières s'alourdir et que je suis retournée m'allonger sous les draps, désormais froids.

★

Le matin suivant, notre petite tablée était d'humeur bien maussade. Alice avait fait mine de prendre le déjeuner avec les domestiques, mais je lui avais demandé de se joindre à ma mère et à moi, et, devant son refus, j'avais insisté. Elle et ma mère, aussi mécontentes l'une que l'autre, étaient assises, l'air pincé, tandis que les domestiques s'affairaient au service autour d'elles. Après les œufs, ils ont apporté le pain, qui ne ressemblait pas à celui auquel j'étais habituée. Je me suis alors souvenue de ce que la servante avait dit la veille, à savoir qu'ils n'avaient que du pain bis, produit non pas à partir de farine de blé, mais de farine de son.

J'ai poussé un bâillement en me grattant sous mes vêtements et ma coiffe, qui me serraient aux entournures. Alice a entamé un œuf du bout des lèvres.

J'en ai pioché un dans le bol et soupesé, un instant, sa rondeur tiède dans le creux de ma main. À côté de sa chair blanche, ma peau semblait jaunâtre.

— Fleetwood, ton œuf ne te convient pas ? s'est impatientée ma mère.

J'en ai mordu une bouchée. Contre toute attente, l'œuf avait une saveur salée et une consistance ferme des plus délicieuses, sans comparaison avec la coction aqueuse et flasque que l'on me servait à même la coquille à Gawthorpe. Une démangeaison sur mon bras m'a néanmoins forcée à le reposer, le temps de frotter vigoureusement ma peau à travers le tissu de ma robe.

— Fleetwood, s'est agacée ma mère. As-tu donc des poux ?

L'espace d'un instant, j'ai pensé la même chose, même si je n'avais rien décelé. Pourtant, j'avais l'impression que l'on me chatouillait toute la surface de la peau, des chevilles aux oreilles. Je me suis gratté le cou, le visage, les poignets et les mollets sous mes bas : chaque parcelle accessible de mon corps.

— Peut-être bien, ai-je concédé.

C'étaient pourtant les pauvres et ceux qui étaient sales qui attrapaient des poux, pas des gens comme moi, qui chaque jour me frottais la peau avec un morceau de lin et appliquais une touche d'huile de rose à mes poignets et sur ma gorge.

— Mange ton déjeuner, m'a ordonné ma mère. Si seulement tu avais l'appétit de ta sage-femme.

La pique a fait rougir Alice, qui a instantanément cessé de beurrer son pain pour reposer lentement son couteau.

— Je préfère le pain blanc à cette miche de mauvaise qualité.

J'espérais que ma riposte la ferait rougir à son tour et, en effet, j'avais fait mouche.

Pourtant, j'étais de mauvaise foi : son pain bis, chaud et nourrissant, se mariait délicieusement au beurre fait maison. Brusquement, les démangeaisons ont repris de plus belle, et je me suis levée d'un bond, en faisant claquer mon couteau sur la table, pour soulager l'arrière de mes jambes.

— Fleetwood !

— Je ne sais pas ce qui m'arrive.

J'ai glissé un doigt dans le dos de ma robe, mais le soulagement a été de courte durée, tant les démangeaisons redoublaient déjà sur le bras que je venais tout juste de gratter.

— Tiens-toi correctement et arrête de te donner en spectacle.

— Ça ne m'est jamais arrivé et à peine suis-je chez vous que je me mets à avoir des démangeaisons de la tête aux pieds. Faites-vous laver le linge de lit, Mère ?

— Évidemment, mais quelle question !

— Il faut que je retire ma robe, ai-je décrété en sortant de table pour regagner le couloir. Jill, vous voudrez bien m'aider ?

Alice a eu l'air soulagée d'abandonner le déjeuner et m'a emboîté le pas pour quitter la salle à manger en direction de l'escalier. J'avais hâte qu'elle dénoue les lacets de mon vêtement qu'elle avait terminé de serrer à peine une heure plus tôt.

— Faites vite, je vous en prie !

Ma robe est enfin retombée autour de mes chevilles – je m'en suis promptement éloignée d'un grand pas –, bientôt suivie par mon corset et mon vertugadin qui m'ont libéré le buste et les hanches. Quand enfin j'ai pu m'asseoir pour dénouer mes bas, j'ai tiré sur les manches de mes sous-vêtements pour labourer mon épiderme du bout des ongles. Une main sous ma chemise de nuit, j'ai touché la peau de mon ventre, qui m'a semblé dure et lisse là où elle était toute molle auparavant. J'ai retiré une pince de mes cheveux pour me gratter la nuque.

Alice me regardait faire et se caressait le cou d'un air pensif.

— Peut-être qu'un bain vous ferait du bien ? a-t-elle suggéré.

On a fait monter une baignoire et des cruches d'eau de la cuisine. Puis une femme de chambre a frappé à la porte pour déposer un pain de savon. Confectionné à la maison, il était de couleur noire et de texture douce, contrairement aux barres blanches et compactes que nous achetions dans le commerce. Je n'ai pas osé demander à Alice de se détourner pendant que je terminais de me déshabiller mais, fort heureusement, elle a eu la présence d'esprit de le faire. Tandis que mes sous-vêtements rejoignaient la pile de mes habits sur le sol, je m'attendais presque à voir ma peau et mes habits grouiller de petites bestioles noires, mais il n'y avait rien. J'avais la sensation que toute la surface de ma peau était à vif, pourtant après inspection, elle s'est révélée parfaitement immaculée. Je me suis mise à rire. Alice s'est retournée à moitié du lit d'appoint.

— Que se passe-t-il ?

— Je n'ai rien. Pas de poux. Pas de rougeur. Je dois perdre la tête.

Je me suis glissée dans la baignoire et empressée de m'asperger d'eau, qui a instantanément éteint mes démangeaisons, telles de petites flammèches qui me léchaient la peau.

— Préférez-vous que je sorte ? a demandé Alice, toujours face au mur.

— Non, restez.

Dos à moi, elle a replié les jambes sous son corps pour s'installer plus confortablement. Dans la baignoire, les vaguelettes se sont calmées et j'ai pu contempler mon ventre, bien plus rond que lors de mon dernier bain. Je ne voyais plus la touffe de poils rêches sous son repli. J'ai frotté le pain de savon sur ma peau, qui s'est mise à luire comme une anguille et les irritations se sont estompées. J'ai rempli une cruche d'eau que j'ai renversée sur ma tête, puis j'ai fait mousser le savon dans mes cheveux jusqu'à ce qu'ils forment une grosse masse emmêlée. L'eau clapotait doucement autour de moi et je me suis laissée aller à un soupir et à la réflexion qui m'absorbait depuis la partie de chasse avec Richard et Roger, en cette brumeuse journée d'avril.

— Alice, avez-vous connaissance des esprits familiers ?

J'ai entendu son poids se déplacer sur le lit.

— Oui.

— Jennet Device m'a dit que sa mère avait un chien, et j'ai vu un chien avec elle quand vous étiez...

Alice a cessé tout mouvement.

— Quand je faisais quoi ?

J'ai avalé ma salive. Alice a pivoté la tête par-dessus son épaule et m'a fixée droit dans les yeux de son regard cristallin.

— Quand je faisais quoi ?

— Alice, ne regardez pas.

J'ai essayé de couvrir mon corps, mais ses yeux ne se détachaient pas de mon visage.

— Vous m'avez épiée ?
— Non.
— Quand ça ?
— C'est… je suis sortie à cheval pour aller à votre rencontre. Je vous ai vue avec elle dans la forêt.

Elle s'est retournée vers l'âtre et s'est saisie du tisonnier qu'elle a enfoncé dans les éclats de charbon.

— Qu'avez-vous entendu ?
— Rien.
— Pourquoi ne pas vous être manifestée ?
— C'est que… j'avais peur. D'elle. De la femme. Elizabeth Device.
— Pourquoi ?
— Ses yeux. Ils me terrifiaient.

Quelle vision effrayante que celle qui m'était apparue, tournée vers moi, ses yeux lançant des regards fous dans tous les sens ! J'ai poursuivi :

— Sa fille, Jennet. Je n'arrive pas à comprendre pourquoi Roger croit tout ce qu'elle lui raconte. Quelle idée ! C'est à peine une enfant.

En prononçant ces paroles, j'ai songé à celle que j'étais au même âge, et au soin que j'avais pris de tenir secret ce qui m'était arrivé, sachant que personne ne me croirait. Mais la situation n'était pas la même : les récits de Jennet regorgeaient de magie et d'esprits, comme un conte pour endormir les enfants.

— Peut-être a-t-il envie de la croire. Peut-être lui souffle-t-il ce qu'elle doit raconter.
— Roger ne ferait jamais une chose pareille.
— Qu'en savez-vous ?

— C'est un homme bon. Il est généreux avec nous.

Mais mes arguments sonnaient faux. Roger était-il, lui aussi, au courant que Richard avait une maîtresse ? La trahison n'en serait que deux fois plus cuisante et pire encore que celle de ma mère. Il nous surnommait les tourtereaux. Soit il ne savait rien de la situation, soit son attitude était d'une profonde cruauté.

— Alice, je suis désolée de vous avoir observée à la dérobée, ce n'était pas mon intention, ai-je concédé au bout d'un long silence.

Mes réflexions se brouillaient dans mon esprit ; j'avais besoin d'en démêler l'écheveau pour suivre chaque fil séparément. D'un geste machinal, Alice a ôté un grain de poussière de sa jupe. Sa vieille robe avait besoin d'être raccommodée et lavée, sa coiffe amidonnée, et j'ai décidé de m'en occuper pendant notre séjour ici. Je me suis demandé à quand remontait son dernier bain et si elle aussi brûlait d'envie de se laver.

— Alice, souhaitez-vous prendre un bain ?
— Non, merci.
— Je peux faire monter de l'eau.
— Je sens mauvais ? s'est-elle irritée. Pensez-vous que c'est moi qui vous ai donné des poux ?
— Non, bien sûr que non. Il n'y a pas de poux. Je les ai imaginés...

J'ai jeté un œil à la pile de mes vêtements blancs qui jonchaient le sol, en vérifiant une nouvelle fois qu'aucun insecte ne grouillait dans leurs plis.

— Alice, trouvez-vous que j'ai la peau jaune ?

Elle m'a lancé un regard dédaigneux.

— Je ne sais pas – elle n'a jamais l'air en bonne santé, en tout cas.

Son attitude était pleine de rancœur et pour la première fois, je me suis demandé si j'avais bien fait de la prendre avec moi. Quelque chose avait changé depuis le jour où Richard avait laissé entendre qu'elle avait volé mon collier. Il n'en restait pas moins que j'avais l'habitude d'être traitée avec respect. Or Alice me parlait d'égale à égale. Pourtant, à bien y réfléchir, je n'y voyais pas d'inconvénient.

Je me suis aspergée d'eau une dernière fois, puis me suis levée. Ce faisant, j'ai croisé mon reflet dans le miroir de la commode. Mes cheveux en bataille, agrégés autour de mes oreilles, me faisaient penser à des nids d'oiseaux. Mes mamelons étaient gonflés et cerclés de noir, leurs aréoles aussi étaient sombres, tout comme les cernes sous mes yeux. Je me suis essuyée avec des morceaux de lin propre avant de m'envelopper dans une serviette de bain et de m'asseoir sur le lit. Alice n'avait pas bougé. Sans doute aurait-elle préféré être ailleurs, mais où ? Quelque chose me disait que ce qu'elle avait laissé derrière elle ne lui manquait pas. De toute façon, elle ne pouvait pas rebrousser chemin, à présent, c'était trop dangereux. Peut-être se languissait-elle du seul endroit où je ne l'avais pas imaginée : dans les bras de son amant, sous des draps élimés, ou confortablement installée au côté de son père par une belle soirée de printemps.

— Alice, dites-moi, ai-je commencé en enfilant une robe toute propre, je vous empêche de voir votre père ?

— Non.

— Ou quelqu'un d'autre ?

Elle a secoué la tête en signe de dénégation, et j'ai repris, hésitante :

— L'homme à la taverne...

Elle a brusquement tourné la tête vers moi.

— Vous l'avez vu ?

Pour la deuxième fois, j'ai avoué l'avoir observée à son insu. J'ai senti mes joues s'empourprer légèrement quand j'ai hoché la tête.

— Dans le couloir, au moment où il partait. Vous a-t-il inquiétée ?

— Je ne veux pas en parler.

Elle s'est détournée pour me cacher l'expression de son visage.

Je me suis peignée, puis j'ai ramassé mon corset emmailloté de soie couleur perle. D'un geste songeur, j'ai donné des petits coups de poing dans l'armature rigide, avant de décider de ne pas le porter sous ma robe. Je ne supportais plus l'étreinte du busc dur sur mon ventre. Alice a remarqué mon geste.

— N'en avez-vous pas assez de porter des vêtements que vous ne pouvez enfiler seule ?

— Non, ai-je répondu sincèrement. Après tout, je ne m'habille qu'une fois par jour. À part aujourd'hui.

Nous avons échangé un sourire, et j'ai eu le sentiment qu'elle m'avait pardonné. Nous avons entendu frapper à la porte, et une domestique est venue retirer l'eau du bain, tandis qu'une autre apportait des biscuits sucrés et du lait chaud, que j'ai partagés avec Alice. Elle m'a avoué qu'elle avait mieux mangé au cours des dernières vingt-quatre heures qu'en une année. Nous sommes restées un instant à déguster les biscuits, dont j'ai glissé quelques miettes à Puck. Les lèvres constellées de cristaux de sucre, les cheveux lavés et démêlés, dans ma robe propre, j'aurais aisément pu oublier la raison de ma présence en ces lieux. Cependant, je ne le pouvais pas. Alice était avec moi parce que j'étais enceinte et si moi aussi je me trouvais dans cette chambre spacieuse et gorgée de lumière à quelque vingt-cinq lieues de chez moi, c'était parce que mon mari avait une maîtresse. Pourtant, au milieu de ce désastre, je ne me sentais pas totalement désespérée. Pas encore, en tout cas.

Ma mère n'a pas tardé à arriver. En voyant Alice assise sur son lit, les jambes repliées sur le côté, une tasse de lait sur ses jupes parsemées de grains de sucre, elle n'a pas caché son mécontentement. Alice s'est rassise correctement en rougissant.

— Vas-tu te rhabiller, aujourd'hui, Fleetwood ?
— Peut-être.

J'ai vu ses yeux se poser furtivement sur mon ventre, dont la rondeur était soulignée par mon fourreau qu'aucune épaisseur de soie, de velours ou de laine ne venait dissimuler.

— N'avez-vous pas de bois de chauffage ? Ce charbon peine à chauffer la pièce. À force de nous pencher sur les braises, nous ressemblons à deux servantes.

Ma mère m'a foudroyée du regard.

— Nous sommes économes dans cette maison. Si tu préfères le feu de bois, je peux aller te chercher une hache.

Nous avons échangé un regard glacé, après quoi elle est partie, refermant la porte derrière elle.

— Pas de bois, pas de blé et pas de bougies en cire, ai-je énuméré à voix haute. Je vais finir par croire que ma mère devient pingre avec l'âge.

Alice a tisonné les braises dans l'âtre.

— D'où lui vient son argent ? a-t-elle demandé.
— Je n'ai jamais réfléchi à la question... De nous, j'imagine.

Le chant d'un oiseau a résonné avec clarté de la voûte des arbres qui se déployait sous la fenêtre. « Nous ». Pour moi, ce mot avait toujours renvoyé à mon couple, alors que, tout du long, mon mari avait vécu une double vie. À laquelle de ses deux femmes pensait-il en premier ? J'ai retiré puis remis mon alliance. J'ai refait ce geste plusieurs fois. Encore et encore.

— Vous avez grandi ici ?
— Ici ? Non. J'ai grandi à Barton. Ma mère habite ici depuis quelques années seulement.
— Barton ? Mais n'est-ce pas là…
— Si.

Elle a écarquillé les yeux.

— Votre mari loge sa maîtresse dans votre maison ?
— Je ne considère pas cet endroit comme ma maison, mais oui.
— Et pourquoi pas ?

J'ai senti son regard doré peser sur moi.

— Je n'y ai pas de bons souvenirs.

Elle a laissé échapper un rire, puis a de nouveau replié ses jambes sur le lit.

— Comment peut-on ne pas avoir de bons souvenirs dans un manoir ? N'aviez-vous pas d'élégantes robes, des mets raffinés et des domestiques ?

Je suis restée de marbre. Un peu plus tôt, elle m'avait donné un aperçu de sa vie – par le trou de la serrure, certes, mais c'était un premier pas. À présent, elle attendait que je décide de ce que j'allais lui dévoiler, et son regard intelligent scrutait mon visage. J'ai poussé un soupir et l'ai imitée en croisant les jambes à mon tour.

— Mon père est mort quelques années après ma naissance. Je n'ai pas de souvenir de lui. Par la suite, nous avons été seules, ma mère et moi. Je n'avais pas de compagnons de jeu, ni cousins ou cousines, ni qui que ce soit, à part mon oiseau, Samuel. Un jour, j'ai laissé la cage de Samuel trop près de la cheminée et il est mort. C'était mon seul ami. J'ai eu une enfance malheureuse. Chaque fois que je me comportais mal, ma mère me menaçait de m'envoyer chez mon mari. J'aurais dû prendre un autre animal de compagnie, mais je ne l'ai pas fait.

— Votre mari ? Vous voulez dire Richard ?

— J'ai été mariée avant Richard.

Avant que je puisse l'endiguer, le souvenir que je m'efforçais de toutes mes forces d'occulter a surgi en pleine lumière : le petit salon, les jupes de ma mère qui disparaissent dans le couloir, la voix grave et éraillée de mon mari : « Viens ici, Fleetwood. » L'étreinte de sa grande main qui me fait asseoir sur ses genoux.

— Vous avez été mariée *avant* ? Donc vous étiez... Vous avez divorcé ?

— Juste ciel, non. Le mariage a été annulé pour que je puisse épouser Richard. Ma mère a décrété que les Barton et les Shuttleworth offraient une alliance plus profitable. Si Richard n'avait pas donné son accord, je serais encore mariée à M. Molyneux.

Je n'avais pas prononcé son nom à voix haute depuis si longtemps.

— Et je ne crois pas que c'était un homme bien, ai-je conclu.

Alice, pensive, s'était tue.

— Quel âge aviez-vous pour vos premières noces ? a-t-elle fini par demander.

— Quatre ans.

Alice est restée un instant sans voix, avant de se ressaisir :
— Et lui ?
— La trentaine.
— Quelle horreur, a-t-elle murmuré.
— Je ne l'ai vu que deux fois : la première à Barton, et la seconde à notre mariage. Après ça, ma mère m'a ramenée à la maison, en attendant que je sois prête à être sa femme. Fort heureusement, ce jour n'est jamais arrivé.

Le visage d'Alice exprimait une compassion profonde, à laquelle s'ajoutait autre chose : une lucidité grave, comme si elle aussi connaissait la marche du monde, pour en avoir été témoin à sa façon. J'ai réprimé un rire.

— Pourquoi cette tête ? Pensiez-vous que je pouvais choisir mon mari ? Faire de l'œil à quelqu'un à la taverne ?
— Je suppose.
— Le fait est que, si j'avais pu, j'aurais quand même choisi Richard.
— Vous devez l'aimer beaucoup.
— Oui. Il m'a délivrée d'un avenir qui aurait été très différent, et il m'en a offert un autre. Je n'ai pas eu mon mot à dire. Mais vous, vous avez de la chance. Vous pouvez choisir la personne de votre cœur.

Elle m'a gratifiée d'un mince sourire.
— C'est bien la première fois qu'on me dit chanceuse.
— Côtoyez-vous beaucoup d'hommes à l'auberge ?
— Beaucoup d'ivrognes, oui.
— L'embarras du choix, en somme.

Nous avons ri, et un silence agréable s'est installé entre nous. Je me suis demandé si l'amitié ressemblait à cela.

— Je ne me vois pas rentrer à la maison, ai-je avoué au bout d'un moment.

— Qu'allez-vous faire ?

— Je n'en ai pas la moindre idée, ai-je concédé en tournant mon alliance autour de mon doigt. Voulez-vous que je vous raconte une histoire ?

— Oui.

— Je ne connais pas son origine, mais les villageois de Barton, là où nous habitions, racontaient qu'un sanglier faisait des ravages dans la forêt. Mon père m'avait promise en mariage à celui qui tuerait l'animal. Il y a eu une battue et le jour de la Saint-Lawrence, l'aîné des Shuttleworth l'a tué. Au village, il existe une auberge du nom de Boar's Head[1], même si j'ignore laquelle, de l'auberge ou de l'anecdote, vient en premier.

Alice avait l'air interloquée :

— Mais votre père est décédé avant que vous…

— C'est une histoire, rien de plus. Et vous connaissez la meilleure ? J'ai la hantise des sangliers.

— Pourquoi ?

J'ai haussé les épaules.

— Je fais des cauchemars, dans lesquels ils me prennent en chasse. J'ai dû entendre cette histoire quand j'étais enfant parce que, aussi loin que je me souvienne, j'ai toujours eu peur d'eux. Il y a trois sangliers sur les armoiries familiales des Barton.

Je ne m'étais jamais autant ouverte, à part à Richard, et je me sentais à nu. Alice restait silencieuse.

---

1. La Tête de Sanglier.

— Je parie que vous n'avez peur de rien, ai-je lancé.

— Bien sûr que si, a-t-elle rétorqué en tirant sur un fil lâche de son tablier. J'ai peur des mensonges.

★

Cette nuit-là, aux petites heures du matin, je me suis réveillée en sursaut. La chambre était plongée dans le noir et il flottait une légère odeur de bougie. Quelque chose m'avait tirée du sommeil – un bruit, un mouvement. Peut-être était-ce Puck, il dormait parfois dans la chambre avec nous. J'ai de nouveau fermé les paupières en essayant de me rallonger confortablement sans réussir à dissiper la sensation qu'on m'observait. J'ai repoussé les couvertures pour me glisser au bord du lit et jeter un œil à Alice. Quand mes yeux se sont habitués à la pénombre, j'ai pu distinguer les draps dont la blancheur luisait faiblement sous la lune. L'étroit lit d'appoint était vide.

Soudain, un bruit, comme un souffle d'air, a fendu le silence derrière moi. Instantanément, j'ai su que je n'étais pas seule dans la chambre. Je me suis retournée lentement en fouillant l'obscurité du regard. J'ai cru bondir d'effroi en discernant une grande silhouette, vêtue d'une chemise de nuit blanche, qui se tenait à côté de ma tête de lit. J'ai senti un cri s'étrangler dans ma gorge.

— Alice ? ai-je murmuré dans un souffle.

Le sang battait dans mes oreilles, noyant le son de ma propre voix.

Elle n'a pas bougé, à peine a-t-elle oscillé. Son visage, plongé dans le noir, se dérobait à mon regard.

— Alice, ai-je répété d'une voix plus forte. Vous me faites peur.

Sans un bruit, elle est retournée se coucher dans son lit. Il a fallu une éternité pour que mon cœur affolé se calme et quand je me suis rendormie, le contour des fenêtres apparaissait dans la lumière de l'aube.

★

Le lendemain matin, j'ai interrogé Alice pendant qu'elle faisait sa toilette à l'aide de bandelettes de lin.
— Vous souvenez-vous de ce qui s'est passé la nuit dernière ?
Elle m'a regardée fixement.
— Vous étiez debout devant mon lit.
— C'est vrai ?
— Oui. Vous m'avez fait une peur bleue. J'ai cru que mon cœur allait flancher.
Elle a eu l'air surprise et m'a avoué n'avoir aucun souvenir de l'incident.
— Êtes-vous somnambule ?
— Oui, mais seulement...
Elle s'est tue, et a repris sa toilette.
— Seulement quoi ?
— Rien.
Quelques nuits plus tard, je me suis réveillée avec la même sensation et, une fois encore, Alice se tenait devant moi, spectrale dans la blancheur de la lune ; et quelques nuits plus tard, encore. La scène était profondément troublante car, chaque fois, j'avais l'impression qu'elle me protégeait. Contre quoi, sans doute Alice elle-même n'aurait su le dire.

★

La cuisinière de ma mère s'appelait Mme Knave. C'est grâce à elle que mon appétit est revenu, après un long hiver en berne. Elle m'a nourrie à grand renfort de tartes aux pommes, de pain beurré, de biscuits, de pain d'épice et de massepain. À table, elle nous régalait de soufflés de saumon à la sauce au persil, de tartes d'huîtres et de viande de bœuf tendre et rose en son cœur ; le tout accompagné de carottes fondantes et de friands au fromage qui me brûlaient la langue. Chaque soir, je buvais de la *rosa solis* et petit à petit, mes joues caves ont repris des couleurs. Pas une seule fois je n'ai été malade. À la suite de ma conversation avec Alice concernant l'argent du ménage, j'ai fait remplacer le charbon des cheminées par du bois, et les chandelles de suif par de la cire, en donnant l'ordre aux fournisseurs d'adresser les factures directement à Richard.

Un matin, les mouvements dans mon ventre m'ont réveillée avant le lever du jour. Je suis restée allongée, les mains à plat sur la rondeur de ma peau tendue comme un tambour, à m'étonner de cette sensation. J'ai écouté la respiration régulière d'Alice tandis que les paroles du Dr Jensen me revenaient en mémoire, comme souvent à ces petites heures solitaires du jour. J'ai fini par me lever pour m'asseoir à la fenêtre. Le ciel était d'un bleu profond magnifique, mais l'armée d'arbres qui encerclait le manoir était encore plongée dans l'obscurité. Au-delà de la forêt se dressait le village.

Il faisait chaud dans la chambre et, après la nuit, elle sentait le renfermé. J'ai enfilé ma cape par-dessus ma chemise de nuit et gagné le couloir plongé dans le silence. À l'autre extrémité, la porte de la chambre de ma mère était fermée. Sans faire de bruit, je suis descendue dans la cuisine. J'avais la bouche sèche et je mourais d'envie de me désaltérer d'une poire mûre ou d'un abricot juteux. J'ai pioché une poire dans un panier posé par terre et gagné la porte de service, dont j'ai tourné la clé pour sortir sur le perron tandis que l'aube se levait au chant des oiseaux sous le dais sombre de la forêt. J'ai croqué dans la poire dont le jus a dégouliné sur mon menton et mes mains et suis restée un instant, seule sous le vaste ciel, à ressasser le fil des événements. Hélas, j'aurais tant voulu que mon esprit profite de cet instant de quiétude. Soudain, mon ventre a ondulé sous les assauts des minuscules pieds et mains qui le cognaient.

— Bonjour, ai-je murmuré. Veux-tu regarder l'aube avec moi ?

Ma peau me démangeait encore et je l'ai distraitement grattée, absorbée par un mouvement à l'orée du bois. Un animal zigzaguait entre les arbres. Dans la lueur matinale, il semblait avoir la même couleur que Puck, mais je savais que mon chien dormait pelotonné sur le tapis de Turquie. Je me suis figée contre le mur de la maison et j'ai observé l'animal qui tournait entre les arbres, comme s'il cherchait à rallier la maison sans être vu. C'était un renard. Il a soutenu mon regard, un instant. Chacun de nous attendait que l'autre bouge en premier, lorsqu'un oiseau de grande taille, un freux ou un corbeau, a surgi de la cime des arbres à grand renfort de battements d'ailes et de croassements matinaux. Le temps que je baisse de nouveau les yeux, le renard avait disparu, mais son apparition m'évoquait une autre image. Ce n'est qu'une fois à l'étage, en voyant Alice faire son lit, que j'ai compris laquelle. Quand je suis entrée dans la chambre, elle a levé les yeux, et instantanément j'ai fait le lien : ils avaient la même couleur que ceux d'un renard, comme des pièces de monnaie dans un rayon de soleil.

CHAPITRE 12

Ce jour-là, deux lettres sont arrivées en même temps : une pour moi et une pour ma mère, les deux signées de Richard. Bien qu'il ne s'agît que de bouts de papier, j'ai eu l'impression que Richard en personne venait de faire irruption parmi nous, alors qu'il n'était pas le bienvenu. Son écriture penchée avait toujours l'air d'avoir été tracée à la va-vite, quand bien même il pouvait passer une après-midi entière à rédiger un courrier, et voilà qu'elle s'imposait à moi, sous la forme de mon nom tracé noir sur blanc. Si ma mère a décacheté sa lettre sans tarder, j'ai glissé la mienne dans ma poche.

Alice était dehors. Elle avait pris l'habitude de passer du temps dans les bois à chercher des plantes qu'elle pourrait faire pousser dans le jardin potager et je me surprenais souvent à jeter un œil par la fenêtre pour la regarder, agenouillée dans la terre, ses jupes repliées sous ses jambes, sa coiffe blanche s'agitant sur fond de verdure. Quelques jours après le début de mes démangeaisons, je l'ai vue sortir du potager et gagner la porte de la cuisine, chargée d'une poignée de feuilles vertes et plates qu'elle a ensuite montées dans ma chambre. Elle m'a recommandé de me frotter avec là où ça me démangeait. Peu de temps après, cette gêne a totalement disparu et ma peau a recouvré une blancheur de lait.

— Dans la calèche qui nous amenait ici, vous avez dit que les enfants ne valent pas toute la peine que l'on se donne.

Je me tenais dehors et la regardais travailler le sol. Son visage était barbouillé de terre. Accroupie sur ses talons, elle a passé le revers de sa main sur son visage, que son activité faisait briller de sueur malgré la fraîcheur de cette journée de printemps.

— Et pourtant, vous voici en train de semer des plantes pour aider un enfant qui n'est pas encore de ce monde, ai-je observé. Je me demande si vous avez peur d'en avoir à cause de ce que vous savez sur l'accouchement. Habituellement, les sages-femmes sont vieilles et ne sont plus en âge d'avoir des enfants, en tout cas celles que j'ai pu côtoyer.

— C'est possible.

Elle avait l'air à la fois pensive et distraite. Elle a arraché une mauvaise herbe, qu'elle a jetée dans son panier et j'ai décidé de retourner à l'intérieur, car la brise avait fraîchi, mais elle a repris la parole.

— Combien d'enfants aimeriez-vous avoir ?

J'ai serré les bras autour de ma poitrine.

— Deux. Pour qu'ils ne soient jamais seuls comme je l'ai été.

— Un garçon et une fille ?

— Deux garçons. Je ne souhaite la vie de fille à personne.

★

La lettre de Richard est restée au fond de la poche de ma robe et m'est sortie de l'esprit, mais ma mère n'a pas manqué, deux jours plus tard, de décréter qu'il s'était écoulé un délai convenable depuis sa réception pour pouvoir aborder le sujet de mon mari. Je l'ai su, sans l'ombre d'un doute, à sa manière de reposer sa petite cuillère ; elle se délectait déjà de prononcer son prénom.

— Fleetwood. As-tu pensé à ton retour à Gawthorpe ?
— Non.
— Tu n'y as pas réfléchi ?

J'ai jeté un œil à Alice, assise en face de moi, qui remuait distraitement le miel dans son gruau d'avoine.

— Pas du tout.
— Dans ce cas, dis-moi, à quoi as-tu réfléchi ? a demandé ma mère.

Jusqu'alors, je n'avais pas fait attention à l'exemplaire de la bible du roi Jacques posé sur la table à côté de son assiette. Voyant que je l'avais remarqué, elle l'a soulevé et ouvert à une page tenue par un ruban.

— Pendant que nous prenons notre repas, méditons l'Évangile selon saint Luc. « Ne jugez point, et vous ne serez point jugés ; ne condamnez point, et vous ne serez point condamnés ; absolvez, et vous serez absous. »

Sa lecture terminée, elle a reposé le livre à côté de son assiette et s'est de nouveau saisie de sa petite cuillère.

— Que penses-tu de ce passage, Fleetwood ?

J'ai fait mine de réfléchir tout en me passant la langue sur les dents.

— Je pense qu'il est remarquable que le roi, avec cette bible, assure sa présence dans chaque foyer et dans toutes les bibliothèques. Il nous encourage à ne pas condamner les autres, pourtant lui-même ne semble pas s'adonner à grand-chose d'autre. Les papistes, les sorcières...

— Ce n'est pas le roi qui a *écrit* la Bible, Fleetwood. C'est la parole de Dieu. Le roi écrit sur les sorcières dans ses propres publications.

— Vous m'en direz tant !

Ma mère s'est levée et a quitté la pièce pour revenir quelques instants plus tard, avec un mince volume relié en vélin noir, qu'elle m'a tendu. J'ai poussé mon assiette et soulevé la couverture souple de l'ouvrage. Le mot « Démonologie » était imprimé sous un dessin à l'encre représentant le diable. Des flammes léchaient son corps et d'immenses ailes se déployaient derrière lui. J'ai levé les yeux sur ma mère, qui m'a fait signe de lire.

« Écrit par le haut et puissant prince James », ai-je lu.

Alice avait les yeux rivés sur l'ouvrage et je me suis souvenue qu'elle ne savait pas lire.

— Qu'est-ce que ça dit ? m'a-t-elle interrogée.

J'ai tourné la page et poursuivi la lecture des écrits du roi.

— « L'inquiétante abondance, dans notre pays à notre époque, de ces détestables esclaves du diable, les sorcières et les enchanteurs, m'incite, cher lecteur, à vous écrire cette note, ce traité de ma main... » Il a écrit un livre sur la sorcellerie ? ai-je demandé à ma mère en feuilletant ce qui avait l'apparence d'un traité des plus rigoureux.

— Il y a une vingtaine d'années, un navire sur lequel il se rendait en Écosse a été maudit par la sorcellerie. Il a promptement jugé une centaine de sorcières pour faits de trahison. En Écosse, il se tient vingt procès de sorcellerie par an. Récemment, une parente éloignée du garçon d'écurie a été exécutée ; ici dans le Westmoreland, nous sommes proches de la frontière. Ton ami Roger Nowell ne fait que vivre avec son temps, Fleetwood. L'exécution des hérétiques n'a rien d'inédit.

L'écriture en pattes de mouche de Roger a surgi dans mon esprit : *et Alice Gray, également de Colne.*

Depuis mon arrivée ici, je n'avais eu aucun mal à occulter cette affaire. À la réflexion, je me suis demandé si la petite Jennet demeurait encore à Read Hall.

— En revanche, la définition des sorcières est inédite, a rétorqué Alice en s'adressant directement à ma mère. Ce sont des personnes pacifiques, qui mènent la même existence depuis des siècles. Ce n'est que depuis l'accession de ce roi au trône que les gens ont peur. Vous-même, n'avez-vous jamais eu recours à une guérisseuse ?

Ma mère s'est mise à trembler de rage.

— Comment osez-vous m'adresser la parole de la sorte sous mon propre toit ? Êtes-vous sage-femme ou quelque sommité politique ?

J'ai lancé à Alice un regard d'avertissement. La rougeur grignotait la blancheur de son cou.

— Jill essaie simplement de dire que toutes les femmes accusées de sorcellerie ne sont pas forcément coupables, me suis-je empressée de rectifier.

La gorge de ma mère était également marbrée de taches écarlates.

— Vous défendez ces adoratrices du diable qui exercent leur sorcellerie avec force sang, cheveux et ossements ? Qu'y a-t-il de pacifique à de telles pratiques ? Ce sont des impies.

Alice avait baissé les yeux sur la table – elle savait qu'elle avait commis un impair.

— Ça suffit, a décrété ma mère en lissant sa serviette sur ses genoux avant de tourner son attention vers moi. Reprenons notre discussion : quand vas-tu rentrer dans le Lancashire, auprès de ton mari ? Tu as eu le temps de réfléchir et il est plus que raisonnable que tu le retrouves. Tu es son épouse et la place d'une épouse est auprès de son mari, pas chez sa mère.

— Et si Richard avait installé cette femme chez moi ?

— Il ne ferait pas une chose pareille.

— Donc, je suppose qu'elle va continuer à habiter notre ancienne demeure ?

— Et où veux-tu qu'il la mette ? Elle n'habite pas ta paroisse, elle ne risque pas de te déranger. Elle est loin des yeux, loin de la pensée.

J'ai jeté la bible sur la table.

— Elle n'est pas loin de *mes* pensées à moi ! C'est peut-être le cas pour vous, mais ce n'est pas *votre* époux qui a pris une maîtresse. Comment pouvez-vous défendre cette femme ? Et lui ? S'il est à ce point vertueux, pourquoi meuble-t-il votre maison comme si vous étiez une femme de paysan ?

— Je me contente de mon sort et tu serais bien avisée de faire de même, a-t-elle rétorqué froidement. Je ne serais pas étonnée que ton mauvais caractère l'ait incité à aller voir ailleurs.

— Ce qui l'a incité à aller voir ailleurs, c'est la nécessité d'avoir un héritier, et le fait que sa femme soit incapable de lui en donner un.

Mes yeux me piquaient et j'avais la gorge nouée.

— Fleetwood, crois-tu que Richard soit le premier homme à avoir une maîtresse et un enfant illégitime ?

Une démangeaison fantôme m'a couru sur le cuir chevelu et le cou. Je me suis empressée de la soulager.

— Si ça continue, vous allez m'annoncer que Père en avait vingt.

— Bien sûr que non. Mais mon père, oui.

Je l'ai dévisagée.

— Mon père avait trois épouses, et toutes lui ont donné un enfant avant d'être mariées. Quand les deux premières sont mortes, la suivante était prête à venir vivre à la maison. Pas moi. Mais j'ai eu beaucoup de frères et de sœurs. Le testament de mon père faisait dix pages de long, il a légué quelque chose à chacun de nous.

— Donc, vous êtes en train de me dire, ai-je articulé lentement, que si je meurs, cette femme prendra tout bonnement ma place et s'installera chez moi avec ses enfants, et que personne ne se souviendra jamais de moi ?

— Mais tu t'entends parler ! s'est écriée ma mère. Ce n'est pas du tout ce que je suis en train de te dire. Tant que tu peux avoir des enfants, ta place dans cette famille t'est assurée. Donne un héritier à ton mari et plus personne ne se préoccupera de cette autre femme, de même qu'à travers toutes les autres demeures de ce pays, personne ne se préoccupe des centaines d'autres femmes et de leurs enfants illégitimes.

D'un geste brusque, elle a repoussé sa chaise, dont les pieds ont raclé le parquet dans un grincement, et elle est sortie de la pièce à grandes enjambées. J'ai attendu que le bruit de ses pas s'estompe sur les dalles de pierre, puis je me suis saisie de la bible et je l'ai jetée contre le mur.

★

Plus tard dans la même journée, le volume de *Démonologie* est réapparu sur le lit d'Alice. Quand elle est rentrée du jardin, les mains pleines de terre, je l'ai interrogée à ce propos.

— Je croyais que vous ne saviez pas lire.

— C'est vrai, m'a-t-elle répondu en versant l'eau de la cruche dans la vasque sur la commode. Je voulais le regarder de plus près. Vous voulez bien m'en faire la lecture ? Je veux savoir ce qu'il dit. Le roi.

— Pourquoi donc ?

Des vaguelettes d'eau marron ont léché les bords de la vasque tandis qu'elle se frottait les mains et les poignets.

— S'il vous plaît. Je n'aurais pas dû parler de la sorte à votre mère. Je suis allée trop loin.

— N'y pensez plus. J'ai déjà oublié.

Je me suis assise au pied du lit d'appoint d'Alice et j'ai feuilleté l'ouvrage.

— Je me demande bien pourquoi c'est écrit sous forme de dialogues.

Alice m'a regardée, déconcertée.

— Les dialogues sont les parties parlées dans les pièces de théâtre.

— Je n'ai jamais vu de pièce de théâtre.

J'ai ouvert le traité au chapitre quatre.

— Philomathès dit : « Mais, je t'en prie également, n'oublie pas de me présenter les rudiments du diable. »

— Les rudiments ? a répété Alice.

— Épistémon répond : « Je signifie par là les charmes du genre utilisés communément par des femmes sans cervelle pour délivrer du mauvais sort biens ou animaux ; pour les mettre à l'abri du mauvais œil… le pouvoir de faire passer les vers, d'arrêter les flux de sang, de guérir les chevaux boiteux, de faire tourner le sas ou d'accomplir d'innombrables choses du même genre en récitant des formules, sans jamais appliquer le moindre remède approprié sur la partie atteinte comme le font les médecins. »

— Qu'est-ce que cela signifie ?

— Agir seulement par la parole. Maudire. Soigner ou mutiler de loin. J'ai du mal à croire que le roi ait trouvé le temps d'écrire ce traité en régnant sur l'Écosse.

— Je ne comprends pas pourquoi il a choisi ce sujet. Cela dit, si je pouvais écrire un livre, je ne me gênerais peut-être pas, moi non plus, a affirmé Alice.

J'ai ri.

— Vous ? Écrire un livre ? Les femmes n'écrivent pas de livres. Et puis, avant toute chose, il faut apprendre à lire.

— Si vous pouvez écrire une lettre, pourquoi pas écrire un livre ?

— Alice, l'ai-je réprimandée avec douceur. Ça ne se fait pas.

Soudain, j'ai eu une idée.

— Avez-vous déjà vu votre prénom écrit en toutes lettres ?

Alice a secoué la tête.

— Vous voulez voir ?

Elle a hoché la tête avec enthousiasme. Je me suis emparée de la lettre de Richard, que je n'avais toujours pas ouverte, et j'ai sorti une plume et de l'encre du bureau d'angle dans la chambre de ma mère. Je suis retournée m'asseoir à côté d'Alice sur le lit d'appoint. Sur un quart du papier, délimité par le ruban du cachet, j'ai écrit le nom d'Alice. Puis j'ai soufflé sur l'encre avant de lui montrer. Elle a souri et m'a pris la feuille des mains, la soulevant comme si elle étincelait en pleine lumière.

— Qu'est-ce que ça dit ? a-t-elle demandé en montrant du doigt les lettres qui s'enroulaient au ruban rouge.

— Ça, c'est mon nom.

— Pourquoi tient-il plus de place que le mien alors qu'ils sont aussi longs à prononcer tous les eux ? Fleet-wood. A-lice.

— Ça ne marche pas comme ça. Chacune de ces petites choses est une lettre. A-L-I-C-E. Chaque lettre correspond à un son différent, mais quand on les dit ensemble, elles produisent encore un autre son.

Dans le carré de papier libre, en haut à droite de l'enveloppe, j'ai tracé son nom en grandes lettres espacées, après quoi je lui ai tendu la plume.

— Essayez donc.

Sa façon de l'empoigner m'a fait sourire.

— Non, pas comme ça.

Je lui ai montré comment tenir la plume. D'une main tremblante, elle a tracé le *A* dans un nouveau carré, suivi des autres lettres. J'ai éclaté de rire lorsqu'elle m'a dévoilé le résultat.

— Quoi ?

— Vous avez laissé un grand espace entre le *A* et les autres lettres. On dirait que vous avez écrit « a lice[1] ».

— A *lice* ? a-t-elle répété.

— Si vous séparez le *A* des autres lettres, « Alice » se lit « un poux » en anglais.

— Quoi ?

---

1. Jeu de mots sur *a louse* (un pou) et son pluriel irrégulier *lice* (des poux) : Alice a écrit *a lice,* soit « un poux ».

Ses traits se sont contorsionnés d'une manière irrésistible. Puis elle s'est fendue d'un sourire. Quelques secondes plus tard, nous nous tenions les côtes comme deux laitières folles, le visage baigné de larmes de rire.

— Entraînez-vous d'abord à écrire le *A*. Vous verrez les autres lettres après.

Ce soir-là, tandis que je me préparais pour la nuit, j'ai aperçu le papier et la plume posés sur le bureau. La missive de Richard n'avait toujours pas été décachetée et, dans un petit coin, une armée de *A* traversait le papier, comme une invasion de poux. Une invasion d'Alice. L'image m'a fait sourire.

CHAPITRE 13

La fenêtre de la chambre qu'Alice et moi occupions surplombait la façade avant de la maison, ainsi que la côte qui menait au domaine et les forêts environnantes qui foisonnaient de perdrix et de faisans. Un matin, j'ai entendu les sabots d'un cheval et cru que Richard était arrivé. Mais en regardant par la fenêtre à croisées, j'ai aperçu une jeune femme vêtue d'une magnifique robe vert pomme, arborant une taille de rêve, qui mettait le pied à terre tandis qu'une autre jeune femme d'allure quelconque, vêtue d'une robe vermillon, attendait à son côté. J'ai étouffé un cri en les reconnaissant.

— Les sœurs de Richard sont ici, ai-je annoncé à Alice, étranglée par la panique.

Ce matin-là, je m'étais levée tard. J'avais chaud, j'étais d'humeur paresseuse, je venais à peine de terminer mon déjeuner et j'étais encore en chemise de nuit. Je me suis écartée d'un bond de la fenêtre et j'ai coiffé mes cheveux en rouleaux. Ma mère s'était rendue au village, mais je ne savais pas quand elle serait de retour, ce qui m'obligeait à accueillir les visiteurs.

Mme Anbrick, la gouvernante, a frappé promptement à la porte de la chambre.

— Madame, vos belles-sœurs sont venues vous rendre visite.

La gouvernante était une femme agréable et chaleureuse à la peau douce et aux yeux brillants – que ma mère et elle puissent s'entendre restait pour moi un mystère. J'avais perçu l'excitation dans sa voix, et peut-être était-elle impressionnée, aussi ; les visites étaient rares dans cette maison. Je l'ai remerciée et, quand le bruit de ses pas s'est éloigné, j'ai pivoté vers Alice pour lui parler à voix basse.

— Ne vous montrez pas. Vous feriez mieux de rester dans la chambre.

— Mais elles ne savent pas qui je suis, si ?

— Non, mais ce sont d'effroyables pipelettes, et elles ont le nez creux pour les rumeurs, de vrais chiens de chasse, alors restez plutôt à l'abri.

J'ai refermé la porte derrière moi.

J'ai trouvé Eleanor et Anne assises au petit salon. Il y faisait toujours froid, mais la vue sur les parterres de broderies à l'ancienne qui paraient l'arrière de la maison y était agréable, même s'ils étaient résolument plus fonctionnels qu'élégants, sachant que seules les fleurs les plus robustes survivaient dans ces collines battues par les vents.

On retrouvait chez les sœurs de Richard la même blondeur et les mêmes yeux gris clair que chez leur frère, mais si Eleanor était jolie, Anne était quelconque.

— Fleetwood ! ont-elles roucoulé en me voyant entrer dans la pièce.

Elles ont aussitôt remarqué la rondeur de mon ventre, que dévoilait ma robe sans manches dont la bande de tissu argent s'étirait largement en demi-sphère. Nous nous sommes embrassées et j'ai pris place à la fenêtre, où les rayons frêles du soleil m'ont caressé le visage.

— D'après la rumeur, vous étiez ici, et la rumeur disait vrai ! s'est rengorgée Anne. Et sans Richard ?

— En effet, sans Richard, ai-je répondu avec un sourire forcé. Qui vous l'a dit ?

— Nous logions chez des amis à Kendal. Connaissez-vous les Bellingham de Levens Hall ?

J'ai secoué la tête.

— Une de leurs domestiques est une cousine d'une des vôtres ici en cuisine. Nous n'en avons pas cru nos oreilles lorsqu'elle nous a dit que vous restiez ici pour l'été, mais les femmes du nom de Fleetwood Shuttleworth ne courent pas les rues, n'est-ce pas ? Et vous voici ! Toute seule ?

— Toute seule.

Soulagée par la tournure que prenait la conversation, je me suis laissée aller contre le dossier de mon fauteuil. Je ne m'étais pas encore brossé les dents et l'acidité laissée par la nuit m'a piqué la bouche.

— Plus pour très longtemps, a observé Eleanor en montrant mon ventre. Vous êtes un drôle de numéro, à vous tenir à l'écart de votre mari alors que vous êtes sur le point d'accoucher. Je suppose que les femmes de la bourgeoisie peuvent se permettre ce qu'elles veulent, par ici.

Elle a émis un petit rire cristallin. À l'écouter, on aurait pu croire qu'elle avait vécu toute sa vie dans une grande maison londonienne.

Avant que j'aie pu l'interroger sur les rumeurs colportées par la domestique, elle a poursuivi.

— Quelle nouvelle palpitante : un nouvel héritier aux Shuttleworth. Êtes-vous prête ? Avez-vous une sage-femme ?

J'ai fait oui de la tête.

— Eh bien, vous me la passerez quand vous n'en aurez plus besoin. J'ai laissé traîner quelques indices dans ma dernière lettre à Richard, mais, à l'époque, rien n'était confirmé. Je vais me marier avant la fin de l'année !

J'ai arboré une expression ravie.

— Quelle merveilleuse nouvelle ! qui est votre futur mari ?

— Sir Ralph Ashton.

Anne et Eleanor étaient toutes deux plus âgées que moi. Après mon mariage, je m'étais enthousiasmée à l'idée de passer six mois avec elles à Londres, mais je m'étais aperçue qu'après treize ans en tant que fille unique, je n'avais pas l'habitude qu'on me parle, me chouchoute et me taquine à toute heure de la journée. Toute ma vie, j'avais rêvé d'avoir des sœurs, et dès que j'en ai eu, je n'ai souhaité qu'une chose : me débarrasser d'elles, de leurs papotages, de leurs petites mains fouineuses et de leur curiosité sans bornes.

— Fleetwood ? m'a réprimandée Eleanor. Je viens de dire que le mariage aura vraisemblablement lieu à la période de Noël. Vous attendez le bébé pour la fin septembre ?

— Peut-être.

Je me suis demandé ce qu'elles pouvaient bien savoir – si tant est qu'elles étaient au courant – de l'autre femme de Richard, cette fameuse Judith, mais avant que j'aie décidé d'aborder le sujet ou non, Mme Anbrick est entrée dans le petit salon avec un pichet de vin blanc d'Espagne et trois verres de Venise. Elle a jeté un regard approbateur à notre petite assemblée de femmes, ravie que la maison ait ouvert ses portes à la bonne société. J'ai versé une quantité généreuse de vin dans les verres et porté un toast au mariage prochain d'Eleanor. Anne avait beau sourire, je voyais bien que, ne pouvant pour sa part se targuer de futures épousailles, elle était abattue. Comme pour Alice, je n'ai pas pu m'empêcher de penser qu'elle avait de la chance. J'ai avalé une longue gorgée de vin, à la saveur douce et mordante.

— Fleetwood, que faites-vous donc ici sans Richard ? m'a demandé Anne.

Son sourire n'était plus qu'un fin trait sur son visage, et elle a bougé nerveusement dans sa robe. Avec leurs visages pâles tournés vers moi, leur collerette blanche qui brillait au soleil, on aurait dit deux marguerites.

J'ai glissé un doigt sous ma collerette pour me gratter.

— Je...

Soudain, le bébé m'a donné un coup de pied et mes mains ont volé se poser sur mon ventre.

— Il a bougé ?
— Oui.
— On peut toucher ?

Prise de court, je n'ai pas eu le temps de dire non et, en un clin d'œil, je me suis retrouvée avec quatre petites mains blanches collées sur ma robe. Mal à l'aise, je me suis tortillée sur mon fauteuil. J'aurais voulu décoller les paumes de leurs mains.

— Quelle drôle de sensation ! se sont-elles exclamées, les yeux écarquillés d'émerveillement.

J'ai supplié mentalement le bébé de cesser de bouger, et il s'est exécuté.

— Comment se porte votre mère ? Vous allez lui manquer, Eleanor, quand vous quitterez Forcett.

— Elle va fort bien, mais il est vrai qu'elle sort moins souvent, à présent. J'imagine qu'elle se languira de moi. Anne sera encore à la maison, bien sûr, a-t-elle répondu d'un air suffisant.

— Quelles sont les nouvelles du Yorkshire ? ai-je insisté.

— Rien de bien intéressant. En revanche, il s'en passe, des choses, dans le Lancaster.

— Comment ça ?

— Vous êtes au courant, bien évidemment : les sorcières de Pendle ? On dit qu'il y aura un procès et plus d'une dizaine de pendaisons. À Levens, les domestiques disent qu'on n'en aura jamais vu un tel nombre en Angleterre. Vous avez dû en entendre parler.

J'ai dégluti.

— Un peu, oui.

J'ai songé à Alice, à l'étage, penchée sur sa ligne d'écriture, la plume à la main. Comme nous n'avions pas de feuille de parchemin, elle s'entraînait dans l'exemplaire de *Démonologie* de ma mère : après avoir maîtrisé la graphie de son prénom, elle apprenait celle de son nom de famille.

— Et alors, que pensez-vous de toute cette affaire ?

— Je ne saurais qu'en dire, car je n'étais pas sur place, ai-je répondu froidement. Et je ne fais pas attention aux potins des domestiques.

Ma pique a eu pour effet de faire rougir Eleanor et tressaillir Anne.

— Je me demande à quoi elles ressemblent. Je suis bien contente que nous n'ayons pas de sorcières dans le Yorkshire, j'en perdrais le sommeil.

Eleanor est partie d'un rire strident.

— Je ne pense pas que tu coures le moindre danger, Anne. Apparemment, elles se jettent des sorts entre elles et avec leurs drôles de petits voisins. On dit qu'elles emmurent des chats vivants et qu'elles piquent les nouveau-nés pour boire leur sang. Et le Lancashire regorge de ces sorcières, à ce que l'on dit. Êtes-vous sûre de vouloir rentrer, Fleetwood, et d'élever votre fils là-bas ? m'a taquinée Eleanor.

— Elles tuent les *enfants*, a exulté Anne. Et il paraît qu'elles ont des animaux qui sont l'incarnation du diable.

— Comme des crapauds, des rats et des chats ! a hurlé Eleanor.

Les deux sœurs se tordaient de rire, à présent. Ma question a brusquement mis un terme à leur liesse.

— Connaissez-vous une femme du nom de Judith ?

— Judith ? Non, c'est une sorcière ?

Je n'ai pas relevé et me suis contentée de remplir nos verres. Le vin se laissait boire et me déliait la langue.

— Et si nous faisions quelques pas dans le jardin ? Il fait plutôt bon, aujourd'hui.

En réalité, je n'aurais pas supporté une minute de plus en leur compagnie dans cette pièce exiguë. Nous nous sommes levées dans le même élan. Malgré le léger vertige qui s'est saisi de moi, je les ai précédées dehors, où un ciel gris et un vent chaud nous attendaient. Nous avons contourné la maison et Eleanor a ramassé une poignée de fleurs qu'elle a portée à sa poitrine.

— Est-ce que je ressemble à une mariée ?

— La plus belle de toutes les mariées ! s'est exclamée Anne.

Elles se sont pavanées dans leur robe, à virevolter sans fin.

Quand elle a vu que je ne jouais pas le jeu, Anne s'est interrompue.

— Fleetwood, vous avez changé, vous savez. Je ne saurais pas dire en quoi ; quelque chose chez vous est plus… *autre*.

— Ton éloquence te perdra, Anne, a commenté Eleanor en grognant de rire.

— C'est-à-dire, Anne ? ai-je demandé.

— Vous avez toujours été très mélancolique. Mais à présent, il semblerait que… que vous le portiez mieux.

— Mélancolique ?

— Oui, un tantinet triste. Mais vous voilà différente, plus mûre… davantage consciente des choses.

— À mon grand dam, ai-je marmonné. Je préférerais ne rien savoir.

Eleanor m'a regardée d'un air interloqué.

— Savoir quoi ?

Autour de nous, l'air s'est figé ; le vent venait subitement de retomber. Le vin, le plein soleil et les collines vertes de guingois concouraient à me monter à la tête.

— Savoir ce que fait votre frère, ai-je répondu, la mine innocente.

Anne s'était figée, elle aussi, et les deux sœurs me dévisageaient sans un mot.

— Votre frère et son autre femme. Celle qui porte son enfant. Vous n'étiez pas au courant ?

Eleanor a lâché le joli bouquet dont les fleurs se sont éparpillées par terre. Leurs visages n'étaient plus qu'un même masque horrifié.

— Vous plaisantez.
— Je l'ai vue de mes propres yeux. Elle réside à Barton, dans la demeure de mon père. C'est là qu'il l'entretient.

Une volée d'oiseaux s'est élancée d'un bosquet à proximité et leurs ailes ont claqué un instant au-dessus de nos têtes. Je venais de semer des graines, qui désormais allaient pousser, que je le veuille ou non.

— Êtes-vous tout à fait certaine ? s'est alarmée Anne d'une voix légèrement tremblante.
— Tout à fait, ai-je acquiescé avant d'avaler ma salive.
— Mais vous n'êtes mariés que depuis...
— Quatre ans.

J'étais âgée de dix-sept ans, à présent, mais après tout ce que j'avais traversé, j'aurais aussi bien pu en avoir le double. Mon mari avait d'ores et déjà pris une amante, pourtant je n'avais rien d'une vieille matrone aux cheveux grisonnants et aux yeux cernés de rides. À mon avis, j'étais même plus jeune qu'elle, mais chaque fois que je pensais à elle, l'image que je m'en faisais était de plus en plus parfaite. L'enfant que j'avais désiré offrir à Richard était désormais une marchandise précieuse : il m'assurait ma place dans notre foyer et au sein de la famille. Sans descendance, je ne serais plus qu'un objet décoratif, et je n'aurais d'épouse que le nom. Je le savais, à présent. Si l'enfant que je portais en moi venait à mourir comme les précédents, je n'aurais plus qu'à emménager définitivement chez ma mère, car je ne serais plus bonne à rien. Cette seule pensée tordait un nœud d'effroi dans mon ventre. Il fallait absolument que je mette l'enfant de Richard au monde si je voulais protéger mon avenir, car s'il mourait, je n'avais plus qu'à mourir avec lui.

Par deux fois encore, nous avons fait le tour du jardin dans un silence lugubre, Anne et Eleanor avançant ici ou là quelque menu commentaire lourdaud sur la rigueur du climat, et à quel point la mode du Westmoreland était à la traîne de celle du Yorkshire et les filles Bellingham s'étaient-elles seulement fait confectionner une seule nouvelle robe au cours des cinq dernières années ?

Après ça, elles ne se sont pas éternisées et m'ont annoncé qu'elles n'attendraient pas le retour de ma mère, préférant chercher leur intendant à l'auberge du village pour reprendre sans plus tarder la route du Yorkshire. Mais alors que nous regagnions l'écurie, nous sommes passées devant les cuisines à l'arrière de la maison, dont la porte s'est brusquement ouverte pour laisser sortir Alice.

De surprise, sa bouche s'est arrondie en un petit o. Elle portait un panier dans ses bras, et un vieux tablier par-dessus ses vêtements. Nous nous sommes longuement dévisagées, et Anne et Eleanor ont eu tôt fait de comprendre qu'il se passait quelque chose d'étrange entre nous, car en temps normal, les domestiques vaquaient à leurs occupations sans se faire remarquer.

— Qui est-ce ? s'est enquise Anne.

J'ai passé la langue sur mes lèvres.

— Personne. Alice, retournez en cuisine.

Je l'ai gratifiée d'un sourire tendu et j'ai poursuivi notre route. Ce n'est qu'en constatant son immobilité que j'ai compris mon erreur. J'ai eu l'impression de trébucher. Sous mes pas, le sol s'est incliné avant de se redresser. Alice a fini par rebrousser chemin, en prenant le soin de fermer la porte derrière elle.

J'ai senti la peur grandir dans mon ventre, se tordre et glisser comme une anguille et je n'ai pas osé tourner mon regard vers Anne ou Eleanor, ignorant ce qu'elles pouvaient bien savoir de ma situation. Il ne me restait plus qu'à continuer comme si de rien n'était, comme si Alice n'était qu'une simple domestique.

— J'ai bien peur de me sentir très fatiguée, tout à coup, ai-je annoncé d'une voix faible. Si nous allions chercher vos chevaux ? Je crois que j'aurais besoin de m'allonger.

Elles ont pris congé précipitamment et sont reparties par le vallon à la longue pente battue par les vents. De retour au petit salon, j'ai fini la carafe de vin. Tout avait mal tourné et je saisissais encore mal l'ampleur de mon impair. Quelle imprudence de leur parler de Richard ! Cet aveu ne renforcerait en rien ma position et ne ferait qu'attirer les foudres de l'intéressé. Quant à Alice, dont j'avais prononcé le nom sans réfléchir... Elles ne pouvaient tout de même pas se douter qu'il s'agissait d'Alice Gray, dont le nom figurait dans une liste d'individus recherchés par les autorités du comté voisin. Si ?

Le temps de remonter dans ma chambre, j'étais ivre alors qu'il n'était pas même midi. Comme Alice n'était nulle part, je me suis assise au bord du lit pour retirer mes mules. Les sœurs et la mère de Richard – si cette dernière n'était pas déjà au courant – allaient lui toucher deux mots au sujet de Judith, ce qui ne manquerait pas de le rendre encore plus furieux contre moi. Je n'allais pas tarder à alimenter les commérages de tout le Yorkshire, mais aussi de tout le Lancashire, où mon nom ferait le tour des grandes demeures et des salons. Ma foi, j'étais plus en colère contre Richard que je ne l'étais contre moi-même. Car, au fond, tout ceci était sa faute, et celle de ma mère qui, au courant de l'existence de Judith, s'était gardée de m'en parler ; ces deux-là faisaient constamment pression sur moi pour que je produise un héritier, comme si je n'en avais pas envie, comme si j'ignorais à quel point c'était important. Auparavant, je croyais trahir les espoirs de tout le monde, mais allongée sur le lit dans une flaque de soleil, je me suis rendu compte à quel point tout le monde m'avait trahie.

Tout le monde, ou presque.

J'ai dû m'assoupir, car j'ai été réveillée par une sensation de fraîcheur sur mon visage. En ouvrant les paupières, j'ai découvert Alice penchée sur moi, un bol d'eau et un linge dans les mains.

— J'ai cru que vous aviez de la fièvre.

J'avais la langue sèche et la sensation vaseuse qui s'était emparée de moi persistait. J'ai senti la sueur perler sous mes aisselles.

— J'ai bu trop de vin, ai-je confessé.

Dans mon ventre, le bébé était immobile et se laissait lui aussi bercer par le vin doux. Soudain, les paroles des sœurs de Richard ont résonné dans ma tête : *il s'en passe, des choses, dans le Lancaster*.

— Je suis inquiète, ai-je avoué en me redressant en position assise.

Alice m'a regardée avec un froncement de sourcils, l'air troublé.

— À cause de ce qui s'est passé tantôt, dans le jardin ?

— Oui. Je vous ai appelée par votre prénom. Je suis désolée. Je ne sais pas si elles sont au courant... je ne sais pas exactement ce qu'elles savent. Ou pire, à qui elles vont le raconter.

— Mais il n'y a rien à raconter. Elles vous ont vue parler à une domestique, rien de plus.

— Si seulement je n'avais pas prononcé votre prénom. Oh, comment ai-je pu oublier de vous appeler Jill ? Je mérite vraiment qu'on me couse les lèvres.

Alice a fait tournoyer le linge dans l'eau claire. Elle avait la mine embarrassée.

— Alice. Ma mère va rentrer d'un instant à l'autre. Je dois vous demander ceci sans plus tarder. Je veux que vous me disiez ce que vous faisiez en compagnie d'Elizabeth Device ce jour-là dans les bois.

Sa main s'est immobilisée, ses doigts en suspens à la surface de l'eau. En plus de son parfum habituel de lavande, j'ai perçu une autre odeur : celle de la terre nourricière.

— Je ne vous poserais pas la question si ce n'était important.

Après un silence, elle est allée reposer le bol sur le plateau du buffet. Elle me tournait le dos, mais j'ai vu ses épaules se soulever dans un soupir.

— Vous souvenez-vous, dans le petit salon, lorsque vous m'avez demandé où je travaillais, et que je vous ai répondu au Hand and Shuttle ? Et que vous m'avez demandé depuis combien de temps j'y étais employée ?

— Oui.

— J'y étais depuis une semaine, environ.

Le souffle court, j'ai attendu qu'elle poursuive.

— Et vous souvenez-vous, quand vous m'avez surprise avec les lapins la toute première fois ?

— Oui.

— Je m'étais véritablement égarée dans la forêt, ce jour-là. Je venais de commencer à travailler au Hand and Shuttle et je ne connaissais pas le chemin.

Elle ne s'était toujours pas retournée pour me faire face, me laissant contempler son long cou et son dos étroit qui se découpaient sur le mur.

— Avant cela, je travaillais dans une taverne à Colne. Un matin, m'y rendant à pied, j'ai croisé un homme. Il gisait par terre. Le chemin était peu fréquenté et nous étions seuls. À l'évidence, l'homme était un colporteur. Tout son matériel était éparpillé dans son sillage : des épingles, des aiguilles, des bandes de tissu, comme s'il avait titubé sur le chemin en le semant derrière lui. J'ai cru qu'il était mort, mais je me suis rendu compte qu'il marmonnait. Un pan de son visage s'était effondré et son œil restait fermé. J'avais déjà vu la même chose chez ma mère.

J'avais du mal à respirer dans l'air étouffant de la pièce. J'ai écouté la suite de son récit, la gorge nouée.

— Je l'ai amené jusqu'à l'auberge. Là, le patron m'a aidée à le monter dans une chambre et a fait appeler un médecin. Le colporteur n'arrêtait pas de grommeler au sujet d'un chien noir et d'une fille qu'il avait croisés sur la route, mais il avalait ses mots et son discours était incohérent. Et puis, dans la soirée, une fille est arrivée à la taverne.

Alice avait posé les deux mains sur la commode, comme pour ne pas perdre l'équilibre.

— Elle était dans tous ses états, elle sanglotait désespérément en demandant pardon. C'est seulement quand elle a raconté qu'elle avait jeté un sort au colporteur que j'ai compris. Elle était d'une saleté repoussante, comme si elle avait passé la journée à patauger sous la pluie. Je lui ai proposé de rentrer se mettre au sec, mais le patron n'a rien voulu savoir. Pour lui, ce n'était qu'une mendiante et il ne laissait pas entrer cette engeance dans son établissement. Il lui a dit de débarrasser le plancher. Avant de partir, elle m'a confié qu'elle s'appelait Alizon et qu'elle repasserait le lendemain pour prendre des nouvelles du colporteur.

— Alizon Device, ai-je murmuré. Et est-elle revenue ?

Alice a hoché la tête. Elle me tournait toujours le dos.

— Et le jour d'après et encore le jour d'après. Mais le patron, Peter, ne voulait pas la laisser entrer ; il disait qu'elle allait causer des ennuis. À ce moment-là, le colporteur avait repris connaissance et j'ai fini par comprendre qu'il s'appelait John. Je veillais sur lui, je lui donnais de la bière, je le faisais manger, je lui essuyais la bouche quand la nourriture tombait. Il avait le visage encore tout déformé, comme s'il ne fonctionnait qu'à moitié. Je ne sais pas s'il va jamais s'en remettre. Quand il a réussi à articuler quelques mots, il nous a dit le nom de son fils et nous a demandé de lui écrire, donc Peter a envoyé quelqu'un.

» Un jour, j'étais seule avec John, et la fille s'était de nouveau présentée pendant la matinée, comme elle faisait toujours. Elle se plantait dans la cour, à se tordre les mains et à pleurer, et elle demandait à le voir. Elle était désespérée, à répéter sans cesse que c'était sa faute. J'ai décidé d'expliquer à John qu'elle implorait son pardon et je lui ai demandé s'il acceptait de la laisser entrer ; il a hoché la tête pour me dire oui.

» Peter n'était pas à l'auberge, donc c'était à moi de m'occuper des clients. Alors je suis descendue et j'ai dit à la fille de faire vite. Je suis restée en bas. Peu de temps après être montée à l'étage, elle est ressortie en courant. Je suis retournée auprès de John. Il était dans un état épouvantable ; il sanglotait, il tremblait de tout son corps et il n'arrêtait pas de montrer la porte du doigt en répétant : "C'est une sorcière."

Alice a interrompu son récit pour regarder par la fenêtre. Le souffle de la lande s'infiltrait par les interstices du carreau, pareil à un long gémissement solitaire qui faisait siffler le battant.

— Que s'est-il passé ensuite ?

— Il m'a dit qu'elle avait un chien noir, le même que sur la route. Or, moi, je n'avais rien vu ; je ne savais pas de quoi il parlait, je me suis même demandé s'il n'était pas en train de divaguer. Puis une autre personne est arrivée : la grand-mère de la fille. Celle-là, quand elle est apparue, toute la pièce est devenue glaciale. Tout le monde l'a senti. Tout le monde savait qui c'était.

— Qui était-ce ?

— Ils l'appellent Demdike. Elle a l'habitude de vivre isolée, mais les gens du coin la connaissent. Je l'avais déjà aperçue et je connaissais les rumeurs à son sujet.

— À savoir ?

— Que c'est une originale, une sorcière, qu'elle est ci, qu'elle est ça. Évitez-la, qu'ils disaient. Sauf qu'elle n'était pas venue voir John Law, mais moi.

— Pourquoi ?

— Alizon avait dû lui dire que j'avais découvert John Law sur la route et que je m'occupais de lui. Tout de suite, elle a proféré des menaces contre moi. Elle m'a dit qu'elle me jetterait un sort si je ne mentais pas pour protéger Alizon. Elle voulait que je dise que je ne l'avais jamais vue, que le vieux John avait tout inventé, que c'était un esprit faible et qu'il perdait la tête.

» Mais Peter avait déjà écrit au fils de John. Et ce dernier est arrivé peu de temps après, il venait d'Halifax ou des environs. John lui a annoncé qu'il avait pardonné à Alizon, qu'en homme pieux il croyait en la clémence et que telle était la volonté de Dieu. John Law est un homme bon. Mais son fils Abraham n'a rien voulu entendre. Il a fait chercher Alizon pour l'interroger. Demdike est venue avec elle et je crois qu'elles lui ont flanqué une peur bleue. Demdike niait tout en bloc, elle poussait des cris et jetait des sorts à tort et à travers, tandis qu'Alizon était en pleurs. Au milieu de tout ça, je ne savais plus quoi faire. Soudain, le fils s'est tourné vers moi et m'a demandé : "Avez-vous vu ces femmes avant aujourd'hui ? Est-ce que cette fille a jeté un sort à mon père ?"

» Je n'arrivais pas à articuler un seul mot et, pendant ce temps, John n'arrêtait pas de couiner comme un cochon dans son coin. Son fils Abraham avait le visage cramoisi, on aurait dit qu'il allait tuer quelqu'un, et j'ai pris peur. Alors, j'ai dit oui, que je les avais déjà vues.

» Il a essayé de leur faire briser la malédiction, mais Alizon n'a rien pu y faire. Demdike a expliqué que seule la personne qui jette le sort est en mesure de l'annuler. Alors, nous en sommes restés là. Abraham a envoyé chercher le magistrat et Peter m'a demandé de partir, à cause des ennuis que j'avais causés dans son établissement.

Alice a poursuivi d'une voix sourde.

— Cela faisait presque dix ans que je travaillais pour lui. Il savait que j'étais une employée sérieuse, alors il m'a trouvé une place au Hand and Shuttle. Le patron est son beau-frère.

J'avais la tête vide. Mes pensées s'étaient figées. J'avais les yeux rivés sur mes pieds, si menus et délicats dans leurs bas de soie blanche. Alice s'était tue et nous sommes restées un long moment enveloppées par le silence, jusqu'à ce qu'une pensée vienne briser ma torpeur.

— Mais quel est le lien avec Elizabeth Device ? Que faisiez-vous avez elle ce jour-là ?

— Un soir, elle est arrivée au Hand and Shuttle. Je ne sais pas comment elle avait découvert que j'y travaillais. Alizon et Demdike avaient été arrêtées, elle avait donc déjà perdu sa fille et sa mère. Quand elle est arrivée, les gens l'ont regardée de travers, et ça se comprend. J'avais peur de perdre mon travail, alors je lui ai dit de partir. Elle m'a demandé de venir chez elle le vendredi suivant, qu'elle rassemblait des voisins pour essayer de voir comment venir en aide à celles qui s'étaient fait arrêter. Elle m'a dit que je devais aider, que j'étais... Elle a dit que c'était à cause de moi que sa fille et sa mère étaient en prison, a-t-elle conclu d'une voix tremblante.

J'ai secoué la tête.

— Mais vous ne pensiez pas à mal.

— Elle était désespérée, en colère aussi. Je voyais bien qu'elle ne voulait pas rester les bras ballants face à la situation. Et moi, j'ai voulu aider. Alors, comme une imbécile, je me suis rendue chez elle. Et puis, il fallait absolument qu'elles arrêtent de me déranger sur mon lieu de travail. Mais bien que je sois allée à la tour de Malkin, elle m'attendait encore près de chez vous dans la forêt. Je ne peux pas leur échapper.

Sa voix trahissait une peur réelle, à présent. Je me suis souvenue des gémissements qui ponctuaient son sommeil.

— Mais que s'est-il passé à la tour de Malkin ? De quoi ont-elles parlé ?

Alice a haussé les épaules.

— Nous avons partagé un repas et puis elles ont évoqué ce qu'elles pouvaient faire pour aider Alizon et Demdike. À part moi et une autre personne, il n'y avait que des gens qui connaissaient la famille ; les proches, les voisins.

— Qui était cette autre personne ?

Alice a baissé la tête.

— L'amie de ma mère. Mould-heels.

— Que faisait-elle là ?

— Elle était avec moi quand…

Soudain, Alice et moi avons fait un bond : la porte venait de s'ouvrir à la volée, et ma mère a fait irruption dans la chambre, le visage assombri par une terrible expression de mécontentement.

— Tu n'as pas pensé à dépêcher quelqu'un au village pour me chercher ?

Je me suis redressée pour la fusiller du regard. J'appréciais peu son irruption.

— Les sœurs de Richard ne sont pas restées longtemps. Elles rentraient à Forcett de Kendal.

— Comment savaient-elles que tu étais ici ?

— Une de vos domestiques a une cousine dans la maison où elles logeaient.

Les yeux noirs perçants de ma mère étaient rivés sur moi.

— Que leur as-tu dit ?

— Rien, ai-je menti.

La défiance de ma mère s'est fait sentir dans le long silence qui a suivi.

— Le souper est bientôt prêt, s'est-elle contentée d'annoncer en guise de conclusion avant de partir en laissant la porte ouverte.

Je me suis levée pour la fermer, puis je suis retournée auprès d'Alice sur la pointe des pieds. Toutes les questions qui se bousculaient dans ma tête flottaient dans la pièce comme des fruits mûrs. Je n'avais qu'à tendre la main pour en cueillir une, mais j'ai préféré m'en tenir à la première qui m'est venue à l'esprit, et qui faisait écho à la dernière révélation d'Alice.

— Vous m'avez dit que Mould-heels était avec vous quand… quand quoi ?

Mais Alice s'était retranchée dans son mutisme et, derrière les carreaux, le vent dévalait la lande comme une longue plainte enfantine. Soudain, elle a enfoui son visage entre ses mains.

— Alice ! Que se passe-t-il ?

— Je ne peux pas en parler, a-t-elle murmuré. C'est insupportable.

— Quoi que ce soit, ce n'est peut-être pas aussi grave que cela.

Sous la chape de plomb qui écrasait la pièce, je me suis sentie prise au piège entre le silence d'Alice et l'irritation de ma mère, que je sentais cogner par vagues contre la porte de ma chambre. S'il y avait bien une chose dont je me serais passée, c'était une nouvelle après-midi de combat. C'est l'esprit tourmenté que je suis descendue pour le souper, comme si quelque chose d'autre que le vent pesait sur les fenêtres, tentant d'entrer dans cette maison.

CHAPITRE 14

Cette nuit-là, Le Cauchemar est revenu. Quand je me suis réveillée, encore paralysée par la peur, une bougie brillait à côté de mon lit et éclairait un visage familier, quoique effrayé. Mes jambes s'étaient emmaillotées dans les draps et je ruisselais de sueur. J'avais éprouvé un tel effroi que j'ai cru un instant que mon cœur allait bondir de ma poitrine. Alice est restée à mon côté jusqu'à ce que ma respiration se calme et que les ombres qui creusaient les coins de la chambre se fassent moins menaçantes. J'espérais ne pas avoir crié dans mon sommeil, mais l'inquiétude que j'ai lue dans les yeux d'Alice et la ligne crispée de sa mâchoire m'ont laissée penser le contraire.

— C'est fini, maintenant, a-t-elle murmuré. Étaient-ce les sangliers ?

J'ai hoché la tête, le souffle court et quand j'ai senti la crainte, familière désormais, déferler à travers moi, j'ai immédiatement vérifié mon entrejambe, il n'y avait pas de sang. Finalement, Alice est retournée dans son lit et j'ai entendu sa respiration ralentir. Nous étions chez ma mère depuis un mois, au cours duquel Le Cauchemar ne s'était pas manifesté.

Depuis le fameux épisode au déjeuner, ma mère n'avait plus fait mention de mon retour à Gawthorpe, moi non plus au demeurant, mais j'aurais dû me douter que les choses n'allaient pas en rester là. Si j'avais eu le buste de Prudence auprès de moi dans ma chambre, peut-être aurais-je adopté cette attitude avec plus de discipline, mais ma vieille amie était à des lieues d'ici dans ma chambre à coucher de Gawthorpe.

J'étais dans la cuisine en compagnie de Mme Knave, à déguster des biscuits tout juste sortis du four, quand Mme Anbrick est venue m'annoncer que j'avais de la visite. Je m'y attendais depuis l'instant où j'avais ouvert les yeux ce matin-là : un changement dans l'atmosphère, une sensation de malaise dans le creux de mon ventre. Le temps m'était compté.

— Qui est-ce ?

La question était superflue. Les pans noirs de sa robe ont précédé ma mère dans la cuisine, en se glissant tel un poisson à la surface de l'étang. Son visage m'indiquait qu'elle était prête au combat.

— Fleetwood, sors immédiatement de cette cuisine.

La peur, en me nouant l'estomac, m'a clouée à ma chaise.

Mme Knave a incliné la tête et ses mains potelées ont épousseté son tablier d'un geste emprunté. J'ai rivé sur ma mère mon regard le plus haineux et me suis levée pour sortir de la cuisine en prenant grand soin de passer devant elle sans un mot. Je n'étais pas près d'oublier qu'elle s'était bien gardée de me faire part du contenu de la lettre que Richard lui avait envoyée – j'avais préféré ne pas l'interroger à ce propos. Quant à la missive qui m'était adressée, je l'avais abandonnée sur le bureau de ma chambre.

— Tu ne pourras pas l'éviter éternellement, Fleetwood.

Sa voix a résonné derrière moi dans le couloir, tandis que je gagnais le petit salon. Pour ma part, j'avais pris la résolution de ne plus jamais lui adresser la parole.

Avec ses hautes fenêtres étroites, le salon avait une atmosphère étouffante, pourtant je n'ai pas tardé à frissonner. Des grains de poussière dansaient dans les rayons délavés du soleil, à côté de moi un échiquier reposait sur son tabouret. Ma mère jouait aux échecs, parfois avec la gouvernante, parfois seule. Je l'avais toujours connue s'adonnant à ce jeu mais, pour la première fois, j'ai éprouvé la tristesse de nos solitudes respectives : elle dans cette pièce, moi à l'étage. Ma foi, rien ne l'empêchait de me proposer de jouer avec elle ; je ne pouvais me résoudre à m'apitoyer sur le sort d'une femme qui faisait le choix délibéré de rester seule le plus clair de son temps. J'ai refermé les pans de ma robe de chambre sur mon ventre et j'ai attendu, les mains jointes sur les genoux.

Puck a pénétré le premier dans le petit salon et m'a saluée d'un coup de langue avant de s'asseoir à côté de moi. Ensuite est entrée ma mère, dans le claquement de ses socques sur les dalles de pierre, suivie de près par le bruit étouffé d'une paire de bottes en cuir de chevreau et du cliquetis familier d'une bourse pleine de pièces de monnaie.

— Fleetwood.

Je l'ai vu en même temps que j'ai entendu sa voix. Sa boucle d'oreille a accroché la lumière, une lueur a brillé dans ses yeux gris clair, qu'il a posés d'abord sur mon visage, puis sur mon ventre.

Tu es toujours enceinte, l'ai-je entendu penser en son for intérieur. J'avais oublié à quel point les conversations peuvent se tenir en silence au sein d'un couple, quand l'autre est pour ainsi dire une partie de soi-même, comme sa chair et ses os, dont on reconnaîtrait le corps entre mille dans l'obscurité la plus profonde. Et pourquoi pas l'esprit, aussi ? Le regard de ma mère, impassible, a glissé de moi vers Richard.

— Vous avez l'air de bien vous porter, a commenté ce dernier.

Je n'ai rien dit.

— Fleetwood ? s'est impatientée ma mère.

— Vous pouvez nous laisser, lui ai-je répondu froidement.

Elle a lancé un regard suppliant à Richard, mais il gardait ses yeux gris résolument rivés à mes pupilles noires comme s'il craignait que je ne disparaisse d'un instant à l'autre.

Ma mère a fermé la porte derrière elle. Comme je n'entendais pas le bruit de ses socques s'éloignant sur les dalles, j'ai attendu quelques secondes avant de lancer un « Mère » sonore. Alors elle s'est éloignée en claquant des talons.

Richard a pris place face à moi et, à notre grande surprise, Puck a émis un grondement sourd avant d'aboyer.

— Avez-vous retourné le chien contre moi, aussi ?

Sa voix se voulait légère, mais il avait les yeux pleins de tristesse.

— Il a son caractère.

Richard a avalé sa salive, puis il a retiré son chapeau de velours noir qu'il a tendu à Puck en gage de paix.

— Tu te souviens de moi, mon bon chien ?

Puck est allé fourrer son nez contre sa main d'un air guilleret et je me suis sentie doublement trahie.

— Voilà qui est mieux, a murmuré Richard.

Il lui a administré des caresses et de grandes tapes sur les flancs comme à son habitude, puis a posé son chapeau sur ses genoux.

— J'oublie toujours à quel point la route est longue jusqu'à ces contrées.

— Les distances vous dérangent moins lorsque vous partez à la chasse.

— Je n'ai pas dit que cela me dérangeait.

— Le déplacement ne vous a pas demandé un mois, tout de même.

Mon effronterie nous a pris de court, l'un comme l'autre. Richard a fait mine de parler, puis s'est ravisé et s'est carré un peu dans son fauteuil.

— Non. J'avais des choses à régler.

— Plus urgentes que votre femme ? Comment est-ce possible, Richard ?

— Je suis navré. Je vous prie de rentrer à la maison.

J'ai appuyé le bout de mes doigts sur mes paupières closes, en me remémorant le fil de nos quatre années passées ensemble : nos virées à cheval, nos emplettes en ville, notre couche conjugale, nos rires partagés. La vie commune, emplie de bonheur, de deux êtres inséparables.

— Sans vous, Gawthorpe n'est pas pareil. C'est notre foyer, c'est ensemble que nous devrions l'habiter.

— Vous n'y êtes jamais !

— J'y suis à présent. Je veux y être, auprès de vous.

— Tous ces secrets, Richard. Et ces mensonges.

Je me suis souvenue des mots d'Alice : « J'ai peur des mensonges. » Je comprenais ce qu'elle voulait dire, à présent : les mensonges avaient le pouvoir de détruire des vies, mais aussi d'en créer d'autres, comme en attestait le ventre de Judith qui poussait sur un tissu de mensonges.

— Je suis heureuse, ici.

— Heureuse ? Avec votre mère ? Vous ne pouvez pas la souffrir, a-t-il riposté sans prendre la peine de baisser le ton de sa voix. Qu'y a-t-il donc pour vous ici, à part des domestiques désœuvrés et des chambres pleines de poussière ?

— Si vous donniez suffisamment d'argent à ma mère, elles ne seraient pas pleines de poussière, ai-je rétorqué dans un murmure. Jamais je n'aurais pensé voir une chose pareille, sachant la quantité d'argent que j'ai apportée à cette famille.

Richard a plongé la main dans sa poche pour en ressortir sa bourse.

— De combien a-t-elle besoin ?

— Combien déboursez-vous pour votre maîtresse ?

Il a dénoué les liens de son porte-monnaie, dont il a sorti des pièces qu'il a déposées sur le manteau de la cheminée, comme s'il réglait ma chambre dans quelque auberge.

— Cela fait quatre femmes à entretenir, à présent, n'est-ce pas ? ai-je insisté. Deux mères et deux épouses ? Ce n'est pas une coïncidence que la tenue de cette maison laisse à désirer depuis que vous avez ajouté un autre foyer à votre écurie. Saviez-vous dans quelle indigence vous l'entreteniez ?

— Bien sûr que non. Si elle a besoin de quoi que ce soit, elle n'a qu'à demander. Je veillerai à remédier à la situation. Peut-être James a-t-il ajusté les comptes sans m'en informer.

— Dans ce cas, je demanderai à James pourquoi il fait livrer du savon doux à Barton alors que ma mère fait fabriquer le sien par ses employés.

L'ombre d'un sourire a étiré les lèvres de Richard, qui s'amusait fort de ce que je prenais la défense de ma mère. La rage faisait battre le sang dans ma poitrine, et j'ai attendu sa réponse, les mains crispées sur les accoudoirs de mon fauteuil. Ce n'était pas à coups de taquineries qu'il me ferait oublier qu'il lui avait fallu un mois entier pour venir à moi.

Il n'avait pas quitté sa cape de velours noir et son pourpoint en entrant dans le petit salon, et j'ai remarqué que la rougeur lui montait aux joues. Était-ce l'effet de la chaleur, de la componction ou encore de la frustration ? Il a fini par reprendre la parole d'une voix ferme.

— Je suis venu vous ramener à la maison.

— Depuis combien de temps l'entretenez-vous ?

Il a soufflé longuement, comme si mon attitude mettait ses nerfs à rude épreuve.

Il n'avait pas l'habitude que je lui désobéisse. Je n'avais certes pas l'habitude de lui désobéir.

— Pas longtemps.

— Combien de temps ?

— Quelques mois ?

— Elle est fertile, donc. Vous avez réussi, enfin ! Avec cette génisse de premier choix, vous saurez engendrer une belle progéniture, ce dont ne peut pas se targuer votre épouse.

— Ne soyez pas ridicule. Les gens ne sont pas du bétail.

— Les femmes et le bétail sont très comparables, détrompez-vous.

— C'est absurde.

Mes yeux sont tombés sur l'échiquier dont j'ai soulevé un pion en ivoire pour le porter à la lumière. J'ai reconnu le jeu qui avait appartenu à mon père à Barton. J'ai reposé le pion à son emplacement, devant la reine, que j'ai fait tomber d'une chiquenaude ; la figurine a atterri sur le sol puis s'en est allée rouler sur le tapis élimé pour disparaître sous la table. J'ai imaginé ma mère à quatre pattes en train de s'escrimer à la ramasser.

— Allez-vous me faire exécuter, comme le roi ? ai-je demandé.

— Fleetwood, je tiens à vous. Pensez-vous donc que j'aie eu envie de vous voir malade ? À chacune de vos grossesses, vous avez failli y laisser la vie, or c'est ma faute si vous étiez dans cet état. Ce ne sont pas des circonstances que j'ai appelées de mes vœux. Je me suis tourné vers Judith pour que cela cesse, pour vous protéger.

— Pour me protéger ? Vous entretenez votre maîtresse dans ma maison pour me protéger ?

— Vous détestez cet endroit ; je savais que vous n'y remettriez jamais les pieds.

— Et vous aviez raison. Vous me connaissez mieux que quiconque, Richard. Mais vous oubliez une chose : je sais lire. Vous ne me pensiez pas capable d'aller vérifier par moi-même, dans le bureau de James, les preuves de votre trahison consignées noir sur blanc. Elles étaient sous mon nez depuis le début.

— Comment avez-vous pensé à consulter le grand livre ?

J'ai senti les battements de mon cœur s'accélérer.

— Je voulais y vérifier autre chose.
— Quoi donc ?
— Une commande de linge de maison. C'est sans importance.

J'avais fait de mon mieux pour prendre un air désinvolte, mais Richard avait un instinct de chasseur, et il avait flairé une piste. Je l'ai vu plisser les yeux.

— Avec qui êtes-vous venue ici ?
— Personne.

J'ai soutenu son regard et ce qu'il a décelé dans le mien a dû lui déplaire, car il a déclaré :

— Vous avez changé, Fleetwood.

J'ai attendu, mais il ne s'est pas étendu sur la question. Tout juste s'est-il impatienté :

— Que faut-il faire pour avoir quelque chose à boire, dans cette maison ?

Sans un mot, j'ai tourné le visage vers la fenêtre sale. Richard a remué sur sa chaise avant de poursuivre, tandis que je le scrutais du coin de l'œil :

— Récemment, Roger est passé déposer un colis à votre intention. Il contenait le collier de rubis.

— Celui qui avait disparu ?

— Sa femme de chambre l'a découvert tout au fond du lit de Jennet Device. À l'évidence, cette fillette est une opportuniste.

— C'est une voleuse. Mais comment a-t-elle donc fait, je ne l'ai laissée seule à aucun moment.

Soudain, je me suis souvenue d'être descendue en cuisine pour demander un en-cas de mets froids pour Roger, et j'ai senti mon cœur se serrer.

— S'est-elle absentée de la grande salle ?
— J'imagine que oui.

— Avez-vous présenté vos excuses aux domestiques ?

Une lueur de honte a traversé son regard et tandis qu'un silence courroucé s'abattait sur nous, les autres événements de la journée me sont soudain revenus – il s'en était passé tant, ce jour-là.

— Et la femme de chambre, Sarah, comment se porte-t-elle ?

— Elle n'est pas encore rétablie, mais elle va mieux. Le docteur est arrivé à temps. Sa mère continue de lui prodiguer des soins.

— Dormez-vous les nuits dans notre chambre à coucher ?

Une fois encore, il s'est agité sur son fauteuil.

— Oui. J'ai fait venir notre calèche, afin de vous ramener à Gawthorpe. J'ai quelques affaires à régler avec mon agent à la frontière, je passerai donc par Carlisle avant de vous retrouver à la maison. De votre côté, vous pourrez partir demain.

J'ai songé à Alice, en train de se reposer à l'étage, et à ce qui l'attendait si nous retournions dans le Lancashire.

— Je ne peux pas partir.

Richard a tressailli ; il a écarté les doigts, ses bagues ont scintillé, puis il a serré les poings.

— J'ai beau être navré de la manière dont vous avez appris certaines choses, j'avoue que je commence à perdre patience. Aucun mari ne souhaite avoir une épouse indisciplinée. Entre passer pour un homme tolérant et pour un imbécile, il n'y a qu'un pas.

J'ai senti des larmes brûlantes de colère me couler sur le visage.

— Et moi ? Vous ne me faites pas passer pour une imbécile, peut-être ? J'ai l'impression d'être l'un de vos précieux faucons. Vous me tenez au bout d'une longe et, d'un coup du poignet, vous me ramenez à votre guise.

Richard a eu la décence de prendre une mine chagrinée. Plus j'épanchais mes paroles, plus j'avais conscience d'outrepasser mon rôle de femme et celui de bonne épouse. Or mon visage sans beauté et mes manières se prêtaient mal à un tel écart de conduite. En réalité, ai-je songé tristement, je n'aurais pas dû m'étonner de le voir abandonner notre lit conjugal et notre union.

— L'heure est venue de vous préparer à votre nouveau rôle, s'est-il contenté d'affirmer.
— Celui d'épouse délaissée ?
— Celui de mère.
— Je souhaite rester ici un peu plus longtemps.

Au même instant, comme si elle avait attendu ce signal, un coup sec a retenti contre la porte, et ma mère est entrée.

— Avez-vous préparé ses affaires ? l'a interrogée Richard.

Elle a acquiescé d'un hochement de la tête, puis m'a lancé un regard.

— Je ne partirai pas, ai-je affirmé.

Les paroles que ma mère a prononcées alors m'ont transpercée comme une lame affûtée.

— Tu ne resteras pas ici alors que ton mari a besoin de toi. Tu dois partir, maintenant.

Je me suis levée en me redressant de toute ma taille insignifiante et, d'un ton glacial, je lui ai répondu :

— Soit, si tel est votre souhait.

★

Richard est reparti à cheval vers le nord, et j'ai regagné ma chambre. Arrivée au sommet de l'escalier, j'avais échafaudé un plan, dont j'ai fait part à Alice sans tarder.

— Vous pourrez rentrer à Gawthorpe avec moi, en qualité de sage-femme et de dame de compagnie, et c'est à cette condition que Richard obtiendra mon pardon.

Alice m'a regardée d'un air hésitant en tordant sa coiffe entre ses mains. Ses cheveux n'étaient plus qu'une masse de boucles torsadées comme la crinière d'un lion.

— Demande-t-il votre pardon ?

— Il m'a trahie, Alice. Rentrez avec moi, je ferai le nécessaire. Je veillerai à ce que votre nom soit lavé de tout soupçon, tel sera mon prix. Richard l'acceptera. Une fois à Gawthorpe, nous vous installerons un lit, et quand dans un jour ou deux Richard rentrera à la maison, je lui ferai connaître mes conditions : s'il veut que je reste, alors vous devrez rester, vous aussi. Je ne pourrai pas mettre cet enfant au monde si vous n'êtes pas à mes côtés.

Le doute se lisait sur son visage comme sur un livre ouvert, mais malgré tous nos différends, j'étais certaine de ne pas me tromper sur mon mari.

Nous avons fait nos bagages – ou plus précisément, j'ai fait les miens, puisque Alice portait sur elle tout ce qu'elle possédait. Elle n'avait pas de malle, pas d'alliance, pas de mari qui exigeait sa présence à la maison, et pas de belles-sœurs qui lui rendaient visite. Elle ne portait pas d'enfant, on n'attendait pas d'elle qu'elle produisît un héritier. Elle pouvait aller et venir comme bon lui semblait et, si elle me l'avait demandé, je l'aurais laissée partir à sa guise, même si je savais à quel point j'avais besoin d'elle. Pourtant, elle a pris place à mon côté dans la calèche, exactement comme elle l'avait fait lors du voyage aller. J'ai décidé de lui donner un cheval, une fois de retour à la maison – et d'oublier la ténébreuse affaire du premier, car je savais à présent que je pouvais lui faire confiance – pour qu'elle puisse rendre visite à son père, une fois que Richard aurait accepté mes conditions, et lui annoncer qu'elle avait trouvé un nouvel emploi. Mais quel sort nous attendait de retour à la maison ? Pour la première fois depuis qu'Alice m'avait raconté son histoire, j'ai songé à ce qu'il adviendrait des sorcières de Pendle. Peut-être Roger avait-il échoué à rassembler suffisamment de preuves contre toutes les personnes qui s'étaient réunies à la tour de Malkin ; peut-être que, satisfait d'avoir mis la main sur les Device et leurs voisines, il avait fini par jeter la liste au feu.

J'ai posé les deux mains à plat sur mon ventre, et tandis que les ornières cahotaient les grosses roues de la calèche, et que l'enfant en moi ruait et roulait avec elles, je me suis demandé comment on pouvait estimer moins dangereux de se déplacer en calèche qu'à cheval. À mes pieds, Puck, harassé par le mouvement constant, poussait des gémissements. Je l'ai rassuré, en lui disant que nous serions bientôt à la maison, et que je lui ferais préparer du lait et du pain ; il m'a léché la main d'un élan réconfortant.

Au bout de quelques heures, j'ai fini par me lasser du paysage ; le ciel ne cessait de s'obscurcir, il s'est mis à bruiner et le décor m'a semblé terne et lugubre.

Alice, la tête en arrière, avait les paupières closes. Je me suis demandé si elle dormait véritablement ou si elle aussi s'inquiétait à l'idée de rentrer. Même l'enfant, dans mon ventre, se tenait coi. La dernière partie du voyage nous a engagées dans une course contre l'obscurité grandissante, et le crépuscule était tombé lorsque j'ai senti la calèche ralentir et bifurquer dans l'allée qui menait à Gawthorpe. La nuit qui enveloppait la demeure, flanquée de part et d'autre par la forêt, était plus opaque que nulle part ailleurs. Les sabots des chevaux ont martelé les pavés ; nous étions arrivées à hauteur de la grange et des dépendances. La calèche a encore ralenti avant de s'immobiliser et j'ai entendu le charretier annoncer à quelqu'un dans la cour qu'il avait pour ordre de me conduire directement à la porte. À cet instant, engourdie par le sommeil, j'avais oublié la présence d'Alice à mes côtés. Nous avions passé si longtemps ensemble que j'en avais oublié le goût de la solitude. L'intérieur sombre de la calèche m'empêchait de distinguer son visage, peut-être dormait-elle encore, et moi-même je me languissais d'aller au lit. J'installerais Alice dans la chambre attenante où Richard avait dormi, de sorte qu'elle serait à proximité. À présent que le mystère du collier disparu était résolu, plus rien n'empêchait qu'Alice et moi soyons amies.

La calèche était immobile. Les chevaux ont soufflé avant de s'ébrouer. Au-dessus de nos têtes, le cocher s'est affairé, puis j'ai entendu ses semelles atterrir sur le sol. Je commençais à m'approcher de la portière quand elle s'est ouverte à la volée, manquant de me faire basculer par-dessus le marchepied.

Richard se tenait devant moi. Son visage était dissimulé par la pénombre, et avant même que j'aie pu parler ou exprimer ma surprise, il m'a saisie par le poignet pour me faire descendre. Mes pieds ont heurté le sol dur, j'ai entendu Puck s'extirper d'un bond derrière moi, puis deux choses se sont déroulées en même temps : Alice est sortie de la calèche dans mon sillage et Roger Nowell est apparu au sommet des marches.

Ni Roger ni Richard n'avaient prononcé un mot, et leurs visages étaient camouflés par la nuit. De part et d'autre de la grand-porte, des torches brûlaient, leurs flammes se tordant dans l'obscurité. Une vague glaciale m'a transpercé l'échine.

— Richard, que faites-vous ici ? ai-je demandé.

Il me tenait toujours fermement par le bras.

La voix de Roger m'est parvenue des marches.

— Alice Gray, vous êtes en état d'arrestation pour le meurtre par sorcellerie d'Ann Foulds, fille de John Foulds de Colne, et serez retenue prisonnière de Sa Majesté jusqu'à ce que votre affaire soit jugée.

En un éclair, il s'était approché d'elle.

— Roger ! me suis-je écriée. Que faites-vous ?

Mais Richard me tirait dans l'escalier en direction de la maison. Je me suis débattue furieusement pour me dégager.

— Alice ! Que se passe-t-il ? Roger, Richard, répondez-moi immédiatement. Lâchez-moi !

Je l'ai repoussé de toutes mes forces et l'espace d'un instant, son étreinte s'est desserrée, mais à peine avais-je tourné les talons pour m'élancer dans l'escalier que j'ai senti ses bras emprisonner les miens comme un étau.

— Fleetwood ! a hurlé Alice.

À la lueur des torches, j'ai distingué sa coiffe et son visage. La silhouette imposante de Roger s'est refermée sur elle et l'a poussée de force dans la calèche. Alice a disparu sous mes yeux dans un sanglot affolé. Seuls me parvenaient encore ses murmures d'angoisse : « Non, non, non. »

Un des chevaux a poussé un hennissement effrayé en tirant de l'encolure sur le harnais de la voiture. Après quoi, je me suis retrouvée à l'intérieur, Richard a refermé la porte : j'étais dedans et Alice, dehors.

TROISIÈME PARTIE

« Si un homme ou une femme ont en eux l'esprit d'un mort ou un esprit de divination, ils seront punis de mort ; on les lapidera : leur sang retombera sur eux. »

Lévitique 20 : 27

CHAPITRE 15

Richard m'a lâchée comme une braise brûlante avant de s'engouffrer dans le couloir qui menait à la grande salle. Je me suis jetée sur la porte d'entrée, à tâtons j'ai tourné la poignée et me suis ruée au dehors. J'ai vu la masse noire de la calèche s'arracher à l'îlot de lumière des flambeaux. J'ai bondi dans l'escalier, manquant de trébucher sur ma malle de voyage posée en bas des marches, et me suis élancée derrière la voiture, pour tenter de la rattraper, hurlant le nom d'Alice, mais à l'intérieur, les rideaux sont restés résolument tirés.

— Arrêtez ! Arrêtez !

Le conducteur, courbé sur les rênes, regardait droit devant. J'ai rapidement perdu du terrain tandis que la calèche prenait de la vitesse, jusqu'à ce que la nuit l'avale et que le martèlement des roues et des sabots s'estompe dans le frémissement des arbres de la clairière.

Je suis restée longuement immobile dans le noir et le froid m'a bientôt glacé les os. J'avais la sensation que mon corps, enfoncé dans la terre, était en train d'être submergé, tiré vers le fond par le poids insupportable de ma robe. Au bout d'un moment, j'ai entendu deux serviteurs sortir de la maison pour porter la malle de voyage à l'intérieur.

J'avais conduit Alice tout droit dans la toile de l'araignée, qui l'attendait, tapie dans l'ombre.

En rentrant, j'ai trouvé Richard dans le grand salon, devant la cheminée vide. Je me suis contentée de le dévisager sans un mot et il m'a rendu la pareille. Un cri de colère a fini par m'échapper :

— Vous m'avez dupée. Vous m'avez menti !
— Comme vous m'avez dupé et menti.
— C'est-à-dire ?
— Vous avez affirmé que la fille n'était pas avec vous.
— Vous nous avez tendu un piège. Comment osez-vous...
— Alice Gray est recherchée pour meurtre. Peu importe qu'elle soit arrêtée ici ou chez votre mère.
— Au contraire. Qui vous a dit qu'elle était là-bas, vos sœurs ?
— Non, votre mère. Par inadvertance, évidemment ; je ne pense pas qu'elle irait jusqu'à trahir sa propre fille. Elle m'a écrit une lettre me détaillant une jeune sage-femme pleine de vie du nom de Jill, que vous aviez amenée avec vous. Elle voulait savoir si Mme Starkie l'avait recommandée. Couvrez mieux vos traces, la prochaine fois ; je vous croyais pourtant une chasseresse expérimentée.

J'ai inspiré profondément pour ne pas me laisser dominer par la colère.

— Pourquoi Alice a-t-elle été arrêtée ?
— Je ne connais pas tous les détails de l'affaire.

— Roger affirme qu'elle a tué un enfant ? Quelle absurdité.

— Vous semblez bien sûre de vous.

— Évidemment. Alice ne ferait pas de mal à une mouche.

— Dans ce cas, elle n'a rien à craindre.

— Roger s'est embarqué dans une quête de pouvoir. Avec ses manigances, il apaise le roi tout en se pavanant à la cour. Peu lui importent les conséquences, que des vies soient en jeu. Combien de prétendues sorcières a-t-il trouvées pendant mon absence ?

— Je l'ignore.

— Combien ?

— Dix, environ. Sa tâche n'est pas ardue : elles pensent racheter leur liberté en lui livrant des noms. Ce sont elles qui portent les accusations, pas lui.

— Nous ne pouvons pas rester sans rien faire.

— Nous ne ferons absolument rien ! a hurlé Richard. Vous en avez assez fait comme ça !

Son esprit s'échauffait. Depuis le début de la conversation, il faisait les cent pas devant la cheminée. Il s'était arrêté pour me menacer de tout son courroux. J'ai repensé à cette journée pluvieuse d'avril quand Roger et moi nous étions croisés dans la galerie longue. *Honni soit qui mal y pense.*

Pour me donner de la contenance, j'ai tiré un fauteuil à moi et je me suis arc-boutée, les deux mains sur le dossier, refusant le simple fait de m'asseoir.

— Vous me privez de sage-femme.

— Vous en trouverez une autre, ce n'est pas ce qui manque. Je ne comprends pas que vous insistiez pour avoir les services d'une souillon, qu'on accuse en outre d'avoir tué un enfant. C'est vraiment ce que vous souhaitez pour mettre au monde notre héritier ?

— Oui.

— Nous ferons venir une autre sage-femme.

— Je ne l'accepterai pas.

— Auquel cas, vous risquez de mourir. Est-ce votre désir ?

— Peut-être. Si c'est le vôtre.

— Ne soyez pas ridicule.

J'ai agrippé le dossier du fauteuil.

— Alice est irremplaçable. Mais dites-moi, Richard : pourquoi seriez-vous le seul à entretenir une femme, après tout ?

Le sang me battait dans les oreilles. J'ai serré les poings de toutes mes forces. J'aurais voulu que le bois vole en éclats sous mes paumes. Comme Richard ne disait rien, malgré son expression furieuse, j'ai poursuivi.

— Alice Gray m'a sauvé la vie, plus d'une fois. Quand je souffrais de démangeaisons, elle m'a apporté des plantes pour faire des cataplasmes. Quand j'étais nauséeuse, elle m'a préparé des teintures. Quand j'étais au plus bas, elle est restée auprès de moi. Elle a planté un jardin aromatique pour en faire des remèdes.

— Elle m'a tout l'air d'être une sorcière, a rétorqué Richard d'un ton cinglant. Sans quoi, comment connaîtrait-elle toutes ces choses-là ?

— Elle est sage-femme, comme sa mère avant elle. Êtes-vous comme le roi, à penser que toutes les guérisseuses, les indigentes et les sages-femmes exécutent l'œuvre du diable ? Ma foi, ce doit être le principal employeur de tout le comté du Lancashire !

Une fatigue soudaine s'est emparée de moi et m'a obligée à m'asseoir. Depuis mon arrivée, je n'avais pas changé mes habits et ma robe était encore couverte de la poussière de la route. J'ai songé à Alice et Roger, dans cette calèche qui s'enfonçait dans la nuit. Ma tête me faisait mal.

— Où l'emmène-t-il ?

— À Read Hall, peut-être. À moins qu'il n'aille directement à Lancaster.

— Mais les assises ne se tiendront pas avant le mois d'août.

J'ai entendu ses pas claquer sur les dalles, puis Richard s'est agenouillé à côté de moi et ses boucles d'oreilles ont scintillé à la lueur des bougies.

— Oubliez Alice. Vous en avez fait assez pour elle.

— L'oublier ? Je n'ai rien fait pour elle ! Vous ne voyez donc pas ? Tout ce que j'ai fait, c'est de la mener droit à la potence !

— Seule votre sécurité me préoccupe. Quand j'ai appris qui était Alice, je suis venu sans hésiter. Que vous arrive-t-il, Fleetwood ? Vous n'êtes plus la même depuis que vous l'avez rencontrée.

Sa voix frémissait de haine. Je me suis essuyé le nez du revers de la manche. Je mourais d'envie de m'allonger.

— Je veux aller à Read Hall, ai-je affirmé.

— Certainement pas. Il fait nuit.

Une fois encore, j'étais privée de ma liberté de mouvement, retenue par une longe invisible. Quel sentiment étrange : j'étais chez moi, en compagnie de mon mari et de mon chien, et pourtant de ma vie entière je n'avais jamais éprouvé une telle détresse. Pendant longtemps, je m'étais contentée de cette existence, mais à présent, j'avais l'impression d'être une étrangère dans ma propre vie. J'ai regardé alentour, les fenêtres plongées dans le noir, les lambris étincelants et la galerie qui avaient connu des jours heureux sous l'auspice des troupes de théâtre et des troubadours. Les armoiries – y compris les miennes – paraient le manteau de la cheminée ; il y avait deux portes, de sorte que deux invités du même rang pouvaient les franchir en même temps. Était-ce véritablement ma demeure ?

Richard m'a aidée à me relever et je suis montée dans ma chambre en prenant appui d'une main sur la tête de Puck. La cage d'escalier était sombre, et le sommeil commençait déjà à m'emporter.

Il s'était passé tant de choses depuis la dernière nuit que j'avais passée dans ma chambre que j'ai eu le sentiment de pénétrer dans une pièce inconnue. Devant moi se dressait le lit sorti de mes caprices de jeune mariée, avec sa tête décorée de heaumes de chevaliers, de couronnes et de serpents. Au centre, deux cimiers gravés s'entrecroisaient : les trois navettes et l'étoile pour Shuttleworth ; et les six merlettes pour Fleetwood. J'avais refusé l'ajout du cimier de Barton.

Cette nuit-là, Richard a dormi à mon côté, par solidarité ou culpabilité, et au fond ses raisons m'étaient bien égales. Puck a ronflé bruyamment, par terre au pied du lit, et pour une fois Richard ne s'en est pas plaint. J'ai passé un long moment à contempler le baldaquin au-dessus de nos têtes, l'esprit en proie à une vive agitation.

Alice était accusée du meurtre de la fille d'un certain John. L'enfant était-elle morte alors qu'elle la mettait au monde ? Ou était-ce une histoire mensongère, dont Elizabeth Device se servait pour fourbir sa vengeance ? À moins que John Foulds, dont la fille reposait depuis longtemps au cimetière, n'ait été un ami de Roger qui avait accepté de s'enrichir en colportant des calomnies.

J'ai attendu le sommeil qui, en l'absence de la silhouette bienveillante d'Alice recroquevillée au pied de mon lit, s'est fait désirer.

★

Le lendemain matin, je me suis préparée sans me hâter, en me nettoyant longuement de la saleté des chemins. J'ai savonné mes cheveux, je les ai peignés, puis je les ai laissés dénoués pour qu'ils sèchent tandis que je m'habillais, sous le regard lointain de Prudence et Justice. Après tout, comme je ne portais plus de corset, les services d'une femme de chambre m'étaient désormais inutiles. Dans la garde-robe, j'ai choisi un col propre et une coiffe rehaussée de perles. J'ai noué mes bas de soie de part et d'autre de mes genoux, même si mes jambes enflées n'avaient aucune peine à les retenir, et j'ai chaussé mes mules. J'ai déposé une goutte d'huile de rose derrière mes oreilles et à mes poignets, puis je me suis frotté les dents avec un tissu avant de me rincer la bouche en recrachant dans l'eau de ma toilette striée par la crasse et la poussière. Enfin prête, j'ai ouvert la porte et Puck m'a escortée jusqu'à la table du déjeuner. Encore sous le coup de la course chaotique et des péripéties de la veille au soir, je ne cessais de penser à Alice.

Comme d'habitude, la nourriture préparée par Barbara était fade et je l'ai goûtée du bout des lèvres en songeant aux cerises, aux pains d'épice et aux tartes crémeuses que nous avions dégustées chez ma mère. Ici, tout me semblait recouvert d'une pellicule terne.

De l'autre côté de la table, Richard prenait son déjeuner, dans une posture digne de quelque chevalier légendaire du royaume d'Angleterre, son faucon turc perché sur son épaule. S'il cherchait à me provoquer, après que je m'étais comparée à son oiseau, l'effet était des plus réussis. Je l'ai toisé du regard. Oublieux de ma présence, il était d'humeur joyeuse et affairée. Peut-être avait-il pris goût à mon absence, comme je n'avais eu d'autre choix que de m'accoutumer à la sienne.

J'ai remué ma cuillère dans mon bol d'avoine en faisant mine de boire une gorgée de bière.

— J'aimerais autant que cette bête reste à l'extérieur de la maison, ai-je déclaré.

Loin de souligner mon inquiétude, le son de ma voix laissait surtout paraître ma rancune. L'oiseau a tourné vers moi son œil de serpent.

— Je l'habitue à ma présence. Tu aimes voir le lieu de vie de ton maître, n'est-ce pas ?

— Et si elle s'arrache à sa longe et s'envole jusqu'aux chevrons ?

— « Accoutumez-la au sang, sinon elle désobéira à vos ordres et vous serez contraint de la suivre. »

J'ai soutenu son regard sans un mot, et il a souri.

— C'est la première règle de la fauconnerie. Pour la faire redescendre, il suffit de l'amadouer d'un bout de viande.

— Et si le bout de viande en question est le doigt d'un domestique ?

Richard m'a gratifiée d'un clin d'œil ; il était d'humeur insouciante. Qu'il fût capable d'un tel revirement, après ce qui s'était passé, me le rendait haïssable. Jamais il ne se retrouverait du mauvais côté de la loi, jamais il ne risquerait d'être embarqué *manu militari* dans une calèche par un magistrat assoiffé de sang. Je l'ai gratifié en retour d'un regard plein d'une haine évidente.

— J'irai à Read Hall dans la matinée, ai-je déclaré quelques minutes plus tard.

— Pour rendre visite à Katherine ?

J'ai passé la langue sur mes lèvres sèches.

— Oui.

— Vous irez sans moi. Je dois rédiger des baux avec James.

— Pour qui ?

— J'achète des terres laissées par un fermier. Imaginez-vous que, d'après son fils, il a emmuré un chat vivant lorsqu'il a construit sa maison.

— Pourquoi aurait-il fait une chose pareille ?

Richard a haussé les épaules.

— Pour faire peur au Malin ? Les gens de la campagne sont parfois bien étranges. Alors qu'une fenêtre vitrée s'en acquitterait tout aussi bien.

Me rendant compte qu'il avait fait un trait d'humour, j'ai plaqué un sourire sur mon visage. Il venait de me donner une idée.

★

J'ai guidé mon cheval à faible allure jusqu'à Read, bien heureuse de pouvoir profiter de l'air frais et de la solitude pour réfléchir à la suite des événements. En route, j'ai croisé les éternelles masures de boue, les fermes délabrées par les années et les mêmes visages creusés par une vie d'épreuves et de privations. Les gens marchaient d'un pas lourd, un fichu noué sur la tête, les épaules rentrées. Devant le défilé de leurs dos courbés par la douleur, la maladie, le labeur, je me suis prise à espérer qu'ils connussent aussi des moments de gaieté ; j'ai prié pour qu'ils mordent parfois dans une cerise en se laissant surprendre par le noyau. Si seulement on construisait un théâtre dans les environs, les chasses aux sorcières deviendraient obsolètes. Je m'attellerais peut-être un jour à cette tâche.

Le paysage m'a accompagnée de sa ligne monotone, entre le gris du ciel et le vert de la terre, jusqu'à Read. Quand enfin je suis arrivée à destination, je n'ai vu personne, à part un garçon de ferme qui transportait du foin à l'écurie. Je l'ai interpellé pour lui confier mon cheval, puis je suis allée frapper à la porte. Après un silence qui m'a semblé interminable, j'ai réitéré mes coups. La porte s'est entrebâillée et je m'attendais à voir Katherine, mais il n'y avait personne. En baissant la tête, je me suis aperçue que celle qui m'avait ouvert m'arrivait à peine à la poitrine et me dévisageait de ses grands yeux pâles. J'ai fait de mon mieux pour ne rien laisser paraître de ma surprise.

— Jennet. Je suis venue voir Monsieur.

La fillette m'a fixée.

— Il est pas là, il est parti, a-t-elle murmuré.

Sa peau était si blafarde qu'elle avait une teinte translucide.

J'ai senti mon estomac se nouer.

— Il est parti où ?

Soudain, une voix l'a interpellée des tréfonds de la maison, puis Katherine est apparue derrière elle. Elle avait les traits encore plus émaciés et tirés que la dernière fois que je l'avais vue. J'ai dégluti avant de la saluer.

— Bonjour, Katherine.

— Fleetwood, m'a-t-elle répondu du seuil en se tordant les mains. Jennet, écarte-toi. Je t'ai déjà dit de ne pas répondre à la porte. File à l'étage, maintenant.

Malgré le ton de réprimande, sa voix trahissait son désarroi. La fillette a disparu en sautillant.

— Katherine, Roger est-il à la maison ?
— Non, il est parti à Lancaster.
— Avec Alice ?
— Alice ?
— Alice, ma sage-femme. Alice.

Katherine a cligné des paupières en se tordant les mains.

— Je ne comprends pas. Voulez-vous entrer ? Je vais faire chercher du vin…
— Non, merci. J'ai besoin de savoir si Roger a emmené Alice à la prison de Lancaster.
— Il est parti hier soir et n'est pas encore rentré. Il m'a seulement dit qu'il allait là-bas.

Donc, il ne logeait pas toutes ses prévenues chez lui comme un aubergiste : uniquement celles à qui il pouvait soutirer des informations. J'ai reculé d'un pas en soupirant. Il me fallait tenter une nouvelle approche.

— Connaissez-vous un homme du nom de John Foulds ?

Katherine a froncé les sourcils d'incompréhension.

— Je crains que non. Suis-je censée le connaître ?

J'ai secoué la tête.

— Roger m'a raconté que vous aviez passé du temps chez votre mère à Kirkby Lonsdale, a rebondi Katherine avec amabilité. Votre séjour a-t-il été… agréable ?
— Tout à fait. Je dois partir. Je suis navrée, Katherine.

Elle a hésité un instant sur le seuil, comme au bord d'un gouffre qu'il lui fallait franchir d'un bond pour pouvoir me rejoindre.

— Fleetwood !

L'angoisse se lisait sur son visage, comme si un grand tourment l'accablait.

— Il a annoncé qu'il transférait quelqu'un à la prison du château. C'est en regardant la calèche que j'ai su qu'il s'agissait d'une prisonnière. Vous dites qu'elle était votre sage-femme ?

— Alice *est* ma sage-femme. Merci, Katherine. Votre aide m'est précieuse.

— Ne restez-vous pas pour le dîner ? Buvez au moins un verre de vin.

J'ai secoué la tête avant de me retirer et d'aller droit à l'écurie, où j'ai retrouvé mon cheval à l'abreuvoir. Je l'ai laissé se désaltérer, puis je suis montée en selle. Sur le chemin, j'ai remâché les tenants et les aboutissants de cette effroyable situation pour tenter d'y voir clair, si bien que je suis rentrée à Gawthorpe encore plus lentement que je n'en étais partie.

À mon arrivée, je suis descendue de cheval et me suis tenue dans la cour, le front barré d'inquiétude, tenant encore les rênes : avant que de pouvoir reprendre la route, il me fallait récupérer quelque chose à la maison.

Richard et James, entourés de toutes sortes de documents, travaillaient dans la grande salle.

— Vous rentrez bien tôt, s'est étonné Richard. Comment se porte Katherine ?

— Bien, ai-je répondu d'un air absent. Où est le chien ?

Richard m'a répondu qu'il l'avait vu dans le petit salon.

— Je fais une sortie à cheval, ai-je annoncé.
— Est-ce bien raisonnable ?
— D'après Alice, l'équitation n'est pas contre-indiquée. Et jusqu'ici, elle ne s'est jamais trompée, ai-je rétorqué en soutenant son regard. Je serai de retour dans quelques heures.

Richard m'a toisée mi-amusé, mi-agacé.

— Ma foi, James, s'est-il adressé à son intendant, je me demande si le roi n'a pas raison de vouloir durcir le ton face aux femmes du Lancashire. Elles sont décidément sans foi ni loi, vous ne trouvez pas ?

Alors qu'il me regardait plus attentivement, j'ai décelé dans son regard le même soupçon de méchanceté que je lui avais vu chez ma mère quand, pour la première fois de notre mariage, il m'avait intimé un ordre. Désormais, il exerçait son autorité comme il aurait fait travailler un muscle, soucieux de sonder mes limites autant que les siennes.

— Je ne sais pas, Monsieur, a répondu James avec tempérance.
— Elles sont farouches, ne diriez-vous pas ? m'a-t-il interrogée.
— Elles sont également inoffensives, ai-je répliqué prudemment.
— Et qui en jugera ?

Comme Richard soutenait mon regard, j'ai souri d'un air emprunté avant de quitter la pièce, mais il m'a interpellée alors que j'atteignais la porte.

— J'ai des affaires à Ripon aujourd'hui, et je serai absent cette nuit.

Je me suis figée, la main en suspens sur la poignée.

— Quand rentrerez-vous ?

— Tard demain, ou encore la matinée d'après. Mais n'ayez crainte, James gardera un œil sur vous.

Je suis allée chercher mon chien. En passant devant la cage d'escalier, j'ai senti la présence du portrait de ma mère en haut de la tour, comme si elle me surveillait de la galerie. J'ai réprimé un frisson avant de sortir dans la fraîcheur matinale.

CHAPITRE 16

C'était jour de marché à Padiham et le village, animé par le va-et-vient des badauds et des animaux, résonnait des cris des marchands et des grognements du bétail. J'ai guidé mon cheval jusqu'à la cour du Hand and Shuttle sans trop me préoccuper des regards curieux qui fusaient vers mon chien et moi. Puck m'a d'ailleurs accompagnée à l'intérieur de l'établissement, où j'ai demandé à un jeune garçon muni d'un chiffon de faire venir le patron. Il s'est éloigné dans le couloir que j'avais arpenté récemment. Avant qu'Alice ne m'incite à ouvrir les yeux. Aujourd'hui, j'aurais aimé pouvoir les refermer.

Le même homme au visage rougeaud et aux dents gâtées est apparu en posant sur moi son regard inquisiteur.

— Je ne me suis pas présentée, lors de ma dernière visite, ai-je commencé à voix basse. Je m'appelle Fleetwood Shuttleworth. J'habite à Gawthorpe Hall.

— Je sais qui vous êtes, a-t-il rétorqué d'une voix qui ne se voulait pas désagréable. Je m'appelle William Tufnell, je suis le patron de cet établissement.

Il a soudain sursauté en découvrant Puck à côté de moi.

— Les chiens ne sont pas autorisés ici, Madame. Je suis désolé. Même le vôtre.

J'ai acquiescé d'un hochement de tête, puis en jetant un regard alentour, j'ai remarqué l'âtre et les tables qu'Alice devait nettoyer pendant son service à l'auberge.

— J'en ai pour une minute, j'ai une seule question à vous poser. Avez-vous déjà entendu parler de John Foulds et de sa fille Ann ?

L'homme m'a regardée d'un air perplexe.

— Je ne connais personne de ce nom à Padiham. Et tous les hommes en âge de soulever une chope de bière sont passés par ici un jour ou l'autre.

— Il y a une auberge à Colne. Le Queen's Arms ?

— Oui, a-t-il acquiescé d'un air circonspect.

— Je crois savoir que votre employée, Alice Gray, venait de là-bas et qu'elle cherchait un poste.

— C'est mon beau-frère qui me l'a envoyée, oui. Par contre, elle n'est plus avec nous.

— Comment s'appelle votre beau-frère ? Est-il patron du Queen's Arms ?

— C'est Peter Ward, Madame. Et oui, vous le trouverez là-bas.

★

Le Queen's Arms se découpait aux abords du village à quelques lieues en amont de la rivière, et je n'ai eu aucun mal à me représenter Alice en train d'aider John Law, pétrifié de peur, à remonter le chemin de terre battue. À peine le seuil franchi, l'auberge, de taille modeste, dégageait la même odeur de bière éventée qu'une taverne. La salle était vide, le bois usé des bancs et des tables avait été récuré avec soin, et de la sciure fraîche recouvrait le sol.

J'avais pris soin d'attacher Puck à un poteau devant l'entrée. Dans un couloir derrière le bar, une femme appuyée à un balai racontait une histoire d'une voix criarde. Les mains repliées sur le ventre, j'ai attendu qu'elle termine son récit. Comme elle se sentait observée, elle s'est retournée et m'a dévisagée d'un air peu avenant.

— J'peux vous aider ?

Elle m'a détaillée de la tête aux pieds en serrant le manche de son balai entre ses grosses mains rouges.

— Je m'appelle Fleetwood Shuttleworth. Je cherche le patron, M. Ward.

Au lieu de l'interpeller, la femme a remonté le couloir, et je l'ai entendue chuchoter. Un instant plus tard, un homme à la tignasse blanche, taillé comme un bûcheron, a déboulé dans la salle. Son gabarit était tel que j'ai senti les vibrations de ses bottes sur la terre battue.

— Je peux aider ?

— Êtes-vous monsieur Ward, le patron d'Alice Gray ?

— Si j'avais ajouté une plume à mon chapeau chaque fois qu'on m'a interrogé sur Alice Gray, je ressemblerais à une poule. Qu'est-ce qu'elle a fait, encore ?

Sa véhémence m'a surprise.

— Elle n'a rien fait. Je me demandais où je pourrais trouver son père.

— Joe Gray ? Qu'est-ce que vous lui voulez ?

— Je souhaite lui parler.

— Il dit pas grand-chose qui vaille le coup d'écouter.

J'ai attendu sans un mot. Il a poursuivi :

— Il vit à une demi-toise par là en suivant la route de la laine, puis à droite, en montant jusqu'à l'orée du bois. Vous lui voulez quoi ?

— Cela ne regarde que moi. Qui d'autre a posé des questions sur Alice ?

— Oh... a-t-il dit en agitant son énorme main. Un magistrat, l'autre semaine. « Vous êtes bien sûr d'avoir la bonne personne ? » que je lui ai dit. Et avant ça, une espèce de brute de souillon à faire peur, avec un œil vers le ciel et l'autre vers l'enfer. Et sa mère, qui beuglait comme un goret à l'abattoir. Dieu seul sait ce qu'elles pouvaient bien lui vouloir, à Alice Gray.

— Vous voulez parler de Demdike ? Et Elizabeth Device ?

— Demdike, voilà. Ça veut dire « femme-démon », vous saviez ça ? Si c'est pas croyable : ça fait deux familles du coin qui finissent au cachot pour sorcellerie – les Device et la vieille Chattox et sa fille. Paraît que ce s'rait des familles voisines en guerre entre elles, mais de mèche avec le diable. Et puis, il y a la petiote qui est passée, il y a quelques mois de ça, pour me poser des questions sur le pauvre bougre, à cause qu'elle lui avait jeté un sort. Bon débarras, toutes autant qu'elles sont. Je veux pas de cette graine-là chez moi – s'il apprend que les sorcières sont venues ici, le chaland, il fiche le camp. C'est pour ça que j'ai dû me séparer d'Alice : elles arrêtaient pas de demander après elle. Des années, qu'elle travaillait pour moi. Mais elle filait la frousse aux clients, cette laideronne.

— Donc, vous vous êtes passé de ses services, ai-je souligné avec froideur.

— Elle était mêlée à tout ça, à tort ou à raison.
— Elle a ramené ce pauvre homme ici, c'est tout ce qu'elle a fait.
— Elle aurait pas dû se donner la peine. Il m'a causé que des ennuis, celui-là. À geindre toute la journée, avec ses histoires de chien dans sa chambre, d'épingles et de sortilèges. C'est lui qu'il fallait jeter au cachot, mais elle m'a supplié de l'héberger.

J'ai jeté un œil alentour aux tables et chaises vides, aux tonneaux prêts à s'écouler dans le gosier des hommes. Certes, le patron avait une affaire à maintenir à flot, et il y avait vraisemblablement une part de vérité dans ses propos, mais il avait eu tort de congédier Alice, car ainsi, il l'avait condamnée.

— Connaissez-vous John Foulds ? ai-je demandé.
— Et par-dessus le marché, vous le cherchez, lui aussi ? Elle a pas de chance avec les hommes, cette Alice, entre son vieux paternel et John Foulds.

J'ai senti les poils de ma nuque se hérisser.
— Je vous demande pardon ?
— Il vient ici, de temps à autre. Enfin, il venait autrefois, jusqu'à ce que... Ça fait un moment qu'on ne l'a pas vu. Je ne sais pas où il est.
— Jusqu'à ce que quoi ?

Peter a tendu la main sur sa bedaine proéminente pour se gratter le flanc.

— Sa fille est morte, il n'y a pas très longtemps. Ça remonte à quand, maintenant, Maggie ? Six mois à peu près, je dirais.
— Et Alice et lui...
— Ma foi, ils se fréquentaient. Lui avait déjà été marié, sa femme était morte. Elle cachait bien son jeu, Alice, à rien laisser paraître. Mais ils ne se sont jamais

mariés. En tout cas, vous ne trouverez pas Alice par ici, désolé de vous décevoir. Son père n'en sait pas plus, à mon avis. Vous pourriez essayer au Hand and Shuttle – c'est là qu'elle a son emploi, maintenant, à Padiham.

J'avais la bouche sèche et une dernière question me taraudait :

— À quoi ressemble-t-il ?

— John ? Grand, cheveux noirs. Beau gars, tant qu'il est pas pris de boisson. Hein, Margaret ? Je t'ai vue le reluquer.

Margaret a levé les yeux au ciel en lui flanquant une tape sur le bras.

Ainsi, l'homme que j'avais vu avec Alice dans le couloir du Hand and Shuttle était bien John Foulds. L'idée qu'Alice ait assassiné sa fille était inconcevable. Et qu'elle soit son amante ? Il avait certes un beau visage, mais il irradiait l'oisiveté comme le soleil, la lumière.

J'ai remercié Peter et sa femme d'une voix monocorde et, avant de remonter en selle, j'ai levé les yeux sur les petites fenêtres qui perçaient la façade au deuxième étage de l'auberge. Je me suis demandé laquelle donnait sur la chambre que John Law avait occupée pendant sa maladie.

La route qui partait de l'auberge descendait d'un côté en lacet jusqu'à Colne, et de l'autre filait à travers champs et boqueteaux. Autour de moi, les oiseaux pépiaient, mais leur chœur joyeux sonnait creux à mes oreilles tandis que je m'éloignais du village. Le chemin boueux s'enfonçait sous les sabots du cheval, et Puck le suivait d'un pas lourd tout aussi mal assuré. Je me suis représenté Alice en train de parcourir la même étendue silencieuse, dans l'air limpide de cette forêt qui devait lui être aussi familière que celle de Gawthorpe pour moi.

J'avais découvert si peu de choses sur Alice, alors qu'elle en savait tant sur moi. Elle m'avait confié qu'elle avait failli se marier – sans doute était-ce avec John. Sa mère lui manquait cruellement, et elle avait trouvé une véritable âme sœur en la personne de Mouldheels. Quand elle parlait de son père, rarement, c'était sans grande chaleur. Je détenais quelques informations éparses, mais elles n'étaient que des coups de pinceau portés aux angles d'un tableau : l'image complète m'échappait.

Le chemin a coupé au travers d'un terrain boisé, dont les arbres n'auraient eu aucun mal à éclipser Gawthorpe. J'ai frissonné en songeant à John Law retrouvant Alizon sous le murmure de leurs branches. Le regard droit devant, j'ai poursuivi la route sans me laisser décontenancer, jusqu'à ce que la forêt s'ouvre de nouveau sur des champs, et j'ai fait de mon mieux pour me débarrasser de l'impression désagréable qu'on m'observait. Tel que Peter me l'avait décrit, la colline se soulevait sur la droite et la masure basse se découpait sur un versant. Un sentier boueux menait à sa porte, et j'ai tourné mon cheval pour gravir la côte en contournant la partie la moins carrossable de la tourbière. De la cheminée sortait une fine volute de fumée que le vent dispersait aussitôt en tous sens. L'habitation, en clayonnage enduit de torchis et recouverte d'un toit de chaume, était à peine plus haute que moi, plus basse encore que le cellier chez moi. Il n'y avait pas de carreaux aux fenêtres, mais des volets entrouverts laissaient filtrer la lumière. Un muret encerclait le cottage, et des fleurs se mouraient dans leurs plates-bandes. À peine quelques corolles, comme des lanternes colorées, parvenaient-elles à s'extirper des mauvaises herbes. J'ai pensé au jardin aromatique de la mère d'Alice ; sans doute se trouvait-il à l'arrière de la maison, car la façade avant, à flanc de coteau, était exposée au vent et à la pluie battante.

J'ai frappé à la porte et, quelques instants plus tard, elle s'est ouverte sur Joseph Gray. Il était plus âgé que je ne l'aurais pensé : plus encore que Roger. À moins que son indigence ne l'eût vieilli. Courbé en avant, il donnait l'impression, bien qu'immobile, d'être toujours en mouvement : son corps entier était parcouru de tremblements et ses lèvres se retroussaient en silence. Comme ceux d'Alice, ses cheveux couleur crème retombaient en spirales sur ses épaules. Il avait les yeux bleu clair. Sa silhouette fine flottait dans des vêtements qui auraient eu bien besoin de tremper dans de la soude caustique pendant une semaine.

— Monsieur Gray ? Je m'appelle Fleet...

— Je sais qui vous êtes, a-t-il marmonné. Elle travaillait pour vous, pas vrai ? Entrez. J'imagine que vous avez des choses à me dire.

Il faisait très chaud à l'intérieur de la chaumière : au milieu de la pièce, le feu crépitait joyeusement, comme en plein décembre, alors que nous étions en juillet. Les volutes de fumée s'enfuyaient par un trou ménagé dans le toit, et j'ai songé au froid et aux courants d'air qui devaient s'emparer de la maison quand le temps était moins clément. Deux lits bas étaient disposés de part et d'autre de l'âtre. Un seul était défait. Et des tissus pendaient devant les murs en terre suintant d'humidité. Il n'y avait guère, en guise de meubles, qu'une table, deux tabourets et un placard. À côté du feu, des casseroles sales en étain jonchaient le sol recouvert de jonc. Alice et son père cuisinaient, dormaient et vivaient dans cette masure pleine de trous et chahutée par les vents.

Joseph a pris la parole en premier.

— J'imagine que vous êtes là à cause du canasson ?

— Pardon ?

— Le canasson que vous avez passé à Alice. J'l'ai rendu, alors maintenant j'veux pas d'ennuis.

Je l'ai regardé d'un air ahuri.

— La jument qui avait disparu ?

— Oui.

Sa bouche a continué à bouger, sans qu'il en sorte aucun mot, et je me suis demandé s'il chiquait du tabac.

— J'ai même rendu l'argent au bougre. Vous croyez qu'elle a été reconnaissante ? Oh et puis merde.

Il s'est avancé d'un pas tranquille jusqu'à son lit et s'est assis. Je suis restée sans bouger, de plus en plus oppressée par la chaleur. Joseph a passé la langue sur ses lèvres avant de ramasser un pot à bière à même le sol. Après en avoir examiné le contenu, il l'a avalé d'un trait.

Voilà donc ce qui était arrivé au cheval de trait que j'avais prêté à Alice : son père l'avait vendu. Et Alice avait trouvé le moyen de le récupérer. J'ai senti ma poitrine se serrer, et l'espace d'un instant l'émotion m'a submergée. Mais j'ai lissé mes jupes et je me suis redressée.

— Monsieur Gray, je ne suis pas venue vous parler du cheval. Il est de retour à l'écurie et l'incident est clos. Je suis ici parce qu'Alice a été arrêtée par le magistrat Roger Nowell, qui entretient l'idée qu'elle a tué un enfant.

Joseph est resté silencieux, le regard vitreux rivé sur les flammes, puis il a tourné son visage vers moi.

— Hein ?

— Monsieur Gray, votre fille a de graves ennuis. Je ferai tout mon possible pour l'aider. Pour cela, je dois comprendre l'origine de telles accusations. Elle est emprisonnée à Lancaster en attendant les assises le mois prochain. Mais les choses n'iront pas jusqu'à de telles extrémités, je ne le permettrai pas. Monsieur Gray, vous m'écoutez ?

— J'parie qu'vous avez même pas besoin du canasson en vrai, j'me trompe ? Un de plus ou de moins, qu'est-ce que ça peut bien vous faire ? J'parie qu'vous avez toute une écurie pleine de canassons tout bien rangés, comme des soldats au garde-à-vous.

D'un geste mal assuré, il a mimé un salut militaire avant de porter sa chope à ses lèvres, bien qu'elle semblât vide.

— Monsieur Gray ! Allez-vous m'écouter ? Votre fille est accusée de sorcellerie, elle est en prison. Êtes-vous au courant ?

Il a laissé échapper un rot.

— On dirait ben qu'elle va finir comme sa mère, alors.

Il a étiré son doigt en travers de sa gorge.

J'en suis restée bouche bée.

— Elle risque la pendaison, et cela vous est égal ? Vous ne voulez pas savoir ce qui arrive à votre fille ?

— C'que j'veux savoir... c'est...

Ses mots lui ont échappé et son regard une fois encore s'est brouillé.

— C'est d'où vient ma bière ? Parce que j'peux vous dire qu'c'est pas elle qui m'la ramène ! Et c'est pas non plus ce grippe-sou de Peter Ward. Ce lascar a beau être au bout du chemin, voilà qu'j'suis obligé d'aller plus loin à cause qu'il ne veut plus me servir. Je suis un vieil homme, moi, Madame Je-Sais-Pas-Comment.

La chaleur était si accablante, le feu si aveuglant et Joseph d'une incohérence si exaspérante que je ne me sentais pas le courage de rester une minute de plus dans ce taudis. Pourtant, j'étais venue pour une raison et je ne pouvais pas laisser tomber Alice. À pas lents, je me suis rapprochée du lit défait dans le coin le plus humide de la pièce. Même la grange de Gawthorpe était moins insalubre – pas étonnant qu'Alice ait accueilli si favorablement l'idée de m'accompagner chez ma mère.

Il y avait quelque chose au milieu de son lit, on aurait dit un tas de guenilles. En soulevant ces loques informes mangées par l'humidité, j'ai découvert non pas quelque animal, mais de la vieille laine grossièrement cousue. Après examen, il m'est apparu que cet ouvrage, fabriqué dans un mouchoir et fourré de mèches de cheveux, avait la forme d'un buste humain surmonté d'une tête et agrémenté de deux bras et deux jambes. Une drôle de masse informe lui était rattachée, et, malgré l'atmosphère surchauffée de la pièce, j'ai senti mon sang se glacer : un poupon était relié à la figurine de femme par un toron de cheveux. Des cheveux noirs. Je me suis souvenue de la curieuse disparition des mèches tombées sur mon oreiller. Un effluve de lavande a flotté jusqu'à moi, puis s'est s'évanoui instantanément. Prise au dépourvu par les larmes qui me montaient aux yeux, j'ai reposé la poupée sur le lit.

— Monsieur Gray, ai-je déclaré en retournant auprès du vieillard secoué de tressautements et de marmonnements. Alice m'a parlé de Jill, sa mère.

J'ai attendu qu'il réagisse et une lueur a fini par troubler le vide de ses yeux bleus.

— Sa mère lui manque beaucoup, comme à vous aussi, j'en suis persuadée. Une personne de votre famille vous a d'ores et déjà été arrachée. Pourquoi ne faites-vous pas tout votre possible pour que la même chose ne se reproduise pas avec Alice ? Vous n'avez plus qu'elle au monde.

Il a tourné la tête brusquement, comme s'il était le jouet d'un rêve. Les yeux rivés sur le vide, il fixait quelque réalité qui m'échappait. Je me suis accroupie, non sans difficulté, et j'ai replié mes jupes sous mes jambes.

— Votre fille a été d'une très grande loyauté envers moi et m'a beaucoup aidée au cours des derniers mois. Je suis désolée de vous l'avoir enlevée, ai-je menti. Mais je vais lui apporter secours. Elle l'a fait pour moi, et le moment est venu de lui rendre sa bonté.

Près du sol, la fumée piquait horriblement les yeux ; peut-être Joseph m'a-t-il crue émue aux larmes.

— Monsieur Gray.

Le voile qui couvrait ses yeux s'est levé et son regard s'est éclairci. Ses lèvres se sont entrouvertes et, l'espace d'un instant, j'ai cru qu'il allait parler. Mais il s'est contenté de dévoiler une rangée de dents marron et j'ai fini par comprendre qu'il riait. Puis d'une voix sifflante, le doigt levé, il a montré le feu :

— Ils brûlent bien les sorcières, non ?

— Que dites-vous ?

Je me suis redressée avec affolement.

Il a pointé le doigt sur mes jupes.

— Ils brûlent les sorcières !

Les flammes léchaient le bas de ma robe. Puck s'est mis à aboyer, et l'épouvante m'a fait perdre mes moyens. Je me suis précipitée vers la porte et, une fois dehors, j'ai battu les pans de ma jupe. Le feu a légèrement faibli sans s'étouffer pour autant. Désespérée, j'ai parcouru les alentours des yeux à la recherche d'un abreuvoir ou d'un quelconque point d'eau, quand soudain mon regard est tombé sur un vieux seau rempli d'eau de pluie. Sous les aboiements déchaînés de Puck qui tournait furieusement autour de moi, j'ai renversé le seau sur ma jupe. L'eau marron a formé une flaque à mes pieds et les flammes étincelantes ont disparu.

À l'intérieur de la chaumière, Joseph donnait libre cours à son hilarité. Je suis restée un instant immobile, le souffle court, tandis que Puck courait autour de moi en me tournant l'échine comme pour repousser une armée invisible. Soufflant de toutes parts, le vent a soulevé de fines volutes d'une fumée sombre des pans endommagés de ma robe. Le rouge profond du taffetas, noir à présent, n'arborait plus qu'un trou béant. Je n'aurais su dire combien de temps je suis restée ainsi, mais à aucun moment Joseph n'a pris la peine de sortir, et il m'a fallu longtemps avant que mon corps cesse de trembler et que je sois en état de remonter en selle. Je suis partie au petit galop, Puck s'est calé dans mon sillage et j'ai rapidement forcé l'allure. Je n'aurais pas galopé plus vite si le diable en personne avait été à mes trousses.

★

Cette nuit-là, quelque chose est venu me rendre visite dans ma chambre, alors que je dormais seule. La sensation d'une fourrure tiède caressant ma main m'a tirée du sommeil. Il faisait nuit noire et seule ma respiration brisait le silence. J'ai senti un poids se déplacer une première fois au pied de mon lit. Puis je l'ai senti une deuxième fois, tandis que mon souffle s'étranglait dans ma gorge, comme si la présence s'installait confortablement. Je me suis représenté Joseph Gray, debout dans les ténèbres de ma chambre, un lapin mort oscillant dans son poing maculé.

Les paupières closes, j'ai supplié mon cœur d'apaiser ses battements affolés. *Ce n'est qu'un rêve.* Pourtant, je savais bien que c'était autre chose.

Entre chaque cognement de mon cœur, je sentais le poids de mes jambes me quitter, puis j'ai perçu le son de quelque chose qui atterrissait sur le parquet. Le bruit était trop léger pour qu'il s'agît de Puck, trop silencieux. Les mains crispées sur le haut de ma couverture, je suis restée un long moment pétrifiée. Le bébé m'a donné des coups de pied comme pour me dire : « Je le sens, moi aussi. »

J'ai attendu : soit l'immobilité de la nuit reprenait ses droits, soit j'allais mourir de peur à la prochaine alerte. Malgré la nuit noire, j'ai vu une forme s'éloigner vers la porte, puis disparaître.

Plus tôt dans la journée, je m'étais précipitée à l'étage, emmitouflée dans ma cape comme un contrebandier. J'avais fourré ma cape dans la garde-robe avant de me retirer dans ma chambre. Puis j'avais fait semblant, à grand renfort de cris, qu'une bougie en se renversant avait mis le feu à ma robe.

— Oh ! Oh non ! Oh !

Après cette mise en scène convaincante, j'avais soufflé sur la bougie que j'avais placée encore chaude à mes pieds.

— Ma robe ! avait-je alors pleuré quand une femme de chambre était arrivée.

Elle m'avait contemplée avec effroi : elle devait croire que je perdais une fois encore mon enfant. Elle m'avait fait asseoir, tandis que je soufflais comme un bœuf pour feindre la peur, ce qui au fond ne me demandait pas trop d'efforts : il me suffisait de penser aux grands yeux vitreux de Joseph Gray alors que les flammes s'agrippaient à ma robe.

Je me suis rallongée dans le noir, tandis que la pellicule de sueur séchait sur mon visage, que mon cœur s'apaisait et que, dans mon ventre, le bébé se rendormait. J'ai songé à Alice. Mon cauchemar se manifestait uniquement lorsque je fermais les paupières, or Alice subissait le sien les yeux ouverts. Les paroles de son père me sont revenues du plus profond de la nuit : *Ils brûlent bien les sorcières, non ?*

J'ai essayé de me représenter Alice petite, et son enfance dans cette masure pleine de courants d'air, entre un père fantasque et une mère aimante. J'avais beau avoir fait la connaissance de deux personnes de son entourage, je n'en savais toujours pas plus sur elle, cette fille qui ignorait sa date de naissance, ne savait pas écrire son nom, mais brillait d'une intelligence masculine, connaissait les propriétés de tout ce qui poussait dans la terre et était capable de calmer les ruades d'un cheval d'une caresse de la main.

Les paupières closes, j'ai prié pour sa sécurité.

CHAPITRE 17

Le lendemain, je me suis réveillée peu avant l'aube et me suis habillée à la hâte dans la pénombre, en priant pour ne pas croiser de domestiques en sortant. La grand-porte déverrouillée, je me suis glissée dehors. J'ai refermé derrière moi sans bruit et rangé la clé dans ma poche. Une nouvelle matinée d'été m'attendait, qu'en d'autres circonstances – à une autre époque, dans une autre vie – j'aurais volontiers trouvée splendide. J'ai bâillé en regardant les arbres s'ébrouer de la nuit, puis je me suis dirigée vers l'écurie. Le bétail, impatient de voir arriver le fourrage, meuglait dans la grange tandis qu'à l'arrière de la maison la rivière s'écoulait dans un soupir. Comme je me déplaçais plus lentement, à présent, j'avais tout loisir d'observer ce genre de choses. Un garçon d'écurie était déjà à pied d'œuvre, un seau dans chaque main, et je l'ai envoyé seller ma monture. À son retour, je lui ai confié un message.

— Plus tard, dans la matinée, vous irez trouver James : vous lui direz que je serai absente toute la journée et qu'il ne doit pas en informer Monsieur à son retour. Dites-lui que si Monsieur s'en aperçoit, je jetterai son précieux grand livre au feu et qu'il n'aura plus qu'à le réécrire de mémoire. Vous saurez vous en charger ?

Le garçon, qui s'appelait Simon, et qui devait avoir trois ou quatre ans de moins que moi, a opiné du chef avec joie, enchanté à la perspective de transmettre un message de menace à son supérieur.

J'ai rangé dans le havresac accroché à ma selle le ballot de nourriture que j'avais pris dans les cuisines – du pain au miel, du fromage, des raisins et quelques biscuits emballés dans une serviette – et me suis élancée sur la route du nord avant qu'il fasse tout à fait jour. Si Richard avait prévu de rentrer dans la soirée, je n'avais pas une minute à perdre.

★

Après des heures à chevaucher par les chemins, j'ai salué avec joie les trépidations de la ville. En cette magnifique journée d'été, il faisait chaud et la route qui montait jusqu'au château était bondée de charrettes et chevaux. Il m'a fallu un temps considérable pour arriver à destination. À quelques pas du corps de garde, je me suis retournée : Lancaster s'étendait en contrebas d'une route escarpée qui sinuait entre les pâtés de maisons serrées les unes contre les autres, tandis qu'au loin les collines encerclaient la ville. Du château, la vue sur toute la région était dégagée. J'ai arrêté mon cheval devant deux gardes casqués, armés d'une épée.

— Je viens rendre visite à une détenue, ai-je annoncé.

Ils ont levé les yeux vers moi avec indolence.

— Nom ? a lancé l'un d'eux.

— Le mien, ou celui de la détenue ?

— Le vôtre, a-t-il rétorqué avec impatience.
— Fleetwood Shuttleworth, de Gawthorpe Hall, près de Padiham.

Il m'a détaillée des pieds à la tête, en passant par mon ventre arrondi. Puis il a pivoté sur ses talons et il a disparu de l'autre côté du grand portail béant. J'avais le dos raide et les jambes me brûlaient de ma chevauchée, mais j'avais peur de ne plus pouvoir remonter en selle si je mettais pied à terre maintenant.

J'étais en train de me demander si le garde allait revenir un jour quand il est arrivé, flanqué d'un homme plus jeune, aux cheveux noirs et au léger embonpoint. Il était élégamment vêtu d'une paire de bottes noires en cuir souple et d'un pourpoint de même couleur dont les boutons en argent se refermaient sur sa bedaine bien remplie. Ses manches amples blousaient à ses poignets.

— Madame Shuttleworth ? s'est-il enquis d'une voix affable. Avions-nous rendez-vous ? Je m'appelle Thomas Covell. Je suis le coroner et gardien du château.

J'ai décidé de rester à cheval pour profiter de l'avantage de ma position.

— Je suis venue rendre visite à Alice Gray, monsieur Covell, si cela est envisageable.

Comme il avait l'air interloqué, j'ai précisé :

— Roger Nowell, un ami très cher, l'a arrêtée récemment. J'étais de passage et j'aurais souhaité… m'enquérir de son bien-être.

À l'évidence, les visites aux prisonniers n'étaient pas monnaie courante et M. Covell m'a dévisagée d'un air soupçonneux. Il a joint les mains, les doigts en éventail.

— Ah… Les visites au château ne sont pas autorisées, vous m'en voyez navré.

Ses yeux ont glissé sur mon ventre et il s'est empressé d'ajouter :

— Surtout dans certaines circonstances... les visites perturbent les prisonniers et mettent leur humeur à mal.

— Monsieur Covell, j'ai fait un long voyage, plus de quinze lieues.

Son visage est resté impassible, tout comme l'étaient ceux des deux gardes qui le flanquaient en fixant un point à l'horizon.

— Mon mari, Richard Shuttleworth, serait très déçu d'apprendre que j'ai été refoulée, surtout quand on connaît les généreuses contributions que son oncle versait à la Couronne il y a encore quinze ans – ça, et le fait qu'il était juge à la cour de Chester et qu'il avait été fait chevalier à la cour. Je ne suis pas certaine que feu cet aïeul apprécie que l'épouse de son neveu se voie refuser l'entrée. Je voudrais éviter de pousser l'affaire plus loin.

M. Covell a ouvert la bouche, puis l'a refermée aussitôt.

— Quel est le nom de la détenue que vous souhaitez voir ?

— Alice Gray. Cela fait moins de deux jours qu'elle est ici.

Thomas Covell m'a dévisagée froidement, ne laissant aucun détail au hasard – de mon chapeau à mes bagues. Son menton adipeux a flageolé, et il a poussé un soupir.

— Vous avez deux minutes. Un geôlier va vous escorter.

C'est ainsi que j'ai franchi le corps de garde, comme Alice deux jours avant, et comme des milliers d'autres après nous, le seul et unique accès au château.

J'ai attaché la bride de ma monture derrière les gardiens. Un homme maigrelet, à la respiration sifflante et au visage pointu comme le museau d'un rat, m'a devancée dans la haute cour et, contrairement à ce que j'imaginais, nous a conduits à travers la partie principale du château. Nous avons longé la courtine par la droite, en direction d'un ensemble de logis et d'appentis de pierre. L'homme, ralenti par ses jambes arquées, avait une démarche désarticulée qu'il se donnait beaucoup de mal à dissimuler.

— Vous leur voulez quoi à ces bonnes femmes-là, hein ? a-t-il lancé sur le ton de la conversation.

Je l'ai ignoré, absorbée dans la contemplation de la grandeur de la bâtisse, transie par le froid qui émanait des pierres malgré la chaleur estivale. Alors que je ne m'y attendais pas, l'homme s'est brusquement arrêté au pied d'une tour, à hauteur d'un arc surbaissé barré par un portail en fer. Mais le passage ne donnait pas sur l'extérieur des remparts, et son obscurité ne pouvait signifier qu'une chose : il descendait.

— Que faisons-nous ici ? ai-je demandé en fronçant les sourcils.

— C'est la tour du Puits, a rétorqué l'homme avec un sourire édenté.

— Je ne comprends pas. Alice Gray attend son procès en prison. Voulez-vous bien me mener jusqu'à elle, je vous prie ?

— Elle est là-d'dedans.

Le doigt levé, il a désigné l'arche. La tour portait bien son nom : il y régnait une telle obscurité qu'on avait véritablement l'impression de plonger les yeux dans un puits. Je parvenais à peine à distinguer une ou deux marches devant moi, comme si les suivantes étaient drapées d'une tenture noire. Le geôlier a tiré de sa ceinture un imposant trousseau de clés, puis a passé chacune en revue avec une lenteur épouvantable, tandis que l'horreur de la scène commençait à s'imposer à moi. Par-delà ce portail, au fond de ce trou, mon amie était retenue prisonnière. Je n'avais encore jamais mis les pieds dans une prison ni visité de cellule, mais ce qui m'était donné à voir n'était ni l'une ni l'autre. Devant nous se dressait un véritable donjon. Comme si le soleil s'était soudainement éteint, j'ai senti la chaleur et la lumière quitter mon corps, et je suis restée tremblante à contempler la bouche de l'enfer.

Un son étrange m'est parvenu de derrière le portail et, en fouillant la pénombre du regard, j'ai compris qu'il s'agissait des pépiements d'un oiseau. J'ai alors distingué un rouge-gorge qui sautillait derrière les grilles sur la marche la plus haute. Sans doute était-il assez menu pour passer au travers des claires-voies, mais il nous suppliait néanmoins de lui rendre sa liberté.

— Saleté de vermine, a maugréé le geôlier en déverrouillant la grille qu'il a tirée vers lui. Sors de là !

Il s'est avancé vers l'oiseau, qui s'est envolé à tire-d'aile jusqu'à l'air libre. J'ai tendu la main, la paume à plat sur la pierre fraîche pour reprendre l'équilibre.

— Y a pas d'quoi avoir peur. C'est vous qu'avez demandé à venir, non ?

Non. Pour rien au monde je ne voulais descendre ces marches, pas même pour Alice. Mais je n'avais pas le choix car, contrairement à elle, j'étais libre de mes mouvements.

Le geôlier a refermé la grille au sommet de l'escalier. Quand j'ai entendu le claquement métallique, suivi du cliquetis des clés qui manœuvraient dans le verrou, chaque fibre de mon corps s'est mise à trembler et, d'épouvante, j'ai senti la tête me tourner. La cage d'escalier était plongée dans une telle obscurité que j'ai eu la sensation de m'enfoncer dans de l'eau noire. L'escalier semblait dégringoler dans les tréfonds de la terre. Tout en bas des marches, une autre porte en bois – ou était-ce en fer ? Il faisait trop noir pour la distinguer – barrait le passage.

— Devriez reculer, m'a-t-il dit de sa voix sifflante avant d'empoigner une nouvelle clé. Sinon la puanteur va vous estourbir.

J'ai reculé de quelques pas et le claquement de mes socques a résonné sur les dalles. J'ai entendu le geôlier aboyer de l'autre côté de la porte et, après quelques instants d'attente, j'ai vu apparaître un visage hâve à la lueur blafarde du seuil, puis une silhouette émaciée s'est glissée par l'ouverture.

— Alice.

J'ai honte d'avouer que je me suis mise à pleurer : moi, dans mes beaux habits, rassasiée de fromage et de pain, et dont le cheval attendait dehors. Alice n'a pas versé une larme. Cela faisait à peine deux jours que je ne l'avais vue, pourtant ses traits étaient si méconnaissables que des années auraient pu s'être écoulées. Son long visage était plus pâle encore que la face de la lune et ses yeux étaient creusés de cernes que je ne lui connaissais pas. Elle a violemment cligné des paupières, comme si l'obscurité de la cage d'escalier l'aveuglait. Sa robe, alourdie par l'humidité, était d'une saleté repoussante et sa coiffe, marbrée de terre. Des taches de sang maculaient le devant de sa robe et sans doute l'arrière aussi, là où elle s'était assise.

Sans un mot, elle s'est tenue au mur, comme si les forces lui manquaient. Le geôlier a surgi à côté d'elle pour refermer la porte, soulevant des hurlements de protestation dans son dos – sans doute les privait-il de leur seule source de lumière et d'aération. D'ailleurs, il m'avait avertie à raison : la puanteur était insupportable. Alice, qui sentait toujours la lavande et se lavait les mains dans une cuvette en porcelaine, croupissait à présent dans un cloaque.

— Qui d'autre est à l'intérieur ? ai-je interrogé dans un souffle.

— Toutes les bonnes femmes, a rétorqué le geôlier. Toutes les sorcières qui vont être jugées.

— Combien de personnes en tout ? ai-je demandé à Alice.

— Je l'ignore, a-t-elle murmuré. Il fait trop noir.

Elle avait la bouche sèche, sa langue pâteuse peinait à se détacher de son palais pour articuler ces paroles. Ses pupilles dilatées ressemblaient à des billes sombres.

J'avais chevauché pendant des heures pour arriver jusqu'ici, et voilà que les mots venaient à me manquer. En cet instant, j'aurais été capable de donner l'enfant dans mon ventre en échange de sa liberté.

Le geôlier nous a scrutées d'un air dépité.

— Bigre, vous parlez de retrouvailles ! C'est tout ce que vous avez à vous dire ?

— Avez-vous de quoi manger ? l'ai-je interrogée.

— Un peu.

Le geôlier a baissé la tête pour ranger ses clés, et Alice en a profité pour secouer la tête en signe de dénégation.

— Je vais vous aider.

Ma voix a résonné entre les parois, emportant mes paroles larmoyantes comme la promesse d'une petite fille.

— Ils ont arrêté Katherine, m'a annoncé Alice d'une voix lourde.

— Qui ?
— Katherine Hewitt. L'amie de ma mère.

À cet aveu, elle a fondu en larmes.

Mould-heels : la collègue sage-femme de sa mère. Je me suis souvenue qu'elle avait évoqué leur amitié alors que nous étions assises confortablement au chaud chez ma mère. Jadis, dans une autre vie.

— C'est à cause de moi, a-t-elle murmuré.
— Comment ça ? Que voulez-vous dire ?
— Allons, allons, est intervenu le geôlier d'un air gêné.

Je me suis tournée vers lui.

— Vous voulez bien nous laisser un moment ?
— Vous *laisser* ? Je ne peux pas faire ça, non.

J'ai fouillé dans la poche de ma robe dont j'ai ressorti ma bourse. Je lui ai tendu un *penny*. Il a fondu dessus comme un chien affamé.

— Tenez. Vous pouvez nous enfermer, vous reviendrez quand je vous appellerai. Ne vous éloignez pas trop.

Il s'est éloigné dans l'escalier de son pas titubant, le souffle court, et il a claqué la grille derrière lui en prenant soin de la fermer à double tour. Un instant, sa silhouette a caché la lumière, puis il s'est écarté et de nouveau, j'ai pu distinguer les traits d'Alice.

— Venez. Montez prendre l'air et la lumière.

Elle m'a suivie et nous nous sommes assises sur la marche la plus haute, dos à la grille. J'ai essayé de faire abstraction de la puanteur qui se dégageait d'elle, mélange de sueur rance, de vomi, de sang séché, et d'autre chose aussi, que j'ai reconnu sans l'ombre d'un doute : la peur. Je ne l'avais encore jamais sentie chez un humain. Alice avait cessé de pleurer, mais ses larmes avaient tracé de petits sillons sur ses joues sales.

— Parlez-moi de Katherine, l'ai-je invitée d'une voix douce en lui prenant la main.

— On l'accuse, elle aussi. C'est à cause de moi ; elle n'a rien fait.

— Alice, vous devez tout me raconter. Pourquoi êtes-vous accusée du meurtre de la fille de John Foulds ? C'est bien l'homme avec qui je vous ai surprise au Hand and Shuttle, n'est-ce pas ?

Elle a hoché la tête, puis a passé sa langue sèche sur ses lèvres gercées.

— Je l'aimais, a-t-elle commencé d'une voix faible. Et j'aimais Ann. Je les aimais tous les deux. John et moi... nous étions ensemble. Il venait au Queen's Arms, c'est comme ça que je l'ai rencontré, il y a deux ans. Il avait une fille ; sa femme était morte. Il était drôle, gentil aussi. Au début, j'ai cru que nous allions nous marier. Ann n'avait pas tout à fait deux ans lorsque je les ai rencontrés. Je m'occupais d'elle quand il partait travailler. C'était un vrai petit ange, avec ses grosses joues et ses cheveux dorés qui partaient en épis malgré tout le mal qu'on se donnait à les peigner.

Elle a presque souri à ce souvenir lointain. Puis son visage s'est assombri, et elle a reniflé.

— John disait qu'il ne voulait pas se remarier, pas après avoir perdu son épouse. Il disait que c'était trop douloureux. Je suis quand même restée, et c'était comme si on était mariés. Je me suis installée chez lui, et mon père m'a quasiment reniée. Il me traitait de putain. Il disait que je ne serais jamais une vraie épouse et que je n'étais bonne qu'à coucher avec John quand il avait bu. Mais j'étais heureuse, avec John et Ann. Nous formions une petite famille.

Elle a dégluti avec difficulté, avant de poursuivre :

— Puis John a commencé à rentrer de plus en plus tard. Je me retrouvais de plus en plus souvent seule avec Ann. Presque tout le temps, à force. John était soit au travail, soit à la taverne, tandis que je jouais à sa petite femme à la maison. Je me voilais la face.

Elle a replié les jambes et serré ses genoux dans ses bras. Mes yeux sont de nouveau tombés sur les traces de sang sur sa robe, sur ses cheveux sales qui dégringolaient de sous sa cape. J'aurais voulu la baigner et la revêtir d'un habit propre avant de la border dans son lit comme une enfant.

— Même quand les gens ont commencé à me raconter qu'il voyait d'autres femmes, je n'ai pas voulu les croire. La vie suivait son cours : John était de plus en plus méchant et avare, Ann et moi subsistions sur mon salaire parce que lui dépensait tout ce qu'il gagnait. C'est à ce moment-là qu'Ann a commencé à avoir ces... je ne sais pas comment ça s'appelle. Elle se raidissait tout à coup, ses yeux roulaient dans leurs orbites et sa langue devenait trop grosse pour sa bouche. Je pensais que c'était dû à l'absence de son père. Lui ne me croyait pas quand j'essayais de lui en parler. Il était persuadé que je fabulais pour l'obliger à rentrer à la maison. J'ai eu recours à toutes les plantes que je connaissais, à toutes les herbes médicinales. Je suis allée demander l'aide de Katherine, mais même elle n'y pouvait rien. La plupart du temps, Ann allait bien, mais quand ça arrivait... on aurait dit qu'un esprit maléfique l'étranglait.

» Un jour, j'ai dû laisser Ann seule pour aller au travail. John avait disparu. Il était censé rentrer. J'étais à deux doigts de perdre mon emploi.

De nouveau, les larmes ont roulé sur ses joues. Son visage n'était plus qu'un masque de chagrin.

— Je l'aimais encore. Je n'ai jamais arrêté de l'aimer, même quand il ne rentrait pas pendant des jours. S'il n'y avait pas eu Ann, les choses auraient peut-être été différentes. Je ne serais sans doute pas restée. Quoi qu'il en soit, ce jour-là, je suis allée travailler et j'ai demandé à Katherine de veiller sur Ann. Tout ce que je sais, c'est qu'elle est arrivée en courant : « Alice, Alice, viens vite, il faut que tu viennes tout de suite. » On a couru jusque chez John et Ann...

Alice a enfoui son visage entre ses genoux.

— Je n'aurais jamais dû la laisser.

J'ai posé un bras sur ses épaules frêles. Je l'ai sentie se recroqueviller sous mon étreinte. J'ai cru que mon cœur allait se briser. Ce n'était pas la même douleur que celle qui s'était abattue sur moi le jour où j'avais découvert Judith. Ce jour-là, ma colère avait été vive. Aujourd'hui, je ne ressentais rien d'autre qu'une peine infinie.

— Vous n'auriez rien pu faire, ai-je murmuré en appuyant ma joue contre la sienne.

Nos larmes se sont entremêlées et ont coulé jusqu'à nos lèvres. J'ai éprouvé leur goût salé : le mien, le sien. Nous sommes restées un instant l'une contre l'autre, et les tremblements d'Alice ont fini par se calmer.

— Je crois que c'est pour cette raison que je tenais absolument à vous aider, a-t-elle chuchoté. Je me disais que si je réussissais à maintenir votre enfant en vie, alors ça servirait un peu à...

Elle s'est interrompue, peinant à trouver ses mots.

— Je n'avais pas réussi à sauver un enfant, alors je me disais que si je pouvais en aider un autre à venir au monde...

— Si c'est une fille, je l'appellerai Alice Ann.

Derrière son voile de tristesse, j'ai vu une lueur de réconfort traverser ses yeux.

— Je croyais que vous vouliez deux garçons.

— C'est vrai.

J'ai baissé les yeux sur nos robes – le taffetas mordoré se détachant sur la laine crasseuse – et j'ai repris sa main dans la mienne.

— Ça n'a pas changé.

— C'est atroce, ici, a-t-elle chuchoté. On se croirait en enfer. On n'y voit goutte et on a l'impression que la pièce tourne sur elle-même. Une des femmes est mourante. Demdike. Elle ne tiendra pas jusqu'au procès. Nous n'avons rien à manger.

J'ai fermé les yeux en repensant à toute la nourriture que j'avais eu ce matin même pour moi seule. Je n'avais pas songé un seul instant...

— Je vais vous sortir d'ici. Je vous le promets. Je vais vous sortir d'ici.

De nouvelles larmes ont inondé ses joues.

— Je vois bien tout ce que cela vous coûte. Je ne peux pas vous demander plus de sacrifices.

— Au diable ce que cela me coûte.

Au même moment, j'ai senti le bébé bouger et, une fois encore, j'ai pris conscience que si nous étions bien en vie tous les trois – Alice, l'enfant et moi –, l'équilibre risquait de basculer dans un avenir très proche, sans que je sache qui de nous trois survivrait. Un destin effroyable nous liait, et nous avions désespérément besoin l'une de l'autre pour affronter l'adversité.

— Je vais vous sauver, ai-je affirmé en enroulant mes doigts aux siens.

Elle m'a rendu mon étreinte avant de retirer sa main et de tourner vers moi son regard triste. Ses yeux dorés avaient perdu toute vitalité.

— Je ne suis pas un chiot que vous pouvez sauver de la fosse aux ours.

— Je vous sauverai la vie, comme vous m'avez promis de sauver la mienne. Vous vivrez.

— Et Katherine ? a-t-elle plaidé dans un souffle.

— Et Katherine aussi.

Au même instant, un hurlement déchirant s'est élevé derrière la porte close au bas des marches, nous faisant tressaillir. La plainte s'est muée en cris en même temps que des coups de poing martelaient la porte. L'arrivée précipitée du geôlier nous a fait bondir sur nos pieds.

— C'est vous qui les mettez dans cet état ? a-t-il demandé en ouvrant le verrou à tâtons.

— Que se passe-t-il ? a lancé une autre voix dans la cage d'escalier.

D'autres hommes convergeaient vers nous. La grille s'est ouverte dans un fracas métallique, et j'ai senti une poigne de fer m'agripper le bras. Nous avons été arrachées l'une à l'autre, et je me suis retrouvée à l'extérieur de la grille tandis qu'Alice se faisait escorter *manu militari* dans l'obscurité.

— Alice ! Je reviendrai ! Je reviendrai !

Une montagne de muscles m'a poussée en direction du corps de garde, tandis que de la porte ouverte du donjon, les hurlements redoublaient d'effroi.

— Elle est morte ! Elle est morte ! Elle est morte !
Les cris se sont élevés telle une volée de corbeaux, se répercutant entre les murailles pour ne plus jamais se reposer.

★

Avant d'entreprendre le long voyage du retour, j'ai fait une halte à une auberge de la ville, où j'ai commandé trois poulets rôtis, vingt tourtes à la viande, deux gallons de bière et deux de lait, le tout à livrer au donjon. J'ai chargé quatre garçons de transporter les mets et de pousser les fûts dans la côte qui menait au château, après quoi je me suis assurée que le geôlier à la respiration sifflante faisait descendre la cargaison dans la cage d'escalier sombre et remontait les mains vides. J'ai déposé un autre *penny* brillant dans sa paume et pris soin d'en donner un à chacun des pauvres gardes. Je les ai prévenus que j'allais revenir et ils m'ont souri d'un air retors.

CHAPITRE 18

Le lendemain matin, quand je suis descendue pour le déjeuner, j'ai trouvé un groupe de domestiques amassé sur le seuil. La tête nue de Richard dépassait du petit attroupement. Je jouais des coudes pour le rejoindre lorsque je me suis aperçue que tout le monde avait les yeux rivés au sol. Le spectacle qui m'attendait m'a fait reculer d'horreur.

Le faucon de Richard gisait par terre, réduit en charpie dans une mare de sang. On l'avait laissé telle une offrande sur les marches, les ailes repliées, ses grands yeux sans vie. Les domestiques rôdaient autour de sa dépouille comme un essaim de mouches sur de la viande avariée. Je les ai aussitôt congédiés. Le visage de Richard n'était qu'un masque de tristesse et de colère et, sachant que la première n'allait pas tarder à céder devant l'autre, je me suis empressée de renvoyer tout le monde à l'intérieur et de fermer la porte.

— Savez-vous qui a pu faire une chose pareille ? ai-je demandé.

— Non, mais je les tuerai de mes mains, a-t-il murmuré.

Je lui ai laissé le temps de recouvrer ses esprits, en songeant soudain à la fourrure tailladée, au rouge luisant des lapins massacrés dont j'avais vu les dépouilles dans la forêt des mois plus tôt.

— Un métayer, peut-être ? Avez-vous eu des différends, ces derniers temps ?

Richard a secoué la tête sans détacher le regard de la pauvre créature. Quand il s'est agenouillé, j'ai vu ses épaules s'affaisser de tristesse, ses cheveux s'emmêler dans le souffle humide du vent, et j'ai ressenti une bouffée d'amour envers lui. Mais autre chose aussi : une sorte d'abattement – un dégoût qui m'était jusqu'ici étranger – qu'il pût éprouver un sentiment plus fort pour un animal, que pour moi, ou Alice. J'hésitais à le laisser seul se recueillir sur les marches pour m'attabler devant mon déjeuner lorsqu'une idée m'a traversé l'esprit. J'ai demandé à une domestique d'apporter un drap de bain, et je me suis agenouillée à mon tour pour envelopper le cadavre du rapace. Je n'étais pas particulièrement émue par ce spectacle – j'avais vu mon lot de morts. C'est en discernant quelques poils orange dans la chair tailladée que j'ai senti ma main trembler. J'ai plié le tissu autour de l'oiseau et l'ai noué délicatement.

Nous avons traversé la pelouse tandis que le ciel se déchirait. Je suis restée debout à côté de Richard, sous une pluie battante, le temps qu'il enterre son faucon derrière la grande grange, dans un recoin abrité de la rivière. L'eau de pluie gouttait dans mon dos et imprégnait ma veste. Dans mon ventre, l'enfant cognait. Quand nous sommes rentrés au manoir, j'ai attendu que Richard ait retiré son veston détrempé avant de prendre son visage entre mes mains. Ses mèches de cheveux étaient collées à ses joues, ses cils ourlés de pluie, ses yeux gris comme deux tisons.

— Richard. J'ai besoin de votre aide.

★

Pour l'occasion, j'ai pris le plus grand soin à m'apprêter et, en guise de dernière touche, j'ai mis le ras-de-cou de velours noir orné de sa perle ronde comme une pêche que Roger m'avait acheté une année pour les fêtes de Noël. J'avais repris des joues depuis la dernière fois que je l'avais vu. Je les ai d'ailleurs pincées pour leur redonner des couleurs et j'ai déposé une goutte d'huile de rose derrière mes oreilles, à mes poignets et dans mon décolleté. Quand je l'ai entendu arriver au rez-de-chaussée, je me suis contemplée encore dans le miroir quelques instants, le temps d'ajuster mon col, d'arranger ma coiffure et de m'efforcer de respirer calmement. J'ai constaté avec soulagement que mes mains ne tremblaient pas et j'ai formulé une prière silencieuse.

La voix de Roger, lancé dans quelque récit en compagnie de Richard, m'est parvenue de la salle à manger. Je me suis arrêtée à la porte et j'ai pris une profonde inspiration avant de me glisser par l'embrasure. Roger était égal à lui-même, tout de bottes vernies, amples manches et bagues étincelantes. Le souvenir de notre dernière entrevue est venu entacher nos retrouvailles amicales. Mon instinct me dictait de rester sur mes gardes.

— Madame Shuttleworth, s'est-il exclamé aimablement en inclinant la tête avec élégance.

Je suis allée l'embrasser en m'appliquant à calquer mon attitude sur celle qui était la mienne des mois plus tôt. Tant de choses s'étaient passées depuis ce dernier dîner à Read Hall. Pourtant, rien dans le sourire indolent et le visage radieux de Roger n'aurait pu le laisser entrevoir.

— Vous avez fort bonne mine, a-t-il déclaré d'un ton égal.

— Merci. Prendrez-vous du vin ?

— Je ne dis jamais non à un bon verre de vin.

Je me suis approchée de la desserte pour le servir et me suis abîmée un instant dans la contemplation des lambris sur le manteau de la cheminée. Autour des initiales de Richard, le bois nu et brillant occupait tout l'espace. Pendant ce temps, Roger poursuivait son récit.

— La tour est désormais vide. Je lui ai dit qu'il aurait du mal à trouver un métayer après cette affaire.

— Je pourrais toujours demander au baillif, a suggéré Richard.

— La tour ? ai-je répété en me rapprochant d'eux avec les verres.

— La tour de Malkin, a précisé Roger.

— Qu'est-ce donc ? ai-je demandé d'une voix sagement curieuse.

— C'est là qu'habitent les Device, près de Colne. C'est un lieu d'aspect fort étrange. Quand on pense à une tour, on imagine une architecture majestueuse, or c'est plutôt un pic fiché dans le sol. La construction en pierre est haute et ronde, avec une pièce au rez-de-chaussée et des échelles en bois vermoulu qui grimpent à l'étage, là où ils dorment contre les murs. Mais les Device ne pourront plus l'utiliser dorénavant : le lieu est vide depuis près d'un mois. Depuis que le connétable Hargrieves a découvert des dents et des poupées d'argile enterrées dans le sol de la tour, je serais étonné que quiconque souhaite investir les lieux.

Le silence est retombé dans la pièce tandis que les domestiques apportaient le repas : du rôti de bœuf, des friands de chevreuil et du fromage. Roger a regardé défiler les plats d'un œil gourmand.

— Fleetwood, a-t-il dit en se servant dans la saucière, un de mes amis vous a vue à Lancaster, l'autre jour. Que faisiez-vous là-bas ?

Je n'ai pas levé les yeux de mon assiette et me suis appliquée à découper ma viande en fine lamelles.

— Je me rendais chez le drapier.

— Tout là-bas à Lancaster ? Vous ne devez pas lésiner sur la qualité.

J'ai souri avant de lécher le bout de mon pouce. Roger avait toujours une longueur d'avance sur tout le monde : à coup sûr, il avait interrogé les gardiens, voire Thomas Covell, qui lui avaient confirmé la raison de ma visite.

— J'ai fait une halte au château aussi, ai-je articulé lentement. Je voulais rendre visite à ma sage-femme.

J'ai jeté un œil à Richard. Je l'avais mis au fait de mes déplacements, au cas où Roger aborderait le sujet, une précaution qui se révélait bien utile, même si Richard s'était montré très contrarié que j'aie parcouru plus de trente lieues en une seule journée. Mais je lui avais rappelé l'argument d'Alice : si j'avais l'habitude de monter à cheval, cette pratique n'était pas plus dangereuse que la marche. Ce qui l'avait rassuré.

Roger a harponné sa viande de la pointe de son couteau sans prendre la peine de me regarder. Il était donc au courant.

— Et pourquoi avez-vous fait une chose pareille ? a-t-il demandé d'une voix lourde de menaces.

J'ai repoussé mon assiette, avant de plonger la main dans ma poche pour en retirer mon mouchoir, dont je me suis tamponné les yeux.

— Je suis très souffrante, ces derniers temps, ai-je répondu d'une voix frêle. Je m'inquiète pour ma santé et pour celle de mon enfant. Je voulais lui demander conseil.

— Et il n'y a pas d'autre sage-femme dans un rayon de quinze lieues à la ronde ?

— Alice s'est révélée une excellente praticienne, la meilleure que j'aie jamais eue.

J'ai arrêté de me sécher les yeux pour le regarder avec une expression empreinte de docilité.

— C'est la première fois que je mène ma grossesse aussi loin, et je le dois à Alice. Bientôt, je serai en couches, Roger. Pourriez-vous envisager la possibilité qu'Alice passe sa détention ici à Gawthorpe, par égard pour moi autant que pour mon enfant ? Sans elle, j'ai très peur de ce qui pourrait advenir. Richard ?

J'ai coulé un regard en biais vers mon mari, priant pour qu'il joue le jeu.

Il y a eu un silence, pendant lequel Richard a passé la langue sur ses lèvres.

— Fleetwood était très malade, a-t-il commencé à voix basse. Vous l'avez vue. Elle ne pouvait rien avaler. Elle perdait ses cheveux par poignées. Elle est en bien meilleure santé aujourd'hui qu'elle ne l'a jamais été. Bien évidemment, Alice sera jugée aux assises le mois prochain, mais dans l'intervalle, elle serait ici sous clé. Elle ne pourrait pas s'échapper.

— Et comment pourriez-vous garantir une chose pareille ?

— De la même manière que vous pouvez le garantir pour Jennet Device, qui loge toujours à Read, si je ne m'abuse, ai-je fait valoir.

— Jennet Device n'est pas accusée de meurtre, a rétorqué Roger d'une voix calme avant d'empoigner une nouvelle fois son couteau. Souhaitez-vous convier sous votre toit une infanticide doublée d'une sorcière ?

— Elle n'a pas... ai-je protesté, mais Richard m'a lancé un regard et je me suis tue.

— C'est impossible, a conclu Roger en retournant à son assiette.

En cet instant, j'ai ressenti pour lui une haine implacable. Il se comportait comme un chat qui s'amuse à tourmenter une souris en la retenant de sa patte puissante, et qui soudain la relâche pour mieux la rattraper après. Roger se complaisait à regarder ses interlocuteurs s'abîmer en flatteries, en justifications et en supplications en leur laissant miroiter une chance de s'en sortir, alors que sa décision était déjà arrêtée.

— Je crois que l'un comme l'autre vous prenez trop à la légère les allégations à l'encontre des sorcières de Pendle. La sorcellerie est passible de mort mais, au-delà de ce fait, leurs crimes sont d'une nature bien plus grave. Non seulement se sont-elles adonnées à la sorcellerie, mais leurs agissements ont entraîné le trépas et la folie de plusieurs individus. Elles représentent un danger pour la société. De quoi aurions-nous l'air devant le roi, à implorer leur pardon au tribunal ? Non, ce n'est pas sérieux.

Il a porté sa serviette à son visage pour essuyer les perles de sauce qui s'étaient accrochées aux filaments argentés de sa barbe.

— Ce qui m'amène au point suivant, a-t-il déclaré en s'adressant cette fois directement à moi. Il est inutile de retourner au château, car l'accès vous en sera interdit. Les visites perturbent les détenus et dans la... dans la condition qui est la vôtre...

Sa voix est restée en suspens, et il a agité la main d'un air vague.

— Ça les met dans tous leurs états. Peu de temps après que vous avez fait irruption dans la tour du Puits en faisant ouvrir cette porte, une femme est morte.

— Vous ne suggérez tout de même pas...

— Je ne suggère rien : je vous dis ce qu'il en est, a coupé Roger.

Il m'a fixée de son regard féroce, le corps entier tendu par l'animosité.

— Ne remettez pas les pieds au château. Dans le cas contraire, on ne vous laissera pas ressortir.

J'ai fait claquer mon couteau sur la table. Je me suis tournée vers Richard, qui déplaçait des bouts de gras dans son assiette d'un air dépité. Il n'allait pas défier Roger, je le savais déjà. Pourtant, j'avais besoin d'un allié. J'ai fait de mon mieux pour cacher les tremblements qui s'étaient emparés de mon corps et je me suis laissée aller contre le dossier de ma chaise en posant les mains à plat sur mes cuisses.

— Êtes-vous en train de me dire que je serais prisonnière ?

— C'est exactement ce que je suis en train de vous dire. Et ne vous méprenez pas : votre haute naissance est le seul argument qui joue en votre faveur. Sans cette demeure et votre époux, croyez-vous que vous auriez toute latitude pour sillonner le pays à votre guise et mener vos petites enquêtes ? Nonobstant le dessein qui semble être le vôtre, vous ne constituez aucunement une menace pour le cours de la justice. En revanche, si vous croyez pouvoir échapper au carcan de la loi, vous faites une grave erreur.

Cette ultime menace a eu pour effet de faire réagir Richard.

— Roger, soyez raisonnable.

La tirade de Roger m'avait glacé le sang, mais il n'en avait pas terminé avec moi.

— Une des accusées est la mère de Myles Nutter. Elle aussi est une femme riche, une dame de qualité. Propriétaire terrienne, mère de garçons éduqués. Le problème est qu'elle maudit ses voisins, qui tombent raides morts.

Si seulement il était aussi simple de vous tuer, je ne me gênerais pas, ai-je songé par-devers moi.

Roger s'est légèrement incliné vers moi pour asséner le coup de grâce.

— De fait, Jennet m'a confié que vous lui faisiez penser à Mme Nutter. Et elle se laissera aisément persuader de réfléchir plus avant à la liste des personnes qui étaient présentes ce fameux Vendredi saint à la tour de Malkin.

Son regard pâle s'est posé fixement sur moi et, pour la première fois, je pense avoir véritablement saisi à qui je me mesurais. Je n'avais pas affaire à Roger, figure paternelle, amateur de bonne chère, de chasse et de parties de cartes ; mais à l'ancien sheriff, au magistrat, au juge de paix.

— Cela suffit, s'est écrié Richard en plantant son couteau dans la table.

La lame a émis un craquement sordide en taraudant le bois. Après un mouvement de sursaut, Roger s'est rassis dans sa chaise. Je n'avais jamais vu Richard dans une telle colère.

— Je ne veux plus en entendre parler.

Il a retiré le couteau de la table, puis il s'est remis à manger. Roger a repris à voix basse.

— Je vais partir cette après-midi pour assister au procès de Jennet Preston à York. Les juges qui entendront l'affaire officieront à Lancaster en août : sir James Altham, dont l'expérience n'a d'égale que la tempérance, et sir Edward Bromley. Connaissez-vous Bromley, Richard ?

Richard, les mâchoires crispées par le courroux, a ignoré sa question. Roger n'y a guère prêté attention.

— Il est le neveu de l'ancien lord chancelier, qui a coordonné l'exécution de la reine écossaise. C'est également lui qui a acquitté Jennet Preston aux assises du Carême.

Il a conclu sa tirade d'une gorgée bruyante de son verre.

Je me suis souvenue de ce dîner, quand Thomas Lister s'était mis à bouillir de colère à côté de moi en entendant le nom de Jennet Preston ; il avait réussi à la faire traduire en justice deux fois en l'espace de quelques mois. Un des juges l'avait acquittée quelques mois auparavant ; il pouvait très bien réitérer son jugement.

— Dans combien de temps aura lieu le procès à Lancaster ? ai-je interrogé Roger.

— Trois ou quatre semaines. J'imagine que vous voudrez tous les deux une place dans la galerie ? Le tribunal sera vraisemblablement encore plus bondé que la salle du Rose un soir de représentation.

Après le repas, tandis que les deux hommes allaient jeter un coup d'œil au nouveau fusil de Richard, je suis restée un long moment à la fenêtre, plongée dans mes pensées. Demdike était morte. Jennet Preston serait jugée pour meurtre par sorcellerie dès le lendemain. Tant qu'Alice était encore de ce monde et qu'il restait un peu de temps avant le procès, je pouvais encore la sauver.

★

Le lendemain matin, je suis partie en quête de la tour de Malkin. J'ai chevauché dans ma cape de voyage, en sueur, bien qu'il ait fait froid pour un mois de juillet. La voix de ma mère m'a talonnée sur tout le chemin : *Fleetwood, tu te couvres de ridicule. Fleetwood, tu es la risée de cette famille.*

J'ai repensé aux jours heureux que j'avais pu couler sous son toit – où je n'aurais pourtant jamais pensé être un jour à mes aises. La présence d'Alice y avait été pour beaucoup. Si j'avais passé des soirées entières à faire de la broderie ou à lire des extraits de la Bible avec pour seule compagnie le visage aigri de ma mère, je serais vraisemblablement devenue folle. Mais comment osais-je penser une chose pareille ? Ce qui rendait fou, c'était de croupir nuit après nuit dans une cellule sombre et humide, tassée contre d'autres corps infortunés, transpirants et secoués de vomissements, sans eau ni nourriture et nul endroit pour se soulager.

Si Alice se retrouvait aujourd'hui en prison, il fallait chercher les raisons du côté d'Elizabeth Device qui, dans une tentative désespérée de sauver son enfant, s'était enchaînée à tout son entourage. Peut-être pensait-elle que l'union faisait la force. Elle n'aurait sans doute jamais pu présager que son autre fille entraînerait leur chute. Je voulais savoir d'où venait cette femme, avec son étonnante laideur, son chien esprit et son enfant bâtarde. Elle avait déjà perdu sa mère et, désormais, le reste de sa famille était sur la sellette – exception faite de la petite Jennet. Quelle existence avait bien pu subir cette enfant, pour qu'elle livre sa famille à Roger Nowell ! Roger m'avait décrit la tour de Malkin comme un endroit misérable, néanmoins c'était le seul et unique foyer qu'elle avait connu. L'appât d'un lit de plumes et de tourtes à la viande à Read Hall n'était tout de même pas raison suffisante pour trahir sa famille.

Mais toi-même *tu haïssais ta maison*, a insisté une voix dans ma tête. *Et ta mère.*

Quand bien même, ai-je songé, jamais je n'aurais trahi ma mère. D'un autre côté, je me demandais ce qui pouvait pousser un enfant à agir de la sorte. La maltraitance ? La cruauté ?

J'ignorais où trouver la tour et à qui demander mon chemin, alors j'ai pris la direction de Colne à cheval. J'ai laissé Puck à la maison, en me disant que je viendrais certainement à le regretter plus tard, quand le vent se mettrait à siffler sur la lande et que la masure lugubre de Joseph Gray se plairait à me tourmenter.

Ils brûlent bien les sorcières, non ?

La tête recouverte de ma capuche et les longs pans de ma cape recouvrant la rondeur de mon ventre, j'ai chevauché incognito et personne ne s'est retourné sur mon passage. La voie était peu fréquentée ; j'ai dû croiser trois ou quatre charrettes remplies de légumes et de rouleaux de tissu mais, consciente qu'on m'avait vue récemment dans les rues of Lancaster, j'ai pris soin de ne croiser aucun regard.

Je me suis souvenue des paroles de Roger : « J'ai des yeux partout à Pendle. »

Je savais qu'en m'en tenant à la route je finirais par atteindre Halifax, et donc John Law et son fils Abraham. Et dire qu'un simple colporteur, à qui on avait demandé des épingles, avait déclenché toute cette affaire. Que se serait-il passé s'il avait accepté ? Pourtant, s'il avait cédé ses épingles à Alizon Device, cela n'aurait rien changé à la douleur d'Alice, qui aurait continué à travailler au Queen's Arms et à survivre misérablement sous le même toit que son père. Quant à moi ? Je serais peut-être morte ; peut-être pas. Je n'aurais peut-être jamais découvert la vérité sur Judith. Mais, dans tous les cas, je ne serais certainement pas sur la route, en train de chercher une tour de pierre fichée dans le sol comme le rayon cassé d'une roue.

Où que se posât mon regard, le paysage était gris et vert à perte de vue, ponctué de temps à autre par quelque maison aux pierres effritées ou aux murs de boue, sommairement bâtis. De longs corps de ferme bas s'étiraient à flanc de colline tels des chats, mais pas une tour ne se découpait à l'horizon. J'ai donc entrepris d'interroger le premier passant venu, un homme qui voyageait sur le dos d'une mule éreintée.

— Excusez-moi, savez-vous où je peux trouver la tour de Malkin ?

L'homme a reculé craintivement comme si je venais de lui annoncer que j'étais une sorcière et, sans un mot, s'en est allé sur sa bête poussiéreuse, en jetant un œil par-dessus son épaule.

Je me suis arrêtée en poussant un soupir. Tandis que j'essayais de déterminer la marche à suivre, deux silhouettes se sont avancées sur la route : une femme, habillée très simplement, qui tirait sa fille par la main. J'ai pris mon courage à deux mains.

— Excusez-moi. Je cherche la tour de Malkin.

La femme a stoppé net et sa fille, à moitié étourdie par l'air chaud, a manqué de la heurter.

— Qu'est-ce que vous allez faire là-bas ?

Une lueur de méfiance a traversé ses prunelles d'un noir profond.

— J'ai entendu parler des Device et j'ai fait un pari avec ma sœur : elle pense que cette famille et leur maison sont une pure invention. Si je trouve la tour, je gagne un *penny*.

— La tour est bien réelle, et la famille aussi. Dites à votre sœur qu'elle ferait bien de croire ce qu'on lui raconte, les gens par ici sont pas de ceux qui colportent des mensonges. Des années qu'on la trouvait étrange, cette famille. Maintenant, on sait pourquoi. Autrefois, ma mère achetait des remèdes à Demdike, mais je n'ai jamais mangé de ce pain-là. Je laisse au Seigneur le soin de faire Ses œuvres, moi je ne tente pas le diable.

Elle a passé la langue sur ses lèvres. Sa fille détaillait ma cape, les traits de mon visage, sans un mot.

— D'où venez-vous ?

— De Burnley.

— Ça fait loin, pour régler un pari, a-t-elle commenté avant d'incliner la tête pour montrer le chemin derrière elle. Quittez la route une demi-toise plus haut et rejoignez le sentier qui monte au sommet de la lande. Vous trouverez la tour. Je n'aime pas cet endroit ; il y a quelque chose qui cloche, là-haut. Comme je vous disais, ma mère avait l'habitude d'y aller, quand on était malades, et je l'ai accompagnée là-bas plusieurs fois.

Je n'y emmènerais jamais ma fille, même si le Seigneur en personne me l'ordonnait.

Je l'ai remerciée. J'ai suivi ses indications et n'ai pas tardé à quitter la route pour m'engager sur un étroit sentier entre deux murets de pierre. Un chien aboyait au loin, et j'ai pensé à celui que j'avais vu dans la forêt en compagnie d'Elizabeth et d'Alice, et à la manière que Jennet avait eue de me confier que le sien ne lui était pas encore apparu. Était-il possible qu'il y eût une part de vérité derrière les esprits familiers ? Et Roger croyait-il réellement en leur existence ? Tandis que le chemin, bordé de part et d'autre de larges champs, s'élevait légèrement, je me suis laissée aller en arrière sur ma selle. La crête de la colline s'est dessinée à l'horizon, sans que la tour apparaisse. Ce n'est qu'une fois parvenue au sommet que je l'ai aperçue enfin sur l'autre flanc : sorte de petit bâtiment gris et terne de taille moyenne – on aurait dit un pied de table – dans le style des tours antiques, comme celle qui avait été érigée à Gawthorpe des centaines d'années plus tôt. Au demeurant, les Device n'étaient pas une famille issue de la noblesse, ni même de la paysannerie – ils étaient pauvres comme Job –, et je me suis demandé comment ils avaient bien pu se permettre une telle habitation.

En approchant, j'ai constaté que de grands pans de pierre de la tour s'étaient effondrés et gisaient en tas éparpillés sur le sol. Je me suis arrêtée à hauteur de ce qui me semblait l'entrée du lieu ; une imposante porte en bois épais. Les murs étaient percés de meurtrières, qui devaient ménager une rare source de lumière, suppléée sans doute par une ouverture dans le toit qui permettait d'évacuer la fumée.

J'ai mis pied à terre et entrepris un premier tour du bâtiment. Quelqu'un avait manifestement tenté de faire pousser un petit jardin, désormais à l'abandon, derrière une margelle de pierre. Je redoutais de franchir le seuil de la tour, pourtant j'avais fait tout ce chemin pour savoir d'où venait Jennet Device. Arrivée sur le seuil, j'ai tourné l'anneau de la porte. N'étant pas verrouillée, elle s'est ouverte sans encombre. L'obscurité qui régnait au rez-de-chaussée m'a rappelé le cachot dans lequel gisait désormais la famille. J'ai poussé en grand le battant pour laisser la lumière entrer, et je me suis engagée à l'intérieur.

Une odeur forte m'a saisie d'emblée, mélange d'humidité et de putréfaction auquel se greffait quelque chose d'animal, comme une fourrure mouillée qu'on aurait laissée sécher. Je n'ai pas mis longtemps à faire l'inventaire de la pièce : une marmite, plus grande que celle de Joseph Gray, trônait au centre de la pièce sur la terre battue. Il y avait un peu plus loin un matelas de foin, mais aucune tenture ne calfeutrait les murs contre les courants d'air qui s'immisçaient par les interstices de la façade. Un cloporte se promenait nonchalamment sur le drap crasseux recouvrant le matelas. Des assiettes et des tasses jonchaient le sol. Une échelle en bois menait au plancher vermoulu du premier étage, qui avait dû accueillir d'autres couches. Sur la droite, une table était appuyée contre le mur incurvé. Je m'en suis approchée et, en discernant les objets dessus, je n'ai pu réprimer un mouvement de recul. Les restes de la poupée d'argile d'Elizabeth reposaient en un tas informe, maintenu en place ici et là par des épingles. C'est alors que j'ai distingué une forme caractéristique, fichée dans les bosselures et les creux de l'argile : des dents. J'en ai soulevé une entre mes doigts pour la porter devant mes yeux, en proie à un frisson qui s'est propagé du sommet de mon crâne jusqu'à la base de ma nuque.

Au même instant, un fracas immense a manqué de me faire passer de vie à trépas. Derrière moi, la porte d'entrée venait de claquer. Je me suis précipitée sur la poignée, que j'ai retrouvée à tâtons dans le noir, et j'ai tiré de toutes mes forces tandis qu'une note de panique haute et claire me vrillait la tête. De l'autre côté, le vent lançait ses vociférations, exigeant qu'on le laissât entrer, mais à force de le repousser de toutes mes forces, j'ai réussi à ressortir sur la lande, à bout de souffle, étranglée par l'effroi. Mais où avais-je la tête, à toucher les instruments du diable dont se servait cette famille ? J'ai senti mon corps traversé d'un nouveau frisson, en même temps que m'envahissait l'étrange sensation que l'on m'observait.

Mon cheval a poussé un hennissement avant de cabrer violemment son poitrail. J'ai cherché alentour ce qui avait bien pu l'effrayer quand j'ai distingué sur la crête, à une dizaine de toises de la tour, la silhouette d'un chien efflanqué au pelage râpé. Immobile comme une statue, il me regardait. J'ai pris appui sur un éboulis de pierres pour remonter en selle et, le temps que je rassemble les rênes, le chien avait disparu.

Il n'y avait pas âme qui vive à flanc de coteau, pourtant je n'avais pas l'impression d'être seule et, tandis que mon cheval rebroussait chemin jusqu'à la grand-route, je n'ai pas osé me retourner vers la tour.

Après avoir vécu dans un tel taudis, Jennet Device avait dû être stupéfiée par la magnificence de la demeure de Roger et de Katherine, avec ses épaisses tentures, ses tapis de Turquie, ses encriers, ses plumes et ses cohortes de domestiques. Nul doute qu'elle avait récité à Roger ce qu'il désirait entendre, dans le fol espoir de rester sous leur toit et que, bien à l'abri sous sa courtepointe, elle avait mûrement tramé de longues fabulations captivantes comme la toile d'une araignée. Une partie de moi ne pouvait se résoudre à blâmer cette enfant, qui imaginait sans doute passer le restant de ses jours dans le rôle du petit coucou du nid des Nowell. À peine les assises terminées, Roger n'aurait aucun scrupule à la mettre aux gages dans une ferme à la recherche de main-d'œuvre, ou dans une maison comme Gawthorpe qui employait des femmes de chambre ou des blanchisseuses. Et comment vivrait-elle le restant de son existence ? Aurait-elle le sentiment d'avoir par chance échappé à sa condition ou serait-elle rongée par la culpabilité jusqu'à son dernier souffle ?

Le temps que j'arrive à l'embranchement de la grand-route, la matinée était bien avancée, et le soleil, bien que faible, haut dans le ciel pâle. J'ai bifurqué à gauche en direction de Colne, puis à droite en direction de Gawthorpe. Un instant plus tard, ma décision était prise, et je faisais claquer ma langue contre mon palais en aiguillonnant ma monture des talons.

CHAPITRE 19

— Vous ici ! s'est exclamé Peter.
Je me tenais une fois encore devant le comptoir de la salle au sol couvert de paille du Queen's Arms.
— Dire qu'on reçoit jamais de dames par ici, et voilà pas que ça fait deux fois en une semaine.
Quelques clients traînaient à des tables autour d'un verre – portiers ayant terminé leur service, ou livreurs ayant bouclé leur journée –, mais aucun ne m'a prêté véritablement attention, chacun préférant replonger le nez dans sa chope.
— Je cherche une adresse, ai-je annoncé. Vous avez écrit une lettre, en mars ou avril de cette année, à un homme du nom d'Abraham Law, teinturier à Halifax.
Peter m'a scrutée avec circonspection, et sa panse s'est plissée en bourrelets au contact du comptoir.
— P't'êt bien. Qu'est-ce que ça peut vous faire ?
Je me suis redressée de toute mon insignifiante taille.
— Il faut que je lui parle.
— Pourquoi ?
— Je possède une grande quantité de tissu commandée à Manchester que je souhaite teindre. Il me faudrait

une estimation du prix. Alice m'a parlé de M. Law, et j'ai pensé le solliciter.

Peter a poussé un soupir.

— Ah çà, Dieu seul sait que vous autres, gens de la bourgeoisie, vous avez des besoins que nous autres, simples mortels, on ne peut pas comprendre. Je vais chercher l'adresse, donnez-moi une minute.

J'ai joint les paumes dans un geste de patience et attendu. Il est revenu aussitôt avec une feuille de papier, que je lui ai arrachée des mains, sans autre forme de cérémonie, pour déchiffrer l'adresse.

— Mille mercis, monsieur Ward. Je ne manquerai pas de lui écrire.

★

Cinq minutes plus tard, l'enseigne du corbeau et le nom Haley Hill en boucle dans ma tête, j'étais en route pour Halifax, après avoir graissé la patte de Peter Ward. J'ai songé au nombre de *pennies* que j'avais semés autour de moi dernièrement, me demandant comment j'allais justifier toutes mes dépenses de voyage auprès de James. Puis je me suis fait la réflexion qu'il n'oserait sans doute jamais plus m'interroger sur quoi que ce soit, il suffisait désormais qu'il pose le regard sur moi pour que la pointe de ses oreilles vire au cramoisi. Néanmoins, une fois que toute cette affaire serait derrière moi, j'étais bien décidée à m'intéresser de plus près à la gestion de Gawthorpe – si j'étais encore de ce monde. Car bientôt, il faudrait un nouvel arrivage de draps, de serviettes, de lait, de bonnets et de vêtements pour bébé – et tout en double. Je me suis étonnée de n'être pas dans une rage folle à cette perspective ; c'était juste un fait, et de moindre importance en ce moment.

Je n'avais pas une minute à perdre. Le temps d'arriver dans le comté voisin, la route m'avait affreusement ballottée et le bébé ne cessait de se tortiller avec force coups de pied. Je me suis demandé si ces déplacements constants ne lui causaient pas de dommages. Pourtant, tant qu'il bougeait, il était bel et bien en vie. Aussi, j'ai écarté cette idée et, aussitôt arrivée à bon port, j'ai payé un garçon pour qu'il surveille mon cheval et aille lui chercher à boire.

Annoncée par la fameuse enseigne du corbeau, la maison en bois était rencognée entre deux bâtisses et s'élargissait à ses étages supérieurs, si bien qu'il fallait se pencher en arrière pour la voir d'un seul tenant. Devant elle, des enfants couraient pieds nus dans la boue tandis qu'alentour les passants entraient et sortaient des échoppes et des habitations d'un pas affairé.

J'ai frappé à la porte. Les jointures de mes mains ont scandé un rythme bien plus assuré que je ne l'étais en mon for intérieur. Le battant s'est ouvert sur un couloir sombre et une jeune fille m'est apparue. Elle m'a dévisagée avec surprise, ce que je n'ai eu aucun mal à concevoir, étant donné que j'étais vêtue de ma cape de voyage et couverte de la tête aux pieds.

— Je cherche Abraham Law, ai-je annoncé. Il est à la maison ?

— Il est au travail, madame. Je suis sa fille. Maman est là, si vous voulez la voir ?

— Oh. Je... oui, je ferais mieux de lui parler, dans ce cas.

La fillette s'est effacée pour me laisser entrer, puis m'a devancée le long d'un couloir bas et labyrinthique qui donnait sur une enfilade de pièces sur la gauche.

— Attendez ici, je vais chercher maman.

Je suis restée immobile et j'ai tendu l'oreille. Il régnait une activité débordante qui s'ajoutait au bruit des maisonnées voisines. À ma grande surprise, j'ai même entendu quelqu'un tousser de l'autre côté du mur. Une minute plus tard, une femme de menue corpulence s'est avancée du bout du couloir. Elle portait une robe couleur maïs, et le tablier noué à sa taille aurait bien eu besoin d'être ravaudé. Son visage avenant était encadré de mèches blondes qui s'échappaient de sous sa coiffe. Elle s'est approchée en s'essuyant les mains sur son tablier.

— Je peux vous aider ?

En la voyant me saluer avec une politesse distraite, j'ai soudain été saisie par le poids de ma mission, mais aussi son humanité. Cette femme ne me connaissait ni d'Ève ni d'Adam et ignorait tout de ma démarche. Tout à coup, la pensée des efforts démesurés qu'il me faudrait déployer pour tout expliquer a semblé avoir raison de mes dernières forces. Elle a dû s'en apercevoir, car elle m'a conviée à entrer et à me désaltérer d'un verre de bière. Sans un mot, je l'ai suivie jusqu'à une grande pièce sombre malgré le temps ensoleillé. Le moindre recoin était encombré de piles d'affaires, et le sol occupé par plusieurs enfants et un chien, qui s'agitaient en tous sens. Je m'y suis déplacée d'un pas prudent. Un homme, assis dans un fauteuil, regardait par la fenêtre. J'ai aperçu le sommet de son crâne dégarni.

J'ai dénoué ma cape et l'ai gardée à la main, ne sachant trop où la poser. L'atmosphère de la pièce était étouffante. La femme m'a tendu une tasse de bière, que j'ai bue avec gratitude.

— Je m'appelle Liz. Vous cherchiez mon mari ?

Le breuvage, léger et parfumé, m'a redonné du cœur à l'ouvrage.

— Oui. Je m'appelle Fleetwood Shuttleworth. Pardonnez-moi cette intrusion... je ne sais pas vraiment par où commencer.

— Je vous en prie, asseyez-vous.

D'un geste, elle a désigné une chaise à côté de l'âtre vide, et j'ai louvoyé entre les enfants pour aller m'asseoir. Liz s'est installée vis-à-vis de moi.

— Je voulais m'entretenir avec Abraham d'un incident qui a eu lieu à Colne il y a quelques mois.

À cette évocation, l'expression de Liz s'est transformée, comme sous l'effet de la lassitude, et de la peine aussi. J'ai poursuivi :

— Une affaire impliquant votre beau-père. Ce qui lui est arrivé a déclenché une série d'événements qui... Je ne sais pas si, dans le Yorkshire, les gens sont au courant de ce qui se passe dans le Lancashire ?

Elle a secoué la tête. Au même moment, un de ses enfants a hurlé pour attirer son attention. Elle lui a adressé la parole sur un ton bienveillant mais ferme, avant de se retourner vers moi. Évidemment, elle n'était au courant de rien ! Elle était plongée jusqu'au cou dans les tâches ménagères.

— Le fait est que... Ma sage-femme s'appelle Alice.

J'ai avalé ma salive et l'ai vue jeter un regard furtif sur mon ventre.

— Alice s'est fait piéger dans des accusations de sorcellerie, comme bien d'autres. Douze personnes, au dernier décompte.

Un bambin s'était agrippé au jupon de Liz pour se jucher sur ses pieds et s'appliquait à cogner son genou de son petit poing potelé. N'y avait-il donc aucune nourrice ni domestique pour la débarrasser ne serait-ce qu'un instant de ce poids ?

— Alice Gray était employée au Queen's Arms, l'auberge où l'on a porté votre beau-père après que... Après sa rencontre avec Alizon Device. Alice a croisé votre beau-père sur la route de la laine et s'est occupée de lui, mais la famille Device l'a contrainte, sous la menace, à changer le récit qu'elle a pu faire des événements. Elle se retrouve mêlée à d'épouvantables accusations, et son procès se tiendra dans quelques semaines à Lancaster.

Liz m'écoutait, mais je voyais bien que son attention s'était relâchée. Elle a écarté le bambin et essayé de baisser ses bras contre son corps. Il s'est mis à pleurer.

— Je suis navrée, je sais à quel point vous êtes occupée. Je me demandais avant toute chose comment se portait votre beau-père, et ensuite si je pouvais lui poser quelques questions sur les événements qui se sont déroulés ce jour-là à Colne ?

Liz a redressé le buste avant de soulever le bambin pour l'installer sur ses genoux.

— Vous pouvez lui parler, mais je doute que vous compreniez grand-chose à ce qu'il dit. Papa ?

Elle s'est approchée de l'homme que j'avais aperçu près de la fenêtre, face à la lumière blafarde du jour. Je l'ai suivie jusqu'à lui. Le spectacle qui m'attendait m'a laissée sans voix.

John Law, tassé dans son fauteuil, était ratatiné comme une vieille pomme. Un pan de son visage donnait l'impression d'avoir fondu, l'œil clos, tandis que son autre œil allait frénétiquement de moi à Liz, comme s'il était terrifié. On aurait dit un homme à la carrure imposante qui aurait brusquement perdu beaucoup de poids : sa peau s'affaissait et ses vêtements pendaient largement autour de lui. J'ai fait de mon mieux pour ne rien laisser paraître de mon désarroi.

— Bonjour, monsieur Law.

Il s'est agité, mais le côté de son corps qui se trouvait au plus près de moi est resté lourdement inerte.

— Voulllllez, a-t-il ahané d'une voix forte.

J'ai regardé Liz.

— À part nous, personne n'arrive à le comprendre. Papa, cette dame est venue te voir. Tu la connais ?

— Nnnnnnn, s'est-il écrié.

— Non, il ne me connaît pas.

Ma gorge s'est nouée. Je me suis éclairci la voix.

— Monsieur Law, je m'appelle Fleetwood Shuttleworth. Je suis une amie de Miss Gray, la femme qui vous a amené au Queen's Arms après que... après qu'on vous a agressé.

Il a poussé un cri plaintif. Il m'était impossible de savoir s'il comprenait mes paroles.

— Alice Gray ? ai-je répété.

Mais il s'est contenté de s'agiter, et son œil s'est détaché de moi pour se river de nouveau à la fenêtre.

— Il est comme ça depuis ce jour-là, a observé Liz.

Le bambin dans ses bras lui tirait les mèches de cheveux qui tombaient de sous sa coiffe.

— Je croyais... ai-je prononcé avec difficulté, avant de déglutir. Je croyais qu'il pouvait parler.

Liz a secoué la tête.

— Au début, il pouvait, mais son état ne cesse d'empirer. Certains jours, il s'exprime mieux que d'autres, mais… Ce n'est pas un bon jour pour lui aujourd'hui. Je peux vous laisser avec lui, si vous voulez essayer de lui parler – il vous dira peut-être quelques mots. J'ai des choses à faire. Vous voulez bien me le tenir pendant que je range le linge ?

Elle m'a tendu le petit garçon, tout collant dans son sarrau, et s'est appliquée à retirer de la pièce toutes les piles de draps qui l'encombraient. C'était la première fois que je tenais un enfant. Il dodelinait entre mes bras raides, comme un sac de farine et me regardait d'un air éberlué qui reflétait le mien. En un rien de temps, Liz avait terminé et me le reprenait des mains, avant de quitter une nouvelle fois la pièce. J'ai jeté un œil autour de moi. Sans les piles de draps, les surfaces paraissaient propres – la table avait été frottée et nettoyée de ses miettes, et j'ai alors remarqué que les enfants n'avaient pas le visage sale comme ceux que j'avais pu voir dans la rue. La maisonnée des Law était d'une respectabilité modeste et la présence du père d'Abraham ajoutait à la famille une charge au-delà de ses moyens. Ils auraient très bien pu le laisser croupir dans un lit toute la journée, or ils l'avaient installé à la fenêtre avec vue sur la cour et le ballet des blanchisseuses, des enfants et des chiens. J'ai approché ma chaise du vieil homme et me suis assise.

— Que d'activité dans cette cour, n'est-ce pas ?

En guise d'acquiescement, il a émis un petit son qui m'a encouragée à poursuivre.

— Monsieur Law, je ne veux surtout pas vous contrarier ou ajouter à votre douleur, j'espère que vous me pardonnerez le dérangement. Mais j'essaie de comprendre ce qui s'est passé ce jour-là sur la route de la laine à Colne, quand vous avez croisé Alizon Device.

— Ahhmmme-chtuh. Demmmmu moi nnnn savv.

Un seul coin de sa bouche articulait péniblement ses mots, et malgré tous mes efforts, je n'ai pas compris sa réponse. Il me regardait fixement de son œil bleu, comme s'il me suppliait mentalement de le comprendre. De découragement, il a fini par se recroqueviller sur lui-même, la tête basse. J'ai recouvert sa main inerte de la mienne. Il a scruté l'or, les rubis et émeraudes des bagues qui paraient mes doigts.

— Monsieur Law, connaissez-vous Alice Gray ? Si c'est le cas, hochez la tête.

Son menton est descendu vers sa poitrine avant de remonter.

— Pensez-vous qu'elle est une sorcière ?

Sa tête a pivoté dans l'autre sens, à l'horizontale, avant de revenir vers moi.

— Seriez-vous prêt à l'affirmer aux assises ? Iriez-vous au tribunal ?

Sa tête est restée immobile ; son œil a roulé frénétiquement dans son orbite.

— Vous a-t-on demandé de témoigner au procès ?

Il a eu un hochement de tête, ou ce que j'ai pris pour tel, en signe d'acquiescement. Si seulement il pouvait recouvrer la parole, il pourrait clamer haut et fort l'innocence des autres.

— Pensez-vous qu'Alizon Device est une sorcière ?

Il a hoché, puis secoué la tête. Il a eu l'air très affligé et son œil tourmenté s'est empli de larmes qui ont coulé sur sa joue. Il a levé la main pour l'essuyer, mais il n'a réussi à la soulever que jusqu'à sa poitrine.

J'ai sorti un mouchoir de ma poche et terminé le geste à sa place. Le pauvre John Law n'était plus qu'un pantin vivant ; on le porterait jusqu'au tribunal, comme la preuve flagrante des événements de ce jour-là, avant de le ramener chez lui, et pas un seul instant il ne serait en mesure de se faire entendre. Si Alizon Device avait passé son chemin, rien de tout ceci ne serait arrivé ; au lieu de quoi elle s'était obstinée à retourner au Queen's Arms, jour après jour, pour clamer sa culpabilité. Dès lors, il n'y avait rien d'étonnant à ce que sa famille ait tenu à changer l'histoire, car il s'agissait véritablement de l'histoire d'Alizon, et non plus de celle de John : le pauvre homme en était désormais dépossédé.

Je suis restée un temps en sa compagnie, à observer les femmes qui s'affairaient sur leurs baquets et s'interrompaient de temps à autre pour s'essuyer le front d'un revers de la manche. Le soleil était haut dans le ciel et elles ne craignaient pas de s'abîmer la peau, pour la bonne raison qu'elles n'avaient pas le choix. Un jour comme celui-ci, je serais allée à cheval me mettre sous le couvert des arbres au bord de la rivière, ou alors je serais restée assise à la fenêtre du manoir, tel un objet décoratif, tout aussi dépourvu d'utilité que John Law. Un grand fracas a résonné dans une autre pièce et j'ai entendu Liz se répandre en remontrances, avant de crier :

— Jennie !

Dans la cour, une des femmes a aussitôt levé la tête, une main en visière, en direction de la maison. C'était elle qui m'avait ouvert la porte, et en réalité elle ne devait pas être beaucoup plus jeune que moi. Je l'ai suivie des yeux jusqu'à ce qu'elle entre dans la batisse, accompagnée d'une forte odeur de soude. J'ai songé à la vie qu'elle devait mener ici ; les journées égayées par la présence d'une ribambelle d'enfants en bas âge, suivies de soirées réconfortantes, la tête posée sur les genoux de sa mère tandis que son père leur lisait un passage de la Bible.

J'ai entendu cogner à la porte d'entrée et quelques secondes plus tard, Jennie est venue m'informer que le garçon que j'avais payé pour surveiller mon cheval devait rentrer chez lui. Je me suis levée avec raideur, j'ai remercié John Law, et n'ai pas manqué non plus d'aller remercier Liz. Accroupie dans le couloir, elle s'escrimait à donner la becquée à un enfant.

— Je suis désolée de vous avoir dérangée, me suis-je excusée en la contournant.

— Pas du tout. J'espère que vous n'êtes pas trop déçue. John aimerait parler, j'en suis sûre. C'est notre souhait à tous.

— Votre mari ou vous-même assisterez au procès qui aura lieu dans quelques semaines ?

Elle a levé les yeux distraitement.

— Quel procès ?

— Les assises à Lancaster, où les sorcières seront jugées.

— Ah, oui, Abraham l'a évoqué. Je lui en parlerai.

— Bonne journée, madame Law.

J'ai quitté l'obscurité de la maison pour rejoindre la rue baignée de lumière, accueillie par une brise bienfaitrice. La sueur dessinait des auréoles sous mes bras et ourlait le dessus de mes lèvres. Force était de constater que je n'étais pas plus avancée qu'à mon arrivée ; j'avais la sensation de graviter autour de mon sujet en cercles concentriques de plus en plus larges, sans progresser d'un pouce. Et tant que la petite Jennet trônerait dans sa tour de Read Hall à inventer des histoires de toutes pièces, le nœud se resserrerait inexorablement autour de chaque membre de sa famille. Or ce n'était qu'une *enfant*.

Je n'entrevoyais pas d'échappatoire pour Alice. Certes, John Law ne la considérait pas comme une sorcière, mais il ne pouvait pas en attester clairement ; le propre père d'Alice était insensible à son sort ; quant à son patron, il ne pensait qu'à ses affaires. Dans ces circonstances, qui allait pouvoir la défendre ? Sur le chemin du retour, j'ai inlassablement tourné la question dans ma tête, avec l'impression de buter contre un mur.

À mon arrivée à l'écurie de Gawthorpe, j'étais aussi éreintée que si j'avais charrié un sac de briques. Mais une idée m'était venue, comme une minuscule braise ardente. Il ne me restait plus qu'à lui ménager suffisamment d'air pour qu'elle s'embrase.

CHAPITRE 20

Richard n'était toujours pas revenu de Preston, dont je supposais qu'il s'agissait de Barton, puisque c'était la ville la plus proche. Il n'avait pas laissé de note à mon intention, et je me suis demandé s'il était en colère contre moi ; puis je me suis fait la réflexion que c'était plutôt moi qui étais parfaitement en droit d'être encore en colère contre lui, même si ce sentiment m'était difficile à invoquer. Au moins, rien ne m'obligeait à cacher mon « côté farouche », pour reprendre l'expression de Richard. Avant que tout ceci ne se produise, il avait toléré, voire admiré, mes errances solitaires, ma propension à quitter la maison parfaitement présentable pour en revenir crottée. Ne voyait-il donc pas que ces activités qui étaient autrefois celle d'une simple enfant avaient désormais un sens ? Une fois dans le bureau, je me suis munie d'encre, d'une plume et de papier que j'ai montés dans ma chambre.

Le lendemain matin, le ciel était d'un bleu éclatant, sans un nuage. J'ai rassemblé les deux lettres posées sur mon bureau et je les ai glissées dans ma veste. Pendant la nuit, mes doigts avaient enflé et j'avais une drôle de sensation dans la poitrine, comme si quelque chose se tendait en moi comme un drap. J'ai écarté la pensée obsédante qu'il pouvait s'agir des prémices du crépuscule de ma vie terrestre : que celle d'après arrivait à grands pas. Peut-être la mort se tenait-elle juste derrière moi, peut-être me talonnait-elle comme mon ombre, prête à m'emporter à tout moment dans son grand voile. J'ai rassemblé mon courage et, après avoir jeté un œil à Prudence et Justice, j'ai descendu l'escalier.

★

Katherine Nowell m'a ouvert la porte, les yeux élargis par l'inquiétude.

— Fleetwood ? Déjà de retour ? Mais entrez donc.

D'une main, j'ai pris appui sur le chambranle ; de l'autre j'ai serré mon ventre.

— Katherine, je vous en prie... j'ai besoin d'aide. Mon enfant... j'ai mal. Faites appeler ma sage-femme.

— Êtes-vous seule ? Où est Richard ? Fleetwood, dans votre état, il n'est pas prudent de monter à cheval.

Sa voix trahissait la peur et elle m'a soutenue pour franchir le seuil. J'ai poussé un nouveau grognement.

— Où avez-vous mal ?

— Les douleurs ont commencé hier. J'ai essayé de les ignorer, mais... L'heure n'est pas encore venue, Katherine, il est trop tôt.

— La douleur est-elle forte ? Vient-elle par vagues ?

— Non, elle est constante.

Je l'ai laissée me guider jusqu'au grand salon, où elle était occupée à broder un coussin. La desserte était couverte d'épingles, de dés à coudre et de fils.

J'ai aussitôt songé à la tour de Malkin et à Alizon Device qui avait réclamé des épingles. Katherine m'a aidée à m'asseoir.

— Voulez-vous que j'appelle le praticien ? Un docteur ?

— Non. J'ai besoin de ma sage-femme, Katherine. Depuis qu'Alice est en prison, mon état ne fait qu'empirer. Jusqu'à son arrestation, je me portais très bien. Roger m'a dit qu'il allait essayer de la faire sortir, mais j'ai besoin d'elle au plus vite à Gawthorpe. Je lui ai demandé si elle pouvait rester chez nous jusqu'au procès – je ne la laisserai pas partir, vous avez ma parole et celle de Richard. Je vous en prie, demandez à Roger.

J'avais prononcé ma tirade d'un souffle court et Katherine m'a tendu une timbale de bière qu'une domestique avait apportée discrètement dans le salon. Après l'animation chaotique de la maison des Law, le manoir de Katherine donnait la même impression de calme et de discrétion que Gawthorpe. De son portrait, le père de Roger m'a toisée de son air sévère.

— Roger est en déplacement, j'ai oublié où. Oh, Fleetwood, vous m'inquiétez ! Que puis-je faire, dites-le-moi ?

— J'ai besoin d'Alice, ai-je répondu d'une voix faible. Il faut la sortir de prison. Elle seule peut me guérir ; elle connaît les herbes, les teintures qui font effet.

— Peut-être que l'apothicaire peut vous aider en attendant ? Je vais envoyer notre messager.

— Non. Il faut Alice. Elle seule peut faire quelque chose. Seulement Alice. Nous n'avons pas le temps d'écrire à Roger, ni au château… je dois m'y rendre moi-même pour qu'elle puisse me venir en aide.

— Non. Vous feriez mieux de rentrer chez vous. Mais d'abord, vous allez reprendre des forces ici. Je vais vous faire préparer une chambre et, à son retour, j'informerai Roger qu'il convient de libérer Alice, pour prendre soin de votre santé.

La perspective de me retrouver claquemurée dans une chambre chez Roger ne valait guère mieux que celle d'être écrouée à la prison de Lancaster : il risquait de m'enfermer à double tour et de jeter la clé.

— Katherine, pensez-vous pouvoir le persuader de la libérer ? ai-je plaidé d'une voix faible.

Son visage ridé était empreint de gravité. Elle a posé sur moi ses grands yeux pleins de compassion avant de détourner le regard pour chercher désespérément des paroles réconfortantes.

— J'ai connu une excellente sage-femme à Liverpool, mais c'était il y a fort longtemps, je ne saurais comment faire pour la joindre...

— Non, il faut que ce soit Alice.

Elle s'est tordu les mains.

— Fleetwood, je ne... Elle est la prisonnière de Sa Majesté, je ne vois pas comment...

— Jusqu'au procès, c'est tout ce que je demande, me suis-je empressée de répéter. Je crains que ma vie ne soit en danger.

Pour la première fois, la peur était palpable dans ma voix, pour la bonne raison que, pour une fois, je disais la vérité.

— Mais cette femme est accusée de sorcellerie. Elle encourt la peine de mort ; elle ne sera pas libre avant le procès. Elle risquerait de disparaître !

J'ai soudain eu la certitude qu'on nous épiait et pas uniquement à cause des portraits qui ornaient les murs du salon. En tournant la tête vers la porte, j'ai aperçu deux grands yeux pâles qui me regardaient fixement. Sans ciller, Jennet Device m'a transpercée d'un regard d'opprobre qui n'était pas de son âge. J'avais conscience qu'il était ridicule d'avoir peur d'une enfant, pourtant force était de constater qu'elle dégageait quelque chose d'étrange. Après tout, elle avait dérobé mon collier sans que je m'aperçoive de rien. Comment avait-elle fait ? J'aurais détesté qu'elle logeât sous mon toit, à se mouvoir sans bruit, à surgir dans les couloirs tel un fantôme.

— Katherine, vous voulez bien demander à votre intendant de surveiller mon cheval ? Dans ma hâte, je l'ai abandonné en bas des marches, j'espère qu'il ne s'est pas éloigné.

Katherine s'est levée d'un bond et s'est empressée de quitter la pièce pour accéder à ma demande. Jennet a profité de son absence pour se glisser dans le salon et s'approcher de la cheminée. Elle s'est agenouillée devant une des chaises à dos droit et s'est employée à disposer des morceaux de tissu sur les sièges. Mue par la curiosité, je me suis levée pour la rejoindre.

— Qu'as-tu donc là, Jennet ?

J'ai remarqué que les lambeaux étaient noués de sorte à figurer des corps humains : un grand nœud au sommet pour la tête, et d'autres nœuds séparés par des bouts de tissu pour représenter les jambes et les bras. J'avais déjà vu à l'église des poupées semblables que l'on distribuait pour apaiser les pleurs des enfants. Après avoir vu sa maison, j'étais convaincue que Jennet n'avait pas grandi entourée de jouets.

— Qui t'a donné ça ? Est-ce Roger ?

— C'est moi qui les ai faits, a-t-elle rétorqué de sa voix éraillée.

— Et tu les as rembourrés, comme c'est astucieux. Qu'as-tu utilisé ?

— De la laine de mouton.

J'étais persuadée qu'elle avait amené les poupées jusqu'ici dans le seul dessein de me les montrer, à l'instar du chat qui ramène une souris à son maître. J'ai avisé le tissu effilé de sa robe sans forme. Tout, dans l'attitude de cette enfant, trahissait la maltraitance et le malheur. À cause d'elle, mon amie croupissait dans un cachot sans lumière en attendant qu'on la condamne à la potence. À cause d'elle, plusieurs autres femmes étaient aussi en captivité. J'avais envie de l'empoigner par ses épaules pointues et de la secouer avec une véhémence à lui faire s'entrechoquer les dents et rouler les yeux dans leurs orbites. J'avais envie de lui hurler de retirer tout ce qu'elle avait dit, tous ces mensonges qu'elle avait proférés de sa langue acérée. Sa présence me répugnait. Je suis retournée m'asseoir.

Quand Jennet s'est mise à murmurer, j'ai senti les poils se dresser sur ma nuque.

— Que récites-tu ?

Surprise par la brusquerie de ma voix, Jennet a braqué sur moi ses grands yeux pleins de mépris.

— Une prière pour avoir à boire, a-t-elle répondu de l'air le plus innocent.

— Comment ça ?

— *Crucifixus hoc signum vitam æternam. Amen.*

Sans la quitter des yeux, j'ai tâché de percer les termes à jour. Ma maîtrise du latin était médiocre, parce que je n'avais aucune patience pour son étude. Était-il question d'une croix et de la vie éternelle ? Je me suis demandé où elle avait bien pu apprendre une chose pareille, sachant que ces mots étaient pur papisme. Les avait-elle prononcés devant Roger ? Et si tel était le cas, les Device étaient-elles en prison uniquement parce qu'elles étaient catholiques ? C'était insensé : la moitié des familles de Pendle étaient de confession catholique. Roger le savait pertinemment et, du moment qu'elles gardaient les yeux baissés à l'église, il ne leur cherchait pas d'ennuis.

Jennet s'est approchée de moi et a saisi la timbale vide en étain. Elle l'a portée aux lèvres de ses poupées pour leur donner à boire.

— D'où viennent ces mots, Jennet ?
— Ma grand-mère me les a appris, a-t-elle zézayé.
— Tu récites cette formule et elle t'apporte à boire ?
— Non, a-t-elle nié catégoriquement. La boisson est apportée.
— De quelle manière ?
— D'une manière très étrange.

Les mots qui sortaient de sa bouche étaient si déconcertants. Avais-je été aussi précoce au même âge ? J'en doutais fort. Mais sa manière de corriger ma formulation a éveillé en moi un lointain souvenir. Soudain l'image m'est revenue : les lapins morts ; Alice accroupie dans la forêt.

Je ne les ai pas tués. Ils étaient déjà tués.

Comment s'expliquait la distinction qu'elles faisaient clairement entre les deux formulations ? Peut-être fallait-il observer une approche différente avec Jennet. Comme Richard l'avait souligné à propos de ses faucons : la loyauté se mérite. Puis je me suis remémoré la menace de Roger : Jennet était susceptible de se « souvenir » d'autres participantes au Vendredi saint. L'idée était trop dangereuse pour que je m'aventure sur ce terrain. J'ai jeté un œil vers la porte.

— Jennet ? Peut-être connais-tu une de mes amies. Alice Gray ?

La fillette est restée penchée sur ses poupées. Ses longs cheveux ternes tombaient dans son dos, échappés de sa coiffe. Elle n'a pas répondu à ma question, et s'est employée à arranger les figurines en tissu avant de les épousseter du revers de la main.

— La connais-tu, Jennet ?

Elle a haussé les épaules en signe d'acquiescement.

— Comme ça, tu la connais ? ai-je répété en me penchant en avant. Est-il possible que tu te sois trompée et qu'elle n'ait pas été chez toi ce jour-là à la tour de Malkin ?

Du doigt, elle a montré un de ses jouets.

— James a volé un mouton pour qu'on ait à manger.

Elle a désigné une autre poupée.

— Ma mère lui a dit de faire ça.

J'ai passé la langue sur mes lèvres sèches.

— Te souviens-tu d'Alice chez toi ? Est-elle une amie de ta mère, ou ne l'avais-tu jamais vue auparavant ?

À cet instant, j'ai entendu des bruits de pas sur les dalles et Katherine est apparue, chargée d'un plateau.

— J'ai rapporté de la bière. Comment vous sentez-vous, Fleetwood ?

Dépitée, je me suis laissée aller contre le dossier de ma chaise, sans quitter Jennet des yeux. Elle souriait et, quand j'ai compris pourquoi, j'ai senti un frisson me pénétrer les os.

— La boisson est apportée, a-t-elle articulé d'une mine enjouée avant de s'en retourner à ses jouets.

— Jennet, veux-tu bien nous laisser ? a demandé Katherine d'une voix tendue.

L'enfant lui a lancé un regard et a balayé ses poupées du bras envoyant aussi la timbale claquer par terre. Sans se donner la peine de la ramasser, elle est sortie de la pièce en silence. Katherine a poussé un lourd soupir. Pour la première fois, j'ai vraiment remarqué les rides qui striaient le pourtour de sa bouche et l'épuisement sourd qui se lisait dans ses yeux.

— Combien de temps va-t-elle encore passer chez vous ? ai-je demandé délicatement.

Katherine a secoué la tête.

— Roger ne saurait dire.

— C'est forcément de son ressort, non ?

— Tant qu'elle est ici, elle est... elle lui est utile. J'imagine qu'elle partira quand elle ne lui servira plus à rien.

Son franc-parler m'a prise de court. Katherine s'est rassise en poussant un soupir. Elle a porté sa timbale à ses lèvres et bu avidement. Après s'être essuyé la bouche, elle a poursuivi :

— Je serai tellement contente quand la cour d'assises ira siéger ailleurs et que toute cette affaire sera derrière nous.

— Mais comment pouvez-vous souhaiter qu'on précipite le sacrifice de vies innocentes ?

— Innocentes ? a répété Katherine d'un air perplexe. Fleetwood, ni vous ni moi ne pouvons en juger.

— N'avons-nous pas des yeux et des oreilles comme nos maris et les hommes qui vont les condamner ?

— À vous entendre, vous connaissez déjà l'issue du procès.

— Évidemment, tout le monde la connaît ! L'histoire a-t-elle déjà fait preuve de clémence à l'égard des sorcières ? Katherine, nous devons *absolument* faire quelque chose.

Katherine a laissé échapper un petit rire qui m'a donné envie de la gifler.

— Fleetwood, vous avez des idées bien saugrenues. Vous parlez comme si nous étions dans une pièce de théâtre, et que nous incarnions un personnage. Vous et moi ne jouons aucun rôle dans la justice du roi : nous sommes là pour soutenir nos époux.

— Nous ne pouvons pas rester sans rien faire ! me suis-je écriée. Nous devons agir !

— Fleetwood, je vous en prie, a plaidé Katherine sur un ton enjôleur. Vous allez vous épuiser et vous faire du mal, à vous-même et à votre enfant. Puis-je m'adresser à vous en toute franchise ?

Ce revirement était inattendu. J'ai hoché la tête en attendant la suite.

— Richard vous aime beaucoup. Il vous est très attaché. Vous avez tous les deux la chance de vivre votre union dans un esprit de camaraderie, contrairement à la plupart d'entre nous.

Un bref instant, je me suis demandé si elle était au courant de l'existence de Judith, ou si Roger avait également pris le soin de la lui dissimuler.

— Vous devez vous consacrer à la famille, à votre rôle d'épouse. Les gens parlent, vous savez, Fleetwood. Et je sais bien que les nobles de province, comme vous et moi, sont un peu à l'écart ici, loin des grandes villes. Certes, cet isolement nous confère une certaine intimité, néanmoins il ne nous autorise pas à agir en dépit des convenances.

Je me suis agitée sur ma chaise. Le silence du grand salon me vrillait les oreilles. Katherine s'est humecté les lèvres avant de poursuivre.

— Vous êtes éminemment jeune, sérieuse et attachante. Vous êtes châtelaine d'une des plus belles demeures de la région. Cet enfant va contribuer à votre épanouissement et votre bonheur. Vous devez prendre le soin de vous impliquer dans les bons choix, tels que votre famille et votre foyer, et de ne pas vous laisser bouleverser par ce sur quoi vous n'avez aucun pouvoir.

J'ai eu la sensation qu'elle venait de me passer sur le corps avec une roue de chariot. Les mots se sont étranglés dans ma gorge pour s'abîmer dans mon cœur lourd.

— Je veux aider mon amie, ai-je réussi à articuler. Sinon elle mourra. Et je mourrai avec elle.

Cette prise de conscience venait de nouveau me ronger : sans Alice, autant me passer un nœud autour du cou, à moi aussi. Elle m'avait fait la promesse de me sauver la vie – et réciproquement –, mais la probabilité que nous puissions tenir parole était si mince qu'elle en devenait insignifiante. Je me suis rendu compte que ce n'était plus qu'une question de jours, désormais. Si j'essayais de me représenter mon enfant, de l'imaginer dans mes bras, l'image se dérobait. Tout comme celle de mon existence dans cinq, dix, vingt ans. L'arrivée imminente des assises limitait ma vie à une échéance de quelques semaines.

— Je ne peux rien faire, Fleetwood, a conclu Katherine d'une voix douce. Roger ne la libérera pas. Elle est accusée de sorcellerie – un crime passible de mort.

— Roger se trompe. Alice a été trahie tout au long de sa vie. Je ne peux pas l'abandonner. Vous devez m'accompagner au château et exiger sa libération. Vous êtes la femme de Roger... vous avez forcément de l'autorité.

Mon propre plaidoyer me semblait sans espoir, et j'ai senti mes épaules s'affaisser sous le poids d'une détresse abominable.

— Vous êtes bouleversée. Vous devez vous reposer. Permettez-moi de vous accompagner jusqu'à une de nos chambres.

— Non, merci. Je dois y aller.

— Vous ne pouvez pas monter à cheval. Vous êtes souffrante.

— J'irai au pas.

Katherine a souri.

— Vous agissez davantage comme un homme que comme une femme. J'insiste pour que quelqu'un fasse la route avec vous.

J'ai plongé la main dans ma poche pour en ressortir les lettres que j'avais rédigées à la lueur de ma bougie.

— J'ai une faveur à vous demander, Katherine.

— Oh, Fleetwood... Qu'est-ce que je viens de dire ?

— Je vous en prie. Je ne vous demanderai rien d'autre.

J'ai placé les courriers entre ses mains. La cire à cacheter ressemblait à des taches de sang.

— Quand Roger se rendra-t-il à Lancaster ?

— Dans un ou deux jours, peut-être. Ces lettres sont pour lui ?

— Non, et il ne doit pas les voir. Je veux que vous l'accompagniez la prochaine fois qu'il ira à la ville. Arguez d'un besoin de changer de décor et d'une envie de visiter les échoppes – ce que vous voulez. Mais allez-y et une fois sur place, trouvez le moyen de vous rendre au château, seule. Ils me connaissent, là-bas, Roger les aura mis en garde, et je ne peux plus m'y montrer. Vous devez remettre ces lettres au clerc du coroner Thomas Covell, au château. Ne les laissez à personne d'autre, remettez-les-lui en main propre et dites-lui de les faire suivre *de toute urgence* à leurs destinataires. Si le clerc pose des questions, invoquez le nom de Richard et dites que les missives viennent de lui.

Katherine avait le front barré d'inquiétude.

— Je ne comprends pas.

— Je vous en prie, Katherine. C'est une question de vie ou de mort.

— Il n'y a rien de malhonnête dans ce que vous me demandez ? Rien qui soit de nature à porter préjudice à la réputation de mon mari ? Pourquoi ne peut-il être au courant ?

— C'est ainsi. Si vous ne voulez pas ma mort sur la conscience après que je serai décédée en couches, vous ferez ce que je vous demande.

Katherine a soutenu mon regard et j'ai décelé dans ses yeux un air de défi qui ne s'adressait pas à moi – comme si elle en éprouvait le goût, en savourait la sensation.

— Je m'en occupe, a-t-elle conclu en hochant la tête.

Je me suis retenue de me jeter dans ses bras. À la place, j'ai serré ses mains dans les miennes. Elle a glissé les lettres dans ses jupes.

— Mille fois merci.

— Roger rentrera sans doute demain du Yorkshire, à moins que l'exécution ne soit retardée, a précisé Katherine.

— L'exécution ?

— Vous n'êtes pas au courant ? Jennet Preston a été jugée coupable du meurtre du père de Thomas Lister. Elle sera exécutée par pendaison aujourd'hui.

★

Au cours des jours suivants, j'ai repris mon ancien rôle de fantôme de Gawthorpe, à errer devant les fenêtres en attendant le retour de Richard. Lorsque enfin il est arrivé de l'écurie, j'ai été frappée par sa démarche arrogante, la légèreté de son pas après son voyage à Preston. Il semblait intouchable, comme s'il glissait nonchalamment à la surface des choses. Je suis allée lui ouvrir. Il a eu l'air surpris de me voir sur le seuil, mais en découvrant l'expression de mon visage, il s'est inquiété.

— Que se passe-t-il ?
— Entrez.
Il a blêmi.
— Vous n'avez pas... vous n'avez pas...
— Non, rien de tout cela, le bébé est en bonne santé.

Une vague de soulagement l'a traversé tandis qu'il montait les marches. Il a retiré ses gants, je l'ai aidé à ôter son manteau, puis je l'ai devancé jusqu'au petit salon, dont j'ai fermé la porte derrière nous. Puck, qui sommeillait sous la fenêtre, s'est levé paresseusement pour saluer Richard d'un coup de son épaisse langue sur les mains.

— Vous souvenez-vous du dîner l'autre jour, quand Roger a évoqué les juges de Sa Majesté aux assises : Altham et Bromley ?
— Oui, a-t-il répondu d'un air las.
— Je les ai invités à dîner à Gawthorpe.

Il y a eu un silence et Puck est retourné s'allonger à sa place douillette. Dans mon ventre, le bébé a ajusté sa posture, et je l'ai couvert de ma main.

— Vous les avez invités à dîner ici. Dans cette maison.

J'ai opiné du chef sous le regard inflexible de Richard.

— Dans quel but ?

— Dans le but de mettre en lumière la détresse des sorcières de Pendle.

Sans ciller, Richard a rétorqué d'une voix égale.

— Vous rendez les choses bien difficiles, Fleetwood. Pour vous-même et pour nous deux.

— Il n'est pas question de moi, ni de nous deux. Il est question d'Alice et du fait qu'elle n'a *pas* tué cette enfant.

— C'est au jury d'en décider, ni à vous ni à Roger.

— Roger a tranché pour tout le monde ! me suis-je écriée. Sa décision est prise !

— Baissez la voix !

Richard, dont le courroux s'est propagé dans la pièce comme une note de musique suraiguë, s'est mis à faire les cent pas. Des taches pourpres ont fleuri à mes joues et j'ai senti une rage incandescente crépiter dans ma tête. J'ai pris appui sur le dossier de ma chaise, puis je me suis assise avec lenteur. À côté de moi, Puck s'est mis à geindre en essayant de me toucher les mains. J'ai posé ma paume tremblante sur le sommet de son crâne et de l'autre j'ai recouvert son museau.

— Quand seront-ils ici ?

— Lorsqu'ils passeront par Lancaster la semaine prochaine.

— Et Roger est au courant ?
— Non.

Il a agrippé le dossier d'une chaise en secouant la tête.

— Vous tournez le nom de Shuttleworth en dérision. Je vous ai laissée vous amuser comme une enfant, et maintenant ceci ! Cela n'a que trop duré.

— C'est *moi* qui ternis le nom des Shuttleworth ? Mais c'est *vous* qui avez deux familles !

— Allez donc au diable, Fleetwood, je croyais en avoir fini avec cette affaire. Quantité d'hommes ont une maîtresse, cela n'a rien d'extraordinaire.

— Ainsi nous sommes ordinaires, c'est cela ?! Et non, je ne crois pas que ce genre de choses ait une fin. Pour ma part, j'essaie de venir en aide à une femme innocente. Où est le mal ?

Richard continuait d'arpenter la pièce, en traversant par intermittence les faisceaux de poussière éclairés par le soleil ; il entrait dans la lumière, pour mieux replonger dans l'ombre.

— Pourquoi vous obstinez-vous à saper la position de votre propre époux ? De quoi ai-je l'air ? Tout ceci pour une fille de basse extraction que vous connaissez à peine. Mérite-t-elle autant d'attention ? Vous la côtoyez depuis quelques mois tout au plus. Pourquoi cet acharnement à vous donner en spectacle pour une femme qui vous a procuré quelques herbes aromatiques ?

— Si vous ne comprenez pas ces simples mots : *Alice est innocente*, je ne peux rien pour vous. Or personne à part moi ne le croit ! Personne ne veut l'aider ! J'ai besoin de vous, Richard. Qui allez-vous choisir, votre femme ou votre ami ?

— Roger était tout autant votre ami !

— Après ce qu'il a fait, je ne veux pas de son amitié, et vous ne devriez pas l'accepter vous non plus.

— Comment pouvez-vous dire une chose pareille ? Roger est ce qui se rapproche le plus d'un père, pour moi. Il s'est toujours occupé de nous ; il nous a généreusement apporté son soutien. Il est convaincu que j'ai l'étoffe d'un sheriff ; il me voit entrer au Parlement un jour. Il croit en moi, Fleetwood, comme personne avant lui.

— Si vous voyiez le cachot dans lequel il les a jetées, peut-être le tiendriez-vous en moins haute estime. C'est un coin de l'enfer lugubre et humide, où elles croupissent sans une once de lumière, dans les vomissures et les excréments au milieu d'une infestation de rats et Dieu sait quoi d'autre. L'une d'elles y est morte ! Où est votre cœur ? Avez-vous donc un gouffre à la place ? Où est l'homme que j'ai épousé ?

La réponse de Richard m'a glacé le sang.

— Vous allez entrer en couches sur-le-champ. Vous ne sortirez pas de votre chambre. Vous resterez ici jusqu'à l'arrivée de notre fils. Vous faites preuve d'une imprudence idiote à galoper à tort et à travers, à empoisonner tout le monde et à vous mettre en danger. Vous ne pensez qu'à vous-même, au détriment de notre enfant.

— Vous allez donc me punir parce que j'essaie de sauver la vie de mon amie ? Vous êtes plus peiné par la mort de votre oiseau de proie que par le destin d'une femme innocente. Et de toute façon, vous préféreriez me savoir morte, avouez-le ! Ma disparition vous rendrait la vie plus facile. Cela sauvegarderait votre amitié avec Roger, vous pourriez épouser Judith et oublier que j'aie pu exister.

Puck a poussé un gémissement, et je l'ai caressé d'un geste machinal. Le visage de Richard exprimait une angoisse profonde. Avant qu'il n'ait le temps de répondre, j'ai quitté la pièce, en prenant soin de fermer la porte derrière moi pour lui épargner mes pleurs.

CHAPITRE 21

Le jour du fameux dîner, la maisonnée bourdonnait d'activité. Loin de l'effervescence, je suis restée dans ma chambre, conformément au souhait de Richard. Même alitée, je sentais mon cœur battre la chamade. Une fine pellicule de douleur m'enserrait la poitrine, et je sentais mes veines battre dans mon cou.

Un nouveau cauchemar m'était venu : je me trouvais dans le donjon des sorcières. J'avais beau écarquiller les yeux, il y faisait une nuit d'encre, plus noire que noire. De l'eau gouttait, et j'entendais quelqu'un sangloter dans un coin. Je restais immobile, parce que le sol mouillé était recouvert d'une couche de paille qui crissait sous le pied. Je me mourais de peur quand soudain j'entendis un bruit, tout proche, de mastication. Il ne provenait pas d'une personne, mais peut-être d'un chien ou d'une créature encore plus grande. Je tendis l'oreille : les dents déchiraient la chair, et la bête se repaissait de chaque bouchée. Le bruit me retournait l'estomac, me donnait la chair de poule, et je me suis réveillée trempée de sueur, prise d'une peur indicible qui faisait cogner mon cœur contre mes côtes.

Je n'avais pas reçu de réponse de la part des lords Bromley et Altham, bien que je n'en attendisse pas. Depuis que j'étais en couches, je n'avais pas été en mesure de demander à Katherine si elle avait réussi à mener à bien ma requête. Quand le matin est arrivé, j'avais les nerfs en pelote. Je me suis assise dans mon lit et me suis appliquée à me représenter l'animation deux et trois étages plus bas : dans la cuisine, les domestiques seraient occupés à plumer, hacher, peler et braiser ; James s'emploierait à sélectionner le vin à la cave ; pendant qu'ailleurs les verres et couverts seraient polis, les couteaux affûtés. Si les invités nous faisaient faux bond, nous allions déguster un festin en tête à tête.

Richard, qui ne m'adressait plus la parole, n'avait donné aucun signe de vie. Je me suis glissée hors de mon lit et me suis installée devant le miroir, bien décidée à discipliner mes cheveux, qui n'avaient pas vu un peigne depuis une semaine. J'avais les bras endoloris, comme si je n'avais pas dormi depuis des jours, alors que je n'avais rien fait d'autre. Mes cheveux coiffés, je me suis nettoyé les dents, puis je suis allée à la garde-robe, qui ne m'emplissait plus de la même joie. Dans un coin, mon carnet de croquis prenait la poussière.

J'ai revêtu ma robe de taffetas or pâle, et l'idée de descendre, après des journées de solitude, m'a soudain paru étrange : j'avais pris l'habitude de vivre confinée dans ma chambre. Midi approchait lorsque j'ai entendu frapper à la porte. Richard a passé la tête dans l'embrasure. Il avait les traits tirés.

— Vous venez ?

Je me suis levée.

— Ils sont en bas ?

— Non, mais la maîtresse de maison qui les a conviés ferait bien d'y être.

Le grand salon, apprêté pour les besoins du festin, brillait de ses parures d'argent, de verre et de linge lavé de frais. Les compotiers débordaient de fraises, prunes, pommes, poires et pêches. Le feu doux qui craquait dans l'âtre chassait la fraîcheur de la salle tandis que le ciel bleu chatoyait à chaque fenêtre. Richard et moi avons contemplé ce spectacle dans un silence lugubre, que James n'a pas tardé à briser en se présentant à l'entrée la plus à droite du salon.

— Monsieur, votre premier invité est arrivé.

Sur ce, Roger a pénétré dans la salle.

Richard s'est avancé pour le saluer.

— Bonjour, Fleetwood, m'a lancé Roger aimablement après avoir échangé une poignée de main avec Richard. Êtes-vous rétablie ?

J'ai lancé un regard à mon époux, qui une fois encore m'avait trahie, faisant passer les intérêts de son ami avant moi, mais il a gardé les yeux rivés sur Roger.

— Je me sens beaucoup mieux, je vous remercie, ai-je réussi à articuler.

— C'est surtout Katherine qu'il faut remercier.

Il a souri placidement. Richard est allé lui chercher un verre de vin.

— Les juges de Sa Majesté ne sont pas encore arrivés ? s'est enquis Roger.

— Pas encore. À quelle heure leur avez-vous annoncé le dîner, Fleetwood ?

— À midi, il me semble.

— Quel dommage qu'aujourd'hui soit jour de poisson, a observé Roger à l'intention de Richard. Le daim que vous avez tué jeudi était une bien belle bête.

— La chasse assèche les gosiers. Je pense attendre un épisode de pluie avant la prochaine sortie. La chaleur hébète les chevaux.

— Votre habileté n'a que faire de la stupidité de ces bêtes. Vous chasseriez tout aussi magistralement sur une bourrique.

Richard a ri, puis a levé son verre pour trinquer avec Roger. Comme il ne m'avait pas proposé à boire, je me suis approchée de Jacob, notre jeune serveur aux joues carmin et aux yeux brillants, qui avait remarqué l'affront que me faisait Richard et rougissait d'un air gêné. J'ai pris un verre.

Nous formions un étrange triangle – les deux hommes côte à côte et moi à l'écart, en train de respirer profondément pour conserver mon calme. James est de nouveau apparu à la porte.

— Sir Edward Bromley et sir James Altham.

Il s'est légèrement incliné avant de ressortir. Puis, comme apparaissant de part et d'autre d'une scène de théâtre, chacun des nouveaux venus est entré par une porte de la grande salle.

Sur la gauche, Edward Bromley se tenait plein d'assurance, un pouce glissé sous la ceinture de soie qui entourait sa taille. Son pourpoint finement brodé, aux manches ajourées, était surmonté d'un col en éventail noué d'un ruban vert sous le menton. Sous son large chapeau noir, ses yeux pétillaient joyeusement. Bien qu'ayant passé l'âge moyen – il avait au moins quarante ans –, il était très bien fait de sa personne.

À moins de deux toises de lui, James Altham se détachait dans l'encadrement de la deuxième porte. Plus grand et plus mince que Bromley, il était aussi plus âgé que lui d'une dizaine d'années. Sa silhouette élancée était accentuée par une toge sans manches et volumineuse qu'il portait drapée sur l'épaule. Sa veste taillée près du corps était d'une agréable teinte de soie crème, avec de larges manchettes. Ses haut-de-chausses en velours noirs brodés de fils d'or étaient assortis à sa veste, et des rosettes étaient nouées à ses minces genoux. Sa tête nue laissait voir sa chevelure grise et ses yeux sombres et sérieux dans un visage strié de rides.

Comme mû par quelque signal silencieux, les deux hommes se sont avancés de concert. Richard allant saluer sir Edward en premier, je me suis empressée d'accueillir le doyen sir James, ainsi que le dictait l'étiquette pour les convives de même rang.

— Lord Bromley, merci d'être venu jusqu'à Gawthorpe. Avez-vous fait bon voyage ?

— Madame Shuttleworth, merci pour votre invitation. C'est fort généreux de votre part de nous recevoir pendant notre tournée dans les contrées du Nord.

Ses yeux sombres se sont posés sur moi, puis il m'a baisé la main.

À ma grande surprise, la voix de l'intendant nous a interrompus.

— M. Thomas Potts, a-t-il annoncé.

Je me suis tournée vers la porte, sans retirer ma main de celle de sir James. La haute silhouette mince d'un jeune homme se découpait dans l'entrée.

— Madame Shuttleworth, je me suis permis d'inviter notre compagnon de tournée, j'espère que vous ne m'en tiendrez pas rigueur. M. Potts est le clerc des assises.

Le jeune homme s'est incliné élégamment à mon intention.

— Mais avec plaisir, soyez le bienvenu, monsieur Potts.

Le clerc a pénétré dans le salon, jaugeant les armoiries et la galerie des ménestrels en surplomb. Il devait être plus jeune que Richard ; peut-être avait-il vingt et un ou vingt-deux ans.

— Messieurs.

Roger s'est avancé à son tour avec aisance pour saluer nos convives d'une poignée de main.

— Cela fait une éternité que nous étions ensemble. Quand était-ce donc… mardi ?

Ils sont partis d'un rire convivial. On a servi un verre de vin aux nouveaux venus, et j'ai interrogé le plus jeune de nos invités.

— Monsieur Potts, vous suivez les assises ?

— Oui, a-t-il répondu d'une voix douce dans laquelle j'ai cru déceler une pointe d'accent écossais. Nous venons tout juste de quitter York et les assises du Westmoreland débuteront après-demain.

— Ah, ma mère habite dans le Westmoreland, à côté de Kirkby Lonsdale, ai-je renchéri.

Il a hoché la tête poliment. Les autres convives s'étaient approchés de la table et devisaient d'une voix forte. J'ai poursuivi discrètement.

— Dites-moi. Si vous étiez à York, vous avez dû assister au procès de Jennet Preston.

— En effet, a-t-il acquiescé plaisamment, comme si nous parlions de quelque marchand de notre accointance. Êtes-vous une connaissance de Thomas Lister de Westby ?

— Oui.

Ma voix est restée en suspens, j'ai cherché de quoi alimenter la conversation, en vain. Quant à Thomas Potts, il laissait son regard fureter à travers la grande salle.

— Vous avez là une demeure très moderne.

— Merci, ai-je répondu quand bien même il ne s'agissait pas d'un compliment.
— Appréciez-vous la vie dans le Nord ?
— Je n'ai jamais vraiment vécu ailleurs.

Nous nous sommes approchés de la table, où l'on avait discrètement ajouté un sixième couvert.

— Est-ce votre première tournée ?
— Oui, et l'exercice se révèle passionnant. Je dois avouer que je trouve les gens du Nord très... différents. Tout l'est, à dire vrai : la nourriture, l'humour, les villes. Déjà, Londres me manque énormément.

Il a souri, dévoilant une rangée de petites dents effilées comme des épingles. J'ai souri et me suis assise, en retrait par rapport aux autres en raison de mon ventre volumineux. Roger a dûment été présenté au jeune clerc.

— Ravi de faire votre connaissance, l'a salué M. Potts en lâchant sa main pour repositionner son verre de vin.

Les yeux de Roger se sont furtivement tournés vers moi.

Au même moment, on a servi le hors-d'œuvre : du saumon poché dans de la bière, accompagné de harengs marinés. Mon verre de vin, qui m'avait aidée à surmonter le choc de l'arrivée inattendue de Roger, m'a donné le courage de m'adresser aux deux juges.

— Comment se passe votre tournée, jusqu'ici ?
— Fort bien, madame, a répondu le sympathique sir Edward.

Sa moustache soulignait ses joues roses et potelées comme des pommes.

— Nous avons déjà couvert plus de la moitié du trajet. Kendal est encore à venir, puis Lancaster, comme vous le savez.

J'ai senti mon visage s'empourprer légèrement, priant en silence pour qu'il n'évoque pas devant Roger la requête que je lui avais soumise par écrit, mais il ne s'est pas étendu sur le sujet.

— Jusqu'ici, nous sommes passés à Durham, Newcastle et York, Carlisle suivra Lancaster. Après quoi, nous reprendrons la longue route qui nous ramènera dans le Sud.

— Dites-moi, ai-je rebondi, vous devez voir passer des actes d'accusation fascinants, dans votre métier. Depuis quand êtes-vous juges pour la juridiction du Nord ?

— Depuis deux ans, a répondu sir Edward.

— Et un peu moins de dix ans pour moi, a répondu sir James.

— Et c'est ma première fois dans un tribunal itinérant, a déclaré leur clerc avec un air d'importance.

Les hommes ont baissé les yeux sur leur assiette et se sont mis à manger. Je sentais la présence sévère de Roger à l'autre bout de la table.

J'ai poursuivi en faisant de mon mieux pour m'exprimer d'une voix égale.

— J'ai récemment appris… il paraît que vous aviez jugé une femme coupable de sorcellerie à York ?

— En effet, a acquiescé le doyen des juges. Un cas fort intéressant, puisque la femme se trouvait également aux assises du Carême avec le même chef d'accusation, à peine quatre mois plus tôt.

— Accusée une fois encore par Thomas Lister, ai-je complété.

Le silence envahit la table. Un morceau de hareng, stoppé dans son élan, a tremblé devant les lèvres de sir James.

— Tout à fait, a-t-il répondu. Je vois que vous vous intéressez aux lois du royaume.

— Or, cette fois, elle a été jugée coupable, ai-je poursuivi.

— Cette femme a été déclarée coupable du meurtre par sorcellerie de Thomas Lister père, c'est exact.

La voix de James Altham était calme, presque douce. Il devait réserver ses effets de manche pour les cours de justice.

J'ai hoché la tête en délogeant une arête de poison fichée dans le fond de ma bouche, tentant de ne pas m'étrangler.

— Néanmoins, sir Edward lui a manifestement accordé le pardon au Carême, si bien que sa vie a été gracieusement allongée de quelques mois, a précisé James Altham avant de s'adresser directement à son collègue. Connaissiez-vous alors le caractère tout à fait désobligeant de ses sympathisants ? Je me demandais si telle était la cause de votre verdict.

Les yeux de sir Edward ont scintillé. Il s'est adressé au reste de la tablée.

— Je n'en savais absolument rien. Les Preston sont de sacrés tapageurs. Le pauvre Altham, ici, s'est vu dénigré dans chaque bourg, de York à Gisburn. Ce qui n'est pas peu.

J'ai essayé de m'imaginer une foule prenant d'assaut les rues de Padiham et de Colne pour manifester contre l'arrestation des sorcières de Pendle, sans réussir à me représenter un seul poing levé.

— Avez-vous déjà jugé quelqu'un pour sorcellerie avant cette année ? ai-je demandé.

Les deux hommes se sont consultés brièvement du regard.

— Jamais, a admis sir Edward d'un ton étonné. En réalité, il s'agit du plus grand groupe jamais jugé dans ce pays pour faits de sorcellerie.

— Vraiment ?

Il a opiné du chef. Je n'ai pas pu m'empêcher de jeter un œil à Roger, qui avait rongé son frein en attendant de prendre la parole.

— Jusqu'ici, les sorcières ont réussi à se cacher à travers tout le pays, a-t-il dit. C'est comme de chasser des souris : trouvez-en une et vous mettrez la main sur tout un nid. Le roi suspecte de longue date le Lancashire d'héberger des délinquantes et des sorcières. Je ne suis que trop heureux de remettre ces personnes entre vos bonnes mains, afin d'éradiquer le mal, avant qu'il ne contamine le reste de son royaume.

— Est-ce à dire que vous assimilez le Malin à une peste ? l'a interrogé sir Edward.

— Dans certains parages, oui. Regardez les Device et les Redferne : ils vivent à moins de cent toises de distance. Qu'une famille ait commencé à s'adonner à la sorcellerie et que l'autre ait suivi le mouvement pour s'en protéger, ou quelque chose de cet ordre en tout cas, ce n'est pas une coïncidence. Mais la vieille Demdike pratique depuis, oh, des décennies !

Je me suis rendu compte que je le fusillais du regard. J'ai promptement baissé les yeux. Thomas Potts a pris la parole.

— Comment se fait-il, d'après vous, que cette vieille femme ait réchappé à la justice pendant aussi longtemps ? Personne ne l'avait accusée avant ceci ?

— Pas que je sache.

Nos assiettes débarrassées, on a apporté la tourte aux huîtres. Il me restait encore trois plats pour persuader les juges de… mais de quoi, au juste ?

— Où logerez-vous, ce soir ? s'est enquis Richard.

— Dans une modeste auberge près d'ici.

— Ah, mais j'insiste pour que vous restiez ici.

— Nous n'allons pas vous déranger. D'autant que nous repartons très tôt demain matin.

— Même si un matelas de plume serait le bienvenu après toute cette paille, a commenté Thomas d'un air de conspirateur qui a déclenché l'hilarité des hommes.

Je me suis éclairci la gorge.

— J'imagine que vous avez été soulagé, une fois la frontière franchie, d'échapper aux sympathisants de Jennet Preston.

J'ai senti le regard de Richard se poser sur moi, mais je l'ai ignoré.

— Tout à fait.

— Vous n'avez toutefois essuyé aucune manifestation de ce genre au nom des prétendues sorcières de Pendle ?

— Nous venons tout juste d'arriver dans le Lancashire, a observé sir Edward en éventrant sa part de tourte de sa fourchette. Nous connaissons moins bien ces affaires-là, puisque le Westmoreland va passer en premier. Combien de femmes sont accusées ?

— Une douzaine. Malheureusement, l'une d'elle est décédée, a répondu Roger sans une once de remords. Cependant, j'enquête actuellement sur une autre affaire concernant une femme à Padiham.

— Une autre ? ai-je répété sans réussir à maîtriser ma voix.

— Une femme du nom de Margaret Pearson. Mon collègue M. Bannister prendra demain la déposition de sa servante, qui jure avoir vu l'esprit familier de sa maîtresse.

— Qui est ?

— Un crapaud.

Il y a eu une pause, pendant laquelle j'aurais juré entendre Thomas Potts étouffer un rire. Roger a fait semblant de ne pas s'en apercevoir.

— La servante, Mme Booth, affirme qu'elle cardait la laine au domicile de Pearson, sa patronne, quand cette dernière lui a demandé du lait. Elles ont ajouté du bois au feu pour faire chauffer la casserole et quand Mme Booth l'a retirée, un crapaud – ou un esprit déguisé en crapaud – a surgi des flammes. Margaret Pearson s'est saisie de la créature avec une pince et l'a portée dehors.

J'ai aussitôt attaqué d'une voix douce.

— Je me demandais si vous-même aviez déjà vu un esprit familier, Roger ?

Ma question a laissé planer une gêne, et Roger a mastiqué d'un air pensif.

— Le diable apparaît à celles et ceux qui désirent ardemment sa compagnie, a-t-il fini par arguer.

J'ai poursuivi, c'était plus fort que moi.

— N'avez-vous pas dit un jour qu'un esprit familier est la preuve irréfutable qu'on est en présence d'une sorcière ? Est-ce à dire que si une sorcière n'a pas d'esprit familier, elle est vraisemblablement innocente ?

Roger m'a scrutée de sous ses paupières mi-closes. Il a bu une gorgée de vin.

— Ou qu'elle le cache bien.

— Messieurs, ai-je lancé à l'intention de toute la tablée. J'ai moi-même un très gros chien qui m'accompagne partout. Ne devrais-je donc pas, moi aussi, être accusée de sorcellerie ?

Le silence est retombé. J'ai posé les yeux sur Roger, qui me dévisageait froidement.

— C'est à croire que vous appelez l'accusation de vos vœux, madame. Je ferais très attention, à votre place. Vous devriez veiller à la réputation de votre époux. Aux dires de sir Edward et sir James, son nom circule déjà dans les couloirs de Whitehall pour de bonnes raisons. Faisons donc en sorte qu'il n'y en ait pas de mauvaise.

Les deux hommes ont échangé un regard gêné.

— Padiham se situe dans la forêt de Pendle ? s'est enquis poliment sir Edward.

— La frontière est à hauteur de la rivière, là-bas, a précisé Richard en levant la pointe de son couteau. De sorte que dans cette demeure, vous êtes à l'abri.

Il avait parlé d'une voix avenante, pourtant son expression restait indéchiffrable.

— Vous ne pouvez jurer de rien, a contré Roger en me regardant droit dans les yeux. Étant donné que l'une d'elles a logé sous ce toit.

Plusieurs paires d'yeux, d'hommes puissants et intelligents, ont pivoté ensemble vers moi, et j'ai senti ma voix s'étrangler dans ma gorge. La présence de Roger dominait notre tablée. Les invités ont détourné leurs yeux de moi vers lui avec une expression de perplexité.

— Une des accusées, qui répond au nom d'Alice Gray, a été la sage-femme de Fleetwood.

Il avait prononcé ces mots avec la même incrédulité que s'il avait affirmé qu'il s'agissait d'une sirène.

Sir James a affiché une mine dubitative.
— Comme c'est étrange.
— En effet.

Roger n'a pas détaché son regard de moi. En cet instant, je méprisais non seulement sa personne, mais aussi mon époux, qui l'avait invité en connaissance de cause. Sans eux, la situation aurait été totalement différente. J'aurais pu plaider la défense d'Alice et, qui sait, infléchir le cours des choses. Mais voilà où nous en étions, tous ensemble comme une famille malheureuse. Sur ces entrefaites, le plat principal est arrivé : un énorme brochet enroulé élégamment sur un plateau de la taille d'une roue de charrette. Le regard de Richard a croisé le mien. J'y ai décelé une mise en garde, mais aussi une étincelle de culpabilité. Peut-être prenait-il enfin la mesure de ses actes.

— Messieurs, avant que de nous délecter du plat suivant, puis-je prendre la parole, avec la permission de mon mari ?

J'ai jeté un œil à Richard, qui a hoché la tête d'un air solennel. Roger s'est raclé la gorge, mais j'ai poursuivi.

— La femme en question était ma sage-femme et mon amie. Elle s'appelle Alice Gray. Elle sera traduite en justice aux assises de Lancaster, accusée de meurtre par sorcellerie.

Roger a voulu protester, mais je l'ai intimé au silence en continuant, d'une voix si aiguë et si nerveuse que j'ai prié pour qu'elle ne flanche pas.

— Alice a travaillé à mes côtés pendant plusieurs mois. C'est une sage-femme d'exception. Ayant appris son métier de feu sa mère, elle est très compétente.

J'ai dégluti avant de les dévisager à tour de rôle. Captivés par mon récit, ils ne me quittaient pas des yeux. J'avais conscience de me tenir au bord d'un précipice, un pied dans le vide.

— Alice est une femme très généreuse, humble et chaleureuse. Il y a fort longtemps, elle a... elle...

Ma voix a tremblé, mais au même moment, j'ai éprouvé la plus étrange des sensations : des vagues d'encouragement irradiaient à proximité, comme la chaleur d'un feu. J'ai inspiré et repris le fil de mon histoire.

— Il y a fort longtemps, elle a subi un terrible coup du sort qu'aucune femme ne devrait avoir à endurer. Elle a peu de proches ; sa seule amie croupit avec elle dans le donjon de Lancaster. J'espère...

Les larmes me sont montées aux yeux, je les ai combattues d'un battement de cils. J'avais la gorge nouée par l'émotion.

— J'espère que vous ne la punirez pas d'avoir subi une véritable tragédie, car sa souffrance est déjà incommensurable.

Roger m'a interrompue en reculant brusquement sa chaise pour se lever.

— Nous en avons assez entendu. Ceci n'est pas un tribunal et la déposition de cette femme sera entendue en temps et en heure.

Son visage avait pris une teinte violacée et ses yeux n'étaient plus que deux petites billes étincelantes de méchanceté.

Après un hochement de la tête, je me suis adressée aux autres.

— J'ai invité ces messieurs dans ma demeure. J'espère qu'ils ne me trouveront pas impertinente d'évoquer affectueusement ma sage-femme, qu'ils seront appelés à rencontrer bientôt dans des circonstances très différentes. Vous ai-je offensés, messieurs ?

Les intéressés ont secoué la tête en signe de dénégation, l'air embarrassé, mais néanmoins respectueux. Le silence est retombé sur la tablée telle une couche de poussière.

— Messieurs, après le repas, nous ferons le tour du propriétaire, si vous souhaitez visiter les lieux, a dit mon mari.

Tous ont accueilli favorablement le changement d'atmosphère, et la bonne humeur est revenue tandis que Richard servait le poisson, en évoquant l'épopée de ses oncles. Seuls Roger et moi sommes restés comme deux nuages d'orage, à nous demander sans doute lequel de nous allait exploser en premier.

CHAPITRE 22

Quelques jours plus tard, par une après-midi morne et pluvieuse, j'étais allongée dans mon confinement silencieux lorsque Richard a frappé à la porte de la chambre. Il m'a annoncé que la troupe de lord Montague, de passage dans la région, se produirait le soir même à la maison. En temps normal, la nouvelle nous aurait tous deux enchantés, mais les choses avaient changé.

— Grand Dieu ! Comment James a-t-il pu donner son accord pour qu'ils viennent à un moment comme celui-ci ? me suis-je insurgée en me redressant dans mon lit.

Richard a poussé un soupir.

— C'est moi qui lui ai demandé d'inviter des comédiens, il y a de cela des mois. Ils nous ont informés de leur arrivée ce matin seulement.

Sur ce, il a tourné les talons. Je me suis traînée hors de mon lit pour m'habiller.

En descendant quelques heures plus tard, j'aurais dû m'étonner de découvrir Roger assis dans le grand salon, les mains croisées sur son ventre proéminent. Pourtant, en pénétrant dans la salle, Puck à mes côtés, mon regard ne s'est pas porté sur Katherine, assise à sa gauche, la mine pâle et les traits tirés, mais sur la femme aux cheveux noirs à sa droite. Elle se tenait les yeux baissés, mais son col blanc allongeant sa silhouette me rappelait un souvenir profondément enfoui. Elle tentait de dissimuler derrière le bord de la table son ventre volumineux recouvert de plis superposés de brocart et de taffetas. J'ai senti la tête me tourner.

— Madame, a annoncé Roger plaisamment. Permettez-moi de vous présenter Judith, la fille de mon grand ami Jeremiah Thorpe de Bradford ; à ne pas confondre avec les Thorpe de Skipton, même s'ils sont peut-être des parents éloignés ?

Un silence de mort a suivi, brisé quelques instants plus tard par des bruits de pas remontant le couloir. Richard est alors apparu à l'autre porte. En moins d'une seconde, il avait embrassé la scène du regard, et la couleur avait reflué de son visage.

Le peu de courage qui me restait – grâce à ce brin d'espoir auquel je m'accrochais et qui m'avait permis de tenir jusqu'ici – s'est aussitôt évanoui, comme un objet minuscule emporté par le flot puissant d'une rivière. L'espoir venait de me délaisser à tout jamais.

— Roger, a articulé Richard non sans difficulté.

Ce n'était pas la colère qui le terrassait ; il était à bout de souffle et surpris comme si son ami venait de le poignarder.

Au même instant, les choses se sont précipitées : Puck, perturbé par l'ambiance délétère de la pièce, s'est mis à aboyer ; James est apparu dans l'encadrement de la porte pour annoncer les comédiens, qu'on entendait déjà dans le vestibule ; Richard a recouvré un peu de couleur avant de virer à un rouge pivoine des plus disgracieux ; et Judith a levé la tête. Tandis que je détaillais sa physionomie, le brouhaha dans la salle et dans ma tête s'est tu. Son visage en forme de cœur avait un teint crémeux, ses joues rebondies étaient de l'orange chaud et délicat des roses. Ses yeux sombres et cristallins se posaient sur Richard avec crainte, mais avec aussi une pointe de culpabilité et de respect et, force était de le constater, d'amour.

Lorsque le chaos de la salle a de nouveau fondu sur moi, j'ai posé la main sur le crâne de Puck, ce qui a eu pour effet de le calmer instantanément. Il a poussé un dernier gémissement, puis il s'est tenu coi. James, la bouche arrondie par la stupéfaction, chancelait dans l'encadrement de la porte.

Richard s'est avancé à grandes enjambées jusqu'à Roger, une épine fichée entre deux roses tremblantes.

— Roger, qu'est-ce que cela signifie ? a-t-il hurlé. Mais qu'est-ce qui vous a pris de faire une chose pareille ?

Katherine n'était plus qu'un masque de tristesse. Elle était encore plus émaciée que lors de notre dernière entrevue. Avec un pincement de culpabilité, je me suis demandé ce que lui avait coûté de défier son mari en mon nom. Quant à Judith, ses traits ravissants creusés par l'anxiété, elle avait l'air terrifiée.

— Répondez donc, avant que je ne décroche cette épée pour vous en transpercer le corps. Que le diable vous emporte, Roger, répondez-moi !

Le regard de Roger s'est porté nerveusement sur l'arme monstrueuse qui scintillait au-dessus de la cheminée.

— Comme vous le savez, Richard, Judith est une amie de la famille, qui a séjourné chez moi à Read Hall pendant un temps. Lorsque la troupe de lord Montague a annoncé son arrivée à Pendle, je me suis enquis de la possibilité d'une représentation privée à Read. Quand j'ai appris que la compagnie se produisait également à Gawthorpe, j'y ai naturellement vu l'opportunité de réunir nos familles pour... pour l'occasion.

Il avait écarté largement ses mains, comme pour inclure toute l'assemblée.

— Monsieur ? a lancé James craintivement pour tenter de détendre l'atmosphère.

La seule personne à l'aise dans cette situation était Roger, qui tapotait la table de ses doigts bagués. Derrière lui, là où le brouhaha étouffé des comédiens enflait encore quelques secondes plus tôt, régnait un silence de mort. La troupe attendait les consignes.

D'un mouvement lent et raide, Richard s'est tourné vers moi, le visage empreint de douleur. Sans doute reflétait-il le mien.

— Fleetwood, si vous voulez bien vous joindre à nous ? a-t-il lancé d'une voix accablée par l'émotion.

J'ai cligné des yeux pour chasser mes larmes et contemplé Judith, la femme avec qui je partageais un époux et désormais une demeure. Elle avait de nouveau baissé les yeux sur ses mains, qu'elle tenait serrées sur ses genoux. J'ai reniflé avant de hocher la tête et de prendre place sur le fauteuil à côté de Richard.

Tandis qu'on servait le vin rouge et le vin blanc d'Espagne, six ou sept hommes sont entrés en groupe dans la galerie et ont salué.

— Bonsoir, mesdames et messieurs, a lancé un beau jeune homme qui se tenait au milieu de ses camarades.

Il avait une grande bouche bien dessinée et s'exprimait d'une voix claire et douce.

— Monsieur et madame Shuttleworth : merci pour votre invitation dans votre splendide demeure. La pièce que nous allons jouer ce soir est l'une des plus prisées à travers le pays, signée d'un des plus grands dramaturges de notre temps et assurément l'une de celles que *nous-mêmes* avons le plus grand plaisir à interpréter. Une tragédie sur l'ambition, dans un dédale de dilemmes moraux, avec une touche de magie. Tournez sans plus tarder votre imagination vers les terres les plus sombres de l'Écosse profonde – ce qui ne devrait pas vous demander trop d'effort sous nos climats.

Il s'est interrompu en prévision de gloussements de rire qui ne sont pas venus.

— Mesdames et messieurs : *Macbeth* de William Shakespeare !

Il a tourné les talons et, d'un grand moulinet du bras, a replié sa cape. Les autres comédiens l'ont suivi, à l'exception de trois d'entre eux, qui avaient remonté leur cape sur leur tête et s'étaient accroupis pour former un cercle étroit. J'ai suivi la scène d'un œil distrait, l'esprit brouillé par une sorte de torpeur. J'avais déjà eu l'occasion de voir une représentation de cette œuvre.

« Quand nous réunirons-nous maintenant toutes trois ? Sera-ce par le tonnerre, les éclairs ou la pluie ?

— Quand le bacchanal aura cessé, quand la bataille sera gagnée et perdue.

— Ce sera avant le coucher du soleil. »

Tandis que les comédiens déclamaient leur texte, j'ai observé Judith du coin de l'œil. Elle se tenait droite sur sa chaise, le visage tourné vers la scène, mais sans doute en profitait-elle pour embrasser le reste de la pièce : les vases de porcelaine dans les vitrines, les chandeliers polis aux murs, les portraits – des objets somme toute ordinaires, mais qui devaient revêtir un grand intérêt à ses yeux. Elle devait faire le détail minutieux de la propriété de Richard. À moins, bien entendu, qu'elle ne soit déjà venue ici.

La pluie fouettait les carreaux. On entendait à peine les comédiens, qui s'efforçaient de hausser la voix, au risque de prendre des accents exaltés.

« J'y vais, Grimalkin !

— Tout à l'heure !

— Horrible est le beau, beau est l'horrible. Volons à travers le brouillard et l'air impur. »

La pluie redoublait de violence, aussi assourdissante que la présence de Judith dans la pièce. Je sentais ses regards incessants sur moi, si bien que je prenais soin de ne pas quitter la galerie des yeux. Quel spectacle morne et ennuyeux nous devions donner, comme des pantins sans vie. Le tic-tac de l'horloge défiait le martèlement de la pluie. J'ai songé à l'escalier qui s'enfonçait jusqu'au donjon, à cette porte qui se refermait sur l'obscurité. Tic-tac, tic-tac.

« Quand la bataille est perdue et gagnée. »

Une domestique souffrante ; une poupée de chiffon sur un lit, nouée par des cheveux noirs à un enfant ; un bol rempli de sang, volatilisé ; un faucon réduit en charpie ; le contour pâle d'une chemise de nuit qui s'avançait dans le noir.

Un hurlement s'est échappé de ma gorge.

— Arrêtez ! Arrêtez, je vous en prie.

Richard s'est levé d'un bond. Il a aussitôt frappé dans ses mains pour interrompre la représentation.

— Messieurs, toutes mes excuses, ma femme est prise d'un malaise.

J'ai senti confusément qu'on s'agitait autour de moi.

Au milieu du remue-ménage assourdi, je suis restée prostrée, les yeux rivés sur mes mains. Elles étaient immobiles et glacées comme la mort. Je serais vraisemblablement bientôt morte, moi aussi, tout comme Alice, alors que les gens qui s'affairaient dans cette pièce en cet instant continueraient à vivre, et que l'année 1612 ne serait plus pour eux qu'un lointain souvenir. On trinquerait à l'union de Richard et sa nouvelle épouse. Roger et Katherine se réjouiraient de la compagnie de leur bambin aux joues roses. Je sentais la présence de l'autre enfant dans la pièce, à quelques pas de moi, qui attendait de naître et de pouvoir revendiquer sa place, tout comme Judith la mienne.

De mon vivant, j'avais été un petit fantôme et bientôt je m'exilerais dans le néant. J'ai posé une main sur mon ventre, en me représentant ma mort. Elle viendrait sans tarder, mais sans la douceur de la lumière qui quitte le ciel. Ce serait une mort douloureuse, terrifiante et solitaire, sans une main fraîche sur mon front, ni un regard d'ambre calmement posé sur moi. À l'issue du procès, Alice mourrait, je mourrais moi aussi, fauchées l'une comme l'autre par la fatalité. J'ai fermé les paupières et pensé à mon enfant, et à quel point j'aurais voulu que nous vivions. Ma vie terrestre arrivait à son terme. La fin était proche.

CHAPITRE 23

La veille des assises, les habitants du comté et des comtés voisins ont afflué en masse pour voir se sceller le destin des sorcières de Pendle. La foule se pressait dans les rues de Lancaster, encombrées de leur lot de chevaux, charrettes, chiens, vaches, poules, enfants et de toutes sortes d'obstacles qui arrachaient au charretier derrière Richard et moi des jurons réguliers et sonores tandis qu'il s'évertuait à manœuvrer la voiture qui transportait nos bagages et un Puck bien fatigué par le voyage. Je prenais soin de garder la tête baissée tandis que nous remontions, à cheval, les rues pavées pour rejoindre la foule, sentant le poids des regards, comme autant de picotements sur ma peau. J'aurais voulu me faire toute petite, mais la taille de mon ventre me rendait aussi visible que si j'avais arboré une barbe. Une cohue de vêtements marron, de coiffes blanches, de chapeaux noirs et de peaux crasseuses déferlait dans les ruelles étroites. J'ai aperçu un petit garçon, âgé d'un ou deux ans à peine, trébucher devant moi et se faire violemment tirer en arrière par sa mère, juste avant que les sabots immenses de mon cheval ne s'abattent sur lui. Le regard de sa mère a croisé le mien, et elle m'a paru étonnée par mon apparente indifférence, mon manque d'élan maternel.

Richard et moi avions parcouru tout le trajet depuis Gawthorpe dans une sorte de silence hébété, Puck nous flanquant de son pas lent, ou poussant des gémissements intermittents de l'intérieur de la voiture. Nous avons accueilli le tumulte de Lancaster comme un véritable soulagement.

En milieu d'après-midi, nous avons fait halte dans la cour du Red Lion, une modeste auberge abritée par une rangée d'arbres et nichée au bord d'une route étroite qui menait à la rivière. J'ai jeté un coup d'œil rapide à la chambre que l'aubergiste nous a montrée au troisième étage : elle était propre et correctement meublée, avec un napperon sur la commode et un élégant lit à baldaquin. J'ai sursauté lorsque ma malle de voyage a atterri dans un bruit sourd sur le plancher et que le porteur m'a dévisagée d'un air intrigué. Dans mon ventre, le bébé revigoré par le long trajet cahoteux s'est cabré et a lancé des ruades. Mon tour de taille était désormais si volumineux que mes jupes s'évasaient largement à mes hanches.

L'aubergiste a apporté du pain et du lait pour le chien, qui s'en est délecté avant de s'allonger sur le tapis de Turquie devant la cheminée. J'aurais aimé me délasser avec la même facilité, mais je frissonnais de froid sur mon lit. Je me suis allongée sur le côté, les genoux repliés sous le ventre.

Richard s'était posté à la fenêtre, les mains croisées dans le dos. Depuis cet épouvantable dîner, une semaine plus tôt, c'est à peine si j'avais prononcé un mot. Et à peine avais-je avalé un morceau ou fermé un œil. Je m'étais abandonnée à des allers et retours sans fin le long de la galerie, les pieds largement écartés sur le plancher ciré pour contrebalancer le poids de mon ventre. De temps à autre, je restais assise au carreau à contempler au-dehors, laissant le soin à mon enfant de s'agiter pour nous deux. Je me rendais bien compte que Richard craignait encore que je puisse le perdre et je me retenais de lui dire qu'il ne servait à rien de se tourmenter au sujet de ce qui échappait à notre contrôle, alors que nous aurions pu tant entreprendre en temps et en heure, que ce soit en intentant un recours, ou en proposant notre soutien. Je n'osais me résoudre à l'idée qu'il fût trop tard mais, en mon for intérieur, j'en avais la certitude : pour moi, pour elle, pour tout.

— Comment voyez-vous les choses ? s'est enquis Richard.

J'ai gardé les yeux fixés sur le mur de la chambre.

— Elles ne peuvent pas être jugées coupables, c'est impensable. Les seuls témoignages sont les leurs. L'une contre l'autre. Comme des enfants qui racontent des histoires.

— D'aucuns ont fini sur l'échafaud pour moins que cela. Pensez-vous qu'elles côtoient effectivement le diable ?

J'ai pensé à la tour de Malkin qui jaillissait de la lande comme une main surgie de la tombe ; au souffle de ce vent inépuisable qui devait rendre fou. J'ai songé à la maison qu'habitait Alice, avec son toit déchiré sur le ciel ; l'humidité qui suintait des murs ; l'enfant qu'elle considérait comme sa propre fille enterrée dans la tourbe gorgée d'eau. Qu'est-ce que cette vie avait à leur apporter ? Dans les ombres que jetaient le soir les flammes de l'âtre, peut-être voyaient-elles se révéler leurs aspirations secrètes.

— Si le diable est la pauvreté, la faim et la détresse, alors oui, je pense qu'elles côtoient le diable.

Richard est parti au château s'enquérir du début du procès des sorcières. J'ai passé le reste de la journée allongée, tout habillée, à contempler les arbres par la fenêtre, tandis que Puck manifestait son allégresse à pouvoir se prélasser à côté de moi sur la courtepointe en remuant la queue. Malgré la vitre qui me séparait de la rue, je sentais l'air saturé d'une drôle d'atmosphère. J'ai fini par comprendre que c'était l'excitation. Elle faisait frissonner les branches des arbres, rebondissait sur les murs et les banderoles qui claquaient dans la cour comme des grosses gouttes de pluie. De nouvelles charrettes se pressaient dans l'enceinte de l'auberge, apportant leur arrivage de nouveaux visages brillants d'impatience. Les femmes berçaient patiemment leurs nouveau-nés ; les hommes se campaient jambes écartées sur les pavés pour deviser d'un air déterminé. Si j'avais tendu l'oreille à leur rumeur, j'aurais saisi une centaine d'opinions distinctes, toutes plus arrêtées les unes que les autres. La délation entre voisins – la pratique la plus commune de l'humanité – qui assurait à elle seule le fonctionnement à plein rendement du donjon. Les rumeurs se répandaient plus vite que les maladies et pouvaient se révéler tout aussi destructrices.

Une femme de chambre a déposé un plateau de nourriture sur la commode, puis s'est inclinée maladroitement, avant de tressaillir en découvrant Puck. Je n'ai pas touché au plateau. J'ai palpé dans ma poche la feuille que j'y avais glissée la nuit précédente

– la déposition que j'avais écrite, pour la défense d'Alice, et que j'espérais pouvoir lire aux juges. Elle synthétisait, en une version plus éloquente, le discours que j'avais servi à mes convives au dîner, après que je l'avais réécrite cinq fois de suite, et que mes larmes avaient noyé l'encre sur la page. Si les juges rejetaient ma requête, j'essaierais de demander à Richard de la lire à ma place. Bien entendu, il l'ignorait encore, pour la bonne raison que je n'aurais pas supporté qu'il me refuse cet ultime geste de bonté. Après ce jour, je ne lui demanderais jamais plus rien. Aurais-je seulement le droit de lire mon témoignage aux assises ? Hormis sur le banc des accusés, une femme avait-elle déjà été autorisée à prendre la parole devant les juges ? L'idée de me lever devant l'assemblée me coupait bras et jambes, mais alors je songeais au visage d'Alice, à ses clignements d'yeux dans la lumière après avoir croupi interminablement dans le noir. Contrairement à elle, j'avais le choix d'assister ou non au procès. Roger avait insisté sur le fait que personne ne serait autorisé à témoigner. Malgré cet interdit formel, Bromley et Altham pouvaient-ils ignorer la requête respectueuse d'un membre de la noblesse, chez qui ils avaient dîné ? J'avais décidé d'attendre le dernier moment pour demander à Richard la permission de parler. Je n'étais pas certaine que mes paroles suffiraient. Et, pour le convaincre, je voulais d'abord acquérir une plus grande force de conviction.

À mesure que les clients se pressaient à l'intérieur de l'auberge, les couloirs se sont emplis du brouhaha de leurs voix et du claquement de leurs talons sur les dalles. Par-dessus les ronflements de Puck, j'ai tendu distraitement l'oreille : les femmes, quand elles ne grondaient pas leurs enfants, bavardaient entre elles ; les hommes braillaient ; les malles raclaient le sol et les chiens aboyaient.

Je tenais la feuille de papier si serrée dans mon poing que j'ai craint un instant de la déchirer. J'ai repensé à cette autre lettre que j'avais étreinte avec la même force il n'y avait encore pas si longtemps. La première était annonciatrice de mort ; la seconde pouvait encore se faire messagère de vie. Un bruit a remonté le couloir ; une voix d'homme a approché ; une porte s'est ouverte puis fermée.

Soudain, j'ai été tout à fait réveillée. J'ai pris appui sur mes coudes pour me redresser et soulever ma tête dans l'alignement de mon ventre. Pour une fois, le bébé devait dormir. Comme je n'avais pas de montre, je suis allée à la fenêtre pour regarder le ciel. Où était Richard ? Il ferait bientôt nuit, et déjà j'entendais monter du rez-de-chaussée le branle-bas des cuisines s'affairant pour le souper. Des tonneaux roulaient sur les pavés de la cour et dans la rue, la circulation s'était raréfiée. Je n'avais pas une minute à perdre : il me fallait agir.

J'ai réveillé Puck et lui ai intimé l'ordre de descendre du lit, puis je me suis approchée d'une des malles de voyage. J'ai remercié Prudence en silence de m'avoir prodigué ses conseils avisés et j'ai extirpé le long paquet que j'avais pris le soin d'emballer avant de l'enfouir sous plusieurs épaisseurs de chemises de nuit. Puis je me suis dépêchée de griffonner une note à l'intention de Richard, et l'ai laissée en évidence sur la commode. J'ai jeté un regard rapide dans la pièce pour vérifier que je n'avais rien oublié et, mon chien sur les talons, je suis descendue à l'écurie, en tenant mon paquetage discrètement contre mon corps.

CHAPITRE 24

La maison de John Foulds s'élevait dans une petite allée humide de Colne. J'arrivai, à près de minuit, à bout de souffle d'avoir manœuvré mon cheval sur les sentiers sombres. Mais la lune, pleine, était de mon côté. Brillant tout au long de la route depuis Lancaster, elle avait généreusement éclairé notre procession fantomatique. La présence de Puck à mon côté me rassurait et, une fois à destination, je l'ai retenu par le collier avant de frapper à la porte.

Dans la rue régnaient le silence et l'obscurité. Il n'y avait aucune lumière aux fenêtres. J'avais toqué aux portes de quatre maisons où brillait encore une chandelle à mèche de jonc jusqu'à ce qu'une femme, le visage froissé de fatigue, m'indique, étonnée, que John Foulds habitait dans la rangée de maisons derrière la rue du marché, à la troisième entrée en partant de la droite.

Là, j'ai frappé une fois encore tandis que Puck grondait sourdement. J'ai jeté un œil de part et d'autre de la ruelle. Elle était vide. Pourtant, j'avais l'impression qu'on m'observait. Dans les replis de l'ombre qui enserrait la façade, il m'était impossible de distinguer quoi que ce soit. Parcourue d'un frisson, je me suis rapidement retournée vers la porte, à laquelle j'ai cogné avec impatience. Soudain, j'ai senti les poils de ma nuque se hérisser : il y avait quelqu'un dans la ruelle. Puck s'est mis à aboyer, étirant tout son corps vers la droite. J'ai cru distinguer une forme basse et élancée contourner furtivement la façade de la dernière habitation. J'ai frappé rageusement à la porte, une voix masculine a hurlé à l'intérieur, et je me suis soudain retrouvée nez à nez avec John Foulds.

Des cheveux ébouriffés encadraient son visage et il était en tenue de nuit, vêtu d'une longue chemise en coton ample dénouée à l'encolure. Il était aussi beau que dans mon souvenir, mais quelque chose dans son regard ne l'était pas – une froideur qui déteignait sur toute sa physionomie, comme une touche d'imperfection au milieu d'un portrait. Son arrogance s'est évanouie dès qu'il a avisé le mousquet que je tenais pointé sur son ventre. L'arme de Richard, que je portais, d'un bras endolori, sous ma cape. Ensuite, il a aperçu Puck et son expression a trahi sa peur et, enfin, sa résignation.

Il s'est penché pour se placer entre la porte et le mur de manière à me cacher l'intérieur de la petite habitation. J'ai braqué le canon du mousquet sur sa poitrine, me félicitant que son poids dissimule le tremblement de ma main.

— Vous ne me conviez pas à entrer ?
— Allons-nous nous battre en duel ? a-t-il rétorqué sèchement, les lèvres retroussées.

Puck a grondé, John Foulds a considéré son imposant gabarit, m'a jeté un œil, puis a ouvert la porte en grand. Je suis entrée, Puck sur mes talons.

La minuscule habitation comportait une pièce au rez-de-chaussée et une autre à l'étage, auquel on accédait en empruntant une volée de marches étroites adossées au mur du fond. John Foulds tenait à la main une chandelle à mèche de jonc, dont la lueur m'a permis de discerner quelques objets informes : deux chaises devant la cheminée ; un petit buffet recouvert d'un tissu et de casseroles. John s'est affairé à allumer une deuxième chandelle qu'il a fichée dans un bougeoir sur le buffet. Une fumée grasse et âcre s'est élevée de la mèche. Je ne l'ai à aucun moment quitté des yeux car, à vrai dire, je ne savais pas manier l'arme de Richard.

— Qui êtes-vous ? a-t-il demandé en portant sa chandelle à hauteur de mon visage.

— Vous ne me connaissez pas. Mais nous avons une connaissance commune.

Il a émis un grognement, comme un petit rire forcé.

— Je n'appellerais pas ça une connaissance.

— Qui ?

— Roger Nowell. Vous parlez bien de lui ?

— Non.

J'ai scruté le visage de John Foulds à la lueur vacillante de la bougie, à moitié mangé par l'ombre. Il s'est gratté le cou en lançant des coups d'œil nerveux autour de lui. S'il se jetait sur moi, saurais-je être plus rapide que lui ?

— Il vous a donné de l'argent ? l'ai-je interrogé.

— Qu'est-ce que ça peut vous faire ?

J'ai laissé retomber l'extrémité du mousquet. J'ai entendu le mécanisme cliqueter à l'intérieur. Son poids était harassant. Entre nous, le silence s'est fait, bientôt brisé par la pluie qui, redoublant à présent de violence, crépitait sur la terre battue de la ruelle. Les yeux de John Foulds scintillaient à la lueur de la bougie.

— Pourquoi Alice Gray est-elle accusée du meurtre de votre fille ?

— C'est une sorcière.

La peau de son cou luisait d'un brun foncé, le haut de son torse était imberbe. J'ai fait de mon mieux pour dissimuler le tremblement de ma voix.

— Elle vous aimait. Et aimait Ann.

— Qui êtes-vous ?

— Cela importe peu.

— Qui est votre mari ?

— Peu importe. Mais vous allez me donner quelque chose, ce soir. Je ne partirai pas d'ici sans un témoignage rédigé de votre main affirmant qu'Alice Gray n'a pas tué votre fille.

Il m'a regardée comme si j'avais perdu la raison. Puis il s'est mis à rire. J'ai senti, derrière l'odeur de graisse des chandelles, un relent de bière, de fermentation, de putréfaction. John Foulds n'avait jamais cessé d'être un ivrogne.

— L'exécution d'Alice ne vous rendra pas votre fille. Pourquoi souhaiter la mort d'une innocente ?

— Innocente ? C'est une garce. De toute façon, je sais pas écrire.

J'ai senti mes forces m'abandonner. Son témoignage écrit constituait mon ultime espoir – j'étais partie munie de papier, d'encre et d'une plume, que j'avais soigneusement empaquetés dans ma sacoche de selle. Comment avais-je pu être aussi naïve et partir du principe que John Foulds savait lire, écrire, voire signer, alors qu'Alice en était incapable ? Le poids du mousquet ankylosait mes bras, mais je ne pouvais pas prendre le risque de lui tourner le dos.

John Foulds venait de me mettre en échec.

J'ai sursauté au son d'un craquement derrière lui, dans l'escalier. Quelqu'un descendait de l'étage. Une longue chemise blanche est apparue, révélant les formes pleines d'une femme, puis son visage sous une coiffe blanche. Enfin, j'ai discerné l'arrondi de ses lèvres entrouvertes de stupéfaction. En voyant Puck, elle a écarquillé les yeux. Dans la faible lueur, il pouvait tout aussi bien passer pour un loup tant il paraissait énorme dans cette toute petite pièce.

— John ?
— Retourne te coucher.
— Qui est-ce ?
— Tout de suite, a-t-il aboyé.

La femme a pivoté sur ses talons dans l'étroit escalier, non sans quelque difficulté, en se tenant d'une main au mur.

Avant qu'elle ne disparaisse de nouveau, happée par la nuit, je l'ai retenue :

— Attendez.

Elle s'est figée.

— Quelle sorte de lame John utilise-t-il pour aiguiser la plume ?

Elle m'a regardée, bouche bée.

— Une lame ordinaire, madame.

— C'est bien ce que je pensais. J'ai attaché mon cheval devant la maison. Dans la sacoche, vous trouverez une plume, du papier et de l'encre. Vous voulez bien me les apporter ?

Elle a jeté un regard furtif à John et a hoché la tête, sans bouger pour autant.

— Tout de suite, ai-je ajouté.

Elle a obéi à mon ordre et, en quelques pas, a disparu dans la ruelle pluvieuse.

— Donc, vous savez parfaitement lire et écrire. Votre femme aussi ?

John m'a toisée d'un regard plein d'une haine sauvage.

— Non.

— Roger vous a payé combien ?

— Ça vous concerne pas.

— En effet, cela concerne la paix du roi. Combien ?

Sa mâchoire a tressailli, il a baissé les yeux.

— Que préférez-vous : de l'argent ou de la bière ? Je possède une brasserie. Si vous faites ce que je vous dis, je vous ferai livrer un gros fût chaque mois.

J'ai vu ses yeux s'arrondir. J'avais enfin son attention.

— Je suppose que c'est à ça que vous dépensez votre argent. À moins que vous ne préfériez l'eau de vie ? Le vin ? Alors, répondez !

— Qu'est-ce qui me dit que vous tiendrez parole ?

J'ai lâché le collier de Puck, qui a bondi en avant en faisant claquer sa mâchoire puissante. John Foulds a reculé précipitamment dans un geignement couard. Qu'avait bien pu voir Alice chez cet homme lâche et égoïste ?

La femme est revenue de la ruelle et m'a tendu les objets que je lui avais demandés, sans un seul instant détacher son regard de Puck. Sa mission accomplie, elle a disparu à l'étage.

— On dit que les chiens sentent la peur, ai-je affirmé. À votre place, je prendrais soin de dissimuler mon odeur. Je connais bien la terreur, moi aussi. J'ai peur, John, très peur, que mon amie ne soit exécutée pour un crime qu'elle n'a pas commis. Et pas seulement elle : son amie risque la potence, elle aussi, pour avoir tenté de sauver la vie de votre fille.

J'ai jeté un œil autour de moi à cette pièce qui puait le désespoir, la graisse et la bière, et j'ai frissonné à la froidure qui suintait des murs nus. Ce n'était pas un endroit pour élever un enfant. Peut-être cette maison avait-elle été joyeuse, autrefois, quand la femme de John vivait encore, que leur nouveau-né était dans ses langes, et la porte d'entrée grande ouverte sur la ruelle de sorte que les voisins pouvaient passer les saluer et se réjouir de leur félicité.

— Et si je refuse ? s'est-il rebiffé. Vous allez me tirer dessus ?

— Oui. À moins que vous ne préfériez que je lâche mon chien sur vous ?

Ses yeux sombres ont flotté de l'arme à feu à Puck. Je lui ai tendu la feuille et la plume avec un hochement du menton. Après un soupir, il est allé les déposer dans une flaque de lumière sur le petit buffet. Courbé en avant, il a défroissé le papier du plat de la main.

— J'écris quoi ?
— La vérité.

Je suis restée transie de froid tandis qu'il griffonnait ses mots d'une écriture à peine lisible. Le silence était retombé dans la pièce, et j'entendais dehors le souffle de mon cheval et le crépitement des rideaux de pluie. La peur comprimait ma poitrine, malgré une lueur de soulagement, et j'ai songé au long trajet qui m'attendait dans la matinée. Je rentrerais à Gawthorpe le soir même, pour m'octroyer quelques heures de sommeil, avant de repartir pour Lancaster avant l'aube.

John Foulds m'a tendu sa déposition, que j'ai rapidement parcourue des yeux.

— Ajoutez une ligne à propos de Katherine Hewitt, ai-je ordonné. Elle est traduite en justice pour la même raison.

Il a levé les yeux au ciel.

— Je ne vais pas écrire un livre, non plus.

— Vous ferez le nécessaire. Dépêchez-vous.

— Voilà, s'est-il exécuté. Ça fera l'affaire ?

— Je l'ignore, ai-je répondu en pliant la feuille pour la ranger dans ma poche. Je l'espère pour vous.

— Ça veut dire quoi ?

— Ça veut dire que si cela ne fait pas l'affaire, je reviendrai vous rendre visite et je ne serai certainement pas d'humeur à négocier. Les assises démarrent demain matin, si d'aventure vous aviez envie de vous comporter en homme en affrontant les conséquences de vos actes. Bonne nuit.

J'ai tourné les talons. Par-delà la porte, il pleuvait des cordes.

— Si cette garce est pendue, j'aurai quand même ma bière, pas vrai ?

Je me suis figée dans l'encadrement de la porte et, sans me retourner, j'ai lâché le collier de mon chien. John Foulds a vraisemblablement eu le temps d'apercevoir l'éclair cuivré de son pelage et le scintillement de ses crocs avant que Puck ne referme sa mâchoire sur son bras. Il a poussé un cri suraigu de terreur avant de proférer des jurons en s'agrippant le coude. Un sang sombre a perlé sur sa chemise blanche crasseuse. J'ai rappelé Puck à voix basse, et il s'est assis à mes pieds. Je me suis retournée pour faire face à l'infâme pleutre qu'Alice avait autrefois aimé.

— Oui, vous aurez votre bière. Car si mon chien ne vous a pas tué d'ici là, l'alcool s'en chargera. Je vous souhaite une mort lente.

★

Une heure plus tard, je me suis rendu compte que j'étais perdue. J'étais censée me diriger à l'ouest en longeant la rivière jusqu'à Gawthorpe, mais le roulement de la pluie diluvienne couvrait le bruit de l'eau. Il n'y avait que des arbres, de la boue, et les nuages autour de la lune m'empêchaient de discerner le chemin.

J'étais trempée. Mon cheval dégoulinait lui aussi, et avançait d'un pas pesant, quand il ne s'interrompait pas pour regimber. Puck, tout aussi fourbu que nous, traînait sa fourrure gorgée d'eau à côté de nous. Mon ventre semblait plus lourd qu'à l'accoutumée, et les battements de mon cœur s'emballaient malgré notre allure ralentie. J'ai tourné bride à gauche et à droite et encore à gauche, dans l'espoir de tomber sur le large tracé des routes qui cheminaient entre les villages. Je ne pensais qu'aux deux feuilles pliées dans les poches de ma jupe : mon témoignage et celui de John Foulds. La pluie risquait de les endommager irrémédiablement. J'ai senti mon ventre se serrer, sans nul doute de désespoir, mais j'ai décidé de ne pas céder. Je n'allais pas pleurer, non, j'allais trouver le chemin de la maison, même si je devais y passer la nuit. Je me rendrais à Lancaster au petit matin et m'adresserais à la cour pour clamer haut et fort l'innocence d'Alice, tout le monde prêterait attention, ses chaînes se briseraient, tombant dans un grand fracas, et Alice serait libre.

Courbée en deux par-dessus mon ventre, j'avançais à la vitesse d'un escargot. De part et d'autre, la forêt hérissait ses longs troncs noirs tandis que la pluie s'égouttait dans mon cou. C'est alors que Le Cauchemar a commencé.

Le cheval s'est brusquement figé, comme pétrifié, et j'ai entendu les grognements. Ils étaient atténués par la pluie, mais j'ai senti une frayeur sans nom s'abattre sur moi comme une vague glaciale. Prise de vertiges, j'ai fermé les paupières, puis je les ai rouvertes, comme pour conjurer un mauvais rêve, mais j'aurais reconnu ce bruit entre mille tant je l'avais entendu au cours de ma vie. Pourtant, il s'était toujours manifesté pendant mon sommeil. Or, en cet instant, j'étais parfaitement éveillée, seule et perdue dans les bois. Puck a aboyé, j'ai perçu un glapissement étouffé, puis une bousculade et des grognements sourds : les bêtes approchaient. Je me suis penchée pour les voir, mais le sol était d'un noir d'encre. J'ai éperonné mon cheval, lui criant de partir au galop, pourtant il est resté à chanceler sur place, tressautant de terreur, puis j'ai senti qu'il butait sur quelque chose. Il a henni, s'est cabré et j'ai commencé à glisser en arrière.

J'ai hurlé, et le cheval s'est braqué à nouveau, arrachant les rênes à mes mains. Le mousquet que je gardais en travers de mes jambes s'est fracassé sur le sol, à tâtons j'ai cherché les rênes, mes doigts se sont accrochés à la crinière trempée tandis que le cheval se dressait une fois de plus sur ses pattes arrière. De peur qu'il ne me traîne au sol sur des lieues, j'ai ôté les pieds des étriers. Inexorablement, j'ai perdu l'équilibre et suis tombée à la renverse. Le monde autour de moi a basculé dans l'obscurité et, l'espace d'un instant, j'ai senti mon esprit se vider, mon corps voler – non, tomber –, puis j'ai atterri lourdement sur le côté, mon ventre heurtant le sol.

Je gisais par terre, la joue dans la boue. Dans un premier temps, j'ai entendu Puck aboyer et le martèlement des sabots de mon cheval qui s'éloignait. Le ciel continuait à déverser ses rideaux de pluie. Si je n'arrivais pas à bouger, j'entendais parfaitement les grognements des bêtes. Je savais qu'elles n'allaient pas tarder à m'encercler. Bientôt en effet, elles se sont fait entendre. Elles étaient plusieurs, approchant, derrière et devant moi, déclenchant la fureur de Puck qui s'est mis à claquer des mâchoires en aboyant avec une force décuplée. Soudain, il y a eu une explosion de cris, et je n'aurais pu dire combien elles étaient ni si Puck survivrait à leurs cornes.

Puisque dans Le Cauchemar, les bêtes finissaient toujours par se jeter sur moi, j'ai fermé les paupières, me préparant à l'inévitable. J'ignore ce qui s'est passé ensuite. Tandis que Puck luttait contre plusieurs assaillants, j'ai senti un coup sur ma jambe, puis un grognement féroce sortant d'une gueule fétide et gorgée de sang. J'étais trempée, par la pluie, à moins que ce ne soit par mon sang ou ma propre urine, et j'ai senti les pans de mes jupes coller à mes jambes. C'est à ce moment-là que la douleur a déferlé.

Une défense en ivoire avait-elle transpercé mon ventre ? Une douleur subite et explosive, comme une grande déflagration, a irradié mon corps. Mon cœur s'est mis à battre à se rompre, je suis restée paralysée. Mais tout aussi brusquement, j'ai senti un vide béant, la douleur refluant, et mon corps résonnant de sa soudaine absence. Mais elle est revenue de plus belle, alors que quelque créature frottait son museau sur mon visage, mon cou. La sensation était douce et duveteuse – était-ce Puck ou autre chose ? J'ai fermé les yeux pour accueillir la nouvelle salve qui me vrillait le corps et me tordait la colonne. J'étais incapable de bouger, en état de terreur ou d'agonie, je n'aurais su dire. Mon affolement m'aveuglait.

Je devais nager en plein rêve, je ne voyais pas d'autre explication. La chute m'avait assommée, ou alors je dormais profondément, dans mon lit à Gawthorpe, face à la fenêtre parsemée d'étoiles. Mais non, je gisais sur le tapis forestier, sous la pluie, à des lieues de chez moi, à des lieues de tout, et j'étais seule. J'allais mourir.

Sa vie terrestre arrivera à son terme.

J'avais trop peur pour crier, pourtant mon effroi n'était pas celui que j'éprouvais habituellement dans mon cauchemar. En cet instant, la peur se mêlait à l'intuition, une forme de clairvoyance. J'avais désormais conscience de l'inéluctable : était-ce pire à endurer ainsi ?

Où était passé Puck ? Je l'avais autrefois sauvé d'une vie de violence et de misère, et je l'aimais. J'ai soulevé les paupières pour tenter de le voir. Un éclair cuivré a brillé telle une flamme devant moi. J'ai refermé les paupières. Je savais Puck à mes côtés, cet animal prodigieux qui ne m'avait jamais quittée, à qui j'avais confié mes secrets et que j'avais entouré de tendresse. Cette bête capable de tuer un taureau, mais qui n'aurait pas fait de mal à une mouche, était en train de se battre jusqu'à la mort pour moi.

Je ne connaîtrais jamais mon enfant, qui lui-même ne connaîtrait jamais sa mère. Au cours de ces quelques mois, nous avions vécu notre intimité, et c'était bien assez. La douleur me donnait la sensation d'être marquée au fer rouge, mon corps entier ployait sous ses assauts. J'ai prié pour que mon enfant ne la sente pas et ne cède pas à la peur.

Sa vie terrestre arrivera à son terme.

Autour de moi, les bruits ont semblé s'estomper, pourtant je restais incapable de bouger, clouée au sol et à cette vie sous les vagues déchaînées d'une douleur atroce et implacable comme les roues d'un attelage qui n'aurait eu de cesse de me rouler sur le corps.

L'orage passé, la pluie est tombée en gouttelettes délicates sur mes épaules, me rappelant les baisers de Richard.

Les documents que je transportais dans mes poches allaient être détrempés.

Alice. Il fallait sauver Alice.

J'ai ouvert les yeux, mais il faisait aussi noir que si je les avais gardés fermés. Les paupières plissées pour conjurer la douleur, j'ai attendu que les ténèbres m'emportent.

★

— Madame ?

Le chant des oiseaux. Des pépiements d'une gaieté folle.

J'ai senti qu'on me soulevait tandis qu'un nouvel accès de douleur me transperçait le corps.

— Doux Seigneur, regardez-la.

— Elle est morte ?

Des voix épouvantées. Je n'avais aucune envie d'ouvrir les yeux pour savoir de qui elles parlaient.

— Elle saigne ?

On me soulevait, mais ma robe détrempée me réduisait à l'état de poids mort. Les élancements m'empêchaient de produire le moindre son. Le froid me pétrifiait.

— Elle tremble.

— Vite, bon sang, vite !

Ensuite, j'ai senti mon corps se déplacer, à un rythme régulier, comme un nouveau-né transporté dans son berceau, et j'ai vu défiler au-dessus de ma tête des feuillages verts et des rameaux sombres, tandis que le vent infiltrait la forêt avec force sifflements. J'avais toujours aimé le couvert de la forêt : je m'y sentais en sécurité – à tel point que j'ai dû m'assoupir. Soudain, j'ai remarqué qu'on gravissait un escalier et je me suis réveillée au contact d'une poitrine puissante qui me soulevait comme une offrande. D'autres mains sont venues à mon secours tandis que l'on montait les marches. Je me suis demandé si Dieu avait choisi de m'emporter au paradis. Puis brusquement, je me suis retrouvée dans ma chambre, déposée sur mon lit, on a retiré la courtepointe, ouvert grand les rideaux et des personnes m'ont entourée, mais je n'ai pas eu le temps de distinguer leurs traits : la douleur s'acharnait de nouveau sur moi et me ramenait à la vie, comme au sortir d'un rêve. C'est alors que j'ai compris où je me trouvais et ce qui se passait.

J'étais en train d'accoucher.

J'ai poussé un cri en essayant de me redresser dans mon lit. On m'avait retiré ma robe, ma veste et mon vertugadin, et j'étais allongée dans un sarrau taché de sang de la taille aux chevilles.

— Non, ai-je murmuré. Non, non, non. Richard ! Alice ! Où est Richard ?

— Nous avons envoyé chercher Monsieur, a répondu timidement une voix à côté de moi.

En tournant la tête, j'ai aperçu un des apprentis de la ferme qui, inexplicablement, se tenait au pied de mon lit.

— Les sangliers, lui ai-je dit. J'ai besoin d'Alice. Faites chercher Alice.

Le garçon, l'air désemparé, tordait son couvre-chef dans ses mains.

— George, allez attendre la sage-femme à l'extérieur, a ordonné une autre voix.

C'était James, l'intendant. Lui aussi se tenait au pied de mon lit. Il avait le teint gris.

— La sage-femme ? ai-je répété entre deux salves de douleur. Alice ne vient pas ? Elle seule peut m'aider. Où est-elle ?

C'est alors que je me suis souvenue. J'avais quitté Lancaster pour me rendre chez John Foulds en vue d'obtenir son témoignage car le procès démarrait aujourd'hui. Ce qui signifiait qu'Alice était au tribunal, tandis que moi, ici, je me vidais de mon sang. La conclusion était sans appel : ma vie terrestre arrivait à son terme, et la sienne aussi. Un hurlement indescriptible est sorti des tréfonds de mon ventre pour s'échapper par ma bouche.

— Alice ! Il faut que j'aille aux assises à Lancaster. Est-il encore temps ?

— Monsieur est en route. Il va bientôt arriver, et un docteur aussi, et une sage-femme.

La peur faisait briller les yeux sombres de James.

— Où est ma robe ? Donnez-moi ma robe.

Quelqu'un est allé la ramasser, une boule, maculée de terre, de sang et d'eau de pluie.

— La poche, ouvrez la poche !

J'étais incapable de le faire moi-même. Je luttais contre la douleur, arc-boutée sur mes coudes, et je faisais mon possible pour ravaler mes larmes et m'épargner la vue du sang qui recouvrait mon sarrau et les draps. Je sentais pourtant l'étau de la terreur se refermer sur moi, d'autant que personne ne savait que faire, et moi encore moins. Si mes jours devaient se terminer dans cette chambre, je voulais pousser mon dernier soupir en étreignant la main de mon époux, car je l'aimais et lui pardonnais tout, espérant qu'il me pardonnerait aussi. La domestique a sorti des petits morceaux de papier de ma robe gâtée et je les lui ai aussitôt arrachés des mains en poussant un cri de soulagement. Protégés par la doublure de mon vêtement, ils étaient parfaitement secs.

C'est alors que la grande roue de la douleur s'est de nouveau mise en branle, comprimant tout mon corps, avant de s'estomper un instant. Une voix m'a intimé de trouver le sommeil, j'ai senti qu'on appliquait un linge sur mon front, mais ce n'était pas Alice, ce n'était pas la même chose.

— Alice est innocente. J'ai vu John Foulds, ai-je balbutié.

La voix m'a répondu :

— Chut, je sais, ça va aller.

Peut-être alors me suis-je endormie, avant d'être réveillée par un nouvel accès de panique me secouant violemment. Au même instant, Richard a fait irruption dans la pièce, emplissant l'espace de son énergie autoritaire, comme si le roi lui-même venait d'entrer.

Il s'est agenouillé à côté de moi et m'a pris la main. Son visage était trempé.

— Mon petit fantôme, que vous est-il arrivé ?

J'ai vaguement senti la présence d'une femme avec lui, silhouette corpulente, peau rose, et j'ai pensé avec horreur qu'il devait s'agir de Miss Fawnbrake. Mais Richard m'a annoncé qu'il avait fait venir une sage-femme de Clitheroe et qu'elle…

Mais je ne l'écoutais déjà plus parce que, depuis qu'il était arrivé, un phénomène étrange se produisait, comme si je m'enfonçais inexorablement dans la torpeur. Pourtant, je devais absolument lui remettre quelque chose – à tâtons, j'ai cherché les lettres que je lui ai fourrées entre les mains.

— Richard, vous devez partir immédiatement, vous devez lire ceci aux assises.

J'avais la bouche sèche, ma voix me semblait lointaine.

— De quoi s'agit-il ?

— Richard, par pitié, écoutez-moi. Grâce à ces dépositions, Alice pourra être libérée.

Un nouveau paroxysme de douleur m'a déchirée comme un fer chauffé à blanc.

— Vous devez y aller et insister pour que ces lettres soient lues, ou bien les lire vous-même. C'est ma déposition et celle de John Foulds.

La tête me tournait, ma vision se troublait.

Sa vie terrestre arrivera à son terme.

— C'est hors de question, Fleetwood, je reste ici avec vous.

— Vous n'avez pas le choix ! me suis-je récriée. Allez la libérer, Richard. Sortez-la de prison ! Elle seule peut me sauver et moi seule, la sauver, elle.

— Ça suffit !

On aurait dit la voix de Dieu le père, qui flottait dans les profondeurs de quelque grotte caverneuse et j'ai senti mon corps s'éloigner de Richard, de ma chambre, de tout. Moi qui croyais connaître la douleur, j'ai compris que je m'en étais tirée à bon compte jusqu'ici, et que le pire restait à venir.

Elle m'a lacérée de coups de poignard. Elle m'a dévorée de ses flammes. Elle m'a entravée de ses chaînes. Je ne pouvais plus me mouvoir, mon corps refusait de se soulever. Mes bras et mes jambes étaient gorgés d'eau. Le reste de mon corps se coupait en deux depuis le sommet de mon crâne. Chaque pouce de mon anatomie hurlait, sauf ma bouche, dont aucun son ne sortait. De l'eau, il me fallait de l'eau. De l'eau pour éteindre les flammes qui me léchaient le dos. Mon corps se consumait. J'étais en train de mourir. J'étais sans doute déjà morte, j'avais franchi les portes de l'enfer. J'ai senti un écoulement entre mes jambes, puis l'obscurité s'est refermée sur moi et m'a enveloppée miséricordieusement de son immense cape sombre.

— Fleetwood.
— Fleetwood.
— Fleetwood.

La voix m'est parvenue, chargée d'une émotion qui la faisait trembler. Était-ce la voix d'une femme, ou d'un homme ? La douleur – je n'étais plus que douleur – faisait corps avec mon être qui semblait déjà ne plus m'appartenir. L'obscurité est revenue et je l'ai accueillie avec soulagement.

Un éclair de fourrure m'a effleuré le bras. J'ai su qu'il s'agissait d'un renard avant même d'ouvrir les yeux. Il se tenait par terre, au pied de mon lit, et me dévisageait de ses grands yeux ambre. Il voulait à tout prix me dire quelque chose.

J'ai laissé échapper un rire bref et je l'ai interrogé :
— Qu'y a-t-il ?

La scène la plus incongrue s'est alors déroulée devant mes yeux : le renard a ouvert la bouche et m'a parlé. C'était d'ailleurs une renarde. Elle m'a dit : « Honni soit qui mal y pense. »

★

L'obscurité avait duré si longtemps que j'en avais oublié la sensation de la lumière. C'est tout d'abord la flamme des bougies, qui constellaient mon champ de vision comme des perles piquetant un tissu de velours noir, puis une main fraîche se posant sur mon front, qui m'ont ramenée vers elle. La main de la lumière me tenait fermement, mais l'obscurité qui m'enserrait les pieds et les bras continuait à me tirer.

Non, je veux rester dans la lumière.

J'ai essayé de combattre l'obscurité en me concentrant sur la sensation fraîche à mon front – était-ce la paume d'une main ou un linge ? – qui m'amarrait fermement à la pièce alors qu'une mer démontée faisait rage en moi.

— Poussez, m'a intimé la voix. Il faut pousser.

Une coiffe blanche. Une boucle de cheveux blonds qui tombait en cascade. C'était la fille de la forêt, celle avec le sac et les lapins. Comment s'appelait-elle ?

Une vague de douleur s'est levée, j'ai lutté pour l'endiguer, en m'arquant de toutes mes forces pour la bouter hors de mon corps.

— Poussez !

Quelque chose s'est renversé, un flot s'est déversé, comme si on avait fait chavirer un tonneau de poissons.

Mais déjà la vague revenait, montait avec lenteur, puis se brisait, et je me suis cambrée de plus en plus fort, jusqu'au point de rupture.

— Quand elle revient, poussez !

Oh, fallait-il qu'elle revînt ? Oui, elle était déjà là, mais, cette fois, j'étais prête, résolue à livrer bataille contre quelque divinité antique. Un hurlement atroce a empli l'air, un hurlement d'agonie, et j'ai prié pour qu'il s'arrête, avant de réaliser qu'il sortait de ma bouche écartelée, que mes propres poumons se vidaient et que la sensation était agréable car en hurlant, je criais plus fort que la douleur.

Quand mon cri s'est tu, un autre a pris le relais. Mais celui-ci était doux et s'exprimait en halètements brefs plutôt qu'en une longue note assourdissante. Désormais, les vagues ne déferlaient plus, mais venaient frapper doucement contre le rivage. Puis cet étrange son est revenu, comme le bêlement d'un agneau, ou le miaulement d'un chaton. Soudain, une fatigue incommensurable s'est emparée de moi. Mes bras et mes jambes étaient lourds comme le plomb, mon cœur battait à grands coups dans ma poitrine.

Mais dans la chambre, les gens faisaient fi de mon épuisement et s'agitaient bruyamment. J'ai entendu plusieurs fois le mot « sang », prononcé avec des accents de panique. N'avaient-ils donc jamais vu de sang de leur vie ?

Dormir – je voulais dormir, à présent.

— Fleetwood, écoutez ma voix. Fleetwood, restez avec moi.

Et où pouvais-je bien aller ? J'étais trop exténuée pour bouger. Les ténèbres qui m'avaient agrippée tantôt me tenaient désormais par la main, prêtes à m'emmener. Ah, c'est donc cela qu'ils voulaient dire. Ne partez pas avec les ténèbres.

Je ne peux pas m'en aller. Il faut que je reste.

J'ai senti un nouveau tiraillement, plus insistant, et je savais qu'en m'y abandonnant je serais au calme, à l'abri, en paix. J'étais d'ores et déjà allongée, rien ne serait plus simple que de succomber à l'étreinte luxuriante des ténèbres.

— Fleetwood, buvez ceci.

Attendez un instant, je vais étancher ma soif.

Une gorgée me ferait du bien. Non sans difficulté, car leur emprise était puissante, je me suis arrachée aux griffes soyeuses des ténèbres ; j'ai senti le rebord d'une timbale contre mes lèvres, et un goût sucré et chaud dans la bouche. Puis le liquide sirupeux a cédé la place à une substance dure et terreuse, que la voix m'a invitée à mâcher.

Lorsque j'ai repris mes esprits, le silence régnait miraculeusement dans la chambre qui scintillait dans les rayons du soleil. Le chant clair d'un oiseau me parvenait de la fenêtre tandis qu'un feu crépitait joyeusement dans l'âtre, embaumant l'atmosphère. Une femme, dos à moi, était courbée devant la cheminée ; elle remuait une casserole dont s'échappait en volutes la senteur capiteuse de plantes aromatiques. La douleur résonnait encore dans mon corps, dont chaque once réclamait le repos. Dans un battement de cils, j'ai discerné la courbe de sa nuque et ses boucles de cheveux espiègles qui refusaient de se discipliner sous sa coiffe. Elle s'est redressée et approchée du pied du lit.

— Alice, ai-je murmuré.

Je ne sais pas si elle m'a entendue, mais je l'ai vue relever la tête et ses yeux étaient pleins de larmes.

Elle est venue s'agenouiller à mon côté. J'ai fait mine de me redresser, mais elle a posé la main fermement sur mon bras. Nous avons échangé un long regard en silence. Je brûlais de lui poser des questions, mais l'effort n'en valait pas la peine, car ses réponses n'avaient pour l'heure aucune importance.

— Écorce de saule, a-t-elle dit.

Je me suis rendu compte du goût amer qui flottait dans ma bouche et qui assurément avait dû m'aider à recouvrer mes esprits et apaiser les battements affolés de mon cœur. J'aurais voulu essuyer les larmes qui se répandaient sur ses joues.

— Vous devriez dormir.

Elle s'est relevée dans le bruissement de ses jupes.

Obéissant comme une enfant sage, j'ai fermé les paupières. J'ai perçu un nouveau bruissement, un effluve réconfortant de lavande, puis ses lèvres se sont posées délicatement sur mon front, et son souffle a effleuré ma joue.

Quand j'ai de nouveau tendu la main aux ténèbres, elles avaient disparu.

QUATRIÈME PARTIE

« Sachez vous entourer des bonnes personnes. »

Devise de la famille Shuttleworth

CHAPITRE 25

Richard Lawrence Shuttleworth est né juste avant l'aube au vingtième jour du mois d'août 1612, le jour même où dix sorcières ont été pendues sur les collines surplombant Lancaster. Alice Gray n'en faisait pas partie.

C'est uniquement grâce à Puck que nous avions survécu tous les trois : Alice, mon fils et moi. Mon chien s'était élancé de la forêt profonde pour regagner Gawthorpe, qui n'était fort heureusement qu'à une demi-lieue de là, et ses aboiements furieux à la porte de la cave avaient réveillé les domestiques, qui avaient alerté James. Il était allé chercher des apprentis, et mon brave Puck avait guidé une procession aux flambeaux à travers la forêt, jusqu'à l'endroit où je gisais dans la boue. Les hommes étaient arrivés tandis que le soleil se levait sur le premier jour du procès des sorcières. L'un d'eux – le meilleur cavalier, sur la monture la plus rapide – avait parcouru au galop les quinze lieues jusqu'à l'auberge du Red Lion à Lancaster où logeait Richard. Ce dernier, dans tous ses états, s'était mis en quête de me retrouver en frappant à toutes les portes de la ville, pour demander si l'on avait vu une petite femme très enceinte accompagnée d'un énorme chien. Je ne lui avais laissé aucun autre indice qu'une note l'informant que je serais de retour avant le début du procès. Richard avait même poussé ses recherches jusqu'à la demeure de Thomas Covell, le gardien du château, mais les mots étaient restés dans sa gorge quand il avait compris que Roger guettait sans doute de la porte du petit salon et il avait balbutié des excuses avant de reprendre la route.

Quand Richard avait entendu les sabots du cheval claquer sur les pavés de la cour sous sa fenêtre, il avait aussitôt su qu'on venait pour moi. Il s'était mis en route sans perdre un instant, chevauchant à travers les champs à la vitesse d'une flèche. Plus tard, il m'a raconté que le ciel était paré de teintes bleu et pêche, et qu'il avait passé un marché avec lui-même : dussé-je survivre, il me ferait confectionner une robe dans chacune des merveilleuses couleurs qu'il avait vues ce matin-là. Il m'a avoué qu'il avait passé toutes sortes de marchés avec lui-même – si je survivais, il rénoverait la demeure de ma mère de la cave aux pignons, avec des plâtres, des peintures et des tapis flambant neufs et plus de livres qu'elle ne pourrait lire au cours d'une vie. Si je survivais, plus jamais je ne passerais de nuit seule dans ma chambre, si tel était mon désir.

Pendant ce temps, les domestiques étaient allés tirer de son sommeil la sœur de la cuisinière qui exerçait comme sage-femme à Clitheroe. Quand Richard était enfin arrivé, à bout de souffle et en nage, elle lui avait annoncé sans détour qu'elle n'avait pas bon espoir et que le Seigneur semblait disposé à nous emmener, l'enfant et moi, dans l'au-delà. Richard, blême de rage, l'avait congédiée et chargé les domestiques de lui trouver une remplaçante. Avant de s'en aller d'un air pincé, elle lui avait tendu les deux lettres qui avaient été piétinées par le va-et-vient incessant dans la chambre.

C'est en cet instant que Richard avait décrété que la seule personne capable de me sauver la vie se trouvait prisonnière au château. Il était reparti séance tenante, sans prendre le temps de se changer ni de se restaurer, chevauchant sans relâche jusqu'à Lancaster, pleinement conscient qu'il risquait de ne pas me revoir en vie. Il avait laissé son cheval à la porte de la muraille, sa monture comme lui au bord du dernier soupir, avant de se précipiter à l'audience, où il avait demandé aux juges de Sa Majesté l'autorisation de lire deux témoignages relatifs au procès d'Alice Gray, qui venait de commencer.

C'est à peine s'il avait perçu la rumeur étonnée qui avait déferlé de la galerie, ou l'expression furieuse de Roger assis parmi les juges. Il n'avait pas non plus prêté attention aux hauts plafonds majestueux, aux rangées de bancs rutilants ni à l'assemblée des jurés. Il était obnubilé par les papiers qu'il tenait entre ses mains, par les battements affolés de son cœur dans sa poitrine et par le visage anéanti d'Alice, qui se tenait avec les autres détenues, les fers aux poignets et aux chevilles.

Lord Bromley avait fait droit à sa demande, au grand dam de Roger qui avait explosé de rage et s'était levé d'un bond en signe de protestation. Mais le droit l'avait emporté et Richard, malgré le tremblement de ses mains et de sa voix, avait pu lire ma lettre à Alice. Après quoi, il avait lu la déposition de John Foulds, dont l'écriture à peine lisible lui avait donné du fil à retordre.

Quand le jury était sorti délibérer, Richard avait attendu dans la galerie, encore trempé et épuisé d'avoir parcouru plus de trente lieues en une journée. Au retour des jurés en séance, il avait scruté chaque visage, et quand plusieurs de ces messieurs avaient soutenu son regard – il avait alors réalisé qu'il lui était arrivé de jouer aux cartes avec deux d'entre eux –, il s'était interrogé sur le sens de leur attitude. L'attente était insoutenable. Quand enfin le représentant du jury avait articulé la sentence « non coupable », Alice s'était effondrée comme une masse.

— Et après, que s'est-il passé ? Racontez-moi encore.
— La foule a retenu un grand cri. J'ai remercié les jurés et je me suis évanoui.

J'ai ri en applaudissant joyeusement. J'étais assise dans mon lit, vêtue d'une chemise de nuit d'une blancheur immaculée et recouverte de draps lavés de frais – ceux d'avant, ainsi que l'ancien matelas, avaient dû être jetés au feu. Je tenais le petit Richard dans mes bras ; il était encore frêle, mais à mes yeux il était la perfection même. Il avait des petites mèches de cheveux noirs, fines comme de la soie, des lèvres en bouton de rose et des joues rondes comme des petites pommes. La toute première fois que je l'ai allaité, et que j'ai eu le loisir d'inspecter soigneusement son adorable anatomie, j'ai remarqué une tache sur son bras et je m'apprêtais à faire venir la nurse lorsque tout à coup j'ai compris.

Dans le creux de son minuscule coude se dessinait une tache de naissance marron. En forme de croissant de lune, elle faisait à peine la taille de l'ongle de son petit doigt. Elle correspondait à la cicatrice que j'avais au même endroit, qui m'était restée du jour où Alice avait pratiqué une saignée. Le lendemain matin, après vérification, la marque n'avait pas bougé : elle faisait partie de lui, au même titre que ses doigts et ses orteils. J'ai déplié sa petite manche pour recouvrir son bras, en souriant par-devers moi.

— Et après ?

J'ai bu une gorgée de lait chaud au bon goût épicé d'herbes médicinales.

— Ma foi, après cela, nous avons dû attendre les autres verdicts, a répondu Richard.

Sans enthousiasme, il a fait cliqueter le hochet qu'il avait rapporté de voyage des mois plus tôt. Les autres nouvelles étaient moins réjouissantes.

Richard n'avait pas réussi à déchiffrer l'ultime phrase que John Foulds avait rédigée de sa main tremblante d'ivrogne à la lumière misérable de sa bougie, et qui absolvait Katherine Hewitt de toute faute. L'infortunée avait été jugée coupable : l'amie d'Alice et de sa mère avait été pendue. Après que Richard avait pris la parole en faveur d'Alice, on avait lu l'acte d'accusation de Katherine, et Roger était apparu plus que jamais décidé à arriver à ses fins. Brandissant ses poings, l'écume aux lèvres, il avait intimidé le jury, soutenant mordicus que cette femme, connue sous le surnom de Mould-heels, qui avait mis au monde tant d'enfants et aidé tant de femmes à devenir mères, avait tué une fillette pour la seule et unique raison que le diable lui en avait intimé l'ordre.

C'en était trop pour Alice, qui avait poussé un cri de désespoir plus grand que si le verdict eût été le sien. Après qu'on lui avait retiré ses chaînes, elle avait quitté le château sans se retourner et avait pleuré sur tout le trajet qui la ramenait à Gawthorpe, en s'agrippant si fort à Richard qu'elle avait déchiré le tissu de sa veste. Elle était libre, mais elle avait payé le prix fort de la liberté.

Parmi les sorcières de Pendle exécutées ce jour-là, il y avait Elizabeth Device, sa fille Alizon et son fils James, ce qui laissait Jennet seule au monde. Sept autres les ont suivis sur l'échafaud. Toutes se trouvaient à la tour de Malkin. Alice a été la seule jugée non coupable. Une femme a été condamnée à quatre jours au pilori et une année d'emprisonnement. Elle s'appelait Margaret Pearson et sa domestique avait vu un crapaud bondir hors des flammes. Comme elle ne se trouvait pas à la tour de Malkin, Roger se désintéressait de son cas et n'avait pas tenté l'impossible pour qu'elle finisse au bout d'une corde.

Richard m'a rapporté que dans les dernières paroles qu'il avait adressées à Alice, Bromley l'avait enjointe de renoncer au diable. Elle n'avait dû avoir aucun mal à suivre son conseil, car sitôt sortie de la salle d'audience, elle avait été libérée de son joug.

— Vous avez de la visite, m'a annoncé Richard quelques jours plus tard. Je vous l'envoie dans votre chambre ?

J'ai senti un vent d'espoir souffler dans ma poitrine.

— Qui est-ce ?

Richard a souri.

— Vous verrez bien.

La paternité lui seyait : il adorait son fils. Il en avait peut-être un deuxième ailleurs, à moins qu'il ne s'agît d'une fille, mais j'ai chassé cette pensée de mon esprit.

— Je vais descendre, ai-je répondu. À force de rester dans ma chambre, j'ai fini par oublier à quoi ressemblait le reste de la maison.

Je l'ai aussitôt retenu, avant que de ne perdre mon sang-froid.

— Richard ?

Il s'est arrêté dans l'encadrement de la porte, une main sur la poignée.

— Je suis désolée, je vais devoir vous acheter un nouveau fusil.

Il s'est tourné vers moi, la mine interloquée.

— J'ai pris votre fusil la nuit où… la nuit où je suis revenue. Je l'ai perdu dans la forêt.

— Vous avez pris mon mousquet ?

Il avait l'air plus étonné que réellement fâché.

— Oui. Je n'avais pas l'intention de l'utiliser, je n'aurais pas su comment. Peu importe. Il a fini trempé et irrémédiablement abîmé.

Il a souri.

— Vous me surprenez chaque jour un peu plus, madame Shuttleworth.

— Richard… il y a autre chose. Je voulais vous poser une question.

J'ai tendu le nouveau-né assoupi à son père et suis descendue doucement du lit pour aller jusqu'à la commode dans l'angle de la pièce.

J'en ai sorti la lettre du docteur, maintenant déchirée et froissée comme un vieux chiffon. Je l'ai serrée un instant dans mon poing en regardant à travers la fenêtre la colline de Pendle. Puis je l'ai tendue à Richard.

— Pourquoi ne m'en avez-vous jamais parlé ?

Il a froncé les sourcils et de sa main libre s'est saisi de la missive. Il l'a parcourue des yeux et, quand enfin il a compris de quoi il retournait, le pli de son front s'est creusé.

— D'où tenez-vous cette lettre ?

— James me l'a donnée il y a de cela plusieurs mois.

— Vous n'étiez pas censée la lire.

— Ne pensiez-vous pas que j'aurais aimé savoir que ma propre vie...

— Vous n'étiez pas censée la voir car elle ne vous concerne pas.

D'étonnement, je me suis tue, puis ressaisie.

— Comment ça ?

Richard a poussé un soupir.

— Il est question de Judith.

— Judith ?

Richard m'a fait signe de m'asseoir à côté de lui sur le lit. Toute l'agitation des derniers mois me vrillait la tête et il m'a fallu un effort considérable pour me concentrer.

— Ce n'est pas ce médecin qui vous a examinée ; il est de Preston. Je lui ai demandé de rendre visite à Judith quand elle a perdu... Elle a perdu le premier enfant. Après ça, j'ai tenté de rester à l'écart, mais... Je suis allée la voir une dernière fois, et elle est tombée enceinte.

J'ai fermé les paupières, laissant ses mots faire leur chemin.

— Mais la lettre mentionne votre épouse.

Richard a baissé la tête avant de répondre à voix basse :

— C'est ce que j'ai dû dire au médecin.

Le tracé de l'encre noire sur les pages du grand livre s'est mis à danser devant mon champ de vision : *M. William Anderton doit apporter la licence de mariage de York.*

— Pourquoi avez-vous fait une demande de licence de mariage ?

Richard a froncé les sourcils.

— C'était pour la nièce de James. Elle s'est mariée le mois dernier. Vous savez tout, à présent, je vous le promets.

J'ai laissé ses paroles se frayer un chemin jusqu'à moi.

— Pourquoi aviez-vous fait commerce avec elle ? ai-je murmuré.

Il a eu l'air de réfléchir longuement à sa réponse, puis il a posé sa main sur la mienne. Ses bagues scintillaient, sa voix n'était plus qu'un souffle.

— J'ai vu dans quel état vous étiez après chaque fausse couche. À quel point vous souffriez. J'avais peur de vous faire du mal.

Après tout ce que je venais de traverser, je n'avais plus la force de le haïr.

— Et désormais, nous avons un fils. Je suis le plus heureux des hommes.

Il s'est de nouveau saisi du hochet en souriant à son enfant qui sommeillait dans le creux de son bras. Je les ai contemplés dans un mélange de tristesse et de félicité. Cela faisait trop d'émotions.

— N'oubliez pas que vous avez de la visite. Je vous laisse vous préparer.

Il a déposé un baiser sur le front du bébé et s'en est allé sans bruit.

J'ai ordonné mes cheveux sous une coiffe. Depuis qu'ils avaient cessé de tomber, ils étaient vigoureux et épais comme de la corde. J'ai enfilé une robe sans manches par-dessus mon sarrau et j'ai pris le bébé au bras pour lui faire visiter le reste de sa maison. J'ai ménagé une courte halte sous mon portrait dans l'escalier en repensant à Alice, qui m'avait confié que je lui rappelais quelqu'un. À bien y réfléchir, sans doute était-ce Ann. Mon fils ne rencontrerait vraisemblablement jamais la femme qui nous avait sauvé la vie et peut-être était-ce mieux ainsi : tant qu'elle ne refaisait pas surface, ses jours n'étaient pas en danger.

Alice s'était éclipsée alors que je dormais, après avoir nettoyé le sang et emmailloté le nouveau-né. Richard m'a rapporté qu'un jour entier et une nuit s'étaient écoulés après la naissance de notre fils, et la maison baignait en pleine effervescence, dans un ballet incessant de baquets d'eau et de linge propre, si bien que personne n'avait remarqué son départ. Un instant, elle était parmi nous, celui d'après, elle avait disparu. Elle était partie sans un au revoir, mais elle m'avait embrassée avec une tendresse maternelle que je n'avais encore jamais éprouvée.

Bien que ce fût quasiment impossible, une infime partie de moi priait pour que ce soit Alice qui m'attendît au rez-de-chaussée. Comme pour reculer la déception inéluctable qui m'attendait, j'ai descendu les marches avec lenteur, en berçant délicatement mon enfant tout en lui murmurant des mots à l'oreille. Les domestiques, qui avaient accueilli avec enchantement l'arrivée du nouveau membre de la famille, me souriaient continuellement. Assemblés en petit comité dans le vestibule, ils m'ont regardée descendre les dernières marches, et je leur ai souri en retour.

Le petit salon était vide.

— Madame ? a lancé une cuisinière dans mon dos. Elle est dans la salle à manger ; son voyage lui a ouvert l'appétit et elle a demandé à être servie.

À mon arrivée dans la pièce, ma mère s'est levée, le visage serein, les bras grands ouverts.

— Mon petit-fils, a-t-elle roucoulé en s'avançant pour me le prendre des bras.

Après une hésitation, je l'ai laissée faire. J'ai senti le regard de ma mère glisser sur ma peau, mes cheveux, ma silhouette.

— Tu as bonne mine, Fleetwood. Pourtant, ta grossesse n'a pas été de tout repos.

— Non.

— Es-tu tout à fait remise ?

— Il me semble. J'ai perdu beaucoup de sang, alors la cuisinière me donne à manger de la viande quasiment toutes les heures. C'est la première fois que je descends de ma chambre depuis la naissance.

Elle m'a souri, puis a tourné son attention vers le petit Richard. Il a cligné des paupières avant d'agiter ses menus poings en tous sens et elle a glissé son doigt dans la paume de sa main.

— Un petit garçon, a-t-elle murmuré joyeusement.

Malgré son allégresse, sa voix trahissait autre chose.

— Qu'y a-t-il ?

Elle a tourné son visage vers moi et m'a souri vaillamment.

— Richard est deux fois père.

— Pourquoi me dites-vous ceci ?

La plume de son chapeau a trembloté.

— Parce que je voulais que tu l'apprennes de moi, et non pas de quelque commère du village, ou d'un salon des environs.

Elle a repris après un soupir.

— Je sais que tu ne me pardonneras sans doute jamais d'avoir gardé le secret, mais je pensais bien faire et t'épargner des tourments. Quelle mère infligerait tant de peine sciemment à son enfant ?

Elle a baissé les yeux sur le bébé. J'ai remarqué les rides qui creusaient le pourtour de ses yeux et de sa bouche.

— Quand ton père est mort, j'étais... j'étais à la dérive. Je me retrouvais seule, avec une fillette en bas âge, et...

— Vous aviez hâte de vous débarrasser de moi, ai-je complété d'une voix frêle. Vous m'avez mariée sans attendre.

Elle a secoué la tête.

— Cette décision, ton père et moi l'avions prise ensemble. Ton père était malade, et il fallait qu'un homme nous prenne à sa charge. Que serait-il advenu de nous, sinon ? Lorsque M. Molyneux a fait une offre à ton père, il n'a eu d'autre choix que d'accepter.

— J'ignorais que Père avait arrangé le mariage.

Nous sommes restées en silence pendant quelques minutes, à contempler les fines mèches noires sur le crâne de Richard, ses oreilles comme des petits coquillages roses. Son poids contre ma poitrine me manquait déjà et mes bras ballants contre mon corps me semblaient bien inutiles.

— J'ai été si malheureuse dans cette maison. J'ai passé chaque jour de mon enfance à redouter que vous ne m'envoyiez chez lui.

— Je n'aurais jamais fait une chose pareille.

— Vous me menaciez de le faire si je n'étais pas sage.

— J'en suis désolée. Je n'aurais pas dû. C'est difficile d'élever un enfant sans père. Pour avoir la paix, on dit parfois des choses comme ça.

— Vous savez qu'il... La première fois qu'il est venu, il... ai-je balbutié. Vous avez quitté la pièce.

Ma mère a détourné les yeux. Son regard s'est assombri et ses lèvres se sont affaissées aux commissures. D'un geste machinal, elle a caressé le petit Richard en le berçant délicatement. Je n'avais encore jamais vu ma mère avec un nouveau-né, et mon fils semblait éveiller en elle une part maternelle profondément enfouie que je ne lui avais jamais connue.

— C'est pour cela que j'ai fait annuler le mariage.

Je l'ai dévisagée.

— Vous étiez au courant ?

— Quand je suis revenue dans la pièce, j'ai compris ce qui s'était passé. Lui avait l'air passablement coupable et toi, tu avais le visage…

Pour la première fois de ma vie, j'ai vu les yeux de ma mère s'emplir de larmes.

— Tout était ma faute, a-t-elle continué d'une voix émue. Je ne savais pas quoi faire, sans ton père pour me guider, je ne savais pas comment me tirer de ce mauvais pas. Ce que je savais, en revanche, c'est que pour rien au monde, je ne t'aurais unie à cet homme.

— J'ai toujours cru que le mariage avait été annulé parce que Richard était un meilleur parti.

Ma mère s'est ressaisie. Un léger sourire s'est dessiné sur ses lèvres.

— N'était-ce pas le cas ?

Lentement, je me suis laissée aller contre le dossier de ma chaise. Les rayons du soleil filtraient par la fenêtre, c'était une merveilleuse journée d'été.

— Je suis contente que Richard ait installé cette femme à cet endroit, comme ça je n'aurai plus jamais à y mettre les pieds.

— Moi aussi, je détestais cette maison, a concédé ma mère à ma grande surprise. Je ne m'y suis jamais sentie bien. J'espérais qu'après ton mariage tu m'installerais autre part, ce que tu as fait.

C'était la décision de Richard, dans laquelle je n'avais pas pesé, car à l'époque je me désintéressais totalement des desiderata de ma mère.

— Eh bien, c'est désormais la demeure d'une nouvelle châtelaine. Judith Thorpe de Barton. Je la lui laisse volontiers.

Ma mère s'est penchée vers moi.

— J'ai emporté l'argenterie en partant.

Nous avons échangé un sourire. J'étais sur le point de m'enquérir si Judith avait donné naissance à un fils ou une fille, avant de me raviser : je préférais ne pas savoir. Sur ces entrefaites, les domestiques ont commencé à servir le dîner et Richard s'est joint à nous autour d'un rôti de bœuf et d'un énorme pigeon ramier dégoulinant de sauce. En cinq mois, mon appétit avait changé du tout au tout : j'aurais pu dévorer le pigeon à moi seule.

— Sur la route de Padiham, j'ai vu une femme au pilori, la tête recouverte d'un sac sur lequel était écrit le mot « sorcière », a raconté ma mère au cours du repas.

— Margaret Pearson, a affirmé Richard.

Depuis qu'il avait assisté aux procès, il s'intéressait de près aux événements. Il avait même une théorie à propos de notre vieil ami Thomas Lister : à savoir que Jennet Preston était la maîtresse de son père et qu'étant donné que sa mère, qui souffrait d'une santé fragile, était encore de ce monde, il avait voulu se débarrasser de l'intruse définitivement. Soit ça, soit Jennet savait quelque chose à son sujet, et il préférait la savoir morte que de voir son secret s'ébruiter. Quant à Roger, nos chemins étaient vraisemblablement appelés à se croiser à l'avenir. Mais dans sa quête de pouvoir, il s'était couvert de honte, se montrant homme prêt à troquer des vies contre une retraite confortable, des âmes contre du mobilier flambant neuf offert par le roi, tout cela pour ajouter quelques jours de gloire à une carrière dorée au service de la justice. Dans la noblesse du Nord, une ambition si cruelle était considérée comme pitoyable, aussi plus d'une demeure lui avait fermé ses portes.

— Elle passera encore quatre jours de marché au pilori avant d'être incarcérée. Incapable de verser sa caution à la fin de sa peine, elle périra probablement en prison, expliquait Richard.

— Pourquoi a-t-elle échappé à la corde ? s'est enquise ma mère.

Richard a eu un haussement d'épaules.

— Un sursaut de bon sens ? Je l'ignore.

Ma mère a frémi.

— J'ai entendu dire qu'ils étaient des milliers à Lancaster le jour de leur pendaison.

— Rien de tel que la mort pour passionner les vivants, ai-je commenté.

— Qu'est-il advenu de cette fille, Jill ? Ou était-ce Alice ? Ne l'a-t-on pas arrêtée ?

Richard et moi avons échangé un regard.

— Elle a été innocentée.

— Ma foi, c'est extraordinaire, n'est-ce pas ? Je ne les imaginais pas faire dans le détail. Les accusées ne complotaient-elles pas pour assassiner Thomas Lister ?

— Qui sait ? ai-je répondu. Il n'y avait aucun témoin, à part une enfant. Du reste, Alice était innocente.

— Comment le sais-tu ?

Intuitivement, ma main s'est portée sur ma cicatrice et l'a dessinée du bout des doigts sur la manche de mon vêtement.

— Alice voulait aider les autres, rien de plus.
— Où est-elle, à présent ?
— J'aimerais le savoir.
— Elle ne vous l'a pas dit ?

J'ai secoué la tête.

— A-t-elle de la famille ?

J'ai songé à James Gray en train de se noyer dans l'alcool dans sa masure de boue.

— Non.

Au même instant, les pleurs du bébé ont interrompu la conversation. La nourrice dînait en compagnie des domestiques et comme mes seins débordaient de lait, je me suis levée de table pour sortir le petit Richard du berceau en chêne que ma mère m'avait offert des années plus tôt. En me redressant lentement, je suis tombée nez à nez avec les panneaux gravés qui décoraient le manteau de la cheminée.

D'étonnement, j'ai cligné des paupières. Puis je les ai passés en revue l'un après l'autre pour en avoir le cœur net. Je n'en croyais pas mes yeux. À côté des initiales de Richard, dans l'espace laissé vierge depuis la construction de la maison, se détachait la lettre A.

Je l'aurais reconnue entre mille, après l'avoir vu griffonnée des dizaines de fois de la main tremblante de mon élève appliquée. Et voilà qu'elle se découpait sur son écrin de bois, immortalisée d'un tracé net et précis. Je suis restée un instant interloquée, avant de laisser échapper un éclat de rire.

— Fleetwood ? Que se passe-t-il ?

J'ai tourné sur moi-même en soulevant Richard à bout de bras dans un pas de danse euphorique. Mon mari et ma mère se sont regardés avec une perplexité amusée.

— Elle va bien ! me suis-je exclamée. Elle va bien !

Alice Gray était la seule amie que j'aie jamais eue. Je lui ai sauvé la vie. Elle a sauvé la mienne.

CHAPITRE 26

Cinq ans plus tard

Richard était habillé pour la chasse. Il a passé la tête dans le grand salon, où j'étais assise pour repriser un bas de soie de Nicholas. Avec deux fils, j'avais accompli des progrès considérables en couture, vu la vitesse à laquelle ils trouaient leurs vêtements, soit déchirant leur cape en faisant des glissades, soit arrachant leur col en grimpant aux arbres. D'un côté, il y avait le raccommodage, de l'autre, la liste sans cesse croissante d'objets que James devait me rapporter de Londres. Chaque fois que me venait une nouvelle idée, je me saisissais de ma plume et la consignais par écrit. Par exemple, je venais tout juste de me souvenir qu'il me fallait de l'ambre gris pour mes parfums lorsque les garçons, qui croisaient leurs épées de bois dans une tentative de duel, les ont laissées tomber par terre dans un grand tintamarre.

— Père, vous voulez bien m'affronter en duel ? Nicholas se bat comme un bébé, a plaidé Richard en fourrant l'arme factice de son frère dans les mains de son père.

Avec ses cheveux noir de jais et ses yeux sérieux, le jeune Richard me ressemblait beaucoup.

— C'est un bébé, ai-je souligné en souriant à Nicholas, qui était aussi différent de son frère que je pouvais l'être de mon mari.

Il avait hérité de son père sa chevelure dorée et ses yeux gris.

— Nous ferons un duel à mon retour, d'ici là, ne cassez pas vos épées.

Richard a rendu les jouets à leurs propriétaires avant de me rejoindre. Il avait l'air préoccupé.

— Que se passe-t-il ? l'ai-je interrogé en levant brièvement les yeux de mon ouvrage.

— Le roi fait sa tournée dans le Nord.

Je l'ai dévisagé.

— Quand ?

— Le mois prochain.

— A-t-il pour projet de loger ici ? Il n'est pas le bienvenu.

— Fort heureusement, non, bien qu'un refus serait acte de trahison. Je suis soulagé que sa tournée ne coïncide pas l'an prochain avec mon futur poste de sheriff, sinon il aurait assurément fait halte ici. Non, il se propose de séjourner à Barton.

— À Barton ? Pourquoi ?

— Je n'en sais pas plus que vous. Il logera à Hoghton Tower avant cela, et Barton est à mi-chemin entre Hoghton et Lancaster.

— Mais l'endroit est vide.

— Le roi ne s'embarrasse pas de menus désagréments.

J'ai reposé le bas rapiécé de Nicholas.

— Il nous faudrait meubler Barton, embaucher des domestiques... La dépense nous ruinerait. Le roi se déplace avec une cour de plus de cent sujets.

— C'est le roi, s'est contenté de dire Richard. La nouvelle ne me réjouit guère plus que vous.

— Cette maison, ai-je marmonné, c'est une véritable malédiction.

Richard a choisi d'ignorer ma remarque. Je savais qu'il avait installé Judith et leur bâtard quelque part dans le Yorkshire, mais je ne désirais pas en savoir plus. Tant qu'elle était hors de ma vue et que j'avais mes garçons et ma maison, je pouvais aisément ignorer la situation. D'un mouvement du menton, Richard a montré ma liste sur la table.

— Vous savez ce qu'est l'ambre gris, n'est-ce pas ? C'est du vomi de baleine.

— Richard !

J'ai esquissé un geste et il m'a esquivée, courant étreindre ses fils collants de transpiration, qui se sont cramponnés à ses jambes en le suppliant de jouer avec eux.

— Ça suffit ! Je pars à la chasse et si vous ne me lâchez pas immédiatement, je vous utilise comme appâts.

Sur ce, il a soulevé Nicholas par la cheville et l'a renversé tête-bêche. Pris d'un fou rire, le petit s'est mis à pousser des cris perçants tandis que son frère faisait mine de le transpercer de son épée en hurlant : « Meurs ! Meurs ! »

Puck, qui était habitué à leur chahut mais répugnait à y participer en raison de son grand âge, les observait avec indolence du tapis. Parfois, les enfants l'enrôlaient de force dans leurs jeux, mais aujourd'hui ils l'épargnaient.

— Pourquoi les garçons sont-ils aussi turbulents ? ai-je demandé. Pourquoi n'ai-je pas eu deux adorables fillettes qui m'auraient accompagnée dans mes travaux de couture ?

Nicholas s'est laissé tomber par terre, secoué d'un fou rire irrésistible.

— Père, emmenez-moi à la chasse ! a ordonné Richard en tirant sur la cape de son père.

— Quand tu seras plus grand.

— Qu'est-ce qu'on dit à son père quand il part à la chasse ?

Les deux frères répondirent en chœur et c'était à celui qui crierait le plus fort.

— On ne tue pas les renards !

J'ai souri, et Richard a poussé un soupir facétieux.

— Quand bien même ils massacrent lièvres et lapins et compliquent terriblement la tâche de mes rapaces, mais j'ai trop peur que votre mère ne décharge mon mousquet sur *moi* si je rentrais un jour avec une peau de renard.

J'ai opiné du chef d'une mine sévère, puis j'ai souri. Pourtant, j'étais préoccupée par la nouvelle qu'il venait de m'annoncer.

★

Je me suis réveillée avant l'aube et j'ai laissé Richard qui ronflait doucement. Le sac que j'avais préparé la veille au soir m'attendait, caché sous le lit. Je l'ai ramassé sans bruit et suis allée m'habiller. Je suis arrivée à l'écurie au point du jour. La matinée s'annonçait claire, baignée d'une fraîcheur délicieuse sous un soleil éclatant. Au bruit des sabots sur les pavés de la cour, un apprenti est apparu dans l'embrasure d'une porte et s'est étonné de me voir.

— Je vais passer la journée chez Mme Towneley, ai-je annoncé tandis qu'il clignait des yeux d'un air endormi qui m'a rappelé mes fils. Vous direz à Monsieur que je serai de retour avant la tombée de la nuit.

La route était déserte et j'ai pris un bon départ. Quand je suis arrivée à destination quelques heures plus tard, j'avais les cuisses endolories, mon corset me cisaillait le ventre et j'étais en sueur. Cela faisait des années que je n'avais pas parcouru une telle distance à cheval et mes muscles me le faisaient bien sentir. J'ai mis pied à terre et me suis appuyée un instant contre ma monture, dont la robe échauffée par l'effort scintillait sous le soleil de midi. J'ai attaché sa longe à un arbre à l'abri des regards et traversé d'un pas lourd les dernières toises. Les poignées du sac blessaient la paume de ma main humide.

J'ai fouillé à l'intérieur pour en sortir la clé et j'ai déverrouillé la porte. Lors de mon dernier passage en ces lieux, il faisait nuit noire et les ombres dansaient, omniprésentes, mais à présent, le mystère était dissipé. Ce n'était plus qu'une vieille maison pleine de poussière. Les derniers meubles reposaient dans l'indifférence. Mes pas m'ont portée jusqu'à la vitrine du buffet qui avait appartenu à mon père. J'en ai effleuré les bords et les rainures du bout des doigts. Comme je ne pouvais pas l'emporter avec moi, je me suis contentée de lui donner une petite tape, comme à un animal de compagnie, et j'ai poursuivi mon chemin.

J'ai passé en revue chaque pièce, ouvert chaque placard. Sans nul doute les domestiques avaient-ils fait la même chose après le départ de Judith, à la recherche de bouts de bougie, d'aiguilles, de vases ébréchés, et de la moindre miette de nourriture. À contrecœur, j'ai jeté un œil rapide au petit salon, où l'on m'avait arrachée à mes poupées pour me présenter à mon premier mari. J'ai reconnu la cheminée devant laquelle M. Molyneux s'était assis, mais en l'absence de mobilier, ce n'était au fond qu'une pièce vide. J'ai gardé ma chambre pour la fin. Elle ne comportait plus qu'un cadre de lit – mon lit. Celui de ma mère avait été déplacé dans une autre pièce. J'ai repensé à toutes ces nuits que nous avions passées côte à côte ; à l'époque, cette promiscuité me faisait souffrir le martyre, mais aujourd'hui, je voyais les choses d'un autre œil.

Je me suis approchée de la fenêtre pour contempler le frémissement des arbres et, au-delà, les terres arables qui s'étiraient au loin. C'était une magnifique journée d'été, l'air était calme. Je me suis assurée que toutes les portes étaient ouvertes avant de redescendre dans le grand salon, là où j'avais vu Judith pour la première fois, cinq années plus tôt. Il m'a semblé que son fantôme errait encore entre ces murs et m'observait tandis que je m'approchais des grandes fenêtres qui surplombaient les terres environnantes. Personne n'avait enlevé les rideaux mangés par la poussière. Sans doute s'étaient-ils révélés trop lourds et encombrants pour qu'on les retirât. Il n'y avait plus une chaise ni une table. Je me suis agenouillée sur les dalles froides sous la fenêtre, dans un rayon de soleil qui m'a caressé le visage. J'ai penché la tête et, les paupières closes, j'ai profité de sa chaleur.

Puis je me suis mise au travail. J'ai sorti la petite boite en fer-blanc de mon sac de velours, je l'ai ouverte et j'ai rassemblé au fond les morceaux de linge brûlé pour laisser passer l'air. J'ai constaté avec soulagement que mes mains ne tremblaient pas. J'ai sorti la pierre à feu et l'ai frottée contre une lame en acier. Dans la pièce vide, le cliquetis du métal a résonné aussi bruyamment que dans l'atelier d'un forgeron. Au bout d'une minute d'effort, une étincelle a jailli entre les tissus et je me suis penchée pour souffler dessus délicatement. Une flamme est apparue, que j'ai nourrie d'éclats de bois. Quand elle s'est arrondie, je l'ai approchée du bas des rideaux. Au contact du tissu sec et poussiéreux, les flammes aussitôt ont grandi, et je me suis réjouie en silence de les voir s'étirer le long des fils de trame rouge comme des sillons d'humidité. Il n'y avait plus un matelas, plus une bûche de bois dans la maison – j'avais tout misé sur les draperies, et j'avais vu juste. Le temps que je me redresse, la moitié du rideau était en proie aux flammes. Je me suis souvenue de mes jupes prenant feu chez Joseph Gray et j'ai pris soin de m'éloigner à reculons des fenêtres, avant de rassembler mes affaires et de sortir en fermant la porte à double tour derrière moi.

Le roi ne pourrait pas séjourner dans une demeure ravagée par un incendie.

Je suis restée longuement sur la pelouse, à contempler la lueur vacillante dévorer le salon à l'avant de la maison. Dans l'éclat du soleil de midi il n'y paraissait pas, mais, de nuit, le spectacle aurait été sublime. Les murs lambrissés se sont embrasés sans peine et quand la fumée est allée noircir les carreaux, j'ai su que le feu était assez vigoureux pour réduire en cendres le reste de Barton. Alors je me suis retournée pour rentrer chez moi.

Quelqu'un m'avait épiée. Un mouvement brusque à l'orée de la forêt m'a fait sursauter. Une magnifique renarde rousse me regardait fixement de ses grands yeux ambre. Après une hésitation, elle a posé une patte sur l'herbe. Nous nous sommes dévisagées et, un long instant, le temps a suspendu son vol. Derrière moi, l'incendie faisait rage et j'ai senti mon souffle s'étrangler dans ma gorge. Un battement de cils, et elle avait disparu.

REMERCIEMENTS

S'il faut un village pour élever un enfant, il faut assurément un hameau pour faire pousser un livre. En premier lieu, je remercie Juliet – mon amie avant d'être mon agente – d'avoir fait de mon rêve une réalité et de m'avoir tenu la main tout du long. Sans ordre particulier, j'adresse aux personnes suivantes ma plus profonde gratitude : Katie Brown, Francesca Russell, Felicity Jethwa, Becky Short, Felicity White, Kate Hilsen, Claire Frost, Catriona Innes, Cyan Turan, Ed Wood, Lauren Hadden, Beth Underdown, Rosie Short et John Short. Merci pour votre œil acéré, vos idées lumineuses et votre enthousiasme. Il n'y a pas de mots pour dire à mon éditrice Sophie Orme et à tout le monde chez Bonnier Zaffre à quel point je suis enchantée que *Les Sorcières de Pendle* ait trouvé sa place chez vous. J'ai su que ce serait vous le jour où je vous ai rencontrés, et tout le processus a été un vrai bonheur. Je remercie chaleureusement Rachel Pollitt à Gawthorpe Hall d'avoir répondu à mes questions et Robert Poole d'avoir modernisé les comptes rendus d'audience de Thomas Potts. Enfin et surtout, je remercie mes parents, Eileen et Stuart, et mon frère Sam de leur soutien indéfectible et de leur amour, ainsi qu'Andy, mon *cheerleader* number one. Tu es toujours là quand j'ai besoin de toi, et j'aurai toujours besoin de toi.

LETTRE DE L'AUTRICE

Chère lectrice, cher lecteur,

L'inspiration pour *Les Sorcières de Pendle* m'est venue lorsque j'ai visité Gawthorpe Hall à Padiham dans le Lancashire, et que j'ai remarqué Pendle Hill par la fenêtre d'une des chambres. J'ai grandi dans cette région et cette colline est associée au folklore des sorcières de Pendle. C'est à ce moment-là que m'est venue l'idée d'écrire un roman sur les événements de 1612, raconté du point de vue d'une jeune femme de la bourgeoisie vivant à Gawthorpe. J'ai commencé à faire des recherches sur la demeure et la famille Shuttleworth, qui m'ont permis de découvrir que la châtelaine de l'époque était une femme de dix-sept ans du nom de Fleetwood. L'histoire a aussitôt pris corps.

Plus je me documentais sur les sorcières de Pendle, plus j'étais intriguée. Ces femmes étaient pour beaucoup voisines. Toutes affirmaient posséder des esprits familiers – capables pour certains de changer de forme. L'une d'elles prétendait avoir rencontré le diable. Beaucoup avouaient recourir à la sorcellerie. Pourquoi ont-elles reconnu leur culpabilité alors qu'elles savaient qu'elles encouraient la peine de mort ?

Avec *Les Sorcières de Pendle*, je tente d'apporter des réponses aux questions qui m'habitent et, s'il s'agit d'une œuvre de fiction, la plupart des personnages ont réellement existé et le récit s'articule sur une chronologie historique. J'espère qu'à sa lecture, vous aurez envie d'en savoir plus sur les sorcières de Pendle ainsi que sur Alice et Fleetwood.

Si vous souhaitez de plus amples informations sur *Les Sorcières de Pendle*, je vous invite à rejoindre mon Readers' Club. N'ayez aucune crainte, cela ne vous engage à rien, il n'y a pas de piège et je ne céderai pas vos coordonnées à des tierces parties. En revanche, vous recevrez des nouvelles de moi et de mes livres, mais aussi des offres, des actualités et de temps à autre un petit cadeau ! Vous pourrez vous désinscrire à tout moment. Pour vous inscrire, il suffit de vous rendre sur www.thefamiliarsbook.com. Vous pouvez également me joindre via Twitter : @Stacey_Halls. J'espère recevoir bientôt de vos nouvelles et que vous continuerez à lire et apprécier mes livres.

Merci pour votre soutien,
Stacey

APERÇU HISTORIQUE

Fleetwood et Richard Shuttleworth, Alice Gray, Roger Nowell, la famille Device et bien d'autres personnages de ce roman ont véritablement existé, mais *Les Sorcières de Pendle* est une œuvre de fiction. Fleetwood Shuttleworth (née en 1595) était la châtelaine de Gawthorpe à l'époque des procès de sorcières. Elle donna naissance à son premier enfant en 1612, mais rien dans les faits ne la relie à Alice. Cependant, son mari Richard assista aux assises – au cours desquelles Alice Gray et les dix autres sorcières de Pendle furent jugées en août 1612 –, vraisemblablement parce que l'affaire suscita un vif intérêt à l'époque. On sait peu de choses sur Alice Gray, si ce n'est ce que l'on peut lire dans les comptes rendus d'audience de Thomas Potts, *The Wonderfull Discoverie of Witches in the Countie of Lancaster.* Pour une raison inconnue, la transcription officielle de la comparution d'Alice n'apparaît pas dans l'ouvrage de Potts. Pourquoi fut-elle la seule sorcière de Pendle à être acquittée ? Le mystère reste entier.

Imprimé en Espagne par :
CPI Black Print
en septembre 2021

La photocomposition de cet ouvrage
a été réalisée par
GRAPHIC HAINAUT
30, rue Pierre-Mathieu
59410 Anzin

Pocket - 92 avenue de France, 75013 Paris

S31413/01